徂徠集

[日] 物茂卿 著

江蘇大學出版社
JIANGSU UNIVERSITY PRESS
鎮江

1

圖書在版編目（CIP）數據

徂徠集：全三册 /（日）物茂卿著. —影印本. —
鎮江：江蘇大學出版社，2018.5
ISBN 978-7-5684-0817-2

Ⅰ.①徂… Ⅱ.①物… Ⅲ.①詩集—日本—近代②序言—作品集—日本—近代③書信集—日本—近代 Ⅳ.①I313.14

中國版本圖書館 CIP 數據核字（2018）第 122425 號

徂徠集（全三册）

著　　者/［日］物茂卿
責任編輯/周凱婷
出版發行/江蘇大學出版社
地　　址/江蘇省鎮江市夢溪園巷 30 號（郵編：212003）
電　　話/0511-84446464（傳真）
網　　址/http://press.ujs.edu.cn
印　　刷/北京虎彩文化傳播有限公司
開　　本/850mm×1168mm　1/16
總 印 張/80.75
總 字 數/271 千字
版　　次/2018 年 5 月第 1 版　2018 年 5 月第 1 次印刷
書　　號/ISBN 978-7-5684-0817-2
定　　價/2700.00 元（全三册）

如有印裝質量問題請與本社營銷部聯繫（電話：0511-84440882）

出版説明

人是一種會思想的動物，無論是爲了適應環境，克服生存的困難，抑或爲了生活得更有意義，思想皆不可或缺。在一般的中文習慣中，思想的涵義比『哲學』更寬泛，這種語用習慣的差异，也影響到學者對學術視野的選擇。一般而論，思想史的範圍也較哲學史爲廣闊，雖然很少得到清晰地界定，但它不失爲一種有效的學術視野。

在近代中國學術史上，思想史研究的興起與哲學史大約同時。一九〇二年三月，梁任公在其創辦的《新民叢報》上連續發表了《論中國學術思想變遷之大勢》系列論文，這可能是最早由國人撰著發表的思想史論文。而第一本由國人撰寫的中国古代哲學通史，則爲一九一六年謝無量的《中國哲學史》。這兩本早期著述有其學術史的意義，但其中對學科的性質與研究方法等多無明確的説明。事實上，無論是學者的闡述，還是其實際的操作，在思想史與哲學史之間都不易劃出清晰的界限，直到當代也仍然如此。抛開細節不論，就語用習慣及有關實踐而言，思想史表徵一種對歷史文化廣闊而深入的關照，其研究方法，關注的問題，都較哲學史爲多元，史料基礎也不可同日而語。尤其是在郭沫若、侯外廬等人建立起來的研究傳統中，思想史有明确的社會史取向，或因其與傳統的文史之學有親和性，以至在今天，這種思路仍然很有生命力。

文獻發掘向來是思想史研究的基本環節。爲了促進有關研究，我們選輯多種文本編爲『中國古代思想史珍本文獻叢刊』。全編選目包括經典文本，如儒、道二家的經解，重要思想家作品的早期刻本，和某些并不廣泛受到關注的作家文集的舊刻本。本編中也選録了數種反映古代民俗信仰的文獻，如《關聖帝君聖跡圖志》等。這些文本在傳統的學術視野中，多以爲不登大雅之堂，在今日視之，或者正因其反映了古代社會一般的信仰氛圍，而有重要的文本價值。此外，本編也著意收録了數種通常被視爲藝術史史料的文本，如《寶綸堂集》、《徐文長文集》等，我們認爲對思想史關注而言，範圍與深度同樣重要。

選輯本編，也有文獻學上的意圖。中國古代有悠久的文獻學傳統，大量古籍文本的傳刻與整理造就了古代中國輝煌的古籍文化。本編收録的這些刻本不僅是古代學術發生、衍變的物質證據，也是古代古籍文化的重要部分。本編所收録的全部作品皆爲彩版影印，最大限度地保存了文獻的細節。其中有部分殘卷，視具體情況，或者補配，或者一仍其舊。本編的選目受制於編者的認識與底本資源，或者有不妥、不備之處，希望讀者不吝指正。

目録（五卷）

第一册

第二册

第三册

徂徠先生集序

徂徠先生集將梓行焉其門人告曰刻成請公序之忠統曰不辭非道辭亦非道也今夫追憶往昔先生於我不以我不才以為可

教昔嘗我之所為茍有可
取則欣然極口曰開元天
寶之氣格漢文辭勸一勵
百蓋亦進之也若或不然
則亦循循焉不倦唯恐其
退博我約我無所不至其

教育如此其切親睦如此
其尊而猶不能啓發焉至
今業之不成我之罪爾今
使我為之序辭如以駑蹇
之駒啓行千里力己不達
不達不明夫明者文之德

也達者文之用也用德不
備將如之何且此不朽大
事不可不慎苟知其不備
僭以為之寧不愧於心哉
此余所以辭焉也閔人曰
不然先生恆以公為吾黨

冠飾況乃公之篤好斯文
至今不衰亦非其遺志乎
迺公何辭焉詩云經之營
之不日成之公何辭焉余
謂先生已以文學振名天
下則受業諸子已大鳴之

今此集行也我才不才固
無益損於先生之德且觀
此集先生平日切學於我
之言具存焉則辭亦非道
也於是獨言我雖不才至
于先生之教於今不敢自

棄以為之序元文改元之
夏滕忠統撰

烏石源君嶽書

徂徠集總目録

卷之十四

贊九首　銘五首

碑誌九首

卷之十五

紀行三首

卷之十六

說十三首　贈言四首

卷之十七

雜文十二首

卷之十八

徂徠集總目録終

徂徠集卷之一

物茂卿著

詩

風雅一首

斗之魁 有序

屈景君君燕既造予求和魁星詩予謝不敏不可具言其大儒人所囑乃在予也既已下世無所復命因泣簌簌下弗已予識其孝也屈在洛爲名家自其曾祖杏庵先生受經于歛夫滕公四世于今箕裘百年弗墜其緒書香

馥郁吁亦盛矣。予幼聞杏庵先生于先大夫，逌見君燕溫恭謙抑，一如所聞。何其流風餘韻，猶尚弗渝。乃爾聞大孺人明詩閑禮，旁通女史。意者內助所致，弦誦弗衰，世濟其賢。可以知已。魁星象，乃其家古物，大孺人崇奉之有年。自謂家世文學之祥矣。徧丐諸名勝詩之。夫婦人佞佛，此方殊甚，彌陀、觀音，家家而塑。是能識魁星爲何物哉？乃大孺人能識之。且其父家世所稱河村氏者，以豪富名海內。乃洗習紈綺，折節讀書。其在大孺人，足爲賢

已大孺人既已下世唯其所崇奉在焉是在
君燕羮墻之思其謂之何昔者大孺人在堂
今也在天魁星在天今尚在其堂我悲君燕
之心矣予之不能固卻其請也作斗之魁四
章以貽之
斗之魁煌煌其旋有常毋也在天維我心之彷徉
斗之魁建兮于輟我讀有母之訓兮俾我不能息兮
斗之魁建兮夜既曙兮于轚我車趨其君所
弗墜其業弗痗其仕毋邪魁邪于我何有哉
斗之魁四章章四句

擬古樂府十四首

悲歌

晚食可以當肉。徐步可以當車。優游若斯。爲何不娛。
欲鼓瑟無絃。欲吹笙無簧。心中有所思。悲歌秪自傷。

前緩聲歌

海中之山。必有不死之草。佩之不病。嗅之不老。自非
仙人王子喬。求之安可到。當復思東海之水。必有西
激之波。縱使可往。安有事於筏舸。長笛唱短笛和。願
君飲美酒且聽歌。

烏生八九子

烏生八九子。端坐秦家桂樹枝。唶我秦氏家有美麗好女。工用雙孔針五色絲持針爲人刺嫁衣。仰視烏嘆咨。唶我顏色。即醜勝汝姿。汝飛任意遊遨求妃阿毋生阿女時。欲與貴人奇此女。唶我貴人。安知阿女處閨房。窈窈安從通青雀乃在崑崙玄圃中。漢天子尚復得媒介之。唶我簫史仙仙雲霄間弄玉尚復得追隨之。神君乃在竹宮帷帳中。阿母尚得神君語唶我人民生各各有歡娛愁苦。何須計較早暮。

安東平 五首

淒淒涼涼。白露爲霜。行者不住。居者悲傷。

吳中春酒。旨甘芬冽。我有一石。爲郎作別。

土產物微。儂爺所釀。餘有三斗。爲郎別醬。

青綠金尊。以奉故友。不持作好。與郎爲壽。

東平劉生。太解人情。與郎對酌。冀以延齡。

關山月 二首

萬里關山月。不謂似故鄉。故鄉空閨女。獨夜織流黃。如何機中影。一似塞上霜。

中閨夜夜月。不須照妾顏。顏色看已改。妾夫殊未還。願將妾心去。憑君照關山。

有所思

冉冉白日徂。坐看庭草滋。朔風吹我裳。嘆息歲暮時。人生自有老。老至亦何悲。富貴儻爾來。榮名非可持。置酒高堂上。聊以娛佳期。秦筝間胡笳。嘈雜侑我卮。酒酣淚如霰。君子有所思。良朋滿四坐。此悲少人知。

當窻織

窈窕當窻織。愀然聽嘆息。窻前楊柳樹。君子所手植。春風吹成絲。行復何底極。

春江花月夜

人道春江好。春江況月明。林花岸上發。仙桂波中生。搖動花兼月。影香清且輕。初疑美人面。照見髻花橫。

又訝嫦娥鏡。冶容誰爲情。笑靨脣微啓。百媚灩盈盈。

江月看將上。江潮漸已平。江樹轉璀璨。繚亂雨瓊英。

昔聞月中桂。託根白玉京。縹緲飛仙藥。落水寂無聲。

依稀漢浦女。羅韈波上行。解佩珠徑寸。光彩令人驚。

今我非交甫。惆悵岸難鳴。江月忽不見。江花無常榮。

唯有江潮水。依舊繞江城。

昭君怨出於陳後主。卑薾不可擬矣

男子事遠征。異方使人悲。而况漢家女。嫁爲單于妻。

寢處穹廬中。湩酪匪所安。解髻辮其髮。蒙以貂貐皮。

閼氏雖云貴。寧有昔日姿。婐侍雖云衆。人面而獸嘶。

胡笳來相慰。嘈嘈曷可知。皚皚陰山麓。冥冥瀚海湄。故鄉不可望。浮雲邈相依。忽眺鴻雁起。中心安能持。憖生爲異類。徒死竟爲誰。矢我冢上草。庶以表心期。

四言古一首

猗蘭滕矦將戍洛陽城臨發置酒分十二體

矦將西征。駕言遨遊。置酒中堂。大會衆賓。九醖泠泠。百壺吐芬。野鳥玄羽。澤臛赬鱗。爵觥相屬。匏竹雜陳。矦廼鼓瑟。流眄高旻。𢒉留白雲。窈眇陽春。含宮調角。和者七人。上薄建安。嘉萬胡倫。滌翰興文。一何紛員。矦其奚往。清洛之濱。崇城有屹。材官如雲。豈無風流。

帝里在鄴。豈乏晤言。簪纓稱臣。知音者稀。落落孰親。爲之忼慨。悲歌激塵。滄海忽湧。白日欲淪。矦其往哉。前車鄰鄰。千里匪遠。春月維新。珍重加餐。及瓜之辰。

五言古十首

擬公讌詩二首

青陽蕩和氣。好鳥嚶其鳴。公子有所思。置酒會友生。尊罍湛且美。嘉肴紛從橫。座中多貴客。隨風飛緌纓。摛詞何翩翩。藻思逐翰生。宴酣出歌者。皓齒發清聲。舞袖綺以繁。餘姿一含情。絃管相間作。鏘鏘和竽笙。爲樂正如此。羽觴行無停。華鐙繼白日。庶以及芬芳明月揚素暉。臨此西掖垣。綺樹鬱相樛。枝柯一何鮮。
蕊萼發朱華。紛披映文漣。輕飇起中流。方舟且留連。
飛蓋集高堂。張鐙照長筵。主人不知疲。座客盡豪賢。
言論閒善謔。行栖屬雄篇。各有金石響。歌之被管絃。
激烈令人悲。颯沓答潺湲。為此長嘆息。嘉會古所難。
努力副盛德。不醉永無旋。

古風二首送琴鶴丹崖之國

常山何嵯峨。白雲何盤桓。俄爾盈山谷。皎若素與紈。
徘徊如有意。乘風去復還。仙人王子喬。相逢迴邅難。
使君走馬去。顧我喟以歎。歲月不我與。孰能保紅顏。

臥閤山之麓拄笏望其巔縹緲發玉笙坐令白日寒。
一夜泣仙靈三年來鳳鸞我病不能從涕淚空汍瀾
常山何巖巖松栢何青青鬱鬱千年物其下有茯苓
皎瑩若凝脂宛成白兔形使君有仙骨獲之可長生
迺駕山上雲飄游帝之庭玉女粲以視揖君酌九醞
大帳鈞天樂笙管何泠泠群仙醉相藉三年不得醒
籠偷發金籙爲我問歲星一謫苦爲爾何以歸玉京

贈吉臣哉從府主協衛駿陽城十四韻

媢哉芙蓉色娛余千里目悠然迺西顧揚觶歌自屬
白雲一何鮮白雲一何縟爰爾忽行邁振策指其麓

豈無同行士千騎道路側。繡弧間畫矛。煌煌燿南服。子獨慕名山富貴非所欲。雖有簿書絆心曠不成束。時了案牘暇憑高一寓矚。仙掌如見招。玉女粲曼睩。爾欲往從之豈無飛黃鵠。石髓倘或逢。永辭世氛濁。憐我平生好。每飯在鉅鹿憑君泚綵筆。題名列仙籙。

古風五解送縣次公還鄉

遠道三千里所歷鬱糾紛。名山與大澤。況復出白雲。白雲巧虧蔽何以能望君。一解 君行從五馬道路有輝光。君歸還鄉里。妻孥樂一堂。君行誠不惡。居者徒悲傷。二解 我無黃鵠翼安能從君遊。君馬嘶西風徘

徊不能留。人生都如此。誰抱千秋憂。三解　去矣策君
馬。北上岐嶒巔。回顧中原色。芙蓉高屬天。是我送君
意。皎皎遥爲懸。四解　艤舟廣陵渚。君亦援瑶琴。聽濤
寫妙散。徵我孰知音。贈我非此物。何以慰我心。五解

七言古三十一首

浪淘沙詞

青樓十二是儂家。下瞰大江浪淘沙。淘去郎恩海還
淺。淘來郎恩山更加。淘去淘來無定處。誰知儂意亂
如麻。

邊馬有歸心

烽火夜連碣石開將軍萬馬下榆關銀鞍錦韉黄金
勒驪駱騂駵雲作斑道是毛龍悉龍種天閑馴養承
帝寵春來鹵簿向長楊蹀躞春風艸茸茸秋日駕臨
大液池月明鬖髿映漣漪出聽仰秣偕魚樂法曲簫
韶夜奏時急報犬羊塞上群維皇赫怒掃胡氛併將
六郡良家子驅空天閑付將軍將軍膽略故亾論六
郡材官皆孟賁況是渥洼本神物要當有意答皇恩
金止鼓行遵約束斂蹄結舌氣明肅垂鞭繞動電飛
揚踰塊歷都窮逐北揮霍奮迅蹄似霜跳騰百尺蹴
名王須臾大漠血飆海汗血跨來轉有光照耀路傍

白草紅。移師旋向陰山東。橫行到處無人影。凜冽陰森鳴朔風。君不見交河氷雪踏成橋。風閃大旌凍不飄。又不見十萬如蝟揩欲隨馬頭亂雪拳毛顆。此時何處黃鬚兒。乘曉胡笳悲似啼。有情何有不淒絕。解語便當唱歸兮。三軍壯士目相視。忽聞萬馬齊聲嘶。

麗奴戲馬歌

高句麗北與胡鄰。產馬驍騰似其人。歲時國王修朝聘。迺貢良馬隨國臣。從行麗奴善戲馬。輕便閑習莫若者。西城門外楊子千。一時爭觀傾朝野。知有 法駕御樓。視樓上珠簾半捲起。 天威不言秋嚴肅。千人萬人屏息族校尉直前麾白扇電光一閃飛匹練。馬疑游龍人訝鳥步驟馳驚極八變邪看挺身立鞍頭黑風吹檣舟如箭須臾翻轉脚朝天臂諸蚩吻銜棲巔坐臥亾論穩牀第倒垂何敢擬渴猿渴猿據樹樹不動蓬萊纔動位神仙看佗馬飛人自若笠上毦飄颼颼然左右七步不容瞬或跨雙龍類比肩八變將畢天意怡。遙聞歡雷隱城雉倏忽冲空人仙去。只見千頭鞍馬馳衆人愕眙都罔措神滅鬼沒那得知有物翩然出馬腹振衣還向御前趍。氊笠胡服熟視是始悟技盡有餘奇贊歎聲不絕賞賜應無貲。

麗奴時鞠躬再拜敬致辭賤技何足言文武兩無裨
君不見箕子吾邦祖來賓周室朝京師兩驂兩服乘
殷輅和鑾鳴鏘鏘有威儀舞交衢逐水曲此技何爲乎
此時又不見豐王十萬兵叱吒風雷度大瀛二都浹
旬拔八道三月平此技祇云奔以資難與堂堂陣爭
衡　皇和今値　仁明君百年昇平息戰氛交鄰柔
遠賴有道不厭舺海梯山勤遐方小人伴長官聊以
賤技娛　玉顏笑舞巳歛自古賞魚龍曼衍至今觀
何妨千秋又萬載持此長奉　君王歡

風月樓歌爲井君賦

風月之樓何朗廓風月之懷何灑落誰其爲之幷伯
氏能雅能俗百無惡或可以集繁華子歌風燕月轉
綽約或可以會寂寥人嘯月吟風不落莫繁華子寂
寥人掩映風月各精神總爲東道擅光霽往來集會
不厭頻我也登此積雨餘點埃不起暑氣無有風拂
拂從南來倚檻披襟叫快哉濕雲鬱靄崢嶸失青山
赤阪參差出樓中器皿競鮮明樓外景象鬭蕭瑟是
日同游誰在座高僧快士四五箇華音倭語善戲謔
唐詩梵偈巧唱和譚罷玉麈助風威揮來絲毫勢欲
飛金叵羅裏吹醺醺石鷓鴣邊送舙舙風月之懷風

月樓。雅俗衆賓共自由。風月之樓風月懷。主人雅俗兩相諧秖恨主醉客散去。只得清風半樓趣緣何更上明月夜。乞取殘興爲我補

墨牡丹

高僧說法感諸天。雨花亂墜從四禪。欲墜不墜半空舞影落丈室明窗前時出神通能護持留在紙上長鮮妍細看非空還非色花王相好具儼然穠艷兼存瀟灑意富貴何求世俗憐始知魏紫姚黃外。别有宗門臨濟玄。

古意

漢家樓臺十二重上有僊人玉芙蓉金莖高竦雲霄外斗杓傾酌天酒濃五侯爭赴君王宴車如流水馬如龍學笙朝伴董雙成聽歌夕宿許飛瓊學笙聽歌無朝夕自是君王醉不醒未報集靈青鳥回已傳昭陽赤鳳來願教聖壽千萬歲臣曹長保此樂哉

贈海西慧通上人歌

海西高僧字慧通衣鉢翩然來于東逌爾索予文一篇再拜出門又乘風瓊浦西可窺月窟日暮潮汐所汨沒江城斫額望扶桑日大如輪夜半出中間道路三千里不無名山與大水毋乃游歷便成娛去來草

率何適爾自言高祖昭威君靈焚乍發獲其墳少小
受學華音者思靖先生有遺文逼也雖身在空門學
背祖德忘師恩欲得片辭垂不朽盍耳烏言誰與論
忽聞子名心如火及接子文珠雙顆攜歸夜行烟無
虞生平志願成聖果予聞此言三嘆息勇猛若師真
難得誰謂釋氏無仁義若師真足縫掖則況又作詩
追靈一文章夙成似長吉即色即空交精進圓滿莊
嚴旋它日衹憾一去杳無蹤鴻飛冥冥白雲重白雲
重冥鴻飛嘆息世上若師稀

猗蘭君侯將之國就別于草堂賦此奉餞

古來能爲布衣游魏有信陵今豫侯豫侯况復詩書
敦牛門何必讓夷門門前五柳繫五馬科頭笑視列
侯尊尊酌濁醪焚枯魚細剪於陵園中蔬再拜慇懃
上君壽祝君封内雨隨車方今大旱萬民哭聞君盡
心河内粟仁聞仁政雨不虛天必爲君降福祿河内
從來皇畿南南山佳氣映蔚藍君行絃誦樂民樂穆
如清風日颯颯此時回頭憶小人牛門此地天一垠
白雲渺予亦思君君且盡觴且逡巡

屈子旭七夕惠詩病未克答值此中秋夜深不
寢聊和其韻

中庭視月起彷徨。悲歌激烈發衷腸。忽動白雲坐相妒。英英南來褭清光。我有素琴不肎彈。高山流水奈辰良。予懷明德耿不寢。遡眷西顧金城傍。城傍朱邸連天起。佳人深坐鬱自傷。昔時貽我五色錦。攬之衣袖三日香。吾欲酬之病未克。霜露草草不行。攉藏安得仙人雙黃鵠。攜君並駕白雲鄉。嫦娥歡然授君藥。餐君且保千秋長。

題猗蘭侯畫二首

猗蘭公子工畫蘭。畫成豈與俗人看。一葉一花造化迹。霏拂春風被水石。縑素如聞王者香。藹藹忽升碧

子堂

公子至性聞道早學琴曾傳仲尼操寤寐珮服思古人名臺自名喈轉真不然安得畫蘭與操蘭宛然皆出諸指端

題子寬蒲桃畫子寬與藩公族食采巖提山

信陵公子素稱豪躑躅山頭城壘高城裏春風吹躑躅置酒椎牛筵山阜山花恰映衆賓面公子興酣弄彩毫應是爲憐春酒色忽然畫意到蒲桃

爲龍玄洲題仇實父畫後

繫馬高樓醉青娥急管繁絃夜如何舞袖欲共月婆

娑。皓齒似學織女歌。知傾金罍瀉天河。于偲者誰漁
陽。檛恐動飛霞驚綺羅。

戲歌與東奥人求書字

東奥之人求吾字。吾字豈堪媚時人。不識羲獻是何
物。而況顏柳與藏真。草堂花發鶯鳴時。對花聽鶯舉
酒巵。醉來臥把如椽筆。一揮唐人得意詩。中間一字
稍可見吾黨年少爭傳玩。遂使彼輩來逼迫。千方萬
計苦相干。老子此時沒奈何疾首蹙頞強掃過。寄語
吁汝東奥人。持去附之東逝波

秋日海上作

晩買舴艋海上歸。回頭海色射人衣。縹緲晶熒總堪羨。島嶼歷歷映霏微。鏡裡碧空縠紋生。千帆如鳥逐雲飛。雲飛雲飛弗已。風轉急。忽見潮頭散珠璣。雪山崩摧九天落。滉瀁滉茫萬象非。舟子收槳爭上岸。叱謂天吳變幻不可幾。天吳喜怒何迺爾。世路嶮巇吁如此。總不如歸臥舊廬。菊終日飲醪陶然乎醉而已矣。

農事忙

五月六月映山紅。南村北村少女風。曾苦雨前爭引水。便喧旱後忽橫虹。汗邪且省挈壺汲甌窶猶煩斫竹通。總爲在廬身類濤。不緣干役首如蓬。參天保障

是誰力繅雪繭絲悉婦功何識冰紈當避暑漢皇近
幸甘泉宮

雲夢歌爲越君瑞

美人夢乘白雲去白雲飄揚不知處滄海如杯崑崙
粟俯視蒼蒼何窮極顧身儼在帝之傍玉女曼睩挹
仙漿鈞天縹緲廣樂起忽有蓬風激淸商吹我誤隨
大澤中洲芷渚蘭杜若叢揭車留夷足紐裳九嶷凝
黛映沅湘鴻雁嘹嘹鳴其伍覺來怳然換君腸帝鄉
之樂蕩君志開口至今發天香雲邪夢邪何逌爾嗚
乎大澤之名不可忘我爲作誦題君堂

謝墨君徽

海西才子弄弱翰。戲向扇頭試作蘭、墨花墨葉宛可觀。清風清香六月寒、由來書畫無兩般。自託遥贈老夫看千里淋漓墨未乾出入懷抱照心肝相携日夜堪盤桓因憶故人多索處。總道愛我孰若汝荷汝兩次惠我情韃帽禦寒扇禦暑。

贈天門上人

天門上人來相别道將西看芙蓉雪芙蓉雪色中天立君廼仰頭不可及袈裟翩翩過其下。却恨此行不值夏天風泠泠絶頂來采藥仙人安在哉知君沈吟

不忍去處處題詩只徘徊過此以往長安道誰與驄驚踏青草千里如髮春三月羨君遠游及未老

贈墨君徽歌

古墨子悲染絲今墨子何所悲家有氷蠶五色繭繰成苦欲補袞冕越人斷髮竟何往爲之棄置恒快快肆力遂讀書五車摩頂放踵豈有它九流往往莫所擇兼愛嗟爾過阿翟近纂五言長城出吾學公輸雲梯術九攻九退無間然歛手逡巡稱爾賢吁嗟哉今墨子真墨子古今人相去其間不以咫吁嗟哉古今墨子何所悲吾悲今人徒貴耳

酬涌谷麟上人見寄

麟公脩道深山裏。俯視山雲涌谷起。空翠縹緲結樓臺時復隨風散錦綺。錦綺片片中宮商。樓臺一一發異香。迺知六塵本無礙。何翅空中觀色相。上人因之寫爲詩。無心猶似出岫姿。自言山中無所有。聊以贈汝知不知。

謝盤山君畫

仙臺公子巧弄毫。曾作錦雞與蒲桃。蒲桃纍纍解人醒。錦雞飲啄似欲嗥。老夫一見嘆妙詣。何以能中公子意更畫高山松一株。因人千里特相寄。謂是遥欽君子德使我錯愕失顏色披緘丹青究蘊藉掛壁屢顧太落穆參天不失富貴氣恍疑置身秦封側迺知人間雲泥分居氣養體愜所聞公子自是賓大國老夫齷齪非其群山如不騫松如茂持此還當爲壽君

觀張僧繇翠嶂瑶林圖歌

僧繇之畫天下無迺有翠嶂瑶林圖吾潘柳子携相眎使我三日忘晝餔一縑巖壑宛然出千載丹青煥未渝琳館仙子往往遇秀骨古色處處殊曾聞畫力僅八百中原兵燹不易覓渺渺蓬壺隔弱水護持却應六丁役跋後元明諸名家書畫賞鑑衆所誇競將

六法贊其妙，妙處不傳徒咨嗟。憶昔學詩學六朝，六朝倩麗猶可肖，祇有一種矜貴色，想見烏衣公子標。開元英邁發露盡，卒使雅道傷輕俊。羲獻風流還蘊藉，歐顔以往皆後進。始知文章與書畫，世世一解下一解。所以吾師孔夫子，好古求古死乃已。

送海上人還崎陽歌

雨雨風風三春暮，黄鸝百囀花辭樹。夢寐神飛不可住，焚香坐誦遠游賦。忽想緣山海闍黎，袈裟飄飄去何之。白足由來泥不染，擲杯可以渡渺瀰。下界衆生仰頭看，金策冷冷響雲端。名山大川頃刻過，三十里程總無難。自道崎陽是我宮。孤島平懸大海中。濤靜遙見飛鳥影。天外千帆問日東。日東佛法今衰惡。大道七裂如瓜剖。昔在阿難傳侏離。什奘粗鹵不知學。海師淹貫仲尼籍。旁通九丘與八索。願以左氏司馬文。新譯梵夾娩述作。物子聞之笑相戲。是君家事非吾事。君去大修人天供。天竺高僧倘相逢。爲問須彌偃蓋鉢。其如日東芙蓉峰。

贈丁士茹

洛陽復見賈生才。今日吳公安在哉。九重宮闕連天起。公子王孫滾滾來。四望青山徒突兀。文章千歲落

塵埃誰其所使室町氏坑士焚經何得似君乃著書欲過秦知君才調本無倫西歸君去過湘水試問何人似楚臣

予素不知佛法爲玄海戲學浮屠語題蕭鳴草後

支那高僧本禪師道成十年住長崎長崎紛沓賈販塲喧有曇香往從之細音如髮諸天語一室晤言人不知忽復大音似雷霆隔海支那諸友聽何人爲傳蕭鳴草吾受讀之眼頓青出世能作入世語字字總生蓮花馨笑佗禪徒稱別傳捧喝却受祖師纏一離

一著無休期。怒眼攘臂兮已賢。何若李公道既化。時出綺語應世緣。

崎陽劉生印歌

卯金刀子卯金刀。往昔斬蛇氣何豪。今日漂零無所用。鐫印精工名遂高。篆法妙絶薄李斯。蔑視秦家傳國璽。千顆萬顆應人求。印刓不與項何爲。惠我一顆美若玉。彫刻宛轉如毛錐。我濟十指懸槌似區區毛錐不爲使。不是君家卯金刀。那得自在能若此。君家事業竟如何。君乃日日兀兀過。試問文章千秋迹。兩京四百孰仲多。

井生侍親西還有悵然之色詩以送之

周南井子侍親旋到日應逢棠棣翩豈不爾思室斯遠東方一輪海月懸君自赤馬關頭望微茫更隔西海烟父慈子孝家庭樂明倫館中多英賢餘力學文是君事目送飛鴻揮五絃詩成但繫飛鴻足縱是千里却可憐

贈玄海上人

君今脩道在西山西山紅樹想正殷此書到日雲滿山雲山童子毋乃君雲隔東關鐘不聞但知君讀貝多文

奉觀守山公子菊詩聊成短述併簡子和

公子偏憐楚客餐。開宴終日凭玉欄。珠履玳簪爭爲歡。中有楚客知不知。金華先生媚楚詞。還殊澤畔獨醒時。掇英釃酒酒更美。奉巵慇懃上公子。公子千秋長不死。君臣相得能如此。熟視靈均難及爾。

余五十節壽詩。富春山人遥惠鐵烟管。繫以一律聊依其韻作歌謝之

一自羊裘嫌物色。釣竿苔剝色成玄。截爲鐵篆還無孔。擲下蘐園夫子前。夫子吹笙不解笛。偃蹇伏枕只吹烟。烟中一點忽熒赫。驚問客星終[illegible]遷僊。

卷之一

徂徠集卷之二

物茂卿著

詩

五言律一百二十四首

孤山席上同賦聽彈風入松得吹字

有鼓入松變。按徽下指遲。忽爲流水調。翻作冷風吹。縹緲還疑浪。奔騰不信絲。操終歛衽謝。此曲最稱奇。

大龍香尊者和玄上人詩見示謾次其韻附呈

何嘗說圓通。揆辭識世雄。菩提尊域外。舍那王丈中。所以禪師筆。不無才子風。善哉龐氏子。及第頌心空。

螢

葉閒疑似露。日暮尚依稀。帶雨初懸竹。隨風潛點衣。明珠垂水麗。銀燭隔牆微。莫傍玉階月。偏臨長信飛。

白雲臨酒

把苦山中夕。白雲忽自親。映壺疑出岫。繞盞似藏輪。誰識帝鄉物。迺憐醉國春。願言留此影。聊以贈同人。

歲初和江若水中秋寄詩

我憶疎狂客。家鄰浪泊臺。絲毫臨月寫。錦札及春來。臘酒今應熟。寒梅早或開。但無同調者。白眼許誰陪。

山家閨怨

山中徵王帛，夫子道輝光。歌管留都下，繁華寄洛陽。
敢懷猿鶴怨，能憶田園荒。只是鹿門昔，誰裁薜荔裳。

春山欲雨得香字

始訝貪山路，何來到夕陽。看無千嶂色，忽有百花香。
風捲畫圖失，雲隨杖屨涼。春衣堪自惜，猶未盡羊腸。

夜雨龜山席上得之字

意氣論交地，蕭條把酒時。俱高白雪調，各抱青雲悲。
撫劍春星暗，剪燈夜雨垂。風塵明日起，聚散敢忘之。

春夜子固席上分韻書字

窻櫺春月暗，爐火夜寒餘。來扣邊生笥，同憐揚子居。

紛綸探得字。寂寞校殘書。罔象知誰是。爲君照五車。

淑氣催黃鳥

黃鳥飛何晚。青春盈載陽。烟霞來宇宙。草木有輝光。雪已殘幽谷。花當滿帝鄉。東風吹次第。上苑聽笙簧。

觀獵二首

晉鼓順朔吹。虞旗明西曛。貿羽爲講武。追禽非娛君。七百雉兔往。三千貔貅群。近値罷圍禁。空閭民如雲。

紛紛紫貂帽。意氣獵山阿。火迸鼻頭發。矢颼耳畔過。珊瑚麋鹿碎。雪霰羽毛多。貫獲獸宜有。父兄書謂何。

雍崎大士洞

傳云千年寺。香火大悲尊。石壁鬼神裂。苔龕日月昏。巖懸迷有路。洞曲訝無門。忽得豁然出。方知近後村。

同賦折梅逢驛使

欲寄北風信。聊攀南國香。抗塵思皎潔。播馨比芬芳。心賞寧堪獨。神交轉自傷。江山殊舉目。持此爲相將。

和東壁 二首

憶得吳門樂。誰知過爽鳩。豪猶燕市酒。興已剡溪舟。意氣今成夢。詞騷昔上樓。且應餘匹練。夜照斗兼牛。

曾聞巧似鵜。應笑拙於鳩。薄宦甘移舍。浮踪疑泊舟。春鶯皆喬木。美竹總高樓。獨我隨槽櫪。從人呼馬牛。

實禪師已辭松雲自稱卧隱有詩徵和因奉拙和

孤雲兼倦鳥。一併箇中還。坐隱寧棋局。卧遊是博山。風雷揮麈尾。日月拄頤閑。猶識餘豪氣。樓高不可攀。

春日集卧念堂

春日芝濱寺。重尋花木幽。詩知齊已屋。卧豈元龍樓。梅發憐新趣。酒酣悲舊游。自緣忘爾汝。欲返又聊留。

菅廟

菅公儒雅士。千歲事堪嗟。誰請倭臣首。獨傳說劒家。忠寃尤霹靂。誠感唯梅花。遺廟儼崇地。徘徊白日斜。

覺玄上人游興用球客韻見示聊和

道高游戲在。海寺況登臨。雙樹袂風冷。禪心印月深。

爲傳中竺語。時傚遠夷吟。杳渺流沙路。知君定裏尋。

聞笛得知字

征客山陽笛。秋來日暮悲。胡兒城下淚。夜向月明垂。

春早繁華地。人歡駘蕩時。誰將搖落意。吹使王梅知。

奉和琴鶴君侯咏雪瑶韻

華堂宜賞雪。盛宴況城隅。珂散三千客。花明十二衢。

陪筵誰援筆。映履欲疑珠。何識長安市。有人醉當壚。

獨不見

夫君輕遠別。獨不見盧家。玳瑁雙梁燕。芙蓉竝蒂花。
紅顏非易保。白日豈難斜。所以莫愁樂。勝如陰麗華。

採蓮曲

江南採蓮女。竝棹下江灣。花美解誰語。水清照我顏。
糚臨明鏡裏。香度綵雲間。惆悵無歡覓。高歌月出還。

風月樓新落同賦分韻閑字

似是迎風榭。還疑待月臺。應持雙美去。合作一樓來。
可以歌明矣。何妨賦快哉。知從今日始。高會幾回開。

舟中曉望

乘夜淩層浪。黑風勢壯哉。看愁山影失。坐喜日華開。

金湧千尋底。綺分百道來。東望雲似物。應是近蓬萊。

同賦鳳皇鳴朝陽

東方君子國。伊鳳所翺翔。朱鳥昭皇瑞。碧梧垂帝章。朝陽瀛海色。初日羽毛光。賀世今宜爾。一鳴聆激揚。

中秋前一日忘憂館小集分韻前字

茅堂聊小集。參坐素商天。人愛風烟爽。詩驚追琢圓。應從冥討外。忽似暗投前。持此誇明月。中秋可占先。

驄馬

驄馬誰人騎。五陵美少年。曲鉤步逐水。直道馳如弦。紛映黃金勒。裊垂白玉鞭。自憐上林暮。意氣獵秋天。

暮秋山行

青壑聽猨度，白雲立馬看。蕭蕭皆落木，歷歷幾晴巒。
九月征衣薄，千山秋日寒。鄉心何廓落，鳥道自艱難。

出塞

悲歌方罷宴，揮手玉門分。常惠今教字，燕然昔勒文。
聊將刀筆吏，敢從貔貅軍。暗想燕頷者，封侯自有勳。

遊寺

雲徑迷初地，蘿磴豁絕岑。莓苔知客少，猿鳥覺山深。
竹映雨花色，松傳空谷音。不因逢僧話，早已洗塵襟。

晚行

返照如呼我曳筇寧有情林間遥聽笛牛背巧飛聲
緩步誰知意相逢不問名且隨山月上同浴澗流清

郊興

負杖課童僕秋深負郭居迎霜憐素菊過雨惜紅渠
城市跡纔隔田園興不疎故人應近訪莫使醅甕虚

巫山高

巫山高幾許上有襄王臺古木參差出清猿日夜哀
一篇傳恍惚千載極低回尚識行雲雨時聞環佩來

蟬

羨君涼籟吐苦此暑埃侵三伏轉消渴一蟬忽鳴吟

楚臺風自快。漢苑日方沉。應飽金莖露。寧知司馬心。

道士水亭

丹竈迴浮水。赤欄橫俯流。遥呼垂釣坐。不肎隔門酬。
一鶴驚飛映。千篁深掩幽。玉顔童子侍。恍疑徐福舟。

武陵泛舟

云是武陵地。桃花兩岸林。冀逢黃髮宿。行訪白雲深。
灼灼霞成綺。蓁蓁山自陰。停舟猿叫斷。寂寞古人心。

過故人莊

偶從郊外路。一過故人家。款客逢秋熟。論心忘日斜。
山肴無海味。村飯有胡麻。更是陶翁趣。東籬旋看花。

寄某上人

一鉢是生計。三衣唯路資。報恩甘棄母。求道苦尋師。
寒雨湖雁斷。夕陽秋草衰。結趺何所處。思子使人悲。

寄舊游

悵然思往事。歲月似東流。詩酒青樓宴。管絃白社舟。
凋殘今幾在。恍忽昔曾游。已矣壯心盡。與君共白頭。

早寒有懷

摇落江山暮。客衣早覺寒。蒹葭連水北。鴻雁叫雲端。
料識閨中夢。當爲馬上看。何由尋錦字。鄉國路漫漫。

擬秋宵寓直

禁廷饒樂事。不覺中宵過。瓊樹秋偏麗。金莖露轉多。罷筵歸曉月。應製仰明河。已駭早朝者。隔垣鳴玉珂。

山居秋暝

獨坐空山曲。西風桂樹秋。千峰開返照。一葉舞寒流。鳥雀喧樵逕。猱猿挈釣舟。慣玩秋月好。出户且遲留。

登城樓

步登百雉上。俯眺九霄間。碧抱蓬瀛海。青環表裏山。氈蟻晨市聚。豆馬暮城還。最看芙蓉色。西南白雲閑。

題驛樓

驛樓臨大道。垂柳拂欄凉。疲馬嘶長日。卸鞍繫短墻。

野花橫鬢巧。村釀壓糟香。小女當壚笑。解言勸我郎。

征馬嘶用高達夫韻

征馬且千里。行人殊未休。蕭蕭嘶落日。寂寂動清秋。南雁懷吾土。朔風吹爾愁。雖非大行坂。到處共回頭。

題書齋

書架五車富。花瓶十月春。外梅無長物。中酒有同人。偃蹇終年暮。文章白日新。童烏應識字。玄草不須親。

夜宴友人莊

日落花逾白。興餘筵又張。釣池魚躍鏡。洗竹月窺堂。險韻燭剪早。繁絃曲度長。爲緣投轄愛。歸路遠能忘。

擣衣

三秋風落木。萬戶月明砧。非爲佳人怨。旣然行子心。
征衣今日薄。寒氣昔年深。空向邊庭老。不聞鄉里音。

村夜

小澗經霖漲。獨梁認電行。歌舂連里動。續燭射窓明。
過店羨茶馥。踞門待月生。偶逢老農話。嘉爾古人情。

泛舟有女樂在諸舫

簫歌飄島渚。詩酒在樓船。轉棹滄洲外。揚觶明月前。
水連雲不盡。岸濶地將偏。忽載青蛾過。何來牛女天。

聞笛

何人吹玉笛來此客中堂急節傷神短曼聲引怨長落梅殊寂寞折柳轉凄凉繚繞留餘響前山歛夕陽

七里灘

晚泊嚴陵瀨江風吹客衣山寒飛鳥疾岸濶渡人稀不盡客星色還遥高漢月暉巢由千載後微子與誰歸

雲際中峯

中峯殊突兀聞有古禪關寧信殘僧在只看飛鳥還積翠迎日立縹緲出雲閑疑是諸天色結爲下界山

叢篠

坐疑白日沈對此翠篁林水映森森淨風吹葉葉深

歲寒皆有節。籟萬總無心。爲待鳳凰宿。曾栽數畝陰

尋某山人居

欲訪秦人隱。桃源且繫舟。村村隄岸似。處處洞門幽。曾識數竿竹。還沿幾里流。果然鷄犬逕。桑柘水窮頭

採蓮曲

又被採蓮伴。相牽過幾灘。妙歌人自好。袪服俗相看。獨記去時斂。徒聞別後冠。芙蓉花酷似。何處覓儂歡。

經故道士觀

相傳尸解去。知是玉皇臣。昔駕緱山鶴。今遊閬苑春。榻留伏火鼎。壁掛禮星巾。舊觀皆零落。寥寥學道人。

行舟值早霧

何來雙岸烟。不見兩重天。將謂雲埋路。忽知霧擁川。
搖槳聽瀺灂。探木辨洄沿。看已日華動。前山色未鮮。

題禪院

衣濕翠微色。屐穿薝蔔香。千山遶處路。一鳥飛邊房。
茶飯自何得。利名來此忘。悵然徙倚久。看已沒斜陽。

送其明府之任

聖世微官樂。何須惱別魂。栽花應滿縣。行樂或過村。
千嶺對廳壁。一舟到郭門。相思倘乘興。看子飽君恩。

擬禁中送山人

又看陶隱居玄武掛冠還請邑便尋欒賜金可買山
留詩青鎖上來表白雲間臨別丹無吝爲吾駐醉顔

擬中書寓直

紫薇花照省遭遇聖朝難才子皆懷璧侍臣總握蘭
陪筵知帝德草詔奉皇歡爲在鳳池上聯行鵷與鸞

江上田家

門巷隨江曲田家籬落稀岸低洗耕具雨霽晒漁衣
小犢負薪飲扁舟刈麥歸兒童沙上戲鷗狎不高飛

故城秋望

故國千年後眺臨在宦遊草埋殘郭没江齧頹垣流

山色銜斜日。潮聲動暮秋。無窮懷古恨。併作客心愁。

出城門

胡馬紛荒服。戎裝辭帝鄉。西風吹渭木。落日照城墻。供張傾都士。慇懃同舍郎。不須揮別淚。自古漢兵强。

秋夜友人宅對酒

悉是悲秋意。相看倦宦情。非關歌管促。已覺酒盃輕。千里人懷土。三更月滿城。不堪搖落夜。共聽雁鴻聲。

秋日野望

曠原聊矚目。秋思黯難收。故國識喬木。夕陽帶斷流。草肥芻牧少。城遠鹿麋遊。平楚眇無極。一望何限憂。

閑居

山園村落僻。門對澗流清。窓竹因風動。遲苔先雨生。釣魚乘月黑。採藥喜秋晴。何妨吟朋少。元來遠郡城。

秋日寓直擬作

洞門深自邃。獨坐掖垣清。咫尺天猶遠。三十宦未成。芙蓉御溝色。鴻雁鄉園聲。拄笏西山爽。惆悵若爲情。

古別離

憶昔東門別。青青楊柳枝。郎歸何日至。妾意有誰知。白雪忽盈䰐。紅顏自照池。人間能幾歲。死別勝生離。

野居池上看月

誰引野泉響
穿苔作小塘
山遥多水色
地曠足天光
忽見臨明月
猶疑浸夕陽
似無朝莫別
殊覺歲時長

洛陽早秋

宮闕似生愁
帝京是倦游
凉河臺側畔
纖月殿宮頭
短笛秋來夜
長歌人在樓
奈何鄉國思
大火向西流

阻雨

長江烟雨暗
客棹滯孤城
繫纜過三日
掛帆更幾程
波濤滿地濶
雲霧漫天生
咫尺金山在
徒聞奇絕名

採蓮曲

高唱採蓮曲
採蓮應有心
花花朝日麗
葉葉暮雲深

桂棹長洲外。蘭舟短嶼陰。誰人遺玉佩。何處落珠簪。

寄興園池鶴

昔從瀛海至。今尚羽毛存。高潔豈縻爵。稻粱已飽恩。青雲縣圃遠。翠竹夾池繁。風唳却秦日。寧須乘衛軒。

送客臨邊

客邊鄰異俗。何曾恨離家。魂斷天南雁。目窮漠北沙。非無龍磧月。自有燕脂花。日暮胡笳沸。氈毡擁虜車。

感秋林

歲月看忽改。庭園境非殊。老樹西風冷。疎林晩照孤。霜寒驚宿鳥。葉落見巢烏。何限人生恨。將無榮與枯。

晚宿江戍

浮槎隨落日。荒戍倚中流。欲結一宵夢。來栖千里秋。
江聲聽似咽。山色看成愁。伏枕終搖蕩。出波月没洲。

客舍秋懷

徒看風物改。誰解客心悲。日日北人至。年年芳草衰。
雁飛元有信。猿叫自無時。問我終何意。欲言開口遲。

某宅會別

把臂是餞宴。林亭迴晴空。賦詩悲在没。攬鏡嘆窮通。
花竹聊堪賞。杯盤暫此同。慇懃休辭醉。明日各飄蓬。

早行

壯心凌曉發客路不知悲為抱烟霞癖忽忘筋力衰
雲巒微白際海日欲紅時立馬千尋阪悠然悞往期

同賦王孫游分韻

王孫去不返桂樹山之幽猿狖偏悲夜登臨總慘秋
如何春草色一自楚臣愁歲歲芳洲上至今苦遠游

和番

琵琶行路難潼酪北風寒寧保紅顏好已憐翠黛殘
單于懸久待道路悉相看婁敬獻長策唯謀朔漠安

秋日某廳池上咏石

石時一拳秀池開半畝清無磷存古質不轉異凡情

出沒知漣動。玲瓏映月生。鬱林應載至。久飽陸公名。

湘妃怨

蒼梧荒服地。二女從王游。自古湘妃怨。至今芳杜洲。楚山疑九似。瘴溪競千流。遺廟知何在。鷓鴣日暮愁。

從軍行

妻兒送出城。慟哭一吞聲。自是居人意。寧知壯士情。國威千隊肅。將畧九邊明。腰劍秋霜色。抽身已籍兵。

暮雨送人

陌頭楊柳垂。相送雨昏時。寂寂去人遠。濛濛匹馬遲。江聲鐘易濕。渖色草應滋。寧問明朝後。吾心已亂絲。

友人枉書稱日暮無車馬不赴以書答

一諾期沽酒。三朝已掃門。青雲咫尺遠。白日須臾昏。
盍秉照花燭。何妨泛月尊。且當勞屐齒。却說折車轅。

送落第東歸擬作

君家滄海上。雲物近三山。皆看化鯤去。獨來倦鳥還。
嘯傲高世外。詩卷落人間。明日東風起。無心叩帝關。

秋雁

聯翩鴻雁影。日暮過江干。正値楚楓落。遥知燕雪寒。
乍聽揮淚易。欲問繫書難湖月送何限洞庭早已闌。

宿禪房聞梵

疑此域中地緣何界外心忽然風籟動定是雨花深
飄去一輪小和來萬木吟老僧正趺坐靜學梵天音

池大師席上

竹樹澹秋色高齋款客閑滄洲何髣髴書畫足徘徊
今已以文會後當為興來還嫌金谷酒或苦獻之才

砥礪尊者新年作次韻

調刁起東風諸天竟孰功日華香海外春色梵宮中
世值昇平運路疑安養逼琅琅閑士偈却似說圓融

宿江店

鸚鵡洲前水蒹葭秋後花寒雲回客棹落日宿漁家

樹小漢流濶村稀江路斜何心南國雁聯翅下晴沙

夜到漁家

日落江隈里燈光動竹扉魚蝦新酒熟蓑笠小舟歸

水濶鷗應狎竹深客自稀三閭君莫怪已製芰荷衣

邊上送故人

壯哉三尺劍去矣一書生北雪迷岐路南雲渺驛程

今朝辭玉塞何日到金城聞說漢班超建勲戍已營

小集烟字

深語鐘過午沈吟雨欲煙世情高枕盡任氣把盃偏

鏗爾時投瑟斐然各作篇俱言酬我志豈必世人憐

王孫游

王孫遊不返，悵望復斯辰。蘿容終無徑，風吹若有人。誰同明月夕，想結白雲鄰。草色青何限，萋萋度幾春。

和覺玄上人韻

何必列仙儔，高真與淨流。不煩避暑飲，且借乘風游。狂許淵明社，爽過弘景樓。醉聽松籟起，清梵破冥幽。

次雨世達咏龍韻

靈物潛伏時，吾識善變化。獰性自難馴，煥質誰能駕。看且洊雷發，遂從勺水謝。珍藏頷下珠，莫向人間借。

小集得前字

何若無人境，牛門小築偏。市朝如隔世，詩酒且終年。
或爲從游樂，時增泉石妍。廼知丘壑趣，不讓輞川前。

又得賒字

山供終落實，林鳥漸喧嘩。主無冬蓄菜，家有春摘茶。
催笛竹先籟，引盃天已霞。愧孤來訪意，詩酒兩俱賒。

初夏幽莊分韻幽字

垂楊絲漸老，尚可繫驊騮。下榻迎風至，啣盃聽水流。
嗚禽看變夏，脩竹已藏秋。散髮逌然笑，吾莊事事幽。

同前分韻花字

桃李春風日，誰知蔣子家。近聞新竹徑，偶駐故人車。

埜味林垂菓。幽芳菜著花。雖無供張美。聊醉卧晴沙。

林卧

夏木千章好。況逢三伏天。披襟風葉底。高枕露枝前。深映緑尊色。斜窺纖月妍。似惹南柯夢。此心已恍然。

琴鶴丹扆和予林卧詩併以靈楓記見寄再依前韻聊述其事奉呈

聞有靈楓樹。蕭疎宜夏天。緑揺山堞下。涼滿郡樓前。因愛風聲美。應懷霜色妍。綵毫堪隱映。誦畢亦蒼然。

中秋翌日同人集偕覽古琴經分韻知字

闕里遺音在。千年吾黨知。流傳天或厄。遇合道無疑。

明月中秋夜。幽蘭君子詩。賞心猶可及。願共理朱絲。

留春館小集同賦寒江把釣

羊裘凌練色。乘醉下中流。不盡剡溪興。留爲茗雲游。鉤疑柳葉月。雪似蘆花秋。始信玄眞輩。四時未識愁。

奉和琴鶴君侯雪中瑤韻

知君仙府雪。賞此逡巡春。錯落埋山屐。繽紛集岸巾。東風千玉亂。夜月萬花新。但是朱門裏。能容乘興人。

次韻雨德允奇童

弱臂揮椽筆。屹如萬仞山。熟着氣骨勁。遙想風神閒。學縱父兄得。才非季孟間。古言三虎子。必有豹文斑。

次韻伯錫贈韓客詩

西來書記客，輸爾更翩翩。詞翰風生處，聲華日出邊。秪教二陸似，何必三韓傳。藉甚南朝士，最看大謝賢。

次韻仲錫贈韓客詩

舘中君最少，援筆問仙槎。一謝聲名亞，三韓道路賒。西山晴後雪，東海日邊霞。掩映多奇句，轉堪異域誇。

代人贈韓客

翩翩書記哉，遥傍使槎來。蹈海還雄志，抽毫自大才。南雲流湥翰，西日映銜盃。傾蓋乾坤外，相看便可哀。

又

叱馭漢臣節。乘槎轉渺然。映雲曉筆矗。指日錦帆懸。東望應無地。西歸若上天。壯游知有助。書記更翩翩。

城北集得危字

芙蓉城北府。屬發日南時。不有維摩室。將無齊已詩。吟心忙自得。酒力寒、相持。擊節塵中趣。何妨倚一危。

又分得徒字

冥搜恣象外。勝集即城隅。浩笑喧盈屋。高吟詩獲珠。誰知戚里地。忽著高陽徒。意氣相看暮。黃塵滿九衢。

謝諸君見訪

自古一安道。方今幾子猷。孰非乘興至。總是爲詩留。

栽竹供君愛彈琴破我愁況看天欲雪牛渚有扁舟

同游聞成練若分人字

春日城東路聽鶯訪道人曇華還即色忍草不侵塵汝法同支遁吾徒總伯倫已憐般若趣何妨膾紅鱗

二月廿一日草堂小集分韻今春都下大火風沙竟旬人皆騷然文事久廢

春來恒擾甚誰料會群賢萬事風塵後一尊木竹前人堪乘雪夜笛更落梅天有興晴逾好柳絲可繫船

是日諸子集西臺庚邸而予病不能往因憶前日分天字詩不成偶作補債併寓戀戀

臺上笙鏞起頌歌公子賢猗蘭流古曲叢桂映新篇

病肺秋逾劇賦心老更憐豈無飛動念夜夜夢鈞天

同飲次公舍

城裏諸侯府周南才子筵饌肴饒遠味書畫出名篇

白雪歌相和朱門春可憐使無嚴夜柝秉月欲留連

觀潮

八月秋濤大廣陵壯觀哉勢疑吞地盡色似盪天來

百萬雷聲合須臾龍界開何人珠徑寸拾得此中回

五言排律一十首

東壁席上限韻

嘉會諒難得良筵苦易窮乾坤懸榻外人世把杯中
詩就探珠色談生揮麈風心同皎白日眉對恍青空
賴有衡泥屐寧無冒雨驄莫嫌來往數思子在鳴鴻

歸後再同原韻奉寄

買屋鸌洲上寧愁吾道窮釣舟通郭外酒肆近城中
繙籍每深夜聽篁偏愛風不緣賓客滿恒恐罋罍空
長者多埋轍故人皆駕驄誰知麋祿隱更有羨冥鴻

東野見訪座上用錢起韻

世波何浩蕩宦路自浮沈欒裹歲將晏酒杯日且深
悵然青嶂色倚此翠篁陰消渴同司馬支離違尚禽

晴雲閒岫樹。爽氣滿丘林。時有問奇客。知吾祿隱心。

邊城落日

朔方戎馬地。杖策意何窮。徒步長城外。遥看斜照中。陰山銜落日。大漠起悲風。嚴角聲連塞。歸禽影滅空。域絕崦嵫邈。河高星宿通。功名驚白首。慷慨爲誰雄。

贈學僊者用王績韻

瀛海波濤闊。蓬萊道路賒。釋裘被草木。却粒餐烟霞。夜宿羽民宅。朝遊毛女家。神仙洵美矣。流俗詎能邪。秋去三珠樹。春來五朶花。逢人空自說。句漏有丹砂。

同賦明月生海上

碧漣湖頭細金浮波際生三壺望忽奪一鏡吐還清
出彼天衢遠接斯折木橫白毫百道射驪頷千尋鷩
焦石想應漫扶桑似欲明婆娑影方悟冉冉近南榮

冬日遊同齋先生別業善樂者神景豐祐阜二一

師來集

大醫裁藥地窈窕接名藍爲奏鈞天樂忽飛錦字緘
翠篁傳籟潔紅樹滌霜酣笛有胡僧弄酒從楚客耽
行杯臨敞砌摘藻映晴嵐總覺離塵網僊居近佛龕

賦得振衣千仞岡

忽脫樊籠役陟斯千仞丘屏車隨石徑洗耳鑒寒流

垢濁長相謝。塵氛安可留。饑當餐沆瀣。死不事王侯。
遯矣鳳鳴處。杳哉鸞嘯儔。飄飄振衣立。抗志隘神州。

春色滿皇州

佳麗關中地。韶光况媚人。繁雲低殿閣。逈雪對城闉。
花早上林樹。風柔少海淪。雙珂辭博陸。連騎散平津。
天酒家家醉。春衣處處新。青樓十二陌。無日不紅塵。

同賦春色徧皇州

葱鬱神京望。乘時識帝功。青陽萬國首。紫靄大寰東。
罩闕和烟麗。映街纖雨濃。朝回雲母輦。班散日華宮。
已有紆組客。豈無奏賦雄。春衣過杜曲。夜酒宿新豐。

甲第森臨水。名花爗照空。南山如著色。上苑亦含風。
暇豫六龍駕。從容五馬驄。總憐佳色動。譪譪滿關中。

祖徠集卷之二

徂徠集卷之三

物茂卿著

詩

七言律八十一首

巫山高

一聽哀猿此地殊。峰峰十二鬱相紆。襄王蹤跡成今古。神女精熒竟有無。西去江流通白帝。南來雲氣滿蒼梧。蕭森搖落秋何限。憶昔登高楚大夫。

望嶽

何物芙蓉落日寒。關中霽迥綵雲端。青天一柱崢嶸出。白雪千秋突兀看。誰指仙衣懸縹緲。自疑玉女剖琅玕。于今石跡山陰地。喚取驪駒問大丹。豐聽王馬跡石實在山陰。昔年使峽中所觀。

竹亭大兄示及上日書懷詩漫同其韻二首奉寄

才子先朝金馬廬。一時光寵憶齋居。鬼神宣室終成讖。封禪茂陵誰覓書。御氣忽隨璇斗改。春雲長護寶圭舒。料知唱和多傷意。今上栢梁盛集初。

仙郎已厭承明廬。暇日茂陵偏病居。青瑣從容皆焚草。玄亭寂寞只繙書。身懷趙璧難韜晦。年近蘧瑗可

卷舒聞說　本朝多父客彈冠將及中興初竹亭家藏御墨故前首及之

冬月圓

看月上樓還下樓冬宵三五客衣愁窺窗玉鏡寒逾小委地金波凍不流何物梅前吹斷笛誰家雪後興來舟朔風酒力終難敵敢說團圓減素秋

昨在舍弟所睹大醫長公憶田園及偕林祭酒宴其別業詩卒奉和其韻二首

人道倉公漢帝年聲名不讓上池泉同朝枚馬能成賦異代桐雷豈爲錢欲覓丹砂句漏令時歌幽桂小

山篇祇今海內疲癃滿敢許攜家入紫煙
幾回蠟屐竟何因徒聆名園鎖碧筠應有泉巖寰內
擅寧無芝术雨餘新煙霞長護仙爲土花木深通寺
是鄰況羨風流傳勝事悵然援筆步瑤塵
期與諸名勝同游天桂精舍以病弗果奉寄二
律謝之其一柬實尊者
梵王宮殿倚林丘法雁春飛祇樹頭塵外羽緘邀小
集城南蠟屐想同游人如嶽雪遥相映詩似衣珠烱
欲流擬借綵毫酬起色紛紛世事竟難收
其二柬香尊者

翩翩百衲忽乘風。遥集琳宫勝會中。應有毫端飛幻色。將無趺坐結眞空。歌翻初地高振杪。譚竦諸天低遶櫳。無奈維摩猶示疾。刹那千偈任君雄。

雪中以臺哉才閑來爲韻

映簾。白雪讀書臺。入夜霏霏詩思哉。剡棹敲門能有興。梁園作賦豈無才。洛中伏枕色堪起。歴下高樓望最閑。總爲楚人歌少和。還疑按劍暗投來。

和答東壁都依原韻二首

謾説陽春高楚臺。和成白雪有君哉。自誇皎皎人懷美。誰識霏霏天愛才。絡繹共揮絲毫動須臾雙構玉

樓閣硯澌時澁更何妨不斷風吹咳唾來

一時校馬自梁臺今日同游有是哉南雪彌高難我和東風儷美見君才月回趙國連城合花吐淇園脩竹開況復春寒藩邸地吳門匹練繞毫來

蘐洲新歲

買屋養痾蘐葉洲優游卒歲欲忘憂忽聞鐘鼓城樓動便見雲霞滄海流高枕西山來雪色啣盃短髮照春愁千秋知是干誰事肯教東風催不休

再用前韻酬東壁見和

漢家宮闕象瀛洲總是神仙豈識憂劒佩三朝衝寺

集衣冠九陌映雲流綵花琪樹青春姤銀燭瓊筵白日愁獨有王門敝裘客東風寂寞早歸休

又二首

臥聽早鴻過汀洲忽疑相對酌忘憂和來雙璧藍篇皆琢寫將五雲字欲流休説吳潮堪起色因歌郢雪失窮愁憐君似解少文意壁上名山響未休

疊玉驪珠瞋色前醉揮彩筆睨春大屠蘇上日君雖後旗鼓中原誰避先不道青雲蓬閬遠且看紫氣斗牛聯洛陽又此豐城郡乍合芙蓉知幾年

黯然嶽色映新詩國士羞吾折節遲夜閣剪燈披手

札。春城阻雨負心期。論文捫蝨須稱快。把酒聽鶯豈道疲。何日長歌還擊筑。傾將狂態向君知。

詩成未致事故數日聊此爲解時予學笙遂及之

高藩才子惠春詩。歎掌經旬欲答遲。花裏筍輿無暇日。柳邊款段有幽期。探珠乍值驪龍睡。衝雪還逐愁銀鹿疲。譜入王喬雙鳳吹。東風相送報君知。

覺玄上人新年作次韻却寄二首

經罷祇林夜未眠。磬石鐘聲曙臘纔。遷迎春花木如來地。出海雲霞不住天。定識禪心回浩劫。便看華偈報新年。援琴試度郢中調。元白梵音高大千。
讌園鳥語日酣眠。十歲何知宦不遷。歌罷撫琴詩白雪。醉來噉盞睨青天。自疑散聖忘禪日。猶憶高僧守夜年。已諳人間無似我。憑君界外問三千。

夜泊

解纜大江千里秋。漸着檣上夕陽收。青山向暝留漁火。白浪漫天渺客舟。擬受長風望北斗。俯憐明月在中流。不知今夜宿何地。且傍清光多處浮。

琴臺

司馬相如昔倦遊。高臺此地勝踪留。琴心人自千秋

艷犢鼻家徒四壁愁老去鳳凰終決絕窮來車騎更風流猶憐輕薄堪才子剩看遠山悲白頭

寄贈次公二首

山陽形勝海藩分藩府文章令屬君大學世家風未墜長門作賦思離群東來濤捲廣陵雪西別島浮韓國雲遥識登臨壯春興玅齡纔是過終軍

聞說長門地勢偏憐君閒暇足留連時援瑶艸山中宿或釣珊瑚海底懸赤馬關高通木府青蜓洲盡接華天儻逢西客遥相覔日本鼂卿以後篇

寄東壁

憐君何處五侯門綺晝華宵坐緑尊月下徵歌飛雪亂風前按譜落梅繁酒酣時却千金壽宴散寧忘一諾恩祇爲毛生多忼慨翩翩誰不似平原。

寄岡生

短衣長鋏動諸侯。被髮悲歌燕市頭。罵座春風驚綺席揮毫醉色爛銀鈎。興來時發中原語恍若身淩大海游。總是悲歡吾與點。看君狂簡擅東州。

春日寄野鶴謙

倦游此處便鄉關。楊柳城東非可攀。歌罷浮雲生渤海嘯來宿雪滿西山主恩且從大夫後物議皆輕祝

史閶門外春風紫騮馬羨君意氣謁藩還

野詞兄洊有高和之贈輒此塞答二首

廣樂當年動九關鈞天縹緲彩雲攀誰將城北一抔土忽換宮前萬歲山咫尺幾違齊使後篇章尚映漢臣間憑君莫說龍門路身已鼎湖髯墜還

身如枚叔在梁關仙露金莖未肯攀風什徒誇齊大國箴書幾發趙中山病顏羞向鶯花畔傲骨嬾游卿相間海上安期君有意扁舟共覓粒丹還

再用前韻奉答野攜謙

春雲不敢度江關知是和歌堪重攀白璧投來驚暗

夜朱絃斷後識高山寥寥騷社風塵裡落落吾曹天地間偶値門前梅似雪停舟莫道剡溪還

春遍芳洲晝掩關五陵車馬豈難攀援笙日日酬黄鳥伏枕年年夢碧山姓字方今詞客外沈冥自古酒徒間偕君且結高陽社酩酊扶騎款段還

春日懷次公

黯淡中原一病夫登樓落日滿平蕪滄溟春湧濤聲大函落晴搖雪色孤五丰時能愈我渴千秋未必須人扶祇緣寂寞悲同調苦憶周南縣孝孺

又寄

一歌白雪動高秋。槎客如雲不敢酬。碣石西連玄菟塞。扶桑東盡青蜓州。古來辭賦徒稱漢。今日文章始識周。安得中朝王李輩。與君大海割鴻溝。

春日懷子徹

武昌柳色映河清。春日鶯啼求友生。吾黨朱絃難遇賞。誰家白雪別成名。通經子夏因冠識。賣酒相如以賦鳴。總爲梅花高世外。教人轉憶浪華城。子徹子子夏曾求予字

支機石

媧天補就留殘礫。磊磊明河灘上磯。有日牽牛來礪

角無端織女取支機七襄雲錦憑誰力八月海槎擕
汝歸說與世人疑未信隕于宋七定應非

聞熊斯文赴肥後候之辟却寄

大藩束帛忽相求書記翩翩欲遠游應有玄珠懸筑
海或看寒火到蕭丘訪桃時值避秦客頌橘何須學
楚囚還憐熊府熊生聘巧似宗元在柳州肥有寒火又産橘深山中有前世避亂者住頗似桃源事云

奉和豫州藤侯贈韓客瑤韻五首

太守風流躭暇豫郡中勝事復無涯賦裁招隱雲爲
掌歌罷懷人月似眉南斗天河窺錯落北風交野獵

迷離支機最是君家物。持贈仙槎欲返時。天河交野河內名勝

聞說蒹葭霜露後。伊人宛在浪華涯。綵毫題去偏曼

目。青羽回來只俛眉。誰謂南方無美麗。便知西土有

侏離。祇當笑折梅花報。何減王仁擅昔時。西据時駐浪華而兼

葭梅花國風所咏王仁亦韓人

翩翩五馬何如織。南北雁臣江海涯。獨識玄經亭寂

寞。忽投赤玉燭鬢眉。從來劒氣年間淺。異日練光天

上離。因憶栢梁高賜宴。依稀尚似夢鈞時。君矦分班雁間故引

北史雁臣

鼎湖龍去帝鄉遠。總嘆人間生有涯。十里山河縈驥

定三年侍從泣蛾眉入朝冠佩星旋轉出守千旄雲陸離還是子男周爵貴好將治最答明時（子男五命位今五品）

一代元勳豐沛後流猷世德遠何涯傳家詩禮紛經目治郡功名深察眉無窔玳筵彈短鋏有琴玉軫起長離會當躬奉延陵使十二國風論盡時（君侯善頌琴故及）

餞攜謙野君祇役三河護送朝鮮聘使二首

大邦大夫白鼻騧清秋摠轡有光華三川自古雄州鎮百濟于今星使槎迎送島夷朝玉帛聯綿海甸建旗牙相逢儻及九嵩勝指點芙蓉雪色誇

迢遞仙槎離金津聯翩文旆發江濱元知東里善爲

命。寧謝西華可與賓。 日本三河侯伯國。朝鮮八道支那鄰。憑君欲遺繞朝策。將謂當時秦有人。

美人晝寢

嬌倚琵琶若有思。西宮花氣泥人時。欄干影轉斜何識。裙帶風吹開不知。爭羨海棠眠可比。空憐胡蝶夢相隨。君王錯愛留連樂。雲雨陽臺爲是誰。

江若水寄示韓使唱和詩走次附郵筒

仙棹問津遶道山。何來漁艇浪華間。飛詩忽合雌雄劍。懷刺空妨虎豹關。雙璧映殘疑月暗。五絃揮罷望鴻還。江南縱有梅花發。能若君開北使顏。渠不得見韓使但投

詩酬和耳

池塘生春草

道是王孫游未歸池塘草色弄霏微雪依冷石看猶在煙着春沙吹不飛晴岸淺宅侵鳥跡夕漪斜映鬟人衣轉憐昨夜西堂思夢裡惠連覺來非

斜岸迴堤翠忽浮暖煙晴日色逾幽吟成公子翩翩夢游倦王孫歲歲愁亭館幾時過夜雨池塘到處似芳洲好着春草深春水次第東風吹未休

夜猿帶得飛字

萬樹蕭森曉月飛千峯寂歷夜猿稀清風忽送王孫

淚。白露偏霑客子衣。傳谷響悲如自語。窺枝影遠與誰依。何堪獨宿空山夕。髣髴一聲到翠微。

清猿驚夢聽依稀。道是上方連翠微。懸澗影從巴月落。嘯林聲度峽雲飛。多憐紅樹千山盡。或疑碧環萬事非。總爲斷腸悲夜夜。無人來此薜蘿衣。

答友人病起見寄

一自河堤把袂分。愁看大野日生雲。烟花春去人歸盡。鴻雁秋深夜靜聞。明月寄心纔到我。青山起色轉思君。曾悲解劍終難合。豈不是尋常歎索群。

辛卯新正

鷄鳴攬帶夜如何門外東風白玉珂雲映衣冠春色早雪殘城闕曙光多猶聞昭代討周禮定識詞臣賡舜歌自爲穆生貪醴酒曳裾侯邸歲年過

奉和林祭酒韻

漢家曾値委裘年猶說山河百二堅富貴辟陽從古有聲名陸賈至今傳難來何賴群公力策發誰推諸呂權自是詩書非馬上槖中寶劍似龍淵

寄別野攜謙詞兄西上時藩老臺有津南溫泉之行盖其扈從之云

翩翩行色映江濆謂是東方老使君路入三河如就

國峯回千騎摠望雲。遥知神女驪山勝。忽教故人馬首分。海驛原通池鯉鮒。别來尺素數相聞。

送邊子固之峽中

此去儒冠氣象雄。百盤峽路限關東。欲移絳帳褰帷雪。故東縹緗凌朔風。自古封疆誇富士。于今教授得文翁。能容弟子皆揚馬。不但山川似蜀中。

物子旣稱祿隱其居尚近市喧也遂移牛門因値新正作此

潘中今日定何如。蓬髮急梳驚歲除。符換先生閉門後。栢浮弟子問奇餘。唯歌白雪供高枕。寧惜青春照

曳裾自爲王猷多種竹牛門似是馬曹居

田子奉使龍華送悦上人西歸因憶往歲偕游峽中則不勝悽然也乃聆其沿富川瞰滄海則又不勝壯觀之羨也賦贈二律

藩國軺車問化城憐君重此賦西征秋侵潘鬢清霜映路過佛巓白日平爲是龍華從地湧曾看猿棧架空橫今來莫謂殊寥絕到處青山舊識名

憶昔兜巖攜手登此行去住兩難勝夢中嘯咏猶相伴別後欄干獨自憑使節一星過富士仙槎八月送高僧更逢東海濤如雪吾羨枚乘在廣陵

峴希祜上舍懷詩來見次韻自述聊以奉示

柴門深映綠楊烟，伏枕偏憐偃蹇賢。何物白雲晨自媚，誰家芳草夢相牽。詩來南國元難和，書在名山未肯傳。總是千秋君不信，莫如裘馬樂青年。

新年偶作

牛門物色動新年，病客高齋轉傲然。御氣潛通城北地，雄風迥接海東天。歌來白雪銜杯後，聽罷黃鶯伏枕前。無限衣冠紛躍馬，誰知此處歲星懸。

再用前韻酬古禪師見和

人言靈鷲似新年，夜半衣珠忽燗然。梵唄有風來下界。旁陀不雨墜諸天。因看佳氣高方外。知說妙音超劫前。況是文殊時問訊。維摩室裡望相懸。

次韻卓尊者新年作

趺坐道場疑汶州。赤霞曉起講堂頭。梵鐘唄鼓駢闐動。僧臘世年刹那流。如是東風觀法界。爾時春色遍閻洲。似聞說偈天華墜。我欲相從初地游。

春臺望

攜手風烟百尺臺。闕中極目鬱葱哉。八州綺錯雄都列。萬艘萍浮大海來。染翰春雲多點綴。銜杯落日且徘徊。登高作賦才非易。共指芙蓉雪色開。

戲咏無題

齊宮宴散拾遺笄。一石于髠醉不迷。却扇誰知迎曼睩。傳觴曾記送柔荑。丹鳳彷彿琴心亂。青雀間關錦字題。悵望春雲何處覓。瑤池只在畫欄西。

子規啼

春城三月百花飛。春女聞鵑泣織機。正爾懷人難得夢。錯來勸妾不如歸。楚雲暮歷關山遠。秦塞渺茫音字稀。何計倩君千里去。征夫長戍在金微。

擬夏日侍宴

甘泉宮闕映霏微。此地人寰六月非。紫氣晨移天子

坐白雲書瀛侍臣衣得無縹酒來仙掌恰有薰風應舜徽怡是郢才陪御宴忽漫歌雲遶筵飛

次韻琴鶴君侯對筑波山吹笙

筑波形勝擁雄州太守風流絶匹儔挂笏名山來案上吹笙落日照樓頭寧無青樹浮薺小應有白雲歸岫幽人道神仙難可到看君蘇暇與誰游

賦得白雲抱幽石

遥指晴雲一片浮青松白石山之幽疑從漢武封中起却繞秦皇蹕處留照影分明玉女鏡類衣縹緲仙人舟祗應無意行朝雨點綴偏依蘿薜秋

夾池竹二首

脩竹團欒氣色閑。梁王亭榭夾池隈。舞波翠袖來娃館。奏水朱絃連吹臺。移棹琅玕皆繚亂。洗盃琥珀暫裵回。更看風渚紛纖月。好借相如賦雪才。

帝子園林脩竹多。蹊篁密篠夾池波。月明瑤籟琮琤起。夜靜樓船絃管過。蔭就龍枝浮鰋鯉。喋殘鳳實戲鴛鴦。當時賓客皆才子。知是風流淇上歌。

六義園陪國子先生竹

郊園久輟五侯珂。忽拉儒宗復此過。泉石猶餘經濟大詠歌應發性靈多。吾從孔孟論山水。人道臯夔在

薜蘿總是德星今再聚願留照映被巖阿

席上又作一律兼簡長少二公

屈指春風又一年息車花外趂芳烟舊題雨洗莓苔出新咏雲停巖壑妍段使幽莊併綠野寧將奇石鬬平泉祇緣玉樹雙相映到處依俙似洞天

又奉和國子先生

三鳳葳蕤毛羽齊俯窺園樹萬章低長鳴忽聳諸侯席麗藻應傳學士堤似愛湖邊青竹色且憐檻外白雲棲須臾竝擊春風翮餘彩繽紛花滿蹊

奉和林長公

園抱青山山夾泉。追陪終日聽潺湲。共看綵筆搖春
色。總惜華鑣散暮烟。垂柳鳴禽臨席送。曲磴幽逕度
雲連。君歸試道神仙宅。南去都城尺五天。

奉和林少公

府公亭館映湖橋。湖上峰巒此奉招。芳渚春雲開綺
席。清波落日照高標。停杯竹色憐醪盡。曳履花陰忘
路遙。最憶仙郎題字處。風前濯濯綠楊條。

國子先生席上作應命同和

我公此地創仙莊。先寵曾敭書錦堂。憶得張筵亭織
女。從來鑿沼象天潢。紅泉隱映千章樹。綺館遷迤十

里閭何似風流林祭酒。一游勝跡詵無疆。

歲初脩憲廟遺事有感

浩浩世事泣新正。憶昔金門奏賦名。一自蒼梧雲不返。三看茂苑草還生。後王禮樂多因革。前代公卿尚縱横。誰似素臣無爵祿。猶堪修史擬丘明。

秋日蓮光精舍次卓尊者韻

叢林此處吼尼寬。琴酒爽秋逐所歡。落日金人毛髮動。微風寶界色相寒。自緣消渴貪甘露。却爲清涼廢素紈。支遁偏憐疎放客。枓頭且得卧相看。

永慶君侯輓詞三首

忽披蘿薜哭皐夔。蓋代遭逢彼一時。魚水終從冥契
合。風雲轉入世情悲。御題嘉樹看搖落。行殿歌
臺已變衰。只有名山封境內。依稀舊府蓮花姿。侯所居龍
有仙洞題咏第中行殿久從毀拆封境冨士山似八葉蓮花
公曰子房吾所儔。遽然遂從赤松游。人疑定策秦遺
老。天授封留漢列侯。綠鬢辭來纔七歲。素書編就只
千秋。不忘家世爲韓相。西軫銘旌尚首伍侯武田名族嘗毗慕
留侯誌素書遺命葬于甲州
石渠天祿煥經綸。憶昔文章漢代新。侍講侯猶稱弟
子。承 恩余亦謝陪臣。飄蕭星散西園客。髣髴風流

東閣身。佚聽舊時龍逝去，白雲重泣鼎湖春。憲廟御講。侯在弟子班，臣等亦陪筵拜賜。侯之卽世，實在國忌七周也。

歲暮蓮光寺集

城北琳宮鬱岢峨，乘晴殘臘此相過。人間歲月崢嶸盡，方外雲烟徙倚多。貧借衣珠堪掩映，狂憑米汁轉婆娑。總緣華髮悲遲暮，寧待祇林花滿柯。

徂徠集卷之四

物茂卿著

詩

七言律五十七首

早春眺望

幽丘黃鳥此携壺。晴靄丹梯瞰大途。無數樓臺遥似畫。誰家車馬俯堪呼。三山海靜春雲細。一嶽天橫白雪孤。形勝東都元氣象。和烟昨日滿城隅。

偶作

長安無處不風塵。況復新年車馬頻。自卧蕭條三徑宅。相看意氣五陵春。寧無鮑叔能知我。即有元規欲污人。千載誰憐孺子。唱濯纓濯足滄浪濱。

歸雁得髙字

夜雨凭樓把濁醪。離聲忽駭北鴻翱。梁園草綠池應滿。代嶺雪寒關自高。青春有花悲汝別。白雲無路爲誰勞。最知清怨客中切。琴到瀟湘帶淚操。

春日草堂小集值雨新霽分韻南字

相携諸子此聯驂。席上翩然詞賦酣。共道人間無秀句。便知五岳有雄譚。映盃落日浮雲暗。凭檻春城宿雨含。忽指芙蓉晴雪色。晚來歷歷似終南。

時適峽歸再賦一篇

峽行歸自踏晴嵐。談勝新停才子驂。雨過甘棠爭淚落。雲生大嶽共杯銜。時看春鳥來窺席。猶想夜猿垂照潭。爲發携將囊裡色。牛門紫氣隱西南。

奉和大潮禪師見訪

衡門樹影動衣襟。開士何來忽此尋。真賞遥從方外得。冥搜偏向定中深。玄珠映户窺無色。白璧投人叩有音。欲使名山相應和。爲君且戛少文琴。

陌上桑

秦川少婦字羅敷。翠黛紅顔天下無。但爲百年甘寂

寞不知五馬立踟躕春風窈窕桑中出落日招摇陌上趨相值何人能直去世間不但使君愚

賦鶴賀某藩醫官六十

淮鷄雲裏皆賞樂皋鶴城中殊得僊稅駕緱山終激昂乘軒衛國且蹁躚頂留一粒丹如火身著千年衣是玄閬苑飛來應息翮世間甲子已周天

次韻服生吟詩悲早春

忍看長裾照歲華陽春忽唱淚痕加寧堪誰識曲中語縱是能歸夢裏家北鴈音書還斷絕東風草木欲萌芽主恩自滯朱門客隨例椒盤猶頌花

春日草堂小集有懷次公分韻佳字

春城結轡訪荊柴。談歇偏憐落日佳。映酒梅花窺席上。懷人鴻雁渺天涯。誰歌白雪難成和。吾黨朱絃少所諧。最是西方傾國色。長門賦就轉相猜。

次韻子和見寄

銜盃落日且徐傾。海內文章無弟兄。濁酒鶯前唯愛爾。高山絃裏豈求名。青春鬱鬱千秋意。白鷗寥寥一字情。忽誦君詩開口笑。方技漢代有黃生。

謝雨芳洲見訪

客有乘槎北海來。壯游曾使二韓迴。攜將紫氣行相

映彈罷朱絃歌自哀千里山川誰並駕百年天地此銜杯看君匣裏芙蓉色不但翩翩書記才

次大潮尊者送慧通師韻却寄

白雲偶爾出山游還抱月明眠幾秋風鐸響空知夢淨雨花隨水悟生浮祇緣詩偈有相識竟是鉢盂無所求聞向菰蒲深處住蕭然一室似虛舟

平子和詩學大進出示其逢兄作不啻惻愴動人一字一淚洒復光彩滿室一淚一珠矣不勝驚喜次韻

聞說長卿久倦游況因棠棣一回頭能無富貴乘吾

好賴有人倫寫爾憂白璧琢來光照夜朱絃彈罷氣成秋樽前持此堪相慰不減連城十五酬

奉和豫侯西臺憶諸子作

郡齋寂寞歲將徂君擁瑶琴坐據梧萬木秋深窺夜月衆峰雲裊媚明珠意中流水憑誰和眼底名山祇自圖却羡東都多酒客風流每集輒傾壺

又

聞説蘭臺舊始祖西來秋色似蒼梧朝隮葛嶺雲爲棧夜涉天河星是珠莫道名山難可寄信知勝事總堪圖何時一幅茅堂壁相憶遥如對玉壺

次韻若霖尊者游東叡山作

東台士女紛相携聞偈誰知須菩提不說色空非般若都忘花鳥是筌蹄華鯨隱隱諸天動春月朧朧萬象低起定憐君還獨返山櫻如畫未曾迷

歲暮和南嶠秀才韻

歲暮無人問字旋玄亭風雨轉蕭然著書遠託名山上混跡偏依負郭邊時度琴心雙鳳曲且歌酒德二豪篇爲緣玩世多違世伏枕難逢同病憐

鄉者萬菴上人見寄一律韻險不可和也頃伯錫袖其他作相示因次韻奉酬師蓋住東禪精

舍云 三首

玄刹嶙峋映岸開。潮音日夜許誰陪。山如鳳翼拖空出。珠自龍藏捧月來。成果菩提應有樹。散花天女豈無臺。憶曾一走湘中道。海上金題首重回。

愧從慧業僅知君。貝葉曇花本絶群。豈可暗投疑白璧。忽然持贈似春雲。彌天色即空中現。偏界音還定裡聞。總爲詩家同悟理。貪看動輒到斜曛。

定起知君獨上樓。海天縹渺旋生愁。萬波卷月懸珠網。千岫歸雲藏壑舟。秋着仙楓停晚照。夜漫漁火點烟流。穩聞人境俱清絶。探勝何時問祖猷。

次韻岡恬軒上已臥疾作

長安此日賞芳辰。急笛繁絃動水濱。不管桃花飛作雨。那知柳絮散如塵。五陵車馬紛游子。三輔風流映麗人。獨有東鄰岡使者。堪憐同病臥青春。

奉和豫侯河內見寄

凡國封疆近帝鄉。風流誰似使君狂。泛搓春迴天河棹。臥客夜歌明月章。只恨接籬無酩酊。何知露冕有輝光。猶聞立馬仙樑上。目送飛鴻海雲長。

猗蘭臺小集憶舊年拙和詩中語聊成一律

翩翩曾識似平原。愛客風流豈謂恩。標疑高山隨玉

軫歌飄白雪映金樽道尊不厭疎狂在調合還憐意氣存果爾延陵非奉使國風今日向君論

次韻萬尊者却寄

海上精藍萬事閑支公此處沃州山玄言遥答須彌外貝葉時飄天地間笏室看雲承座起華龕窺月獻珠還謝家爲報前身是昔日經臺許再攀

次韻文安武君中秋夜坐

病夫伏枕醉三秋仰視金城華月流北斗闌干低擊柝西山突兀映登樓嫦娥夜靜清砧急鴻雁天高白露愁同調由來無處覔秖今才子滿中州

次韻東伯通新年作

朝着簪冠紛遠遊。新年氣色識皇州。紫宫元象呈垣出。清洛猶疑雲漢流。勝日誰家渾脫舞。春寒何處鷓鴣裘。還應信美悲非土。乘霽一登王粲樓。

送岡維卿從讚侯奉使 二首

使旆翩翩動素秋。東方千騎漢諸侯。天迴山驛多高會。路出函關皆壯遊。玉節晴懸滄海日。錦袤晝映常上州。知君驂乘元能賦。洛邑風流足淹留。

羡君書記最翩哉。五馬秋高行色開。驛路氣隨簪筆發。芙蓉雪映裊鞭來。裝中明月元南海。賦裡雄風便上台。倘值洛陽才子問。東方新築黃金臺。

爲子錦邦相壽其太公七十其先越人蜚聲勝國時鳳來乃州境焉

朱邸東風吹老椿。擁堦玉樹映嶙峋。應分京輦甘棠色。偏入侯邦喬木春。北海家聲鵬舉後。三河政績鳳來鄰。禎祥滾滾知無盡。有子今稱令尹新。

藤豫侯見枉草堂

白馬銀鞍金錯刀。使君騶從塞江臯。偶因載酒來玄閣。遂使垂蘿映彩毫。酌水貯尊人比淡。看山倚檻興爭高。況今吾黨多狂簡。點瑟由琴次第操。

猗蘭臺集分韻金字

朱邸賓筵夏日陰。雄風六月此披襟。華堂縹渺歌先響。綵筆聯翩盃自深。宋玉偏知憐白雪。郭生未必爲黃金。總緣文事堪相狎。憑醉還高傲世心。

西臺宴集七子皆在得山字

朱邸斜連閶闔閑。隱垣花木望西山。五驄朝罷誇優渥。七子座闌娛燕閒。淸夜金尊窺白髮。春天綵筆映紅顏。最羞袁邁忝虛左。詩到鄴中難下刪。

西臺侯宴集

千秋黯淡幾低回。寧識西園會忽開。君自陳思鄴下

後人皆宋玉郢中才高山流水多成趣清吹繁絃不輟杯儻問漁陽撾鼓意禰生只合短衣催

送青蘭鈴子北歸 二首

走馬清晨來問奇出門便道倦游時忍聽十月砧聲亂坐看千山楓色衰狐兔草枯鷹隼下早風霜酒熟獵歸遲應從黑羽城邊路朗誦長楊奏賦辭

繁霜十月滿征裘之子于歸下野州北指鬒真山迎馬出西來嬀木傷人流便知家苑團欒日不似都亭桂玉秋美酒興酣風雪裏能思曾上李膺舟

次韻子錦邦相新秋登樓作

宛轉銀河低檻流。綵毫凌霽共誰游。秋生北海樽開夜。月滿武昌人在樓。急管繁絃偏勸醉。碧天澄水總成愁。知君不淺登高興。作賦深窺此際幽。

奉和卓上人中秋見憶韻

幾從蕭寺問風流。仙梵寥寥況此秋。月出上方遙下界。人言西竺在南州。青山偃蹇浮名絆。白髮蹉跎微祿羈。慧業空餘支許癖。思君時復一登樓。

送爽鳩子方之三河

憶君奉使向三河。路入函關滄海波。杜若水寒芳草歇。芙蓉峰霽白雲多。吹笙幾訪鳳來寺。置酒誰聽魚麗歌。聞説登臨名蹟徧。嵩山少室定如何。

猗蘭侯宴

君侯封邑接天河。總怪高筵爽氣多。未動神州千里駕。已看才子七星羅。楚風雄起吹深醉。郢雪凉飄入和歌。不妨興酣俄側弁。小山桂樹影婆娑。

子徹越中寄示其游草。誦之。北陸瀚海白嶽之勝。恍然與之偕游也。卷中有贈雨伯陽詩。而伯陽偶奉使來東。竣事將還。因次其韻。却寄子徹併簡伯陽

名山行色照詩筒。奕奕何來指掌中。知弃南音悲塞

北。遥飛翊思滿關東。十年唯夢隨陽鳥。百歲縱生齊夏虫。安得西州雨文學。片帆載我駕長風。

猗蘭滕侯將戍洛陽城臨發置酒分十二體分韻

使君新領羽林兵。千騎東方按隊行。路轉函關龍虎節。雲低洛邑帝王城。封疆爲接天河近。旌旆還依北斗平。自是明時無武事。風流偏惹好文名。

舊僚一漚老人爲其妻姊乞壽詩道年八十矍鑠爲阿監某藩邸

欲問蟠桃春幾花。即今阿母在侯家。秋波弱水依顔色。月皤崑丘借鬢鬟華。宫裡三千紛共歡。人間八十戲相誇。仙璈鳳管行天酒。是日爲歡豈有涯。

代人贈韓客

羨爾翩翩書記哉。壯游遥傍使查來。千秋蹈海還雄志。萬里抽毫自大才。蓬島南雲流染翰梵宫西日映銜盃。誰知縹緲乾坤外。傾蓋相看便可哀。

會朝鮮諸學士代人二首

西來滿座馬卿才。綵筆光煇停晚開。壯與瀛濤添意氣映將嶽雪鬪崔嵬今宵錦繡詩盈紙何日淄澠酒把盃。漸覺勝筵難可繼。誰家遥笛落梅哀。

使星幾度麗遙天。渴望當時日似年。忽喜風標千氣象。定知詞筆映雲烟。南梅的皪一枝發。北鴈羽儀數影連。由來此會何容易。愁看鴻臚館下川。

與諸子登寶壺山分韻簫字

搖落江山木葉凋。悲風日日更蕭蕭。千家急雨來還散。疊嶂層雲迴忽消。握手客情誰鮑叔。登高仙術各王喬。老僧何事鳴鐘去。莫問上方醉吹簫。

六月香尊者至自東奧寓藤豆州第賦此奉贈併問富春山人時東壁下世矣尊者客歲惠金叵羅而所借墨刻未至因及此

北溟有鳥翼垂天六月圖南此欲旋知已一鳴驚大
國贈將三雅憶前年羊裘著敝星猶客柯笛吹殘人
忽偃最是岣嶁神禹篆至今想像竟茫然

頃者得韓館唱酬諸作讀之獨怪秋府記室翠
陰田君風藻燁發逈出時輩吾黨之外迺所罕
覯令人不覺竦然起敬愈知世間自有不待文
王而興者焉因次韻二首使岡太致之按劍之
叱其謂之何

秋府城樓瀚海流羽山邊徼控諸侯浮雲北出毛人
島落日西窺越女舟歷歷孰非廉李略翩翩爾是阮

徐儔。近聞逢著三韓使。倘問當年乾滿洲。

君是西京揚馬流。優游猶自仕諸侯。奉觴夜醉秋城酒。授簡春浮北海舟。豈道文章非世瑞。秖應寂寞似吾儔。還嗤八月乘槎客。不識鳳麟何處洲。

村君榮擢後罕見著述是日賦海棠見示次其韻

列國大夫紛簿領。自言賦咏近難成。三春芳宴開朱邸。一樹繁華接鳳城。因擲牙籌隨戲蝶。忽援綵筆答流鶯。莫嗟藻思非當日。屈宋何如管晏名。

游蓮光精舍火後土木甫成此日偶同諸君值

雪

隔歲笙歌復此開，纔過長者布金回。舊遊到處留禪石，新築憑誰辨劫灰。突兀樓臺從地出，繽紛雨雪映空來。休誇說法天花墜，恰是人人和郢木。

次韻君徵見寄因以爲贈

爾隨五馬入朝年，到處攜來秀句傳。總說名山爭絲筆，寧知流水映朱絃。游梁今已長卿病，觀海從前枚叔賢。倘過廣陵能賦贈，縱無起色便相憐。

雨集分韻迴字

諸子紛紛與雨來，草堂氣色此時開。傳籌嚼肉醉寧

死擊劍吹笳歌莫哀春樹遥連滄海島浮雲忽失赤城臺銜盃四顧唱狂主今日何人致道迴

尾藩大夫鈴公宅得霜字

吹臺西望接崇墻上國大夫肴寵光退食委蛇娛暇日飛觴宛轉壓寒霜賦成嘉樹楓相映醉弄瑤箏笛更揚不妨吾憑蓋公座熟知齊相似平陽

恭賦掛蘭一首應　東叡王臺教

梁苑樓臺勝事偏朱繩畫棟組蘭懸異香高處露梅檀奪輕態弄風鸞鳳翮世上徒憐燕姞夢人間浪賞楚臣篇誰知別有仙家品烟灑雲培在半天

君王誠意感金仙靈卉遥來忉利天幽類湘蘭花媚露秀欺楚蕙葉淩烟懸空宜綴羽衣佩離地疑承趺座蓮總爲世間人罕覩枉勞授簡不成篇

七言排律二首

春臺望

春風吹袂此銜盃俯瞰春城萬井開裘馬紛紛民庶矣鶯花往往氣佳哉王門侯宅參差出複道層垣窈窕迴總羡仙莖多雨露爭看鴟尾徧樓臺天低渤海波光合雲靄芙蓉雪色來爲值東都駘蕩日登高獨愧大夫才

下館藩臺示及高什從駕東觳山謁　憲廟有

感謹依嚴韻奉和

濟濟　前朝政事堂。咸言稷契在巖廊。夜陪樂府鈞天近。春坐經筵午漏長。符竹幾人能虎拜。羽林多士惟鷹揚。縱勞禹貢疏壤黑。猶羨周官佩水蒼。孰識丹心違鼎革。空懸白日對嵩邙。二年遏密忽如鶩。萬里蓬萊不可航。自昔扶轅思馬策。于今扈駕耻鵷行。忽揮一掬玫瑰淚。珊索隨風皎似霜。

五言絶句二十九首

浣紗女

白足苧蘿女。千年尚姓施。襦裙不肯脫。爭觀浣紗時。

新嫁娘

小姑是阿姐。大姑是阿娘。但愁未嫁日。不慣喚吾郎。

潛齋席上同賦長安道分韻情字

夾路秦聲起。漸知近帝城。往還多遠客。日暮若爲情。

同前無字

花明十二衢。春雨近還無。白馬誰家子。揮鞭問酒壚。

姬人怨服散

夫壻好神仙。每言共上天。假饒天可上。能得嫦娥憐。

潛齋席上同賦浣紗女分韻荷字

蘭棹簇綺羅笙笛出菱荷何似浣紗女低聲獨自歌

俠客

飯能溧陽媼前途日欲斜茫茫城市裡莫有魯朱家

艸堂前桃華盛開與卓上人吉生同賦得源字

春雨武陵郭小桃深映尊縱非避秦地對爾似僊源

戍慶上人頭管

劉琨吹觱栗夜感胡人心縱然日本竹豈乏漢家音

烏夜啼

石頭城上烏夜夜合雙栖若爲將九子來向妾家啼

長安道二首

甘泉罷夜獵，馳道接都亭。回首南山色，朔風酒始醒。

春日狹斜路，紫裘白鼻騧。直馳行馬處，知是五侯家。

題東坡儋州圖

不描玉堂日，争傳南海時。想應王呂輩，滔滔滿天涯。

東壁惠膽瓶上有詩次韻謝之

直置牀頭好，何須更插花。若逢人借問，但道出君家。

題畫三首

弱竹出横枝，懸蘿迢迢垂。一禽來集上，誰復能危之。

比以有聲畫，平生厭晚唐。雖然蜆蛤味，可薦大官膓。

馬首玉芙蓉，峽游日日從。除却十年夢，何思復一逢。

畫竹

風竹自蕭踈。祇應對讀書。偶然持挂壁。將謂子猷居。

梅花落

顏色年年改。梅花歲歲新。纔憐同白髮。已愧異青春。

題畫牛

野曠無人覓。誰家六七牛。因疑藏此者。未免觸犧愁。

子帥家畫梅贊

染墨作梅花。還如月裡斜。縱無吟咏且。不妨詩人家。

畫竹

誰描湘中種。依俙帝子姿。縱教半面識。猶勝未曾知。

賦夜渡湘江分韻川字豫侯席上

逐臣南更苦。寧耐篝燈眠。淚痕着楚竹。恰是到湘川。

小集得雲字

青山招不至。一髮夕陽分。呼酒遥相照。盃中生白雲。

題畫牡丹

沈香亭上客。不愛世間春。一冠名花色。遂憐傾國人。

賦隴頭水分流字二首

嗚咽隴頭水。東西各自流。人生都有願。誰識我心憂。

百川紛綺錯。尾閭吸無休。如何一度隴。有水皆西流。

尾州人壽詩

星土跨箕尾。州人壽域開。當筵應自愛。家住古蓬萊。

詠中郎橋贈源京國

杜若橋邊木。王孫杳未歸。縱憐春草色。誰爲染春衣。

徂徠集卷之四

徂徠集卷之五

物茂卿著

詩

七言絶句一百十六首

春日上樓

落日高樓俯碧霄。關中春靄望逾遥。把杯意氣千秋色。獨看芙蓉白雪驕。

少年行

獵罷歸來上苑秋。風寒憶得鸛鷞裘。分明昨夜章娘宿。杜曲西家第二樓。

正月十日作

嘗說漢家恩澤疎。金莖不到病相如。從今中使茂陵路。封禪誰求死後書。

明妃曲

爲寵單于不許還。還還鄉路是漢蕭關。妾顏今日自堪恨。敢恨黃金誤妾顏。

緋桃栽得家字

聞說阮劉憐此花。天台山上赤城霞。栽時莫近清溪水。仙女春來多憶家。

得縣先生書却寄二首

周邦多士意茫然，夜奏幾回煩司天。文若于今猶著膝，剩看西北一星懸。

曳裾一時亦盛哉，上邦授簡大夫才。如今耆舊西園淚，多是山陽笛裡來。

次公果然以野味一品遠致作此爲謝一首

一諾曾留問字年，銜杯意氣爲君憐。開緘莫是鄰家肉，孟軻從來有母賢。

嘗誦徐卿擊鹿行，銅盤共歃代興盟。即今疾足死君手，來贈當年歷下生。

予嘗發書海內諸名公便輒下世矣二首

偏抱朱絃覔子期白雲到處渺成悲自遊不是人間
調彈向夜深明月知

落落神交只自論誰知後死與斯文太玄縱有侯芭
愛還可千秋待子雲

偶作

匣裡龍泉風雨悲自知神物識人稀豐城夜夜干牛
斗悉道吳門匹練飛

峽遊雜詩十二首

留別諸友生

峽邸詞臣使峽陽邸中年少淚沾裳殷勤錯勸歸來

早。不識峽陽非異鄉。

小佛嶺

欝翠北來連函關。一條峻嶺限東寰。下時更問嶺西路。九十六盤還自艱。

踰界河

土人爭看傳車閒。麈尾遙麾落日閑。自古峽陽應罕見。風流使者訪名山。

望天目山山有梵音洞

天目山頭雲氣迷。駐轎鶴瀨驛橋西。梵音尚道鬼神聽。應有雨花流出溪。

鶴瀨關

近聞山犬夜無聲。百里鷄鳴達府城。隨例晨門應草
掩。關河空負兜巖名。

竹林門觀瑞芝

竹林傳是地仙居。芝草至今燁雨餘。會有高人來採
藥。不勞賢主走安車。

夢山

誰把華胥國裡山。移來城北傍雲關。箇中安得逍遙
枕。應有路從三島還。

城西竹林中謂是昔時美人所居

蕭然竹樹故城西。小路縈迴野鳥啼。且訝百年留遺艷。石間紅葉使人迷。

躑躅崎

斜隨山徑陟崇丘。躑躅崎頭想舊游。記得曹王橫槊事。英雄自古有風流。

潮河橋上解嘲

悉危風吹欲墜橋。騎鯨李白世非遥。飄然欲訪蓬萊路。休道鰍門不上潮。

出村口

行過峽口馬如飛。回首桃源隔翠微。黄髮垂髫今尚在依俙指説觀花磯。

還館作

甲陽美酒綠葡萄。霜露三更滿客袍。須識良宵天下少。芙蓉峰上一輪高。

都留絹

天孫曾下士峰陰。竹裡藏身機杼音。一自仙翁剖開後。尚留花樣到如今。

新歲偶作

江城初日照芙蓉。西望函關白雪重。無限武昌郡中客。陽春一曲少相逢。

閑曹無事加以嬾惰性復怯寒臘後率擁爐齁鼾以至今日

車馬春風滿五陵。雄藩多士氣如蒸無端被道袁安似。一臥雪中猶未興。

移居之夕東壁以長卿見比次韻答之

中歲相如多病居。茂陵又是徙琴書。上林狗監今亡矣。不問何人說子虛。

次韻有鄰新歲作

畫舫青樓古武陽。紛紛誰不醉金觴。何人商略春風面解道梅花更有香。

玄上人見寄次韻却示

便似神鸞却望梁。華陽洞畔楚天長。吾家別有千秋藥。沆瀣還它地仙腸。

奉和琴鶴堂主中秋瓊韻

瑶琴玉軫鼓三行。白鶴飛翔玄鶴鳴。此意只當明月識。中秋一夜爲君晴。

偶題

昔道長安似奕棋。請看今世亦如之。何知老拙都無事。歲去歲來徒咏詩。

題老列莊像三首

藏書問禮我師師紫氣關門那得知不是猶龍能變
化彭聃到底使人疑

老來放縱不知非只把婆娑弄落暉昨夜扁舟乘雪
去傲然謂是御風歸

春風日日與翩然不但憐花蝶可憐便向花間移榻
臥更憐傲吏似誰賢

春杪義空師將有西京之行留恵阿刺吉酒所
盛亦西洋玉壺作二絕餞別且謝

飛絮紛紛黄鳥稀暮春行色映絮毿毿慇懃少住借春
去已到洛陽看幾花

紅毛酒貯碧琉璃。留我一壺琥珀凝。欲綰春風歌離別。君家甘露灑楊枝。

少年行

年少聰明勝阿爺。早知身世等空花。呼盧百萬揚州去。二十四橋是吾家。

山房春事

山房春月映沙洲。忽憶梅花問上流。待有鄰翁携酒至。門前且繫木蘭舟。

石原山八景

山東沃野

石原山後萬家煙石原山前緑疇連爲緣養父嘗名郡孝[illegible][illegible]田傳漢年。

箕川清泉

滮滮箕泉抱石流。一瓢誰此掛清秋。因疑巢父牽牛地還屬扶桑但馬州。

櫻溪遠花

總說山陰晉代彰櫻溪禊事自洪荒假饒會稽誇觴咏能有繁華萬樹香。

杉間秋月

山因帝釋似須彌。半夜琳宮月上時。萬樹風杉遮不盡重重葉葉網珠垂。

嵐峰紅葉

夜夜嵐峰嵐染成峰峰錦樹錦逾明。何人裁作袈裟著。爲謝諸天大有情。

四山晴雪

溪巒雪霽畫圖開謂是山陰道上回。直恐應酬無復暇恰如乘興夜舟來。

霧海朝暾

浩浩雲波訝陸沈俯聽萬籟似潮音。須臾日照千山出寺在蓬萊第幾岑。

北滇眺望

蹴雲遠浪散天華。帝釋臺頭眺望賒。千丈丹梯何處所倚身北斗問仙槎。

服生詠白菊有花中白面郎語戲次韻却寄

貪看東籬色似霜風吹岸幘落何妨漸誇鬢髮堪相鬭不謂花中白面郎

題畫二首

列子泠然知所稀御風一去未曾歸寥寥天路終何限咳唾今應作雪飛。

日日春風傲吏家醉看蛺蝶映簾斜縱論物化何能

識我意翩翩只在花。

奉別琴鶴君侯就封下館城十絕句

憶昔前朝侍從班。金爐玉案殿中間。如今始識諸侯貴。擁傳東方千騎還。

五馬春風草色繁。關中千里盡平原。迢迢大道知如髮。從鑾休歌行路言。

東城元自列侯尊。況有松楸百歲墳。路過中山須勞問。昔時父老幾人存。

驪歌嘈囋起華堂。日暮春雲映酒觴。莫倣尋常揮別淚。君侯封國豈他鄉。

楓葉應迎朝覲日。楊花相逐陞辭春。寧論鴻漸當時翼。猶自去來稱雁臣。

龍去白雲年歲深。經筵謦欬昨猶今。聞說郡山蓍草秀。應思周易聖人心。

布衣金馬橫經年。遥望貂蟬傍御筵。萬事難言温室樹。誰知此别轉茫然。

臨别瑶琴殊有情。停杯偏惜和歌聲。莫言此去無人和。城外高山筑是名。

行春到日麥纔秋。臥閣青山擁上游。揮麈五絃時一望。南薰起處夏雲流。

風流何忘醴筵裾。自此寂寥揚子居。春盡縱無南去雁。爲君能惜武昌魚。

次韻芳檐子侯冬曉之什　五首

園林簌簌不知冬。夜宴彈殘風入松。竹火籠灰侍兒睡。忽聽城上五更鐘。

櫳月尾霜寒弄冬。西園仙籟滿杉松。五更夢斷何情況。一樣花時長樂鐘。

曉閨暖閣最宜冬。寶鼎仙芽瀹尾松。非因公子憐幽趣。不信人間夜半鐘。

佳人一曲奏玄冬。響遏行雲蔭砌松。頗訝鏗鏘非俗

調鳳鳴十二是黃鐘
夜繙史臥三冬慣聽清霜下曉松寧道郢歌元易
和幾回深省發晨鐘

擬苑中值雪應制

人間白雪剪仙霞天上陽春滿帝家何翅郢歌高授
簡巳看羯鼓巧開花

田家即興二首

田家女子獻蠶桑多學東都新樣粧恰是年年官債
重賣身好與冶遊郎
春風村落沸繁絃日日江東米價賤爲是昇平多樂

車。還教父老恨豐年。

郊行 二首

日落平蕪匹馬忙。燈光遥指國門傍。前朝使者埋輪處。却是郊原少虎狼。

千里春蕪樵子歌。如今半是綠疇波。漢家近日弘羊貴。何處斜陽牧笛多。

秋江送别

白露青楓兩岸秋。無窮别恨滿中流。何堪明月潮生早。望斷蓬萊仙子舟。

折楊柳

章臺春色滿揚柳。攀折一朝屬君手。何愁明日西風
吹。顔色從來難保久。

同賦美人晝眠分韻鬟字

聞道君王獵未還水晶帳外露雲鬟。楚宮雨過巫山
暗。料識香魂不月閑。

畸賞中收江若木詩時値其求和因和寄韻

仙子蓬萊正似雲。誰家青鳥不殷勤。何知今日華陽
洞。位業圖成只著君。

池帥臺寄紅葉需詩値吾有渭陽之感吟不能
成調

名苑槎枒醉朔風。折來遠寄一枝紅。秋霜未說空中色。相對還知色卽空。

宮詞

萬幾一日正紛綸。久倚經筵生黯塵。莫是內官蒙譴責。朝來忙召翰林臣。

奉和亞槐藤公富士二什

白雪玲瓏照大東。仰頭只看蔚藍重。料知中貯神仙藥。海上三壺總一峰。

佳人絕色立東方。西顧帝京應有光。那得山雲白如許。雪膚映徹素羅裳。

前韻再賦

緫含島嶼爲大洋東。葉葉玉葩知幾重。千古海風吹不破。只看天際最高峰。

青蓮八面自無方。白雲四時渾有光。海日照山雲五色。持還好補袞龍裳。

孤山丐梅花冒雨折一枝畀之有詩見謝比和答成却值桃花盛開 二首

雨雨風風爲惜春。折梅不惜與騷人。攜歸縱墜紗窗下。猶與君家詩卷親。

梅謝桃開次第新。清香不斷小園春。誰知近更風流甚醉藉庭花不戴巾。

成慶上人饟栗

百萬思歸浿水東。蔽天旌旆夜鳴風。何人却采殘竿鑱。留將壯心滿箇中。

看調馬

園人雙控內閑來。噴玉噴沙桀驁哉。近說漢家却千里。勸君努力學駑駘。

丹侯臺忽顧草堂且有暖帽之賜青皂各一漫裁三絕奉謝

漢家大守是諸侯。底事還從酒客游。應爲門前栽五柳。今朝擊得五驊騮。

忽簇千旄映郭流，馬芻奴飯貧家愁。攜來似是陽春色，拜賜偏歌白雪酬。

似怜春寒便怯游。映花却詫是風流。青巾皂帽戴俱好，免使黃鸝笑白頭。

丹侯辱賜和章，忽值情鍾之感，再依原韻申謝因兼自意三首

乘春車騎似尋侯，謂是夷門公子游。何限燕臺千里骨，錯知伏櫪有驊騮。

忍看五雲樾裡流，掌珠黯淡忽成愁。自是朱絃難作

調欲將白雪若爲酬。

翩翩白雪趂春游。一夜吹成哀響流。寧爲東風多變調。從來此物易盈頭。

吉臣哉歌國風二章見慰因依其韻自攄非酬也

歌罷鼓盆知一時。中年却作西河悲。歸家只是無歡樂。騎馬出門何所之。

黃鳥哭花花泣露。尋常草色似墳墓。始訝掌珠光許多。青春到處總成暮。

此事何關白雪高。淒然一似讀離騷。相憐知是君同

病哭兒哭妻到二毛

絶句三首因丹侯需酬鈐周菴次韻見寄

聞道君卿鯖五侯年年芝朮採芝游朝來醉罷屠蘇
酒去映紅顔逐紫騮

影照牛門抱郭流誰投白璧雙雙愁近來淚與掌珠
盡縱是鮫人能可酬

都門笙鼓動春游只自郭村看木流莫怪新聲多厭
聽庭花昨夜落階頭

歸雁二首

春雁連翩楚水涯何人停瑟一聽之依俙寫得聲聲

怨却是湘妃不禁悲

置酒高樓雁北飛江南春色又芳菲那能不起故園意每值花時見爾歸

凉州曲

千里風沙飛鳥迴玉門關外古輪臺猶聞昨夜凉州曲天馬大宛從此來

塞上曲分得南字

風吹貂帽雪毿毿胡馬千群大漠南喇叭齊聲中夜起將軍營裡宴方酣

六義園奉陪國子先生

是日園林天氣清。款留國子老先生。何堪山鳥無情
思忽喚不如歸去聲。

丁酉元日展先墓途中從城南却望氣色佳甚

偶爾口占

回頭直北鬱葱哉。漢殿秦宮髣髴開。因憶文皇登極
日代來誰似賈生才。

奉和丹侯韻

誰奏陽春動大東。王侯第宅自雄風。何來白雲紛紛
集。坐使江城似郢中。

西畿人有求學詩者教往江若水

草罷玄經枉自誇。遂教問字不辭譁。何知司馬相如後。猶有華陽賣酒家。

遊山寺次韻主人

驚看冰珠停晚開。就鷲峰春色座中來。上方何處到昏黑。歸路別携明月回。

理國手詩後繫以桃仙咏是自閬苑妙侶仙凡境殊能得羨乎因再和理翁韻以戍理翁趣已

五畝蓬蒿兩部蛙。自誇鼓吹德璋家。何知採藥桃源客。飽聽仙歌日每斜。

題藤理菴卷

稷下聲名自古聞雕龍炙轂日紛紛。最憐侍宴歸來
晚。懷肉還應餽細君。

增祿五五百石口號

五百曼容未輒辭。謝恩縱是折腰時。勝如方朔長安
米。三尺侏儒九尺饑。

芳洲攜子至

高山忽值子期難。此時草堂氣象干。況復掌中珠一
顆。攜來借與病夫看。

次韻服子遷雪中寄示

枚乘才氣本翩翩。偏讓梁園授簡年。曾謂廣陵不如

雪。人傳八月觀濤篇。

又次感懷韻 三首

曾上襄王百尺臺。三千珠履照筵開。祗今只有行雲
色。猶自朝朝暮暮來。

由來才子傲詞林。一入侯門便陸沈。不是梁園人散
後。相如始有倦游心。

花照瑤筵風不寒。絲毫曾奉主人歡。今宵對酌西園
雪。只得應徐意氣看

又次韻贈桃仙女史作

曾怪君侯首重迴。瑤池歌雪自仙才。只今應識神游

地弱水那邊何處臺。

又次韻贈理之翁作

花時絃管不思鄉。侍宴那知雙鬢霜。一夜梁園風雪起。解言爲客意凄凉。

又次送人之峽韻

匹馬嘶霜曉色寒。都亭尚是尋常看。崎嶇西上青天路。始識今朝離别難。

徂徠集卷之五

徂徠集卷之六

物茂卿著

詩

七言絶句八十七首

次韻岡孝祖新年作

都下春風吹酒壺。蹋歌蹋鞠日堪娛。誰如十五名家子。開口自稱千里駒。

奉和琴鶴侯上日瑶韻

朝天曙入彩雲寒。三殿深沈雪未乾。但使春風吹五馬。不論昔日是何官。

奉和樂壽君侯早春高作賦落梅花

張宴梅花古樹東。泛觴美酒映春濃。忽憐片片隨風去。吹入誰家玉笛中。

洞雲老禪覔夢富山詩

莫謂禪師枉好奇。徧求夢見富山詩。千秋人賞千秋色。可知覺時是夢時。

留春館小集同賦莫愁樂

乘月雙槳下石頭。樓臺如畫是揚州。十三十四當壚女。不識阿誰字莫愁。

答備州故人鞆浦看月見寄

備西城上落秋風雙鯉方驚下碧空羨爾絃歌舟裡曲及看明月映丹楓

送人謫薩州

漫漫滄海迫門開逐客扁舟風雨哀從是千秋誰事業堪憐諫獵不群才迫門在州

故人在長門今年未歸

江東昨夜子規飛五月堪悲人未歸回首赤間雲萬里空看夏樹照斜輝赤間在州

同孤山遊蓮光精舍分韻三首

竹院鶯啼白日閑寥寥一似沃州山相逢只得稱支

許。不厭來還醉夢間。

鶴林斜日此經過。篆影茶烟幽趣多。談罷欲眠風榻上。不知身世在娑婆。

元是狂言綺語人。誦經念佛竟何因。時緣玉版參禪味。得與東坡作後身。

李白觀瀑圖

匡廬瀑布三千尺。李白題詩映紫烟。知是騎鯨從此去。至今山色似青蓮。

送人之備前州

錦帆歌吹去何之。黃備山頭月似眉。知爲州人題范蠡木蘭舟裡著西施。

美濃國人七十覓詩

憶昔濃陽養老年。皇家孝思上通天。醴泉如醴君能飲。今壽七十到八千。

奉和琴鶴君侯中秋無月高韻

簾垂桂濕夜涼侵。銀燭含情誰與吟。自是駕虹人不返。霓裳隱隱鎖秋陰。

絶句二首寄智通尊者尊者隱西山中書王故棲處

京城西望鬱嵯峨。拄笏千官不肯過。誰道菟裘成賦後。近來爽氣爲君多。

京洛人來每問君。西山遥映望難分。祗知尊者焚香處。落日氤氲結作雲。

子徹寄絹求予書舊時詩其詩逸矣復求文郢文變二書亦已焚草因作二絶題上

避暑逃人竹樹林。祗知散帙網絲深。新涼掃榻還料理。吹落秋風不可尋。

洛陽才子遠相求。臥病文園經幾秋。縱及相如猶未死。封禪寧向世間留。

奉和丹侯之國途中作四首

五馬驕嘶競上程。迢迢百里似砥平。笙箏觱栗高聲

散。幾客相逢能不驚。

雨天農桑緑滿疇。褰帷到處若爲愁。料知身作公侯

貴。能耐瞻雲回首不。

高蓋光輝驛路頭。風塵孰與共悠悠。山回樹隔前驅

過。遥指緑雲迎日浮。

到處笙歌人悉羨。離家尚道憶家頻。須知負弩三千

客。幾箇南望不濕巾。

蓮光寺即興和吉生

祇林秋色幾回游。詩酒因君此最幽。謾説虎溪今更

醉。遲遲能學淵明不。

又和主人

寶樹陰陰隔世塵。維摩來此是誰賓。醉拋麈尾臥何妨。且說無言轉法輪。

美人中酒

曾說阿眞嬌欲仙。教看此態更堪憐。何須徐整雲鬟後。纔說海棠眠未圓。

美人分香

春徑採香西日曛。館娃宮畔女如雲。譁然爭惜宜男草。揷在中懷不肎分。

妾薄命

顏色未曾知至尊。長將聲技奉陵園。還疑銅雀君王意。不道分香不是恩。

岡崎倏陞西京留臺醫生東伯通從行詩以贈之 二首

聞說長安多貴游。四時絃管帝王州。相逢倘問東方勝。海上芙蓉初日浮。

驕霜五馬氣翩翩。道是府公分陜年。此去憑君醫國手。春風合在棠梨邊。

江子徹已移居平安書來欲東者屢矣而不果

也絕句四章促之時予得猗蘭古曲
聞說琴尊辭故鄉。白雲秋色帝城傍。問君獨看長安
月。何似鄒枚在大梁。
風流爾愛洛中居。織錦坊西一寄書。爲問天孫新泣
月。近來花樣竟何如
爲知流水似君稀。久拂朱絃理玉徽。儻問千秋吾道
意。猗蘭一曲與誰歸。
似報布帆曾已懸。緣何書劍滯三年。子雲故愛侯芭
酒。不但玄經待爾傳。

宮怨

不恨佳時辭輦心長門苔色歲年深無端忽憶當熊處鼓角聲遥遶上林

游蘇迷分韻行字

城北看花乘晩晴不堪吟罷坐吹笙興酣何識遊人盡又向彩雲深處行

送香洲律師

忽辭奥北毛人家謾說洛陽行看花却識禪心無染着烟霞隨意惹袈裟

楊柳枝 二首

十二樓臺瞰碧流樓前楊柳照駝裘那堪鷰地春風

亂欲繫驊騮不自由。

門前楊柳著春烟。高拂欄干低拂船。不謂年年多拗折。只言去住總堪憐。

游傳通院

冏公幽迹本離羣。主第風流傍古墳。終聽鳥聲無伴侶。故教笙吹遶春雲。

奉懷猗蘭滕侯

驂驛五馬照天涯。南國風流此一時。總怪名山雲氣異。磨崖新勒使君詩。

奉和猗蘭侯見懷二首

名山如畫點微茫五馬南州日眺望知是接䍦堪倒着教人遥羡使君狂

使君宴會日憑高競爽千山賦筆勞說起牛門何得似援琴衹自寫松濤

雪中呈潮尊者併柬石君聞尊者時在石家

平臺彷彿昔時寒獨自相知醉倚闌爭似維摩方丈室有人共作雪山看

潮師石君偕賜高和再用前韻奉呈三首

梅花紛落雪花寒二月園林春色闌何物瓊瑤眞作幻更憑師向定中看

右潮師

舩船棹罷不知寒。何處樓臺十二闌。知是銷金帳畔雪。蕭然今作雨花看。

右石生

尊者衣珠烱轉寒。徵君絲筆與何闌。總嫌春色須臾盡。雙璧聯翩投我看。

右併謝

下館藩臺有對梅一絶謹同其韻卒成四首

佳人寂寞倚東榮。瀟灑風標誰敢爭。獨有梅花堪鬭色。嫣然含笑對三更。

隋珠落紙曄春榮知是梅花色不爭。携去柴門如白晝已疑明月照三更。

漢臣侍從最恩榮。抗疏　前朝意氣爭。今日郢中應寡和。自歌白雪到三更。

幾回玳席醉南榮。好客翩翩世莫爭。我愛侯家投轄意。任它人喚作三更。

春日君瑞叔潭潮師于和集分韻青字

城南草色欲青青。二月春風揚子亭。不是侯芭能載酒。至今寂寞太玄經。

和越君瑞韻

避人此處即商顏洗竹灌園事事閑不妨裘羊時見訪尋芝共問雨餘山

次韻大潮上人春日見寄三絶

洞中垂柳靜春風不繫五陵游子驄何物袈裟來映好世雄不是世間雄

少年意氣賦三都回首春雲渺太虛何似啜茶脩竹裡聽君朗誦竺乾書

蜃氣海中吹作臺層層帝網映波開知師深夜窺春月訝是衣珠烱爾來

西臺侯席上作二首

玉椀傾來琥珀香。漫誇公子愛清狂不知珠履三千
客。誰佩酒泉太守章。
春醪色似鬱金香。嘗鼉能誰能不發狂。莫怪馮生彈鋏
起。曼聲忽斷却成章。
明日因前韻作呈西臺侯
懷裡深藏錦字香。回頭昨夜若爲狂。不堪醒後相思
甚。對月高歌窈窕章。
送赤川生西歸弁簡次公
都下風流總是賢。君今底事倦游旋。同人最有名山
志。却又周南滯幾年。

奉和猗蘭君侯韻

夏木草堂青靄笑。開樽誰似使君賢。蘭臺賸有歌餘雪。相逐雄風入五絃。

謝鈴青蘭惠雉

遠勞下物墜雲間。醉殺堪歌雉子班。却憶君家妻小笑。雕弓日日如皐還。

次韻紫玉師見寄

道人惠我白雲篇。清似秋山晴後泉。爭奈泉流無已日。白雲來去不期年。

春宮怨

鸞鏡朝朝泣粉華。怪來六院忽喧嘩。笑它十歲新天子。解道阿嬌美似花。

餞潮上人席上和石默齋韻

蹁躚百衲且裴回。六月凉飇莫漫催。明日冷然飛錫去。望中只得白雲來。

同前分韻分字

落日映筵停白雲。離歌莫道不堪聞。假饒別後登高望。九點蒼茫何處分。

江子徹移居西山有詩求和和不可成又求扁字迺書翛然亭三字繫之以此

君道長安但苦閒。翛然一去向西山。西山日有烟霞侶。携手采薇終不還。

同賦折楊柳城字

春風柳絮別京城。直置行人難做情。叵耐誰家將鳳管。慇懃弄到折楊聲。

同前西字

酣歌今日莫教低。兄弟相酬意不迷。綰折垂楊歸去盡。陽關只在渭城西。

同前生字

置酒郵亭送遠征。絃歌嘈雜變離聲。可憐柳絮吹皆落。只得行人白髮生。

猗蘭君傒述職新來，是日儼集草堂，分韻陽字

隔年五馬此徬徨，興發何嫌風雨狂。自識使君杯不淺，座中依舊總高陽。

七月既望，同人集焉。時子和甫就羈絆，不能即來也。途值罔二，急探諸懷中，取一白扇授以致語：善爲我報諸君子，吾之所以代吾者是已。衆聞之齊笑，狂奴故態哉。睇扇上有詩，佳甚。顧其上官之後，未有一言以申賀者，因共次其韻爲贈云。

牛門詩酒值涼回。忽報相如譙趙臺。應喜連城十五價。遥將明月座中來。

余五十也。五城左容翁惠詩。侑以三物。仙臺地靈。故當有此風流人矣。不勝千里之思。併和其近作。共四首。酬之。豈謝云乎哉。

吉光片羽忽從風。謂是遥來丹穴東。十二樓深仙子住。相思欲往路無窮。

右謝王元美墨蹟

誰探玉女洗頭盆。中有千絲白髮存。不知仙人戞底事。將戞相送至蘐園。

右謝白石雲麪

七十二嶼吮毫遲一一生雲色逼幃總訝蓬萊堪寫贈不知瀛海是盆池

右謝自製松島圖

雨歌牛門石氣青浩歌三日酒方醒何來仙鶴鳴過我欲和餘音繞窈冥

右謝壽詩

猗蘭侯東壁文安集草堂分得浮字時適得中華酒器呈玩

春醪色逼黃鸝留應妒諸君筆似流千載謫仙鷺鷥

杓座中却合向誰浮。

小集東壁不來

吾黨佯狂總是賢。翩翩一似建安年。風流別有禰衡鼓。偏奏王侯何處筵。

春日陪西臺侯遊驪山分韻

高臺宴罷散珠蹄。才子多情醉欲迷。不惜櫻花飛作雨。行雲本在驪山西。

謝村堂上人惠青玉笏

高僧贈我青玉笏。謂是玉皇案頭物。欲酬一語還自疑。五十年前都恍忽。

次韻稻子善作五首

天半蛾眉難可攀千年積雪至今寒西眺何限浮雲色終是無人子細看

天祿石渠元擅時彤龍炙轂各爭奇何知老子都無事日日吹笙坐似箕

漢室中興日月開昇平四海豈無才久聞西土丈翁化果爾相如自蜀來

一片征帆度赤閒廣陵千里夜揚瀾疑君起色遙相贈月滿柴門不肎關

遶郭紫烟滄海流啣盃落日望悠悠君如有意芙蓉

色何惜吾家白雪樓。

歲暮諸君子見臨探字述懷

可堪哀白自相仍。悵望五城樓幾層。九轉丹成嘗未敢。枉教鷄犬踏雲騰。

豫侯訪著園席上分韻來字

日日臥游人自回。柴門一閉爲誰開。尚餘壁上名山響。却引風流刺史來。

徂徠集卷之六

徂徠集卷之七

詩　　　　　　物茂卿著

七言絶句一百十八首

奉訪琴鶴堂看櫻桃偶值有風不得縱覩聊作

侯家草樹自光輝。況是櫻桃花未稀境似神仙還可恨乘風欲作綵雲飛。

春日本法精藍偶作

遠公精舍聽啼鶯酌酒還憐遺世情。若識廬山斯處是何妨春日著淵明。

送蔚宗游函谷二首

平安大道直如絲。處處秋風征馬悲。君去吹笳函谷曉。何人不起故鄉思。

蓬萊仙子騎龍還。千歲長留玉筍山。筍裡白雲今猶在。君能持贈與吾看。

謝平子和惠甜瓜

嗟君輿疾訪林丘。落日論詩遂未休。自有滿籠青玉贈。風流更憶鄭瓜州。

從軍行得城字

黃雲霾日長安城。白羽紛紛募漢兵。聞道六文河三萬里揮鞭直蹈層冰行。

聞豫州雲州二使君訪集琴鶴堂互有唱酬披

閱麗藻不勝歆羨率奉嗣響

聞說後園花盛開。翩翩裘馬集平臺。櫻桃偏許風流

似絲筆光搖鸚鵡盃。

是日諸子來集。吟哦方盛。德夫子帥伯錫乃作

樂相聒。子遷不忿。嘲以詩。則援毫答之。於是笙

笛之聲遂停。故予從旁和其韻戲之。

管絃詞賦本齊名。逸響奇思相競生。豈意金聲忽擲

地。一時彩鳳便停鳴。

初秋陪蘭臺宴奉次高韻是日涼甚肺病頓蘇得非恩賜乎

鈞天廣樂此移懸。不雪將歌黃竹篇。縱是楚臺淒切甚。雄風得似使君賢。

擬送人謫羽州 三首

聞說東行千里艱。秋風纔到白河關。迢迢君更過關去。朔雪紛紛滿羽山。

一別刀環那可期。東荒自古羽山悲。加餐儻有毛人問。但道生逢堯舜時。

知爾偏加塞上愁。寒雲遥暗故園秋。石砮楛矢黃毛

隊官雪時猶徽羽州

季冬十九日豫侯宴予猗蘭臺上其夜雪矣則予稱詩曰美人歌裏來也侯迺賡韻予謂⿰山昔湖樓上物哉越廿六日侯再開宴而予疾作不克趨也則至夜又雪矣於是乎侯亦遂難於謙讓耳東壁傳示侯詩調高而不可和乎聊易絃底一小歌馳价送之俾奏諸其臺上焉爾乎

君侯妙解弄瑤徽許我陽春和者稀請看猗蘭臺上曲果然白雪爲誰飛

東爽鳩子方

牛山無日不絃歌世上空聞涕淚沱君自爽鳩諳故
事爽鳩之樂竟如何
豫侯將之封河内走李就予互換琵琶口占一
絶奉呈
來換琵琶意可嘆雙旌一去會顔難儻生天際真人
想兩地各抱明月看
西臺左元錫溫雅士矣當侯之見枉草堂也元
錫携詩相示焉則一時草草不遑酬答耳今聞
其從侯西歸乎迺有此和
千騎從行向斗邊知君何處倚龍淵秋高紫氣雲間

起正是西臺醉勝筵。

某人送彩牋求詩

朱絃玉軫每相携。一曲楚歌春日西。只擬彈成堪自愛。何料君送錦箋題。

送奥僧大潮東歸

聞君歸去與誰遊。風雨蕭蕭五月秋。爲問富春山下客。祇今猶自着羊裘。

畫梅

徒說江城吹笛愁。長看疎影照牀頭。向風忽念他鄉客。欲折南枝不自由。

琴鶴君侯惠蜂夫筆聊賦一絶奉謝

使君才氣本翩翩，惠我絲毫稱蜂夫。何解病夫春更嬾，晴窗臥寫白雲篇。

春日草堂小集諸君阻雨多不至分韻林字

世事參差阻友簪。蕭條雨色暗春林。何人最看梅花落。遥想牛門笛裏音。

春日草堂小集奉次豫州滕侯瑶韻

五馬新回桂水頭，携將明月照春浮。遂教歲歲金莖畔，偏憶天河秋色流。桂水天河皆侯封境所接地

東都四時樂

東叡山頭花似氛東叡山下雪紛紛笙歌千隊齊聲唱那得暫時停白雲

兩國橋邊動櫂歌江風涼月木微波怪來岸上大聲寂恰是扁舟仙女過

秋滿品川十二欄東方千騎簇銀鞍清歌一闋人如月笑指滄波洗玉盤

澄江風雪夜霏霏一葉雙槳舟似飛自是仙家酒偏醉無人能道剡溪歸

奉和琴鶴君侯上日瑶韻

敞開鈴閣直廬清晨嘆息　前朝侍從身閣下長槍如

柳葉何曾雨露始尖新。

落梅花分韻思字

江梅爛熳著花時。江上佳人有所思。日暮還將橫笛奏。何知吹落幾枝悲。

送香禪師還奧

揭來紫氣映江關。一笑翩然復東還。謾道禪心無所着。白雲偏解遶名山。

寄富春

海外金華映十洲。羊裘穩坐木蘭舟。知君不是釣名客。日日猶應垂直鈎。

寄左子巖

海內風流總競雄，誰如好事左容翁。贈吾一幅瀛洲畫，恍若三年在奧中。

鎮西教授竹君，損軒先生高第也。予自少小欽先生之名，籍甚寰中矣。是歲君訪予草堂，贈以三絕，規行矩步，宛爾典刑，因酬來美，兼寓執鞭之思。

一操瑤琴休便休，長安車馬總悠悠。怪來大海西千里，能識芙蓉白雪秋。

武陵此處欲迷津，君自當年黃道眞。儻值秦人勞問訊桃花豈異世間春。

曾思彼美望西方明月佩環雲錦裳縹緲千今蓬島外。從君欲問返魂香。

和墨君徽留別韻却寄二首

帆影如雲蔽海流岸頭離席盡豪游。羨着揮手遥相謝。身在使君青翰舟。

鳳飛海上覓青梧。彩羽乘風落日孤。不是鵷鸞游戲處。長鳴時復憶蓬壺。

爲想風流白接䍦。君家便是習家池。似聞太守時相過。應唱并州酒客詞。

[illegible][illegible]奉餞猗蘭侯分韻人字時東壁已故矣

竹林大道接車塵相送何辭酒態新君看去年銜盃者已是山陽笛裏人

雪中謝木蘭阜惠琉球酒

道是天南貢饌餘一壺分惠悉病相如憑君忽憶金莖露恰值梁園飛雪初

示春菴生

我無九醞酌宜城有客來過春是名何妨相迎都不語援筆只得作鶡鳴

秦君熙載千里見訪俄爾告別作三絶戲之

徐福千年採藥來。子孫應抱先秦木。還從紫氣函關外。見我牛門信宿迴。

秦女窗前烏欲棲。來時艸色已萋萋。相逢把酒茅堂夕。怪爾回頭春月西。

君家窗裡女懷春。桂葉垂垂桂木濱。不爾千年秦氏子。看花寧作武陵人。

琴鶴君侯寄示登樓看月作陽春白雪和寡難哉漫成二闋未知孰優併録以呈

樓臺十二玉闌干。昔時霓裳映月寒。此曲今宵彈不起。抱琴深坐爲誰看。

桂花亂墜繞闌干。桂影婆娑月裡寒。憶得十年金闕
宴。嫦娥無恙獨相看。

早春小集華字

高陽酒客醉相誇。急管繁絃競歲華。不用慇懃和白
雪。陽春只在楚人家。

奉餞西臺侯席上分韻啼字

離席管絃烏夜啼。何妨公子醉如泥。雙旌西去饒筵
集。能得應劉到處攜。

雨集分山字時子彬游湘中

寥寥今雨忽開關。濁酒相看堪破顏。獨有採芝人未

返南雲遙暗玉笥山。

次韻子彬馬上口號

朱門高闢北風寒。褰馬氊毬揚子千。縱有梅花寧可問。只今江上是長安。

贈子帥之洛二首

憐爾看花去向秦。花時最是帝城春。青山周匝渾如錦。欲醉祇應無故人。

君自北人堪弄笳。駿州一夜宿誰家。芙蓉峰頂千秋雪。忽爾吹驚飛作花。

九月初二宿雨忽霽君瑞見訪遂作小集分韻

秋字 君嘗學琵琶中輟是日携赤城游記相示盛以好樂見推

吾黨絃歌乘壽流，赤城山下白雲秋。憐君天際眞人
想，不抱琵琶始識愁。

懷富山人

孟光相伴出函關，短褐犢車終未還。今説梁鴻誰得
識，空傳五噫滿人間。

理翁諸子見訪後寄詩爲謝次韻聊答

屐聲忽厲輟鳴蛙，一日高軒揚子家。若問梅天近何
似，玄經寂寞燕泥斜。

懷富山人却寄

别來把釣武陵磯。看盡人間似奕碁。山裏斧柯亾恙否。桃花今日異昔時。

寄堀七郎山中

君自山中沮溺耕。棄官十歲一身輕。似聞不忘唔咿日。猶爾挿書牛角行。

姬人怨服散分韻笙字調子和

洞房中夜忽聞笙。乘月巧爲求鳳聲。不是仙家貪服散。那教玉女似雙成。

送石叔潭游函嶺叔潭嘗館潮禪師

曾從支遁罷談玄。又似許詢行覓仙。此去應登函嶺望。祇今紫氣屬誰邊。

送鳳泉赴寶珠首座

尊者辭吾大道傍。苦從衣裏覓相將。行行只去休回首。已見寶珠懸上方。

秋日遊蓮光精舍得多字子遷壁上畫剡溪

祇林高會發清歌。才子丹青照薜蘿。知是山陰能借色。郢中白雪座間多。

東奥人覓詩

聞說仙臺十二樓。金華山色映波浮。題詩我欲隨青鳥。看盡扶桑欲盡頭。

雪

閬苑梅花世所稀。分明一夜夢遊歸。因疑仙子將長笛。吹落人間作雪飛。

謝次公惠海月

今日酒杯何限深。開緘遥照故人心。可知君下珊瑚網。網得海中明月沈。

分題折楊柳雲字

都亭車馬客如雲。爭折柳楊將贈君。獨奈風吹飛絮起。驪歌未闋已紛紛。

贈子和赴三河　二首

東方千騎下關門。澤國江山雨後昏。杜若橋邊春草色。知君駐轡問王孫。

艾城高宴陪使君。驛樹遥連豐沛分。歌能大風還一望。飛揚猶似昔時雲。

德夫叔潭子帥見韓客館中唱酬成卷各和其一詩

依然銀漢烱清秋。一笑還應太白浮。不識支機君自有。人間謾向海槎求。

右德夫

鬱渤雄懷黯不開。忽逢八月使槎來。知君病起廣陵色。堪試枚乘七發才。

右叔潭

蓬萊清淺尚無邊。鼉浪偏迷韓使船。忽被君持瑤草贈。始知此處日東天。

右子帥

子帥從韓客游後子遷寄詩壯之卒和其韻

一揮謾恐觸琅玕。醉誦君詩如意寒。伏櫪還羞千里足。不知帶笑傍人看。

爽鳩子方衹役三河不與韓客相值及還縱觀群作頗有悵然之色是日和子寄奥人詩因用

其韻戲之

嗟君新罷賦登樓。目送韓槎海上浮。莫奈文思紛不定。金華山色又回頭。

鼎也毋饋橘南紀人也南紀物也

南州嘉樹后皆栽。生子欲如屈原才。迺以陸郎懷裏物。慇懃千里饋吾來。

次韻雨權乂奇童

雨家九歲眞英物。綵筆驚人白日寒。知爾它時玄菟塞。萬言慷慨倚銀鞍。

題錦鷄畫

憑將五彩賤家雞。似是鳳皇毛羽齊。縱使吾曹誇錦字。顧爾逡巡不易題。

奉謝豫倅惠牋

持贈春雲飄欲飛。晴窗淨几暫相依。爲君泚筆還堪惜。且載我詩何岫歸。

寄題琵琶湖

湖中春色映霏微。鴻雁連翩向北歸。一點君山天女廟。琵琶最是不勝悲。

謝琴鶴丹倅見枉草堂二首

君是前朝侍從班。雙旌尚引五雲間。恍然來借山齋色昔日鈞天夢忽還。
酌醴焚香未盡歡鷫鸘偏敵朔風寒。悔緣草閣蕭條
甚一夜徒歌白雪看。

寄題江州城樓

一點君山破浪青千帆如鳥接冥冥。知誰倚醉城樓
上能使雄心滿洞庭。

寄題竹生島

昔時帝女下江關。石鏡深窺借玉顏。試去琵琶湖上
望蛾眉鬢髴似君山。

贈武子忠

君是峽中名將家。家傳寶劍拂霜華。秖緣清世深藏匣。夜夜南天紫氣賒。

贈松子潤

江南才子太早成。開口能爲律呂聲。似是洞庭張樂地。年年曾學鳳凰鳴。

即如僧正和予普門之作見寄併惠豐山茶因用原韻奉謝

心醉茫然歸路斜。歸家猶訝在君家。惠茶重試醍醐味。誦偈忽飛優鉢花。

超諸公子惠仙臺糒

仙臺公子玉爲餐。一篋遥分粒粒寒。酬以惡詩還不妨。聞君已作瓊瑶看。

喪女和答蓮光上人見慰

祇樹無心動梵音。解言底事入人深。請知慣灑鮫珠淚。珠盡今朝血滿襟。

遊蓮光寺席上作二首

朅來始覺有生勞。鐘磬泠泠對白毫。欲向祇林深處宿。不秋忽起半空濤。

愛靜何妨青竹密。避喧便覺白雲深。不論現在與過去。香篆還灰幾箇心。

麟上人十年前赴東奧請訪余蕿洲之上。晤言連日矣。是歲西遊長安。特過赤城。致富春山人書。相約比還再見臨也。八月十七日果尋前盟。出示其詩。則瀟洒出塵。迥異往年。嗟嘆久之。作三絶句贈之。葢亦二致意云。

白河關口秋風吹。總訝道人歸去遲。但說赤城山下路。低回曾有地仙期。

道人詩骨已翩翩。恰好乘風萬里旋。身是金華山下住。儻逢昔日叱羊仙。

鷩看洞庭秋色波。已知朔雪暗關河。但憐嚴子灘頭客。今日羊裘竟若何。

和卓上人見寄

攜來妙偈秋含情。籬菊巖楓興轉清。病後難通濁醪理。坐教慧遠似淵明。

贈湖中高子　二首

家臨湖水帝畿東。神女靚妝明鏡中。二十五絃風雨夜。知君伏枕泣孤蓬。

江雲橫秋雁影間。憐爾讀書彭蠡灣。爲問山中臨石鏡。何人照得昔時顔。

寄潮上人

赤縣相看是幾年。不論東海作桑田。應知謫仙依舊
謫。如今靈一却解禪。

寄墨君徽

扇頭蘭蕙色無渝。書畫風流誰得如。君自滄浪貪濯
足。而今不憶武昌魚。

同數子遊思川流觴得流字

東風吹浪沒沙洲。洲上遊人笑不休。櫻桃夾岸花如
舞。散逐飛觴點點流。

送君上人之京 二首

處處春風黃鳥斜。驛亭垂柳映袈裟。洛陽此去花應

好。一路淹留知幾家。

迭蕩好事本無倫。詩酒飄然行覔春。到日東山春縱盡西。山應有采薇人。

送管童子遊西京 二首

五十三驛莫言難。處處山川秋好看。明日先從函嶺望。如絲大道達長安

揮鞭意氣悵秋凉。才子奉恩遊洛陽。但到西山紅葉好。錦衣相映早歸鄉。

走次南都兆上人寄示韻

何物諸天雲錦機。空中色相映霏微。縱然剪取能堪

贈。不道人閒賞者稀。

贈高生

多病學詩詩已成。沈吟何妨喪雙明。且言徑寸珠無恙。論價還堪十五城。

奉和郎如尊者退院口號

忽聞退鼓破空濛。一鉢蕭然萬事終。猶憶名山京洛好。翩翩飛錫待東風。

和皁上人詩

蕭寺雪殘幽徑侵。相思欲問六時心。龕前日日香烟起。結作春陰不可尋。

謝田望之贈梅花畫

田郎留我梅花圖，掛壁暉如照座隅。知是屋梁落月色。故移疎影來相俱。

寄題豐王舊宅

絶海樓船震大明，寧知此地長柴荊。千山風雨時時惡，只作當年叱咤聲。

遊蓮光寺

清聽相看到日斜。酒酣忘是梵王家。援笙吹起秋風樂，忽報東籬欲發花。

舟中宴奉和守山世子見寄

平臺遙羡白雲秋。錦字翩然照碧流。偏似秉風聞鶴唳。一時舟裏共回頭。

送仲錫之常三首

平原一路惜熹微。匹馬迢迢客子衣。時自筑波山上望。應看鴻雁向南飛。

征鞍北指古常州。憐子辭親此宦游。縱說櫻川春轉好。風花看是白雲流。

聞說仙陂遶郭流。郡齋高倚海門秋。知君吟嘯月明夜。時見浮槎近斗牛。

長藩大修學校。興禮樂。廣集墳籍。爲海內倡。益次公與有力焉。是歲藩侯在覲。次公從之。暇則往來如織。攻經講律。旁及衆藝。綢繆殊甚。及其歸也。作七絶句以餞之。若夫繾綣之情。悉之末篇焉乎爾。

聞說關西造頖宮。孟侯風化似文翁。三千弟子彬彬起。作賦誰如褒與雄。

歲事新修鐘呂懸。國風十二被朱絃。更知千載幽蘭譜。還向仲尼門下傳。

好文今羨漢河間。購得遺經壁裏還。太史著書君石識。否深藏其副在名山。

次公治律勝申韓。自說覆盆寃最難。還謂刑名非聖
意。孔家司寇魯秋官。

文學優游飽主恩。宦成幾歲從熊轓。東行贏得多休
暇。日日絃歌在我門。

門下衆賓醉不譁。爲君擊筑舞傞傞。別筵度曲遥相
送。一路秋風青海波。

錦帆西盡青蜓州。赤馬關高大海流。料識愁心秋不
極。回頭東望月如鈎。

徂徠集卷之七

徂徠集卷之八

物茂卿著

序一十一首

叙江若水詩

予誦江翁詩而後知　神祖之深仁厚澤入於民者至浹洽也吾榑桑文明之運方今如日再中也間嘗竊揚摧詩所繇隆降論其世則寧平之際於斯爲盛其名公鉅卿相與賡歌乎本朝之土所爲潤色鴻業黼黻王猷者野篁藤常嗣之倫皆渢渢乎治世音哉

則山澤列仙之儒亦有若民黑人西山隱士輩其嘯傲呻唫之聲時時聞乎人間者葢庶幾乎東方陶韋之流亞云雖然當是時上以取士下以資仕務爲名高厚利隨之是其所爲詩之教在彼不在此焉是其詩而隱者抱所由顯者以藏焉則豈莫有不平鳴乎幾微之間邪是其所尚即上之所好焉則長慶之流響日以卑矣是以詩之亾也數百千載降而之國風也亦數百千載蟁蟁習習莫有乎爾皆詩之權在上故也今布世求進者則輒相謂曰薄海之內短後急裝曳長劍躍怒馬者滔滔皆是吏以爲師奉三尺武

斷舍是非君子也。則摛藻如春葩。奚益於殿最哉。有
王人者焉。有侯伯者焉。有公士大夫者焉。有陪臣士
者焉。有民人者焉。族類區別。賤不可以貴。而農賈之
子。恒爲農賈也。設使上之人。由詩觀其志。下者登高
能賦。雖李杜復生。不可爲大夫也。則今之時。非言詩
之時矣。雖然。百年昇平。文恬武熙。素封樂業。老身長
子。率多暇日。莫有所使之。而下有所好之者。帝之力。
于我何有哉。於是有錦里夫子者出。而摶桑之詩皆
唐矣。方今君美龍擧於東都。師禮虎視於北陸。林叟
歸然於海西。伊烏聯美於中州。雖其言人人殊。粹折

不同要之皆聞其風興起者權在下也故吾曰文明之運有往而還如日再中也雖然是皆世所謂薦紳先生者迺猶且或疑於其爲名高者也吾獨誦江翁詩而後知有眞好之也翁名兼通字子徹其先世有操計倪者術謂津南四方之中以居之數頃田種秫者半之環漑以奠水汲其清爲酒洌且美馨鄉日聞近遠遂以致千金之富迺命其鄉及至翁之好詩是寧有所加厚其利哉年未強而屬家政其子取其所得贏益斥買異書以自娛尚且歲一來東都雖賖會計乎雜處保竪中儳然也與至吟迺琅琅然銜口出

盆盎罍缶皆響音高陽之徒駭然罷去是併與其所利忘之矣雖然使其有朝夕之虞廢居之勤亦安能大展力於其所好哉故吾以翁名之其爲詩也莫有耿介處士之風迺能抑澹其辭削掺其趣焉水乎其味之也莫有游閒公子之好迺能樂其利安其分優猶乎其言之也其調雖未得超中晚而上之迺能句而順字而惚髣髴乎唐音也是誠莫有所使之而亦有所使之者乎故吾曰神祖之深仁厚澤入於民者爲爾其行也謁予求詩叙夫高明炎炎燕之巢其幕鬼之所瞰而爲山林者弗近焉傴乎僂乎循墻而走邦國

之士爲廊廟者賤焉是非翁之嚮慕而亦莫有蔕芥乎胸中以好者在也且也嚮所稱道數君子者吾未識其人而能識其詩雖則或嫌乎籍重以名高者是亦所爲以吾之好從翁之好者且足以爲贈邪

桃源藁序

予業已叙津南江子徹詩越二年伏陽貫隆父又齎其所爲桃源稿者來謁予叙也訊其所由以名桃源者迺以伏陽伏陽故嘗以桃名海内而隆父則輒自以秦遺民也夫伏陽者勝國時豐王所都居處也夫當豐王之起黔首中身致霸王之業鞭撻諸侯睥睨

九鼎餘威所震三韓貢而中國封也其心誠欲爲始
皇之所爲而世學士大夫論隲其武虓所夷殘亦以
謂較諸嬴氏之暴不啻焉是其流風餘韻被及其生
平所觀游宮榭遺墟故都邑所在地者宜若或有彼
蒹葭蒼蒼秦聲之烈也及予受讀隆父詩以卒業焉
則喟然嘆而曰何其瀟灑清約一似隱君子之度哉
又訊其故其所偕予徵同師事者世所謂烏鳴春先
生鳴春先生隱居津伏閒言詩數十年弗輟自守其
學所造詣又弗衰吾不知其詩於淵明也如何而高
尚其志則庶幾焉乎爾然予又揖隆父護洲之舍與

共揚搉漢魏六朝。以及唐王孟韋柳諸家言。則恍然迺言曰。孰謂古昔桃源不在今武陵也邪。葢謂予漁父黃道眞也。嗚呼。夫隆父生當豐王時。則今桃源不足以避秦之暴已。獨賴　神祖之深仁厚澤。浹膚淪髓乎百年之久者。人樂其業。南雅之聲。蔚起者。如予向敘子徹詩所云焉。是其所以避秦者。以時不以地也。是其所爲自詫桃源者。以詩不以人也。則孰謂今武陵曾不如漁父乎。雖然。淵明之言曰。其中故不殊外人。則漢魏六朝亦何必俟漁父而後知之乎。是其所不暖姝一先生之言。以謁予敘者。惟其有之。是以

爲之叙

一刀萬象序

今之工章𤫊者宜莫池道雲氏若焉予獲寓目其所爲一刀萬象者迺蹶然興以言曰吁哉之人之爲技一至此極邪其體則羲頡籀斯岣嶁石鼓孔甲盤盂闕里科斗雲章穗文揚雄之奇旁及仙篆玉清大書萬古鉤隱雜然具舉稽疑訂僞毫分釐析與夫隸楷世所希用游戲一至時出之也其象則琮璧圭笏或隨或觚鼎彝卣罍刀布雜佩縷文繡錯細入秒芴龍款龜紐天馬獅豸百物神姦夏禹所鑄𣹢爪出目梓

人雕琢攫鏤援鑿靡弗肖也法度則圓規方矩衡水直生衺者如弦句者類弧一低一昂皆中權鍾高庳相承小大容受疏密穠澹肉好咸宜顧盼映帶一稟自然縱其變化範我馳驅莫違越也品格則高古雄渾都雅神俊麗者嬙施逸者仙釋或潔冰玉或勁鐵石深遠之致瀟散之趣燁若春華嚴乎秋蟾風流欲掬秀色可餐辟諸果位隆墺瓔珞莊嚴種種相好究然備也其技巧所造詣則偃師之倡輪扁之斲輪蜚木鳶棲猴棘端玉楮奪真而郢斤之成風不啻過也此其所爲海內無兩槩略具是若夫一刀所運得手

應心而五者翕然從之猶且獨以象稱者將無六書所原惟是物而法巧與格亦惟是物也乎衆美所鍾轉相倍蓰什佰都其総巧歷莫能筭猶且命之以萬者將無謙也乎三代邈矣秦漢不多見見亦近誣迺自宋宣和而下子昂吾衍景汝二修以暨乎輓近休承凡夫顧何羅金董增華椎輪加厲積水門於是巔家由是名章璽學求諸六書有如二塗而是書猶且以千文爲主者將無私印屢靡末由發揮特借此以罄其奢驁纂經之妙也乎夫梁主所摹興嗣之山陰之蹟無復遺法今書學家奉以爲律令則安知道雲

氏之業不爲金科玉條於後世焉哉無兩海內爲厚于將來美哉技也一至此極予以爲今之工草聖者莫道雲氏若焉爲是故正德改元秋八月望

消閒集序

慧巖上人喜詩詩稍稍佳輒錄其佳者佳而調不佳不錄顧謂予曰詩猶吾業耶吾西方業貴專詩亦貴專詩而專其專乎唐耶專乎唐者調也求法格而初盛中晚區而別焉尚何殊乎吾三品九輩哉雖然能外安養徒矣故階級縱淺吾甘爲唐耳是慧巖上人之詩也夫宋黃陳何嘗不黽勉氣格顧沾沾乎作理

語爲禪家之所宗其所見迺在上人之下焉則不恠上人之能爲靈徹皎然也祗靈徹皎然吾未知其果能修西方業者乎否也修西方業者則善導作禮讚其語雖非詩哉亦洋洋乎美也上人其學之耶吾聞之詩至釐聲明興西方則西方業故與詩近耶後善導而數百年在吾東方則法然法然之教尚愚不尚智其徒多善和歌上人亦善和歌和歌之於詩維其庶幾哉夫詩雖三百篇亦多成乎愚夫愚婦之手則上人豈得諸此耶上人曰西方未往且作此消閒語因爲之叙其消閒集也正德壬辰暢月幾望

廣陵問槎錄序

廣陵問槎錄者藝文學味君允明與其門人寺鳳翼氏所爲應酬查客者詩書牘筆語具是允明於東都鳳翼於西都而一繫之廣陵者所事之國治在是頃味君因岡生謁予一言有以標目之夫予於世一鴻毛庸何能取二君子之重乎且味君者今國子先生高第弟子早歲蜚譽應聘大國其文章學術業已經伯樂一顧者是固亡論已雖然予獨愛鳳翼氏之業清綺整贍出瀛入奎寒冰青藍駸駸乎未已可謂不易得之才矣有才若斯何問調之同不方今文明燭

運。多士炳蔚。而求其能洗鴂滌侏卓犖乎衆楚之咻
者。千百人中無一人也。予經營斯文十有餘年。廑獲
吾滕縣二子。以自慰之。今而覩之子。則又愕然异之。
夫深山大澤。實生龍蛇。是知廣陵之爲大藩哉。吾聞
之。廣陵瀕大海。其怪異詭觀。豈多讓於枚叔七發中
者耶。夫潮汐之所廻環。波濤之所激湯。若其澎湃洶
湧。噏雷噴雨。誠奮厥武。如振如怒。横暴之極。山嶽爲
崩。上擊下律。决勝乃罷者。其勇爲然。少焉風息寂寥
若寤。皓魄浮彩。青蘋不動。灝灝溰溰。練縈素暎乎洲
隝汀陼之間。則清而如淺。揭厲狐疑。丈貝斑石。粲然

見底細淪若纖小漪似縠海松石帆纖悉可訊者是
鳳鼻氏之所資歟毋乃遠人修聘所涂由西諸侯之
供是役舟楫之戒刺涉之險是其所慮耶以故柔其
色孫其言惟真宰之愁是懼耳不者以彼其才而張
以大之何勇不可賈乎吾聞之昔有皇靈之女降居
埶洅者善鼓瑟其和象鳳皇之鳴其變中帝軒轅之
律呂希音彯彯玄感鬼神風雨初歇夜深人静髣髴
乎庶幾一舉之鳳鼻氏歸其學諸則和以濟清變以
化整寓綺于玄約贍于希以翻飛開天之上翱翔漢
魏之際鏘鏘秋秋其調卒可以弗畔矣乎夫然後嬋

然咸五色以被其身是眞鳳凰哉是眞鳳凰哉當其時海內覩鳳之望亦何在韓人耶則安用是編爲也予老矣後死斯文之托吾視猶吾滕縣一子已是足以見味君育英之樂也遂叙

國思靖遺稿序

蓋余自斆華音則稍稍聞崎陽有國先生者其聲藉甚也乃意獨以是特譯士師耳夫崎陽夷夏之交海舶之所來集萬貨瓌奇之湊而我五方之民廢居射利者萃焉爲甲于海內祇其物產異土言語異宜譯士爲政邪譯士之富又爲甲于崎陽夫利之所嚮聲

譽從之。夷焉彈舌是習。沸唇是效。何有乎道藝。華焉明審。啌啌。哳喉齒腭。亦何有乎道藝。苟足以立乎龍斷之上。辯知乎異方互市嘔啞之音。是謂之業之成。師以此而爲師。弟子以此而爲弟子。若國先生者。亦唯以此而豪舉乎一鄉也。是何足尚哉。已又從其門人岡玉成游。則稍稍得聞其爲人也。嶔寄岑崟。落落穆穆。視利若汚。聞名若驚。自其童丱。足不躡官府者。五十年一日也。若夫吹竽鼓瑟。鬬雞走犬。六博蹴鞠。其民見以爲樂。輕扞厲禁。恣睢辟倪。內交亡命。蹈海通市。其民見以爲恒。崎陽之俗。較諸青廣不啻也。鄉之稱爲敦厚長者鮮有所不霑濡而先生獨泊如乎其中焉先生宅無所嗜嗜酒與山水崎陽之勝海環乎山山環乎邑一口壺哨萬溪繡錯雲日之所映發畫圖彿如也先生暇日則琴酒自隨留連乎其際五斗成詩一石成文與至焉而曼聲發之清徽佐之風雨之和之以時時依俙乎縹緲之巔則人或以爲仙邪先生以是爲娛者又五十年一日也余於是乎始識其爲隱君子有道者矣最後先生卒之明年釋慧邁齎其遺稿來于東都需余一言以弁諸其言曰某識先生之文於國先生之言國先生易簀之日焚其

稿稿是以弗備雖然某等諸弟子則惜其言之弗傳焉廣蒐而獲者僅若干篇獨以識先生之文於國先生之言也雖微國先生之命猶命之矣序非先生不可余受而卒業玩其言考其德行先生益明文衡山之流亞歟溫以粹清而不窕瀏瀏乎其美也其詩雖不專唐其文不攻秦漢亦足以傳矣今海内人嘖嘖號稱大師者何限長短互有不無特至然要其歸皆侏離鳥言之屬耳獨先生之業乃碔砆之玉哉豈不傳乎昔衡山以書掩其德先生之於譯亦爾玩其言考其德行何謂之譯士師耳而鄉人皆以譯識先生

其門人亦以譯師先生所惜豈在其弗備乎夫弇州悪於不識衡山因序其集則古今事固有相似者焉乃先生之識余而余不識也是其所以重悪者是其所以不敢謝不敏者爾正德四年冬十月

二火辨妄編序

吾　國家旨大融朗之化於今爲盛哉維昔班鳩氏以前莫得聞已　列朝培植以馴致寧平之際蓋已彬彬云然未嘗有能以文事乎抗衡華夏者焉迨乎慶元而還海內熈洽奎壁騰茂文風所播縫掖成林而洛陽　王宅最稱人文之淵藪也當其時惺窩羅

山諸公。世所謂大師者。資已英特。學復閎博。加以乘時而起。爲世木鐸。是其才足以凌厲一方。睥睨中土矣。而尚且一意祖述。罕有掎齕。雖則其德之謙讓。未遑乎。惟時爲爾。自斯之後。愈益炳斐。至於伊維楨首倡古義。而濂閩之教。士子弗屑。雖然。是乃薦紳先生之徒耳。今讀芳恂益二火辨妄編。則李唐以下醫師皆廢矣。夫方技之士。而至斯極也。亦惟時爲爾。不佞茂卿。於是乎喟然嘆。乃與西顧而言曰。异哉時乎。唐虞三代聖人用敎之邦。而鞠爲胡土。文之與時。闇劣幾乎熄。其哀也若斯。其甚矣乎。夫有低必昂。詘乎彼

仲乎此維楨恂益文之屬也不過十年文其將萃
於吾　東方耶吾又聞恂益它著述升聞　九重藏
諸羣玉之府芻蕘弗弃邇言必察盛德之事復見今
日夫上有好之下必有甚焉者是足以知風之自哉
恂益字慄父隱於北山好學君子醫也价其友江兼
通千里齎幣問業於予已卒其孤玄詢又不遠千里
奉其遺命問序於予予素昧醫理且恂益之意若謂
誒夫非非者焉爾乎則予何言故予且識其大者以
推本諸吾　東方文明之運云爾

歸鞍吟草叙

鎮西申君有歸鞍吟草之作。其友人竹春菴千里寄示。謁予一言。夫筑自貝先生而後。尠不稱說詩書者。而申君最辨博哉。葢其人文武自負。不欲以經生自見。馳騁百氏。凌厲千古。出玄入禪。奇正雲湧。其才洵不可測也已。叚使與吾曹猝然相遇廣陵舟中。命觴飛籌。拄麈對壘。宏思豪懷。瞰大海以稱快。高談劇論。應怒濤而爭雄。則弇州之於於大夫。不啻也。然此莫得往。彼不能來。匏繫各天。徒想其眉宇。此編焉耳。可不恨恨哉。夫申君豈欲以詩傳。而詩盡申君乎。然予識申君於此。而申君獨以此傳。可謂命矣。所賴者方

今筑侯新立綱紀悉張耆舊遺耈行將試用則申君何必以詩傳哉詩果不盡申君也

惟適園六景叙

惟適園者肥藩大夫中瀨君之子文山所爲自命其園者也園有六景曰堆青嶂謂金峰也曰積雪嶺謂蘓山也曰棲霞峰謂溫山也曰聯華岡曰漱玉谿曰度月橋大夫君之弟幻華上人與吾藩依子相厚善乃介依子徵言於余夫海西之與東關其相距何啻三千里則余未能諳夫園爲何狀而景之所暎發何如也然園之所爲命其名者可得言已聞大夫君十

三時。斃其不共戴天之讎于芥川上。藉是名顯西諸侯卒膺大藩之徵可不謂孝子乎。孝子不匱永錫其類文山之所爲適可得言已。夫大夫君方斃其讎時。年僅十三。弱當不勝衣。而其讎者世所謂桀驁丈夫也。以年僅十三。弱不勝衣。而與彼桀驁丈夫者相抗以斃之。方其時豈復思後之名顯仕榮邪何況聲色之娛溫飽安佚。以適其四體者乎。亦惟適其心志之所爲適已。今文山之所爲適乎園。余故未能諳其爲何狀也。景之所暎發何如也。而顧其所爲自誇者乃不在峻宇崇牆麗櫳綺館奇卉怪石異禽珍獸之間焉。獨以蘇溫金峰諸勝。遠者一二百里。近者二三十里。與夫岡之花。谿之玉。橋之月。要皆非園中物。適然來。獻笑乎吾。而吾亦適然有娛乎吾心。以是徵言四方。是已。則其儉樸寡慾。三千里之外。足。以想其人也。毋乃大夫君家法。邪。雖然。大夫君昔者之適以怒。父山今者之適以娛。其撰胡不同也。孟子曰。彼一時也。此一時也。大夫君業已膺大藩之徵。名顯而仕榮。見獲乎其君。交孚乎其僚友。以驩然乎其國人之誦。方是時。大夫君蓋亦有所娛云。父怒斯怒。父娛斯娛。故余觀乎文山之適乎娛。而知大夫君之時乎適。已。雖然大夫君豈能忘其昔者之適不適乎聲色溫飽之娛哉則宫室玩好之侈文山不是適者余謂之大夫若家法非耶乃孝子錫類之懿信然乎哉且也文山其猶倅歟異日大夫君老而文山承其家也無事焉則羔羊之裘退食委蛇猶之大夫君今者之適矣萬一有事焉則被堅執鋭爲士卒先以敵其君愾亦何殊乎大夫君昔者之適耶又聞文山好讀書吾筆翰留意風騷彬彬乎質有其文哉海内諸君子頗有賦詩稱揚其事者余既已諾依子之請乃又有想其人也遂亦爲歌六章繫之序焉乎爾

思彼山中之人兮。跂予日夜以瞻望。瑩乎空青一點

兮。冀以餐爾俾齡長。

右堆青嶂

山有千秋雪。我欲持以贈所親。雪邪雲邪。人云白雲

兮。不堪持贈人。

右積雪嶺

日出兮照爛爛。日入兮照爛爛。日出日入兮照爛爛。

不然園中人兮。胡以顏色如渥丹。

右棲霞峰

蜿蜿乎兮聯者岡邪。郁郁乎有花兮聯其芳邪。岡上

花邪長如許。園中人邪樂無疆。

右聯華岡

古人云石可漱乎。乃漱之以玉哉。瓊兮瑰兮。粲粲兮盈其掬哉。

右漱玉溪

寂寂兮園居。誰邪羨者。誰邪來者。度溪橋之逶迤兮。明月之窺我也。

右渡月橋

舊事本紀解序

盍我　東方世世奉神道云。恭稽古昔。六經所載。虞夏商周聖人所爲道豈翅我已哉仲尼曰政必本諸天殽以降命命降于社之謂殽地降于山川之謂興作降于五祀之謂制度是故道也者先王所爲道也祀先王配諸天後王迺奉天道以行之爵祿刑賞降于鬼神所以一其本也故仲尼又曰明乎郊社之禮禘嘗之義治國其如示諸掌乎夫六經雖博何稱非天禮必有祭事皆有祭惴惴栗栗唯恐獲罪于鬼神也聖人以神道設教豈不較然著明乎哉迨乎禮樂廢而性理興焉曰天無心也曰鬼神氣也祭則致我誠焉耳是其意謂先王我欺也而我覘其心夫好知

而不好學以至於賊夫道人之自聖一至于斯乎不佞茂卿生也晩未聞我　東方之道焉雖然竊觀諸其爲邦也天祖祖天政祭祭政神物之與官物也無別神乎人乎民至於今疑之而民至於今信之是以王百世而未易所謂藏身之固者非邪後世有聖人興于中國則必取諸斯已杞宋弗徵孔氏之徒獨傳周禮而儒者迺謂先王之道是而已矣亦不深思也虞夏與商我何知之雖然非聖人其孰能與于斯乎我　東方之傳其道者卜部氏齋部氏吾道氏而王子豈聰所志莫備焉琴鶴丹矦取其書解之剖蠹經

析牛毛。其所以言其義者。亦莫詳焉。俾茂卿叙之。侯昔者仕憲廟之世。侍從臣獨以好學著稱。則知茂卿於細席之上者二十年。亦深知其不以富貴易所好也。乃茂卿之未聞其道也。故不能贊一辭于其所爲解。而唯言我所嘗學知者。是足以叙已。享保四年己亥冬十一月。甲斐國臣物部茂卿拜手撰。

木足氏父子詩卷序

余幼時。聞之太大孺人云。肥有高麗門。葢當豐王之征三韓。肥之先侯。有加藤氏者。爲冠軍。驍勇功最著。高麗人至今猶以怖兒啼曰。鬼將軍來也。兒迺泣而不啼。其比諸羅刹夜叉噉人類。威武所慴伏可知已。及其歸也。以所屠陷城門歸表以爲京觀云。太大孺人猶尚及躬親見之。識其材鉅麗詭異者狀。又旁聞父老長年者所覩記鬼將軍戰時它遺佚事。多世所不傳者。初余之內姊嫁肥上人水間氏之子。太大孺人。以其爲外孫女絕鍾愛之。携以往。觀其所以事舅姑若君子何如也。因留三年。迺歸。歸則時時顧余輩襁褓中。語鬼將軍事。娓娓乎弗已。以相慰藉。其將睡時。每夜率以爲常。距于今四五十年。言猶在耳。弗忘也。其後內弟僧杳洲西游歸。迺謂彼中人士。近多彬彬焉余猶且咈然疑之及於五六年來與數黑二君相識皆湛濡墳籍翱泳南雅其所著述頗翩翩有致也余始駭然異之越客歲文學水足君者迺价數君千里屬書問請余言弁其詩卷披之則携其兒郎邀韓使浪華館中與相酬和者也對壘文苑旗鼓相當賈勇爭勝矯不肯下余於是乎喟然嘆息久之烏乎肥人之於韓昔以武爭今則文競豈非世治亂之效耶夫肥自鬼將軍以雄威振于海表而流風餘韻被於邦俗以余之所素聞武藝相雄長稱大師者何限今則否乎百年加以　憲廟右文之治烝烝乎蕈

遐方。才子輩出不讓中土。昔之爭也武夫。今之爭也君子。曾謂斯卷不若高麗門乎。文學之選。譽重一邦固無竢余論。而汗血之駒。駸駸日上。亦何以能定其所底止也。獨以太大孺人之言猶在耳。而惟夫肥俗之所以丕變者。書以爲叙。

徂徠集卷之八

徂徠集卷之九

物茂卿著

序一十二首

官刻六諭衍義敘

是歲冬有司奉　教梓行六諭衍義迺以茂卿旁媚象胥之學也政府行本府特　召俾譯進又俾作敘敘其由伏以昔在唐虞時契敷五教周司徒鄉六行八刑明德親民養老敘齒之禮莫不以教化爲先者漢唐而還以及明清孝悌力田木鐸老人之設導愚

化萬惇倫睦俗誠爲百王率由之常典也其書蓋放古諸誥之遺意以俚言行之不假丹雘無事脩辭務卑之而勿甚高論施諸農畯紅女屠酤之徒辟如耳提而面命之愜于聽沃于心順乎莫有夭閼壅閡之患務邑事情厭而飫之委曲開說弗喩弗措假使嚚頑至惷戇之人聽之亦必能帖服其心志不敢爲惡可謂閭里之善敎也獨以坊刻諸書皆華舶所齎來崎港賈人所貿易人人得購學士大夫又擇其可者私自讐校授梓布于寰區固無煩 官處分而斯乃琉球國所致藏諸天祿石渠之上無復兼本流落人

聞者或聞其名希一覯未由獲之故有司特奉行其事焉我　國家所以崇教尚學啓迪斯民其用心豈不至深厚也乎海内受讀者其仰體　盛德之意其君子務端已率物先風化期於刑措其小人務孝慈成俗安分樂業逭於罪戾全其首領長其子孫優游乎　昇平之澤冀以弗負　國家仁民之心哉陪臣茂卿授簡謹敘所聞於政府者如此享保六年辛丑十月十一日甲斐國臣物茂卿拜手稽首奉　教敬撰

紫微字樣敘

初余之釋褐吾藩也廣澤滕公謹業已以先進擢顯
列從負弩卒歲時校武儼然爲爪牙藩邸中焉然尚
且以舊所嫺習在文學時復與余輩橫經鳴玉出入
乎閶闔得近日月末光沐　上恩拜文綺白金之賜
以比侍從清切之臣者數載矣則每倚席以退相共
聯翩官道上顧語弗已或奉　上旨督諸中貴人學
若來視邸史曹事亦皆接武遻趍告以前政義等同
寮焉則曹事稍閒過飲拒臂相得驩也蓋公謹爲人
魁岸甚口善譚纚纚乎若霏鋸屑出文入武洸洋百
氏旁綜衆藝人所歆艷性不甚耆酒酒間或及一義

節事則輒忼慨激烈怒髮上衝冠目光烱烱乎亦不自覺性爲然也亡何遂中口語以去及　憲廟賓天先侯請告余亦出邸養病蘐洲上以及徙今牛門以病故不能尋舊驩脩交其所知識諸君子矣公謹亦困風塵不數數相過然每過未嘗不道故相泣彼一時也一日袖其所著紫薇字樣者相視且言曰我老矣凡百耆好漸以廢落惟耆書乃甚往時然家貧技雖癢安所得好帋墨以耗磨之哉以故王侯每徵亦不甚拒非彼焉則高麗繭易水墨難遇也童生蟻慕頗惡其煩然以彼其所求值此其所耆亦不甚厭也

近者爲一年少所聊蕭之指擿世所稱內閣字府者遂成一冊亦雞肋哉爲之如何余受而卒業則蹶然興而曰吾　東方文章之盛千百年唯有今日耳顧書亦然矣哉解拘攣破盲瞶徵君乎海內誰歸也夫羿善授人彀率而不能俾鏃相承者非邪降格就卑庸何傷哉公謹听然笑因趣梓之迺詳敘余所以與公謹驩知識其爲人弁其首以俾海內覽者知區區非公謹本色也

七經孟子考文敘

先王之道凝仲尼以傳萬世知命之言信哉故其言

曰文王既歿文不在斯乎苟非至德其孰能與于斯乎然又曰逝者如斯夫不舍晝夜又曰朝聞道夕死可矣言古之不可復反而道之易失也不爾以仲尼之聖而周流諸夏訪求弗已歷二十年之久自衛反魯而後雅頌各得其所若是其艱者獨何也後之君子不體聖人之心乃徇其眇忽荒昧之說而信而好古之義幾乎熄焉豈不盭哉秦燹之後漢建學官逸文古籍往往乎出當其時經顓門人殊義亦頗紛然莫知所適從而原其所自蓋皆七十子之徒所傳迨乎馬鄭諸家蒐而鳩之考覈緝綴之勤其功廣哉亦

可謂知之次也已故千載之後欲求聖人之道者終不能廢漢儒而宅援焉是故也宋而後人喜新說而古註疏束之高閣鮮有能讀焉者是阿其所好沿流忘源況人非聖人何必盡善而乃執一以廢百亦弗思之甚也今閱世所行古註疏板刓文滅不可得而讀之夫以諸夏聖人之邦世奉敎之弗衰學士之衆何限而乃致斯泯泯者豈非人不體仲尼之心信而好古之義熄焉耶上毛之野有野參議遺址乃數百年弦誦之地焉紀人神生夙有好古癖偕州人根遜志者往探之獲宋本五經正義文具如弇州之言而

較之明諸本其所缺失皆有之紕繆悉得又獲七經孟子古本及論語皇疏校之其經註頗有異同而古時蹟著可徵亦唐以前王段吉備諸氏所齎來存于此而亡于彼也生喜如拱璧遂留三年罄其藏以歸因積勤得疾紀藩羽林將公聞而俾錄上其所校生疾更甚黽勉從事呻吟交發不能辨其爲何聲顛沛以之期年而成疾亦尋差凡三十有二卷題曰七經孟子考文問序于茂卿茂卿既悲仲尼之心而嘉生之善體其心誓豈死弗輟卒能竣功斯文也又幸諸夏之所逸而獨歸然乎　吾邦靈祇所衛千載若新以

授之生而寵錫海内也嗚呼 國家文明之化與有光哉爲之敘生名鼎字君彝先是自紀齎糧跋涉千里來吾塾中道既通以文學穀于將公幕云

皇和通歷序

孟子曰天之高也星辰之遠也苟求其故千歲之日至可坐而致也夫學者莫不苦思焦心以求其至焉者已苟有所得執之不化以概一切亦何固也其究必至燿己所見以廢故然故者昔人既已布諸方策何可廢也彼世儒自幼習讀程朱所故訓日熟之不已以爲是其至焉者然昔人雖聖乎烏能先知彼所

爲乎故守宋儒者不能讀唐宋以前書以通之是其
所自夸爲知者顧不愚哉亦是類耳予所知平安平
元珪乃異於是元珪者一藝之士也吾曆蓋學授時
而精焉者然亦惡固也盡取史所志漢以來數十家
曆推而步之其於故無所不盡心焉耳矣嘗謂前授
時而有統天守敬之所爲創彼先得之世之執一者
獨歸美授時寃哉今貞享曆行于世而其法藏日官
元珪乃自思而得之後獲其書驗之皆合亦能言其
紕繆可不謂精乎近者作 皇和通曆問序于予予
閲之吾所用元嘉儀鳳大衍宣明人能言之至於其

得五紀之年則自元珪發之元嘉之前溯諸人皇之初乃立三法以括之又作爲諸捷法附末元珪之於歷可謂左右逢其原者已亦晰夫故之效也孟子之所稱千歲之後方今之世其惟元珪與元珪又有巧思嘗創其心變古渾儀設機旋輪一旋一日須臾而三百五十四旋一歲之日躔月離黃赤道之所交弦晦盈食之狀按日可驗二十四節有鐘自鳴人莫不嘖嘖驚異亦其緒餘云元珪隱銀官而織其不以此而自廢能通一藝卓然名其家嗚呼昇平之世人皆知自重若若斯夫

郡司火技敘

海內言兵者亡慮數十家要之不出於甲越二氏所爲法它皆小有所緣飾易其名以求售者已何足道哉夫兵之毒莫火若而火之技有異端焉二氏所爲陳前火與弧而後其戈矛衷以旌旗舍馬而徒彼我皆然海內至于今宗之未有外乎此以爲陳者也然當二氏之世廑廑乎有鳥銃耳鳥銃百步而止火之毒未弘故其爲陳若是其整矣哉至于豐王時則有發熕諸大礮屬出焉其遠可及十里火力所至殹使二氏復出豈能爲其陳於前邪然其物重不可以移

其毒暴。不可以近人之力。莫之能執。發輒後卻。莫之能制。人物爲虀。是不可以置于陳。故世之爲陳。至于今猶故耳。數十年來。人迺稍稍嫺之熟。或至有一人之力能發百兩者。然亦千百人一人矣。豈足以爲陳哉。予嘗讀戚元敬書。則佛狼機虎蹲諸礮。車而列之。進退利便。環則象城。倏忽變化。步騎翼之。毒是以神。以此爲陳。而後二氏之法可廢矣。祇山東人鮮有能識焉者。及因縣孝孺。以見長人郡司君者。迺始得與聞其說。於是乎撫掌大言。天下亡敵也。蓋佛狼機諸礮。其邦固有之。君復以其意造礮牀。初備人有旋風刻用諸牀皆能畜弗郤然過十兩則敗君之牀雖百兩弗復敗牀凡三曾下設機轉之其輴如毛左右前後唯意所鄉蓋礮之爲力有畜輒激激斯郤故人莫如之何已君迺以弗畜畜之而後畜斯弗郤洵天下之至巧也君又曰火之毒在硝硝之巧在數九有輕重筩有短長劑二者而制之度短究于三寸九分遠究于十里肥人所傳其數在三極與大衍焉是謂衍極復施諸火箭彼圓此兌是以其取數不齊而會于一我所刱也朝鮮諸術先世所傳也併錄以遺後人子盍敘夫人之爲技皆以見其勇也君迺制其器定

其數用之陳而使人各爲勇君之爲技可謂進於技也已予既已廢二氏之法而有取於君之技者以之君名信之其先世有爲郡司者故以郡司氏見爲長馬監云享保九年甲辰春正月

南郭初稿序

平安服子遷從予游數歲而業成成則非予不佞所敢當也近者其門人請梓其南郭初稿者子遷則謀予予曰曷不可俾誦其詩則泱泱乎美哉盛也體無所不具材無所不博蓋刻意滄溟而豈弟過之乃渢渢乎中土之音也務裁纖巧抑輕儁以就溫厚和平

之旨是足以風也它日使子遷木鐸一方詩之教庶幾被之一世哉文亦然然其慧而才敏也故其巧與俊終或不能全閡之時出之子遷乃無所不有已寻嘗讀經國懷風諸編喟然歎曰有是哉何其寥寥也千歲而上唯晁衡藤萬里野篁及吾家納言能唐亦惟僅僅晨星是曷稱日出之邦哉有樂府曷有所謂郊祀鐃歌橫吹三調相和者乎古詩非其古詩而歌行五七言近體倍蓰之什佰之其精粗庳高亦倍蓰之什佰之至於文則彼特四六之雄耳其出左入馬吐莊哈騷下及韓柳之長皆振古之所無也夫千歲

而下。雖無文章可也。千歳之上。亦惟僅僅如彼。則此集之出。豈不爭先日出之邦哉。彼局於世者。瞻忽古唐。局於地者。聽瑩李王。寧知有子遷之業乎。是豈待他日。既足以風一世也。門人之請。曷不可。嗚呼予老矣。將不及見其二稿三稿者出。故且序以寓爲幸之意云。享保乙巳十月望。

賀秦君五十序

姑丈川勝藤右衛門君者。秦氏也。是歳甲申。寶永改元。行年五十。秋七月二十有四日。正其懸弧之辰也。内姪物部茂卿稱觴而祝曰。自古上壽者。必以華封三言爲稱首。亡論其尊卑。匪媲秦君食祿七百石。職在執戟。方今世承昇平。四方無虞。士之生斯時。樊曹野戰之功。既不可獲。許史剖符之幸。亦匪所欲。陞職吕資。增秩以考。故雖其巧宦者。亦大氐不能出其資與考之外。而坎軻沈滯。遑遑爲然。且國家之養士。本以取守禦之用。而擇其才諳者。分理庶務。若使皆遷職。則國孰與守。不遷則秩不得增。而富不可祈也。又秦君無子。養同姓之兒爲嗣。以體祖宗之心。則秦之指若干。寔爲多男子。而多男子不可祈也。已其壽乎。秪控弦之俗。上勇嬐死。習以成性。國于以彊。縱使上聖秉化必竢再變然後可以至於道故因民之治就以爲敎榮辱貴賤由此而分則壽亦不可祈也與是何以爲祝邪以夫炎農邁德其裔以昌唐虞之世有若四嶽文武與周有若子牙以逌乎呂政握籙皇帝其王守令其倭曰朕曰制烈乎萬世而不渝然其後不血食于中國而綿綿乎吾　東方者秦君其人也稽諸譜牒皇政之孫曰孝武王王生竺區宋孫孫生法成成生功滿寔始歸化滿生融通或曰弓月是生普洞又曰浦東其子酒酒生意美美生忍忍生丹照照生河河生國勝勝生川勝是曰廣隆磯城島朝

大連其弟川滿川武滿武之後或爲禁兵或爲伶官所謂武文及今散樂師有稱其曾者也唯川勝食封丹陽世爲爪牙暨足利氏之末世有備後守繼氏其子主水正秀氏娶明智光秀女生丹波守廣繼廣繼之子主水廣明乃吾秦君之父也始秀氏在福智山食賦十八萬石寔爲列藩勝國之時慮邑大見忌而詭稱三千遂爲賊削云爲虜秦君既能以祖宗之心爲心則農岳已降精神與吾流通亡閡是由身而上千百世一人也子孫亦能以秦君之心爲心則由身而下千百世一人也繼志述業貽厥孫謀是亦可以

爲壽與而富與多男子在其中矣秦君听然而笑嚌觴者三興而請曰吁吾乃得吾壽矣子其亦爲吾書其所以爲壽者傳之吾子孫庶乎吾壽之不唯能脩上而亦能不短下也遂書以爲獻

賀香國禪師六十敘

不佞茂卿之於香國禪師曩者從友人田省吾所稍稍獲覩其所論著敘記偈頌及它雜事心已慕說之也嗣乃偕崎人岡玉成一趨品川精舍實始接其手采聆其譚論則與共揚扢上下數千載氣運所以醇瀉文章由是樸靡材習倍蓰心面人殊代載辭遷音

因土限古今不相及而和弗華是若者亹亹乎言之驩然相睎莫逆乎懷也爾後雖赤牘一二往還乎余蘐洲之舍余故困病與嬾不能蹩躠十數里路以繼見乎禪師而禪師亦不忍塵土其袈裟以訪予市樓中徒爾神交心照寥寥寘寘之外三數年于茲矣雖然余每飯其心未嘗不在鉅鹿之下又時時聞禪師口余事於朝紳間者不啻如一日之雅也越正德改元冬十月哉生明善畫石生者齎禪師書至則謂是歲禪師甫開六袠而初五適當其誕彌之辰徵余一言以俾稱壽堂下者識支公方外之交今日別有一

許詢云爾夫自南高二公操華音以鼓吹其道而緇林之嗣遺徽繩餘響高若靈皎庳若九僧騈然奏其技於左右者何限復以禪師聲藉甚乎　東都而東都人文所籔澤家隋倭人靈蛇蹥篋籠麐至煇煌煥映其前者又何限是何所乏乎觀美而不倚是問且也禪師師乎禪禪余所不解余獨識禪師文文自禪師土苴辟諸美人美歌耳目雙賞瞽者迺昧其麗曼但識縹緲之音則在瞽者不可罪其無眸子雖美人亦何嗔其從旁擊節哉是禪師所以不余遺者爾更上而論之聖人至孔子肇文肇儒六籍不朽木鐸

徇行。暨乎諸子百家。分鑣背馳。皆循其轍。即莊周拘儒滑稽後衛道者。不得弁髦其文。而瞿曇出世獨踞三界之尊。猶且能儒其號。以文中自王。楞嚴維摩迺爲藝苑逸品。則自非農賈工虞。凡諸不耕而食不蠶而衣。四體不勤五穀不分。口有誦手有畫者。無適非儒。孰業不文。而況禪師之所長乎。是又余所以無封畛乎方內外者爾。故今者之役。請以文壽之。蓋嘗試論禪師所爲文者。邈焉眇覿無始。而秦漢以降班馬韓柳八家七子。氣格風調。色澤神理。纚乎莫不具也。超焉玄覽無外。而宇宙以內。風雲變態。山川融結。人情物狀。動植靈頑。云爲擾擾。宛乎莫不畢肖也。要之法不必拘。辭不期工。一耴諸邈焉超焉之中。以出之脣脗也。宮商鏗如。以落之毫素也。丹青炳如。古人所謂風水相遇。猝然爲文者。唯禪師爲近之。是豈與世閉門覔句。仰梁著書。瘦爪嘔肝。拮据皆痛者。同年而論哉。大氏文士苦思。入心者滿寸。緜是往往夭其天年。而禪師則。不然。何者。遊戲所至。咄嗟便辯。手無待思。意隨筆至。萬物爲其使役。玩群象於股掌、以此爲丈。何丈不娛。以此爲壽。何壽不長。不則安有齡周甲子。而聰明矍鑠如禪師者乎。方今　國家緝熙。奎壁騰輝昌明敦龐之化浹於海內棫樸作成故不乏才而天又篤生偉人俾其旁扶世教以洋溢右文之懿於憲綱之外者抑禪師不亦其人哉是則其壽踰七跨八以登期頤而比隆龍樹之齡焉何其可量也乎何其可量也乎亨不佞亦將托禪師之庇執觚簡而竢以終今日之誼也

壽下館侯五十之初度序

是歲正德乙未下館侯行年五十矣覽揆之辰實爲十二月辛丑則自友邦六七君侯或姻好或否暨舊所與共事　先朝侍從之臣暨御大夫出而奉朝請

者以至於其它貴介公子薦紳先生之徒諸所與侯游處相厚善者咸莫不各篚其篚脩其辭以言其所爲欲祝侯之意而致諸下執事爲之壽也是日盞滿堂云則有客遠自金華之陰來見物子牛門之廬者旣見再拜以請曰某者塞以外鄙人也昔嘗仕于上國有獲戾於其君焉乃以不能自靖乎位也承漸以去去之日舊君俾其士師大索國中弗獲也則將以窮諸海內而錮某之所往焉當是時某殆乎不能逭其死矣而唯侯之一言乃得以紓舊君之怒俾某不死者豈非侯之錫乎然侯未嘗有一日驩于某也而

直道以言之是豈有德心哉則天地之德矣某惷愚
豈敢一日能忘天地之德邪某昔在上國亦嘗習聞
於侯齒與其嶽降之日則奮然思欲效一言之祝于
侯以及今日之事而不可遏也以故不遠千里裹糧
南來乃路過于常山之麓侯之封國也則見一丈人
植杖其道傍與少者相顧語焉丈人曰天邪父母邪
我侯之封於斯邦也十有餘年于茲而民不死乎刑
矣以我燥髪所睹記先祖考所傳道者未有侯之盛
也少者曰烏乎胡以能長我侯之齡以終我世乎哉
胡以能俾我侯有子善肖之以終我子孫之世乎哉

胡以能恢大我侯之封。以俾我親戚兄弟在竟外者皆霑其德乎哉。某怪焉。語以今日之事。則不識也。曰侯家典禮。何有乎我儕小人。小人每飯焉。則其心未嘗不在我侯也。是已。某於是憣然以爲是雖古之善禱莫之尚已。何必稱觴薦其辭侯之前而後爲爲祝也。某居嘗所爲祝乎侯者。亦乃天保不啻哉。朝焉則欲其如日之升矣。莫焉則欲其如月之恒矣。瞻彼南山焉。則欲其壽之不騫不崩矣。瞻彼川流焉。則欲其福祿方至。以莫不增矣。于岡焉乎。如岡矣。于阜焉乎。如阜矣。于丘陵焉乎。如丘陵矣。于松柏之茂焉乎。則亦欲其如莫或不承矣。是可以已邪。然未有以辯也。故又枉道子之廬而敢子之教。是請物子聞之。喟然嘆以興曰：侯之德其遠矣哉。遠者壽之徵也。夫有識焉，有不識焉，莫不皆頌侯之德焉；有至焉，有不至焉，莫不皆欲侯之壽焉。其斯之謂遠也邪。夫今日之事，堂上之辭，亦莫不皆頌侯之德已。其友邦之君，則能言侯之善隣乎。姻好稱仁否者義乎。其舊所與共事者，則侍從之臣稱忠乎。暬御大夫稱敬乎。出而奉朝請者，亦能言其同寅協共之懿乎。貴介公子以禮薦紳先生以道藝，諸所與侯游處相厚善者，亦各莫不皆致其所爲欲祝侯之辭已。然是皆侯之所素識焉。而分當至焉者。其辭雖人人殊。要之豈皆出於華封天保之上哉。唯客與丈人之言。而後識侯之德遠矣哉。侯之壽豈有窮已乎。夫頌其德而至於天地焉。悠久之徵非邪。不佞茂卿。侯之外臣也。迺蒙弗鄙。延而相見一堂之上。歲時則五馬之貴。儼然以辱臨乎敝廬焉。則又以其同齒。而其雲漢之章。亦嘗賁及其丘園焉。則欲一言以頌侯德祝侯壽。而不可得也。而今而後。乃始得其辭哉。夫有識焉。有不識焉。有至焉。有不至焉。分定故也。爾旋。吾其代爾而稱爾祝于侯之前哉則常山丈人亦與有榮哉客大喜再拜而去遂錄其言以致諸下執事嗚呼侯之德遠矣哉其不識焉而不至焉者亦何限侯之壽果乎其莫有窮已也

同齋趙先生八十壽序

同齋先生席纍世膴仕之資加以侍從之勞業已儼然顯爲諸大醫先生祭酒者數十年矣是歲享保之辛丑年寔八十而正月十有九日丁巳爲其皇覽之辰也則自親戚知友暨乎門生義故靡然聚而謀所以壽先生焉迺君瑞徵余文余不佞以諸侯之臣抱病乎跧伏北門之郊而甕牖篳戶之與鄰唯丘里之

言是嫺則烏能脩辭樽俎之上以中先生之驩雖然先生者先子之執也而余又辱君瑞從游則又烏能辭惟夫　國家融朗敦龐之化洋溢乎四海旁皇乎天地玉燭所燭和風翔而甘雨施者殆踰百年之久而民之霑濡沐浴其德也上焉文恬武熙莫所事事下焉鼓腹含哺于我何有哉是壽繇也時或燠寒之少忒而淫厲札瘥之閡其化則有諸大醫先生操其刀圭齊以湯液解攣起躄生死肉骨以俾斯民克烝烝於壽以輔　皇上之仁於下焉則古人等其功烈亞諸良將之治者豈虛語哉是亦壽繇也然其或爲

名高所使或爲其糈而奔趨營求之弗遑蘧篨戚施
無所不至以滑其和以夭其天年者世豈尠哉亦非
天嗇其報也迺急其報於曩之過也惟先生不然先
生之先人起家勝國之際其所以扶創夷於兵革之
餘納諸曠蕩之澤蓋與　國家更始焉遂守其鴻術
仁與世遘益茂昌其業以至先生之身亦踰百年之
久是以望高家富迥出儕輩是豈世之食其伎者倫
哉余又聞之先子之言曰先生者君子人也亦惟种
濟爲性孝友爲植樂善博施忠信以行之不棄人之
急不利人之阨寧玷其名孰若濟物寧喪其穫孰若

範我又蚤聞至人之道蟬蛻塵𡏖之表金心不滓皭若氷雪故無赫赫之譽而有恂恂之行者惟先生爲爾是天之所以貺於先生歛數世之仁厚集諸其身而先生迺薄享之則先生之壽固其所哉方今君瑞績學弗怠克家弗殆行將廓培其仁以濟奕世之美夫其所以孝事先生而養其志豈徒滫瀡甘旨溫清與色已哉則先生其無憂乎惟人憂斯損壽有子若斯將又何憂先生之壽殆未有艾也八十曰耄先生耄而未耄由耄而耋以至期頤先生之壽豈有艾哉君瑞於是乎興再拜言曰琎雖不敏願服膺子之言

以長事家君焉庶以免其罪戾邪不翅家君之幸也物子亦再拜曰果爾先生之壽愈益莫有艾已不佞幸甚則賦南山有臺之章以爲先生壽

復軒板君六十序

不佞茂卿十四五時從先君子于東游于房總總之南蓋有帆丘之山云迺板倉氏之虛也荒廢百年城復于隍然其顛猶有壘壁臺池之遺隱隱可睹已左控高原右帶灊水東嚮以踞屬鄉二十有四可俯窺焉外之九十九里之沙大海衛之遙碧彎然風雨或晦滔天之濤若蹴林杪以來者焉時時陟其顛以眺

日月之所繇出雲物之所儵忽變眩風颯颯然以來其下彷彿乎若有蓬萊靈仙之宅神之與往冀之不可得也惘惘然以下下則或與鄉父老相語頗有能道勝國時事者偉其戰績歷歷指言之若在目也悵然以想然當其時寧何能識其裔孫爲誰某今在何處邪曁乎十許年前與武文安相識而得見其嶽尊復軒君者迺友庵先生之外孫也友庵先生者則吾姑丈李庵先生之叔父也語次所及爲之惋然今年春復軒君儼然辱臨尋其舊盟又携其仲子美仲爲行束脩以見之美仲年甫十六聰慧善詩文才思日

上汗血駒也亦惟復軒君好讀書六十年如一日烝烝之化有以被之講業之餘時聞美仲之敘其先世也迺始識帆丘之後是其人矣則爲之恍然居亡何六月九日爲復軒君覽揆之辰也美仲來而謀所以爲之壽侑其觴者物子曰吾豈敢也吾聞之昔者豐王之東征也偏師以徇房總一日而下數十城帆丘與焉數十城之裔散爲庶人其僅得以仕于諸侯之邦而列君子林者可僂指數猶以爲幸哉迺尊公委質親藩値風雲之會爲代來臣當其世而獲奮然致身 本朝之上三增秩爲今官何榮也在公之暇迺

好讀書六十年如一日弗倦何健也子昆季三人或武或文咸奉教幹其蠱何樂也是其福祿之來滚滚乎未已豈容予言且也室町氏以際勝國人之無壽者久矣值天地之不好德人日尋干戈三百餘年君之先城帆丘者豈非其時乎于其時雖有仁人君子不能躬享之福而必貽諸後世惟我　神祖降德于下民離其塗炭列朝累洽仁霈乎無外而天地不愛福故人之多壽宜莫今日若矣以尊公而值今之時雖無先世之積以發必將裕諸其躬也是豈容予言雖然尊公承帆丘之後而弗能躬目其勝也予躬目

其賸。而弗獲其人。歷數十年。而弗能忘于懷。今獲之尊公者。是宜若不無亍言。況有家世之舊也。况子之命之也。迺作詩五章。授之觴者。

帆丘嵜嵜。以瞰大海。大海無涯。福祿何已。君子以耆。一章 維海出風。其來自東。草木美好。福祿攸造。君子其耄。二章 維海出雲。降雨芬芬。百穀咸膏。福祿浩浩。君子其耄。三章 維海之谷。吐日欽月。經天無極。福祿無缺。君子其耋。四章 維海之洲。列仙攸游。詒我期頤。靈草歲甤。君子味之。五章

縣先生八十序

是歲次公復從侯述職來于東也。越九月將還。乃請予曰。家大人齡已及耄矣。孝孺無以爲壽。請先生之言。以爲家大人驩。予惟始次公之從予游也。縣先生乃一造予以相見。距于今殆且二十有餘年矣。聞今次公學大孚于上下。日横經君大夫所。曁弗遑給。而國中諸子弟來受業者。屨恒盈戶。値其亡不肎還。以竢。則縣先生爲之口授句逗。曰吾其代孝孺勞哉。以次公之從侯述職。東西無虛歲。而縣氏之徒。比它博士淹國者獨盛。以此憶縣先生年長於予二十許。今旣八十邪。何壯也。予則僅耆。僘甚。一切謝生徒以

絕物貽誚文何與也且今教者皆不肎躬親授句逗
下惟深居室見其面乃以弟子久次而使之代是常
耳今學者訓故貿亂章句弗乂職此之由夫皐比之
上高譚眇論旁若無人望之尊倨乃孰能屑屑然日
與群童子偕逐行尋墨頫昂其首吾伊聲承其脗以
囁嚅一章數十過尚且諄諄乎弗已也縣先生久已
儼然爲大邦師氏乃以次公從予游也居常推之以
爲弗及身以自牧謙讓以之父子之際雖天性敎而
弗勸無遺細物其諸古有道君子之行非邪且縣先
生長於予二十許雖不我學乎其亦知我焉不爾其

必固守所聞不知世載文以遷謂是我職也而欲身自效之父子相難如向欲異見必不爾也蓋縣先生先獲我心者也顧謙讓未遑誒其子以發不爾士所獨見昭曠王公不易豈有執射執御不辭其卑汝出我處一左一右各更其為以底其成也是縣先生雖不我學乎既先獲我心焉假使微吾子之請予何已乎曩者次公居于塾中三年乃歸歸五年值朝鮮聘使之來也舟泊赤關其人素稱嫺文學於是海內學士砥其藝以求一相當次公亦且往試之則彼逡巡不敢當其鋒由此次公名隆隆以起諸海內學士莫

有不識其名者久之。今侯益鄉文學。築宮其國中。以館國子。既禀稱之。歲時祀先聖先師。惟肅則國人翕然化之。蓋次公與有力焉。而諸受業次公者。若和某田某井某等數十人。彬彬然以興。弦誦之聲。達諸四竟。假之數年。行將軼西京。比隆東都。何其盛也。縣先生實使之焉。夫士居則孰不云吾有志焉。方今海內無事。士大夫皆世祿世官。官無知愚。各守其成。故昇平百年。人無知愚。亦百年所乏者人。而士職微秩卑。有志何能爲。萬一遭遇。陳力就列。任使無人。拮据獨勞。亦將何能爲。是昇平之憂也。是以文王作人。仲尼樂育英才。故曰。學校者治之本也。儒者之事也。以此觀之。吾黨士。獲志能行於當世者。宜莫次公若也。縣先生其樂乎。傳曰。知者樂。仁者壽。縣先生者可謂兼之已。若夫世俗所稱道童顏鬒須髮。健啖食。行步衎衎。男女畢婚嫁。日坐堂皇。含飴弄孫。娛其餘年。亦何足言哉。臨次公之行。乃賦詩八章以授之。俾誦於縣先生前。侑之酒。

翬彼頖宮。維侯經始。維斯髦士。師氏所肄。其一

頖宮既落。金石有縣。青青者衿。威儀可選。其二

弦于歌青青者衿。黃鳥來止。下上其音。其三

瞻彼杏壇。有華

其嗣。青青者衿。時雍於變。其四 青青者衿。鬱兮有作。維斯師氏。與侯偕樂。其五 所樂維何。狂簡成章。濟濟多士。邦家之祥。其六 其祥維何。鳳耶麐耶。等而下之有偉彪如。其七 維昔老彭。造士三千。師氏錫類。侯萬斯年。其八

徂徠集卷之十

物茂卿著

序一十首

次公字敘贈行

周藩諸生縣文孺次公之載贄來見也。人或覘其剌，紫芝質俚無文者。則相謂曰。子生三月，其父咳名之。二十弱冠。迺賓命之字。名字之相爲耦。其在闕里之門。回淵損騫商夏賜貢偃游。是皆文屬辭比義。於是乎取諸冀足以飾其父之志。自古之道也。若夫世之稱長公次公者。率從旁名道其兄弟行。而相貴重乎爾。是可以爲字與三加之時。冠辭謂其何彼已氏非西鄙人邪。夫其鄰里州黨宜若莫有以爲賔焉者耳。文孺則病之求解於予。蓋班史有之。而黄蓋兩次公者最著。雖宋時徵梁氏之子。叚使不識其爲覇爲寛饒。而獨不識爲漢人邪。故曰次公者漢人之字也。今文孺之從予學古文辭。其亦學爲漢人哉。三代之後唯漢。漢唯二司馬。當其時。蜀方鄉文翁之化。而河汾違龍門不遠。培植之厚。實生異人。是莫有鄉薦紳先生爲之冠字。祝贊相命。務嘉美張大乎其所由名以昭明夫戚人之行使其父兄宗族驩聽而樂道之者邪顧其爲子長長卿迺何取乎遷與相如亦莫所怪於次公焉故曰漢人之俗爲然也近世學士家龔蔑本藝唯末流是沿帖括剽竊旁引佛老語足以嚇人其稍自憙者亦甘爲歐蘇奴隸而不知史漢何物間或一二及之則諉曰童丱時受讀塾中師亦曰樸學耳且識古人姓名何益於文章哉伺其鼻間栩栩然是毋以怨其率疋旹訾笑也夫周者山以南一都會也自內蓺興之用以伯西諸侯乃心王室勞徠弗怠宿儒耆卿抱蜀典籍盡歸乎來於是乎絃歌之聲聞乎

四境外文氣攸萃門司赤馬異璞產研風人騷士往往乎出以至今弗衰且也今藩主其先非江氏苗裔乎其亦得非世受司馬氏言以爲大學西曹主者乎雖然吾未識其鄉薦紳先生能爲漢人學乎否也吾識之自文儒始文儒爲人也質直其於漢人也爲近雖然吾不願其如黃蓋兩次公通於世務明習文法以經術潤飾吏事若寬若嚴奉使稱意所至有循良聲也富貴無常忽則易人身在下僚言迺千秋雖有循吏不有良史是何以傳焉故吾迺願其能爲司馬氏也古人曰子長之文質而不俚文儒之爲人其斯

爲最近哉故吾由次公及之今文孺之從于學古文辭且三年業成將歸故書以當君子之贈文孺其用勉之哉

送長藩醫仲邨玄輿序

是歲夏六月長藩之侍醫仲翁造物子廬而別迺言曰不佞祇役于是都朞之日之餘者幾希然困吾藩三尺不能朝夕承教也夫其咫尺萬里庸別焉且也不佞髮鬖鬖然白而寡君出命之不于常庸識其嬖可再祀乎否也方今會之日而離之日矣子其何脩而可以比仁者之贈也物子謝不敏不可則曰以吾

之拙乎醫而儒是跳而適馮媍者爲效。寧不貽爲士者姍笑乎。雖然子以通家之誼儼然辱臨之。是烏可終怒乎無言也。盍吾之戒其穊。母家于伎。母以他善飾厥躬云爾。亦要其志之專已。今子亦知夫經方之爲賤伎邪不與士大夫伍也。苟愧焉則運耳。不愧焉則安耳。弗運弗安。依違乎二者之間是伎之所由拙也。昔唐虞之世。不有垂殳斨暨伯與夔龍者哉。其它則亡聞焉。孔子謂夔。達樂而不達禮。謂之偏。夔之安于偏也。所謂母以它善飾厥躬者也。載于書典。祭于學。稱揚于聖人君子之口。其偏而賤也亦安耳。降帝而王周公之秩其禮尚且秩醫于天官之屬而它執垂殳斯暨伯與夔龍之伎者不與存焉沔而上之厲山氏之王天下尚且屑屑然躬鞭赭其草木之區而它禮樂文物之藝不與存焉是其祿血肉之軀以全性命之寄者寧莫有以取諸帝王之治哉而史之典于帝毋論其有無闕文均之偏而伎也亦夔之倫也而伎之於道其貴賤之别昭昭乎不可誣焉苟帝王而有取諸則其賤也亦安耳夫自士農不復合而其世祿者多子姓其父母暨族長老聚謀其室而曰伯可嗣亡虞仲若季爲儒或醫乎儈乎儒貧儈尠生人

樂。唯醫乎。可以致富而貴人。朋其父母所冀欲厪此。而子之稱良者。亦能庚續其志云耳。迺毋論其術成不成。稍能目辨其參苓。口習高陽生若而行。輙從一奚奴背藥囊于後。來還街衢如織。以覬希旁觀以爲術行者。人則見以爲大售。故匆遽迺爾。輙用腎腸以試其毒幸。或己權貴富鉅豪者疾數四。聲遂隆隆然起矣。由此而往。寖有天倖。不戹于刀圭。其糈可以養百口者。蓋所爲其術之成也。次之。或值數奇。姑且舍其刀圭之所由。靈務養佼於王侯間。某也好女樂。某也濡首長夜飲。某也翩翩佳公子。頗瀟灑愛歌詩。若

浮屠道某某也好古鼎尊彝器若相劍與古圖書習
爲賞鑒家言某某其腹心而爪牙某其所最憐客某可
介某辨且慧可使游大人者求知取友羽翼漸生蠅
營螘慕百方以中其欲於是乎五侯七貴坐上皆有
君卿也而揣摩所成游道益廣是今之君卿者安在
其諳奇賅本草哉然其所爲作湯液餌疾者亦有其
術乎存焉方其初接也務柔其齊庶乎莫有所瞑眩
可以持久而偶倖之或獲及曠日之鮮效而彼其心
怠也驟剛其齊以爲萬一之計將效邪我收其聲譽
將毒邪以嫁禍于後人亟請而讐以辟其兌請而遄

往以擊其脩潔其去留以媚外人温其顔色以媚主人與其有殺人聲寧我藥之弗靈而其心謂是足以引年都市間以聲問不衰矣世盖獨無醫哉亦莫有識醫者唯其都衣冠而盛騶從可以聳人之目者顯愈皺望愈尊以族時所稱爲扁鵲者死竟得以承之代其人也是天所爲處乎世者其知大且遠也則與其懸壺一廛地招手衆路上人以圖錐刀之贏者庸可同日而語哉亦鄉者所謂家于伎之巧者也謂之巧于伎者眩焉雖然世運一波滔滔然不反其先進與後進之相輩若欲執方伎於其間以爲都下第一

人而不由斯道以有至焉者不也予欲之則爲之若或其稍倖倖自喜者其心則謂醫雖方伎亦周時所稱爲士焉耳即詩書禮樂被之四體是爲可廢邪迺以誦讀儆精擎跽束神而其志之弗分或尠焉藥之性有所未核乎欲小試之大傷人生是不仁也病之情有所未竟乎彼怠而予猶且朝夕胗眎之數斯疏矣是不義也朝士之月孰謁閣老殆無虛日乎而吾欲有所厲精于伎乎莫有能時其拜趨是無禮也貧而疾者疾其貧也而吾欲有所衣食之乎庶可以已其疾乎以破我訾而不足是無知也凡斯仁義禮知

四者士君子所由以貴者也善之飾厥躬莫是過者也而其于方伎亡當也故欲巧乎方伎者莫若學夫佝僂丈人焉夫佝僂丈人者賤之人也承蜩者賤之伎也方夫其蜩是承也庸問其伎之賤哉亦庸問其我之賤哉名焉而不問利焉而不問百爾翫好嗜欲焉而不問唯蜩焉是問莫有外物之攖其心莫有它善之分其志是伎之所由以巧者也今夫方伎之於承蜩也孰大而小焉方伎之士之於佝僂丈人也孰貴而賤焉彼其小且賤也猶且處心若是其安而用志若是其專也何也伎不若是不巧焉故今子欲巧

乎其伎則亦安其賤而已。亦專其志而已。故吾蓋曰毋家干伎毋以它善飾厥身云爾。吾之語吾弟者止是。而吾弟遂以是乎運焉。今復以語子。子也者巧乎其伎者也。莫用吾言爲矣。其亦以是而語其子活也邪。吾故非欲活也之以是而運焉者也。雖然吾之視活也。猶吾弟而吾之所知者是耳也。故今復以語子仲翁則憮然少之曰。不佞今由子之言而得聞夫伎之所由巧與其所由興者焉乎爾。其歸而以語之活也邪。亦在活也之所擇而取焉耳。遂書以爲贈

送香洲師序

或云巢由之於佛儕類也世博士家宿儒先生者率相詆排以謂是胥溺者之言必援聖人之徒按往舊造說求其所亡藉其所近似以誣罔欺夫小子無識人亦唯新莽之禘舜耳不然好奇之過也而余則以其知言哉傳曰非天之降材爾殊也者言其有恒也人之材辟諸草木區以別矣夫松之葉鬣而栢側掌雖土壤栽培之或移乎其鬣與側掌者自如材之所有恒今猶古耳橘踰淮爲枳不聞其爲桃李與瓜者非類也若夫諸引根沮洳成鰻人皆覩其化豈不大傀駭異事乎然而其涎涎者同補人性不渝矣天之

生物有倫有脊故也夫佛與巢由者不皆种瀯惛墨
不屑事事者乎今有若人而古昔世何無之雖蠻貊
之邦皆爾亦人之材有倫有脊故也故六位易蠱之上
九曰不事王侯高尚其事言其有若材也則太史公
迺疑有無其人是易唯三百八十二爻豈理乎材同
也或爲巢由若虞仲夷逸或爲佛或爲伯陽爲莊列
若於陵陳仲子其在戰國則魯仲連黃石公漢則商
顔綺園梅福嚴子陵晉而下阮籍劉伶清談諸君子
陸羽逃茗林逋託乎梅輓近世文徵仲陳眉公李漁
輩雖其人人殊論其材乎皆是物也要之爲道裂世

波風俗積靡然者。枳與鰻屬耳。段使護曰其山之上潁水之陽何言之傳何功之紀而佛有修多羅有波羅密是其人弗類也。夫海外僻陋之地聖人不興民蚩蚩莫識所嚮。段使巢由當之亦爝火之代乎明也。虞仲放言在中國則不傳。巢由者因堯舜之交也。豈其不賢不知終身不能言哉。均之不傳者有聖人折衷之也。故吾曰佛生乎唐虞時在中國亦庶乎逸民之徒也。草衣木食巖棲不二宿不皆逸民之操乎。所謂出家者始自亂君臣之倫也。清靜不堪事不堪則逃逃之虛空而後可已其欲出世者高尚之志遂不知所裁焉耳。及其徒。富貴之心。交戰乎胸中。因緣放言。以附益之。廣大曼衍。無所不至。出家乎家。咸度世乎顧慕歆艷之不已。其所爲置立乎幽明之間者。儼然王者之事矣。教與其人。於是乎岐焉。佛之心不亦荒哉。故吾鑑於昆尼。而知其爲逸民之節哉。吾嘗持是說。以求於天下之爲佛者。尠矣乎。一人之能合也。秩其爵。叙其臘。飾以錦襴。壯以伽藍。割名山以據有之。抱圖牒以系之。世是則世封之家哉。門戶瓜分。寔繁有徒。各守畦畛。狺狺乎磨牙相噬。是則旗鼓之任哉。地獄天堂。怵愚民以驅之。是則挾賞罰之權哉。鐘鼓梵唄森如濟如是則襲禮樂之似哉祝詛禱禳薦醮譸張爲幻是則巫祝宗人墓大夫之爲哉卽其上焉者言則語性論道夷攷其所欲爲皆與四民並植成業乎世云爾問其所能肖其祖者亦唯不噉葷不色色是已雪山檀特之謂何甚或糅油蜜象肉孌童以當內是甚於其真焉者吾持是說久之而後迺得吾香洲以語之雖曰不吾之信亦莫逆於其心矣香洲吾姑之夫之子幼孤承其兄命出家所師拈顒寺僧業學土則亦業淨土其心獨以業已出家爲僧僧所爲出家毘尼是已庶乎佛之遺矣得戒山律師師

之。不啻韋色是斷二百有五十毘尼者皆咸。盍佛之
具體云。始籍增上寺。則曰。義學徒聚訟哉。望望然去
之洛。直若其浼之。然在洛。籍萬無寺。寺僧皆沙彌。姤
其出已上而軋之。出則曰。詰命尚且厭棄之矣。況它
哉。望望然又去之海西。肥肥者其父祖之邦也。士女
歸之。若蟻慕羶。又去之東都。不啻若浼之耳。其在東
都。一切杜絶來者。而唯吾之依。吾不爲福田利益。供
其衣食也。爲其有兄弟義也。香洲則洒然欣然安之矣。
居五年。稍稍又有以寺請者。至則慨然言曰。鬱多僧
伽黎。羶尚在。邪蟻之復至。宜也。湼槃其謂吾馮婦邪。吾

聞之東奧者帝之息壤也是可逃乎歲巳丑夏又望望然去之奧方其將行也來造余别睞其衣混矣吁嗟嗟子今其鄉巢由之徒者非邪雖然奧之俗戇戇者夕鄉佛卽外觀之是剗猶且毘尼者在也子之足跡于海内殆乎徧矣蟻之復聚其去何之卽奧之踰海亦謂猶有毛人氏之國乎其俗愈益戇矣哉亡巳其詩乎詩之爲物散之爲空搆斯成色倏忽乎色之與空相遇象之與境相成碎則化人之宫幻出太虚中淨土極樂箕山潁水何所不有其斯謂之無何有之鄉是其可逃乎且奧有松島鹽灶之勝是最宜乎

詩。且詩不有靈一者邪。亦律師也。世律師者何限。靈一獨以詩不朽哉。且逃於地不若逃之詩。逃之詩。其奧與它邦之論也。唯詩是聽。人亦何毘尼之問也。已已其詩乎。香洲笑唯唯。迺曰久矣。子之畀吾之道也。雖然。巢由以下。合吾之好矣。今之所言乎逃。亦適吾之用矣。吾其姑且以詩應世。當乎放言可也。庶乎蟻之壇戶耳。是謝子之贈。遂別。

送野生之洛序

龍門子述五帝德。采其言之尤雅馴者。是則雅畛之別遠矣。迨後世曼禺氏之徒。乃曰古之畛。今而謂之雅。是亦胡然。通聲音于今古。窈眇乎其無閡也。唯自晁卿不反。備公莫繼。而吾　東方之學者。囿足迹之所限。聲字之學。悉爲文具。是以其所呻佔畢者。咸在華人之恒言。而宋儒麈尾性命。明士口吻雌黃。方言鄉音。往往乎在。則率皆爲難字之過。徒哦柴桑翁之詩以止焉耳。至於埤蒼五雅。詁訓具存。則乃怪詰盤岦之不聱牙也。是亦何其顚倒艱易乃爾邪。間者予較二十一史。六朝以還。言之涉俚。常者何限。若宋史不耐煩。齊書東西。梁書摟羅。透水。南史北史。筌。子細。动夫。凡若斯類更僕亦未之有能殫焉。故予謂無已則崎陽之學乎。崎者夷夏之交也。海舶瓌奇之所輻湊處也。譯人居之。其爲俗也。[illegible]跠不均。奢豪喜游。是以其人折節而學焉者或鮮矣。然其辨官徵晰𦟛通曉方國之言。蓋亦楚人之在莊嶽間者焉乎爾。嗚呼吾之宜游崎陽者久矣哉。管子有言。思之不已。神將來助予。始之得崎人蘇山鞍生。次之得東野藤生。藤生也者。學諸崎人石昊峯氏者也。又得撝謙野先生者。以友之。亦崎人林蘿山氏之甥也。是皆入其戶閾其人。倭其衣冠。華其笑語。莫不愕眙相顧。以爲六丁有六州之地。所鍾何閒氣以生若人焉。其學大氏主水許西游西廂明月之類耳鄙瑣猥褻牛鬼蛇神口莫擇言唯華是效其究也必歸乎恊今古一雅哆以明聲音之道乃止耳習而通之則大海之西赤縣之州其人盍且莫遇之矣夫然後華人之所鄙吾亦鄙之華人之所易吾亦易之何至於顛倒如嚮所謂者哉是可謂吾 東方之人所據以爲其學問之地者也嗚呼非吾有神助其亦惡能得若人以友之也邪會野先生有槩乎世而將游于洛予既不能挽而留之乃從而慫慂之曰吾二數人者何翅吾 東方之人邪乃可以徃天下之人也況其于洛邪亦况吾關

中之所得而擅有之哉且也世之軒輊關洛之學者則謂洛者　共主之居寒暑風雨之所會焉山川秀麗土潔水冽其民也斷斷然其君子也閒暇以樂故其學貴周密以詳緩其文章悠然有曠世之思又謂關中者興王之地元氣之所鬱渤焉莽蒼千里負海抱原其民也夸其君子也喜趨事功故其學貴先立其大者其文章渢渢乎有大國之音是皆孰若崎之爲萬國大都會而華風之所漸靡也乎要之聲字之學二者未之有聞焉況先生者生于崎學于關今而往于洛則天之牖洛人將埤益之以二方之學歟先

生去矣。洛下書生之咏。行且擁鼻于先生也。先生之去也。留玄琴一張爲别。夫琴者。大雅之器也。將以吾知音歟。故吾亦言聲音雅哆通别之旨。以爲酬其贈。若其戀戀之情。則請爲洛人而割之也已。

送左子嚴序

仙臺左子嚴將歸也。物子盍有所屬云。初子嚴以畫名其邦中。已嗜書軼乎畫。已又明詩嫺文辭。旁通經史。以盡乎道。可不謂奇士哉。惟昔庖羲觀乎圖書。契所興本之則一。已乃子瞻元章子昂徵明輩。率皆由此而達諸彼者爾。華夏雖大乎。古今茫茫。人物雲繁尚何莫有畫史而盡乎道者也。畫而稱史。古之時。蓋往往有之。則通習載籍帝王盛衰之故。輿地山川所奠。禮樂所以因革。按圖而眎諸掌。多識於鳥獸草木。以象之。有燁其色。吾思其人而不得之矣。今乃獲子嚴哉。不佞茂卿少小潛心風雅。誦其詩。尚友其人。世代寥邈。其聲音笑貌之不可知。而諷詠所至。神之與遇。轉盼之間。交一臂而失之。則悵然久之。遂歷選鴻匠。肇自屈宋西京魏晉唐之初盛。以迄有明。亡慮六十人。人采一詩。精神所在。形之丹青。旦暮可遇。是豈俗工之所能哉。則非子嚴不可也。子嚴唯唯。先是三年富春山人爲釆真游以至奥則子嚴相得驩甚以爲奇遇也今年余歲五十徵詩山人則子嚴具書幣致賀不佞夢寐於吾黨尋潘臺見召揭來東都則造謁牛門又以爲奇遇也烏乎余甫艾而子嚴踰耆今也歸矣其能可復邪故山人之遇可恒余之遇不可恒則有憾於奇已夫余夢寐古人交一臂而失之是其憾亦猶子嚴之憾邪雖然夢寐古人假手子嚴詩匪余口出乎乃自吾選之畫匪子嚴貌肖乎迺自子嚴形之子嚴攜歸而余之遇可恒畫成寄于余而子嚴之遇亦可恒則無憾於奇也況六十古人旦暮一

堂之上子嚴之技藉以不朽其遇之奇何啻余三人已乎而余有賴於子嚴也子嚴唯唯書以贈之尚以成其奇哉

贈對書記雨伯陽叙

對府書記雨君伯陽以辛壬歲從其府公儐韓使東來於是乎始識孝孺赤關之館爲曹丘生于吾黨也越二年歲在甲又奉府公之命東來於是乎始訪余牛門之廬俾其子顯允行東脩于門下也厥明年歲在乙君竣事將歸余執臂而言曰曷哉雨君將毋賢勞與雖然士之生於斯世而獲用其材者豈不幸哉

兩君勗哉蓋自有相氏以馬上定海內而歷代相承控弦成俗事無大小一切武斷以事乎文字矣及至神祖龍興崇尚墳索凡百制度監於二代郁郁乎文海內靡然鄉風者百年于兹然猶尚政因其民民不改俗操觚之士廑廑乎獲用其材焉　朝廷之上金馬玉堂之署是則以論已海內侯國以百數國有文學莫非具職即其橫經語聖何有乎脩辭若或登高作賦摛藻若春葩聊以自娛何取乎大夫哉故當今之世文士之用其材亡已乎則外交耳夫我之稱邊者四東鄰毛人松前氏治焉南通中山薩藩之所

轄之二者業已爲臣妾於我焉迺其地寒暑弗交其俗獷馴或殊均之蕞爾影國有事則不足煩一旅亡事則不敢自從諸侯之後而我長吏之所以道達上德意者一比諸內郡亾假于辭命矣西則崎陽海外華夷萬國所來湊海內五民所爭趨最稱難治而國家特設墳臺戍以二侯國之兵時時又遣參政執法之臣以巡按之是其於諸邊豈可不謂重乎然以余觀之宜莫若對府重焉乎爾夫諸夷瑣矣華夏永樂之後明既絕我我又絕淸虜虜乎莫有戎好之交尚何用禮辭亦唯民與民之交征利其稱難治者

迺漢日南合浦類耳對府則不然盍實司我北門管籥相距韓二百里而近韓北接匈奴西連壤華夏其介乎二大國猶之春秋鄭乎鄭以辭命韓亦以辭命其人迺嫺於文也然其于我也以地則醜以勢則敵又承豐王威龕之餘則其所以慮我者深且備矣唯我 國家柔綏之德也而彼猶且秉世王之禮萬一釁啓毋迺弗有齊襄九世之志乎若或貢聘一絕則人參盤乎海內生靈之命矣是其重寄梟崎塡之君臨華民所市貨寶玩機巧之末而況毛人流求蒲伏稽顙乎松薩小吏之前以獻其楛矢魚服蕉布毯酒

亾所輕重乎我者類哉夫對府之重爲最於諸邊而韓以辭命嫺於文其重迺一萃于書記之任故對府書記昔難其材而以兩君之材故易易耳兩君爲書記數十年寘鄭于兩情之際其間夷險盤錯必有外人所不及聞者而名譽著海內重于三韓夫對一倭國兩君一陪臣以此其藐乎而有關乎　國家之大者焉海內操觚欲求見其材者不可得獲而兩君迺獲矣豈非天幸耶兩君雖賢勞乎其亦盍益修其明德以答天之寵靈哉若夫經明而行惇博學強識旁及華音韓語莫不兼綜者海內人之所悉忠事禮接

樂教育英才。福流于家庭。蘭玉有茁者。國人之所悉超然遠覽。不拘流俗。有取諸狂簡。出驪黃之外者。吾黨之所悉。余又何言。余故特言其能獲用其材乎國體之大者。以勗之爾。

送兩顯允序

西别兩世達。在余塾中者三月。以其不能安於王母之心。而將從其家先生歸也。迨歸。迺再拜而請曰。小子顯允業已歸矣。歸則不淹三年之久。必將奉教于左右。唯吾對僻居西海之西。而風馬牛之弗及。雖有鴻雁。曷能朝夕。則雖有話言。亦曷能朝夕敢請。予曰有子家先生在焉吾又何言雖然以子之三月在余塾中而吾何必無言居吾語子今海内易郡縣而封建仕世其祿祿世其業大夫之子恒爲大夫士之子恒爲士是則何取乎功名必也子其纘明乎家先生之業以辭命爲對府重邪則莫詩若焉將廓大乎家先生之道以不朽爲海内重邪則亦莫詩若焉孔子曰不學詩無以言夫六籍無非言也孔子何獨取夫詩爲蓋詩之爲教也溫厚和平而其爲言也緣乎人情協乎物宜傳諸風聲被諸民俗比興所至婉而成章藹乎若春陽之吹物煒乎若草木之敷其榮華之

一以溫厚和平而出之故其爲用也上自宗廟朝廷下暨閭里委巷內則閨闥外則列國朝聘燕享之際言之者無罪聞之者無怒惻然感于中油然以說渙然以解沛然若江河莫之能禦焉豈非善言之最乎以此而爲辭命則于辭命乎何有若夫古之立不朽者三德莫尚焉功不可幾邪唯言之不朽亦不朽乎善言故詩三百篇大半出於田畯紅女之口而其寂寥短章迺與典誥大策乎並懸日月焉且書易之與詩可諷可詠之矩之矱不可爲典要惇史之辭盖亦由此其選也降及秦漢莫不皆然歷唐至宋名理之

言存與於是乎始擷其精而遺其粗以語乎教則弁髦禮樂以語乎政則芻狗周官以語乎文章則糠粃其辭理勝掩拙強辨逞巧辟諸深文之吏人見以爲賢知而吾不勝其譎也顧其薄若蟬翼輕若鴻毛徐睨其色澤有若槁木是其由有所不獲乎溫厚和平之旨而後詩與文迺爲天下裂矣李杜不文韓歐不詩自此而還滔滔弗反文之與世益波而古謂之何也盍易有之曰利貞者性情也秋乎秋乎徒存本根枝葉穫落或喜其爲清明之象而不知是謂之天地肅殺之氣矣余觀於明王李之言而後信夫孔子之

弗吾歎焉已子其歸而有獲乎温厚和平之敎邪以此而修不朽之業則于不朽之業乎亦何有雖然吾豈欲子之若田畯紅女廖廖乎稱不朽于短章者矣哉對雖一侯國乎亦唯仕世其祿祿世其業大夫之子恒爲大夫士之子恒爲士居則優游出則委蛇忠愛於君誾侃於官長與朋友言切切偲偲而人不間於其父母昆弟之言均之是物已夫然然後出其緒餘以鳴邦國之盛邪渢渢乎其聲矣哉自對而外而三韓自對而内而封建之國溥東海風行而草偃速于置郵則海内人人莫不跂予望之以誦簡兮之詩

曰云誰之思西方美人彼美人兮西方之人是吾之所望乎也世達興又再拜而曰顯允雖不敢請事斯語矣願先生載諸簡因書爲贈

送魯子歸海西序

初吾黨士相謂浮屠之文素賁無當於五色矣西冥魯子獨奮然自言叚使瞿曇當其世踰葱嶺以東世所傳修多羅豈盡出於詩書下哉迺其辭下比晉宋譯者之卑也知言哉居亡何魯子文益進盍五色雜可能名云吾聞之瞿曇之道無假乎辭無假乎辭者無執乎辭而什苻所傳奉以爲經益降而咄喝嘖嗄

靡靡卑矣。爲亾害也。殊不知爲亾害者。爲有益者已。故執與無執。其間不能以寸。則道猶辭也。辭猶道也。寂莫獨守其玄。小乘哉。要之與其見聲聞身。瓔珞莊嚴。福相殊矣。魯曾子亦恥爲什幷徒也。故魯曾子之所修。雖親宗瞿曇。而左莊肇。受可也。故自有浮屠以來未有魯曾子也。物子曰。東漢迺有瞿曇氏之儒哉。古之時。王侯理邦。卿士共其職。農工商賈。各有所事。事而五穀不分。四體不勤。佔畢修於辭者。管晏老列。何適而非儒。尚能擇於瞿曇氏乎。故斈於同者。謂堯舜儒。見於異者。洙泗之間。斷斷如。豈足以知大同之世邪。

是其恆言矣。夫仲尼不興。我不幸而爲儒。瞿曇之道踰葱嶺。曾子幸而爲儒。况今海内立不朽之業者幾人耶。曾子信能儒哉。予又學華音於曾子。是吾黨所以有曾子焉。是歲夏。曾子將西歸。而吾黨士多贈以言者。嗟乎。曾子可以行乎哉。吾則有猶龍之嘆乎哉。

贈子和之三河掌書記序

子和狂生哉。迺奧人也。奧之爲州。延袤且數千里。蓋嘗按地經稽其表所晷極星之高庳與寒燠。所以大逕廷者。則我之燕代哉。其地出良馬。其山莽宕。其水淖滯。其人戇而勇。重遲鮮浮慧。至於不逞之徒。發難阻山谷以藪澤亾命拒順弗驟從盤結牢乎不可解喻毋聽攻毋能破以勞王師殫海內之賦莫如之何古來惟奧爲然矣昔在大寶之世瓜分扶桑之壤郡縣之則奧實蔽它數十州之地特置鎮東府其北竟大將軍治焉與筑之鎮西屹然乎雙峙云西以備唐而東控制毛人毛人雖獷乎豈唐之儔哉則奧之夫與俗竅可知已然猶且世不易帖服如達谷盤具諸王及安氏清氏其著者迺士之以武鷙稱舉九服莫奧是若而文敎之化歷千餘歲之久闇貿鬱遏不得燿於光明何其晚也及 神祖龕定區宇而後奧之

以賦百萬國者數十皆得比古大守職兼文武子育其封内於是乎百年始有子和者出焉夫輿之俗毋更都雅也山水毋更秀而潔也何其揆藻灑爾翩翩乎文王作人可謂信哉子和飲酒傲睨深慕伯倫昔蓮之爲人嘐嘐然惟古之徒迺其所爲迂遠濶於事情猶稟命奧之土邪不遠千里南游吾黨愈益自憙攻古文辭居則言其志也曰吾奧北鄰毛人而西漸海東弱木以左右望三韓與蓬瀛之洲也吾既生不當秦皇漢武之世安所得拔毛人之毛襲以衣冠迺毛其土乎幸從物先生修不朽之業則王喬安期生

旦莫而遇之所憾者未能濯纓浿水而不我詩醫無閭之顚是已物先生謂予也由是吾黨之士目之以狂子和誠狂生哉是歲己亥秋朝鮮聘使當過三河而州侯職當供張迺徵子和委以書記之任六月望造予別矣予酌之酒以言曰子弗往而彼來神之與契哉子行矣夫三河者今豐沛也杜若之水鳳來之山鬱鬱乎佳氣庶以睹風之所自耶子與韓容把臂其間乎豈特浿與醫無閭云乎哉子行矣子和受爵而飲盡石迺醉悲歌忼慨旁若無人歌未卑忽愀然久之曰吾聞之朝鮮者燕之屬也其風土吾等耳然

又近虜虜酒薄千鍾不醉人彼其習於飲邪安能飲吾酒而吾之敵哉是猶可憾也遂去予和誠往生哉

送釋玄海歸崎陽序

崎陽玄海上人將西歸謁予乞言予曰瞿曇之道我末之學也吾將何言然上人好文無已其文邪瞿曇之世尚矣而其言朱離其文蟹行汶汶貿貿不可以躋作者之林大藏八千譯者以之其在魏晉之際邪清言淆之里言訛之故瞿曇之文莫踰六朝而上之者譯之故也上人業已與吾黨狂簡之士游者十有餘年洛陽服子遷金華平子和盛稱其文自釋氏以

來未有上人者。非誣也。之二子者。汙不阿其所好。豈易言哉。上人亦喜誦左氏司馬之書。而悲夫穆天子之傳不可得以讀焉。以其當瞿曇之世也。今夫崎陽者。海西大都會。夷夏之交也。邇之朝鮮流求。遠之歐駱南交佛齊佛狼瓜哇渤泥之諸夷。莫不畢至。吾聞有暹與羅斛者。金梵貝葉。赤納螺結。蓋古身毒之南竟也。其人歲或一至。必有能傳瞿曇之言者。而上人譯之。豈復有什與奘之陋乎。上人之志。吾識其大者乎爾。雖然。滔滔者天下皆是。假使上人藏諸名山大川之上。雞足之仙。誰其遇之。安知千歲之後。必有上人者乎且上人生崎陽方其幼也尚未有知迨東游以求道所經歷大都者數十小都者數百足跡殆乎窮海之濱得與服平二子者從游而後知日本小也今西歸崎陽以與天下人游而益知天下小也則身毒豈有能傳瞿曇之道者乎上人其反求諸什與奘之譯落落者玉碌碌者石文章之道明若觀火大聖千歲且暮遇之則豈必有曩者陋哉吾所以屬上人者是已上人曰吾之歸也省其親也詩曰人之有心吾忖度之者夫子之謂也吾其朞年必將復見夫子迺行

徂徠集卷之十

徂徠集卷之十一

物茂卿著

序七首

贈菅童子序

享保甲辰秋七月，菅童子年十三，以試賦詩讀未見書，特賜稟奉二百石，奉朝請，以從諸博士之列。當其時，都下聞者莫不驚嘆嗟異，奔走以相傳誦嘖嘖，謂爲百年來希覯盛事也。童子家大人爲醫學官李陰先生，童子生而儁異，靈慧迺弗，屑爲軒岐家之言，蒐獵經史。諷詠菁華。迺又弗屑爲黃滿氏之讀。先生爲謀其所問業。則曰吾其奚師以巳乎。其赤城邪。時予尚在赤城。赤城者。謂予也。於是乎來見予。予一見以識其爲渥洼駒哉。予廬相距頗遥。而董子尚幼。弗勝衣。弗能蹩躠乎道塗。婁來見予。則俾大宰德夫往視其業。德夫倡以華音。則童子愈益孜孜弗巳。慨然自謂彼中人也。居亾何。迺有令　命云。是日先生置酒高會吾黨諸子。悉集。童子爲主。酒酣。諸子各有贈言。予曰。麟鳳龜龍瑞芝朱草者。王者之祥也。王者之德隆盛。和氣洋溢乎兩間。浮游乎宇宙。絪緼化醇。所蒸以生故不恒有焉惟人亦然韓彭絳灌雲與于楚漢之際而文景之世賈誼司馬遷相如枚乘嚴助虞丘壽王之徒繼踵比肩以出是寧特其性異禀然哉亦時乎有以化之也惟吾　神祖既定海內偃武修文夙收羅山于西鐵煦濡以成其學終爲一代儒宗然是時戰國之習未盡除以故京洛獨稱人文淵藪而十數年來操觚之士迺益彬蔚于東都豈非輦轂之下首善之地風教所自愈久愈盛乎故知　列聖相承累洽重熙百年之久所陶育以鼓鑄菁莪棫樸之化於斯爲盛則譽髦之英亦人之麟鳳龜龍瑞芝之朱

草哉。夫至和所翔。靡遠弗屆。靡幽弗徹。窮陬下邑。于何弗有。而童子躬生於朝紳之家。違天尺五。鶴唳蚤聞。好爵縻之。榮亦大矣哉。雖然。國家設制崇高。豐大比隆三代。予跧伏侯邸之末。側聞除目之所遷轉。增秩萬石。晉爵大夫。率無虛歲。而都人耳目所狃玩。惕爲常恬。且不駭。迺今童子之所爲榮。博士賤矣。二百石微矣。而其驚嘆嗟異。奔走弗已。嘖嘖以相傳誦者。獨何哉。蓋　聖德方明。昭曠日躋。勵精爲治。迺舉百年之曠典。破時俗之拘攣。俾海内之民。由是曉然以知　上攸好學。而歲時條令所勸督。非文具也。其效已見於今日者如此則過此以往仁聲迺孚民應如響何翅一童子之榮哉吾儕陪臣亦爲斯文慶之若夫童子遠惟　列朝培育之化有以使之近惟當今拔擢之恩有以榮之益懋其德追躅林公以供國家異日之用者是家人父子相勉勵之意先生在焉何譏乎言言畢童子蹶然興而離席以言曰而今而後吾知　大恩之不私哉小子雖不敏其不愈益自奮思所以對敭　上之德意乎因請而併書

贈于李子序

予倡古文辭于關以東者十年海內喁然鄉風豪傑

之士往往裹糧以至者西薄大海之濱而京洛獨寥寥以聞焉人或怪之予曰豈以乎哉少須之夫洛者共主之所居也王室更千歲弗絶如綫是寧一政邪及至保平之際典章文物蓋變更殆盡建武之後霸主據之夫操卓所奉其亦自爲也豈有意共哉故飾弓馬以爲禮節猿舞以爲樂一切武斷號令四海豈復有意文哉然君臣之義以解于中則借禪以解之王者之名壓其所奉則援中華以爲重是鎌倉氏之所謀未遂而北條氏之託以自恣也於是禪盛而聖人之道廢終有所困於辭命則以僧爲行人自斯之

後叢林掌翰墨以爲職而儒者之業掃地者三百年國初縫掖之徒皆其噍類髡形未化夫禪緇宋元則風之所自可以知已且洛王臣之外唯工賈居之人無恒祿唯末是逐纖嗇之俗周人惟肖即儒生之寄其間亦難爲生則舌耕開肆百千成群日弗遑給語性語天率非宋籍不可也其孰能握觚仰頭視屋梁曠日彌久以竢其從神化來者哉故雖有聰儁若仁齋猶率乎其所習者洛之所以陋是已且洛之所爲重者　共主邪王臣執周禮于秦火之餘以欺海内而名姬靡曼自貨纖巧之所出與其山川之韶秀語

言之都雅。是亦洛人之所誇。習以爲意。所見既卑。不復思其外。乃其所以難變爲尔。雖然。層宕嵯峨之顛。豈亦莫有上古之蘗者邪。風之所被。豈吾力哉。昇平之澤。如雨如露。必有茁然以生者。少須之。居亾何。果有于季子者。屨蹻來謁。自謂其家隸船司空。仲李讀書蓬窓下。不與洛儒相識面。十年而似有得焉者。是以不遠千里。特以相質。予已受其質。館定。俾解其業。則上古之蘗既生以成枝葉者也。吾黨之士。皆相謂賈生復生于洛。吾黨服子遷文章。稱具體。實洛產也。幼而來東。不習其俗。近聞頗喟然有歸與之嘆。異日子遷講道洛水之澨。而于生仲季左右之。則其庶乎。海内道路之所均。四方士輻湊以集其里。風之所被。豈吾關以東之比哉。是吾所望也。于生以仲疾且歸。故書而付之。以風洛人。

贈慧寂序

先王之道廢。而民失其生者久矣。今之釋氏豈皆爲其道乎。爲其生也。葬于斯。祭于斯。又從而祈禳禱祝于斯。亦民之籍以爲生也。天地之大德曰生。故釋氏之終不可廢乎世也。夫生者上之所制也。上不制生而民各趣其攸利。疇能遏焉。是尚可言也。其先人所傳。世世子孫守之以爲生。疇能易焉。故今之爲治者。迺因民之依爲生而生焉雖非先王之舊。亦可謂之不失先王之心也已。韓愈而下。世薦紳先生。率多惡釋氏矣。迺惡先王之道。而惡彼之類已者也。夫世薦紳先生。語性語心。皆資之釋氏之道。而反惡其類已。不亦謬乎。夫語性語心。吾所傳先王之道所無也。且先王之道。治天下之道也。釋氏則無之。豈爲類已乎。所類者。不耕而食。不蠶而衣。是已。夫不耕而食。不蠶而衣。巫祝有也。先王之所不廢也。先王之所不廢。而已則惡之。故世薦紳先生之惡釋氏者。亦百工爲生爭其糈者類已。豈不鄙乎。且世之爲政者。不知讀書。釋氏迺由其貝多之文而旁及之者。往往有之。世微釋氏。吾東方之人。終且寥寥耶。則世薦紳先生。亦莫有所肄其業也。故予不佞則爲其類已。而亦頗愛焉乎爾。是以釋氏之徒。游予門者衆矣。越慧巖肥玄海。其尤也。有慧寂者。亦好讀書。修文章之業。其志蓋嘐嘐如也。其人承親鸞。釋氏之别部也。鄉所謂其先人所傳。世世子孫守之。以爲生者也。有家人之樂。擊鮮之娛。是其類已者。亦爲不尠矣。是歲春。將游京師。乞予文。故書此以畀之。

送守秀緯適大垣序

秀緯之學成也。迺以醫受祿大垣。客咸訾方技可以行道乎。所仕非所學。失出處之義也。茂卿曰。不然也。蓋古之時。吾邦　先王遵唐制。郡縣其海內。修賓興之禮。禮其士。得以出而行道於本朝之上。處則編戶之氓。籍其鄉。歲時何戈殳。更戍於京師。庶人之役也。於是乎出處之道。比諸古焉。暨乎鹿鳴之歌廢。武人世其官。而民始尚族焉。鎌倉而降。文族益朘。控弦之家。儼然稱君子者。徧海內也。問其職。環衛騶從。東諸隊伍。猶故焉。勝國之際。封建之勢成。士又稍稍離其土列處一城之中迺始制產以祿不復事耒耜兵農遂分其爲君子者益定矣然問其職亦猶故焉當今之時朝廷以兵賦差諸侯而諸侯之士無大小悉屬諸隊伍必擢顯職而後始可謂之仕而行其道者已故以古視今兵農雖分乎仕而有祿均之庶人也故今之仕猶不仕其受祿猶受廛也苟失其祿迺莫有一廛之地以比五畝豈得謂之處乎必仕而後有處也昔孟子謂晉天下之仕國亦豈若今斯其急乎夫秀𦆯之失其廛者久矣古猶言之親老家貧不擇祿以仕是故委吏司職仲尼以之况於今世乎且所

仕非所學者非邪則相牛之經豈仲尼所嘗學乎且巫咸之賢殷之名臣也假使秀緯異日得於其君擢諸隊伍以行道於其國乎則方技豈爲累其道哉故語出處之道而不論其世何悖也客唯唯而退則會秀緯之將發而來訣也茂卿𢰅觴以屬之曰夫海內之粟莫美於大垣而醴之泉可以養其老子遊亦樂哉季緯之喜盎形乎色焉秀緯與予同姓系大連故以其字氏云

送土伯曄歸豐城序

土伯曄者豐人也豐諸侯國小笠氏最大而小笠氏

追伯曄世尚有東西二侯土家所籍蓋東侯云會東侯甍亾嗣國當除　朝廷廼以其先世嘗有功鼎革際立其疏屬子弟以奉其祀僅得比於附庸之微焉於是乎國益朘削不得畜其舊臣世族之家也伯曄辭其家大人來東都學醫異有以給水菽之奉哉比成聘爲延陵上客夫輦轂下工醫者故嘗有素封之稱苟飾其術售焉五侯之饋可鯖也尚何所病家大人之養哉伯曄顧廼爲上客延陵延陵在豐之南道涂所經繇則歲時扈侯家述職庶可以便道歸子舍中得家大人旬日歡者是其志爲爾伯曄既已在延

陵邸中。暇則愈益自奮讀書。旁通它經史百氏之言。因肆力於文章彪如也。迨與服生平生從游相友善。時時迺偕二生者來見予。予故識其非重糈食於伎人也。益異之。居亡何。辭延陵。就豐西侯聘。伯曄曰。而今而後。吾得事吾親于吾家哉。鄉之置吾親道路旁。每來往。蹔奉其顏色。以爲得計者何艱也。且延陵侯猶待年其邸不就封。而吾親其待邪。亦何問祿之崇庳。遂委質焉。人或病其學先王之道而無所施。猶且攝鑿仕也。是雒儒氏之論已。予則謂不然。夫先王之道大亡對。而孟軻氏以說于諸侯也。與楊墨爭焉。程朱氏揭心性以行天下也與佛老爭焉之一者皆自小者也小斯有對有對斯妒妒斯爭亦何陋也然未聞有與醫爭者有與醫爭者自雒儒氏始不愈陋乎夫儒操觚醫事匕劑皆有司之守也豈能行道邪今論者豈謂儒仕爲皆能行其道者邪則執經講論處者何擇豈謂掞文辭備顧問邪則何病攝醫唯大邦官事不攝小邦則攝固其所也今士之祿者皆兵兵而攝儒人則不非之迺非夫以醫攝也兵與醫何擇且伯曄者爲其親仕者也迺不於它邦而於豐豈之東西侯同其出自亦皆其先人所嘗服事之邦也其

地山川相接焉。雞鳴狗吠之聲相聞焉。其風氣謡俗相若焉。其政魯衛焉。其人親戚昏媾朋好聯焉。而其家大人安焉。家大人所安。伯曄安焉。豈病其攝乎。若夫先王之道。用則行之。舍則藏之。是在君大夫耳。非伯曄之所能爲也。故伯曄之仕。雖不能行先王之道其邦。哉亦可謂能以先王之道守其身者也。書云。孝乎惟孝。施於有政。則伯曄有之矣。聞者説書以爲伯曄之贈。併解其所知識者之惑。

贈僧正卽如尊者序

僧正澄公。蓋有君子之道四焉。初予在赤城出門護持之鏖刺目時或游之迺得謁公眎之温恭人也欣然出其所著述修多羅業眎之予謝未學則曰支那之文非其素業耶予不得已受之有所指擿公意益欣甚當今之世僧之得與王公抗僧正眎三品高踞士大夫之上傲以爲常其腹枵如乃不虛其心以飾其智者往往乎在予六十之年閱僧衆矣其好學而不耻下問能悉其賢者唯故知恩了公與公耳予於是乎知其謙焉院西有土木事訊之復護國寺寺者院故號也故院迺在神橋北而燬　官併諸護國而收其地自後護國得稱護持而兼其封也然護國之

名錄是遂泯先僧正慶公憫其如此力請于　官以兩之曰境廣而可割封之祖富而可造是不復費官家之地與金而　先朝布金之迹兩得以存也　官允其請而慶公化公繼而奉行之如其志五年而竣公盡籍其土木之羡以歸之曰院食院寺食寺其所也予於是乎知其廉焉及予之移西郊而聞公稱病辭院驚問之先是長谷虛席乃有由護國躐公而陞之又問諸從者公憾邪曰否也公幼學于長谷而自誓必以其所習傳諸長谷公之所歷名刹而不即隱者爲是故也公今已矣猶尚逡巡不敢去以徼後榮

非公志也。公蓋知命，脫然如釋負云乎。於是乎知其勇焉。又請曰：長谷智積，其派尚矣。海内諸密寺，各有所繫，而不可得以淆矣。護持本籍長谷，元禄中陞僧録。正德乃俾通籍智積，爲録故也。今停其録，而猶不專繫長谷者，非也。官兩允其請。夫我躬弗閲，遑恤我後，是凡人之情爲尒。公乃將去而猶尒，蹇蹇于於是乎知其忠焉。物子曰：謙者未必忠，廉者未必勇。公兼四，可謂能修君子之行者而已。要之，視寺如官，視學如家，豈不釋氏之範乎？亦足以範世焉。方今 國家治化之效，乃至俾釋氏亦修君子之行，是可紀也。

予既得與公交。迨其去。不容但已。祇其道之未學故
紀此以爲贈

送岡仲錫徒常序

仲錫業已委質於常藩越四年。藩徙史局其國中。仲錫從之徙焉其同僚頗有引例願留者。仲錫獨否。義形乎色。吾黨士私淑仲錫者。或惜其離群索居鮮有切磋之益也。物子曰。吁。幸甚哉。而後仲錫其免乎爲都人士邪。夫東都者。天下大都會也。古者虞夏之陋以論。已周諸侯八千。雖夥乎。各家其國。十二年一述職。殺事則還。其間聘問之如織。未聞淹乎周焉者。故

宗周成周自今觀之亦曰王畿之都已秦郡縣天下而百官之禄以萬石爲上唐宋益賤比古稍食明則月石輦轂之下是何以爲富乎亦惟萬貨輻湊五民之分至集乃陸運難哉以此言之書籍所紀載其言雖泰乎長安洛陽南北京可以知已是何若吾東都之富諸侯所家焉今諸侯之禄大踰百萬而小萬石以百數五等之制亦備哉其士以春秋從之來代皆歲數十萬各收租其國邑而揮金東都之市昇平成奢靡麗日上六十之州不瀕海者僅十舟颿如蜚萬里須臾海内之貨何物弗東此民之易爲生未有甚於

是者也故

日本雖小東都雖偏其斯天下大都會非耶豈惟吾海內云乎哉關中平原千里地無限隔民居之靡制歲餘田作廛者以千數雞鳴狗吠之聲今既達於數十里外游惰比屋姦僞藏中欺詒攘敓無所不至乃世祿君子生於深宮長於婦人之手禮俗所拘徒事外觀望之儼如天人以養其痴不學無術事鮮所解皆爲其所謾揚揚自得習以弗察靡然成風下視上傚文恬武熙五穀弗分四體弗勤心亥肉熱嬉戲是常其君子虛憍其民呰窳此都人士之俗也今夫吾東都爲天下大都會周漢唐明所不能

及則此俗亦古今所無也秦漢唐明士大夫雖甯乎
其知亦廣哉宦學千里宦游萬里燕越晉楚轍迹周
天下艱阻備嘗風土悉諳異方山川秀特之氣得諸
遇而發于文章者不其然乎今都人士飽繫此土而
沉淫此俗以此讀書未識古今之事其耳目所未嘗
其何以能識之哉習培塿以爲山問山不知習汚洼
以爲水問水不知諺曰夏虫疑氷以胸臆所無也余
幼從先大夫遜於南總之野距都二百里而近然諸
侯所不國君子是以弗居乃田農樵牧海蜑民之與
處性好讀書書無可借無朋友親戚之驩者十有二

年矣。當其時。心甚悲以爲不幸也。然不染都人士之俗。而嫺外州民間之事。以此讀書。所讀皆解。如身親踐。及後遇　赦得還。乃與都人士學者相難切。寡陋之學。或能發一識。時出其右。由是遂竊虛譽于海內者。南總之力也。假使予有天幸。而生不離都下。何以能尔。亦唯得爲都人士而已矣。故予嘗謂南總沐憲廟恩者。爲多於藩邸接見時。爲是故也。仲錫爲余亾室從子。居亦甚邇。自幼時常往來。見讀書聰明善解事。工詩文。誠非都人士比。然俗之染人。猶如風塵緇其衣也。豈能皭然白乎。故曰而今而後其免乎。況常者親藩所國西山先侯之化在焉仲錫職史局藩藏書稱富海內是豈我南總時比乎其地益北多寒與奧接壤風氣勁哉其民慤其君子慷慨以好義其俗勝都下遠甚其山常山峩峩其水大海洋洋問山亦知問水亦知問諸外州事民間疾苦行將悉知以此讀書何書弗解異日德器之成其必稱天下上亦豈我比故吾謂仲錫此行幸甚仲錫聞之喜曰始孝先之勇行以臣之義東西南北唯命是從也已今聞先生之言乃於心有洒然焉者遂書以爲贈

徂徠集卷之十一

徂徠集卷之十二

物茂卿著

論二首

福善禍淫論

天道福善禍淫。聖人之言。眞實無妄。亘萬世而不爽如合符契。而世人多疑不信。不知分與時也。分生於命。命定於有生之始。是故人不可以爲獸。鳥不可以爲艸木。松不可以爲柏。是故魚游江湖爲福。喪水爲禍。猿入則死。莊周以樗櫟之壽爲幸。而不能謂黍稷之變爲不幸。是故天子爲諸侯禍也。大夫爲諸侯福也。故知禍福之名由分而殊。唯世人之惑。桀謂猗頓之富。許史之貴。彭鏗之壽爲福。簞瓢之貧。輿儓之賤。槿蜉之夭爲禍。此特世俗通稱者耳。而不知己命之所分。孰福孰禍。惑哉。桀紂之時。殺戮澤量。唯龍逢比干。善名無窮。豈非福邪。或以見殺爲禍者。不知分無生也。夫時者天之所爲也。天者在上之名也。故子之所天者父也。妻之所天者夫也。臣之所天者君也。君之所天者上天也。唯天不可違。故醜婦雖賢。不獲乎好色之夫。老臣雖賢。不獲乎好少之君。時所塞也。止于塞行于通故君子不違時以求福是故涼臺之觀披風之適不可獲于冬月時所無也是故伊周得位孔顏得名或以失位爲禍者不知時所無也故不知分者不知已也不知時者執已也執而不知暗乎天命而謂聖言不徵豈不惑乎故君子不求福乎命分之外

五行論

萬物之生夥矣乎其不可悉已惟聖人有能總其凡也迺建之號曰五行五行者五形也大行之山焉乎爾古之文假焉乎爾夫形殊焉性殊焉材殊焉曲直

從革。一上一下。稼穡以生。植物之屬。或化乎人者。穀乎聖人。制而用之。其取材乎天地之間。猶若取諸其府庫乎。以利民用。以厚民生。然後可以正民德。故謂之六府。帝禹之所道。伯益之所列。稷之所種藝。倕共工之所用其巧。斲礱陶范。莫非是物矣。是先王以美利利天下。舍是莫能為。而民至于今有賴焉。五行之材與用弘矣哉。九疇所叙。亦由是耳。若夫禮樂之制。文物軌度。建諸天地。象諸三辰。四時五方。六合七政。儼如在其左右。八風所旋。九土所敷。日月躔次。儀而則之。神明其悳。照臨於民。所以奉天道。降宗廟。昭諸天下也夫道之所生從而文之惟吾所取虞夏商周或因或否亦惟吾所取是何必五哉裁而宜之亦豈若五物恒其性哉周衰有道之士獨淑其身不任邦國之政誦說遺文傳之其徒末流之弊學而不試咸輔頰舌語聖語夭眇論是務大道遂裂嘵嘵相軋不可勝則旁采小道緣飾其說者有之迺若孟軻造五常鄒衍推五勝董生占災祥劉向傳洪範皆推五者之類至於義之盡也雖有可觀致遠則泥豈先王經國之大道哉昔在邃古神農教醫黃帝作甲子雖神聖所爲小道哉之二術者探頤鈎隱察未形覘未見

以識死生休咎之故。稽諸星土物類。徵之聲色臭味。皆用五爲紀。鑿鑿乎若可據者。迺其術所自爲已。豈天地之氣若是其整乎哉。易大傳曰。立天之道曰陰與陽。立地之道曰剛與柔。左丘明述良醫之言。曰寒暑。曰風雨。曰晦明。三而兩之。有味乎其言之也。戰國而上。雖小道猶有若是者爾。夫孟軻以禮爲性德。而樂獨可遺乎。以信而孝弟與忠。非其倫乎。故五常之非往舊者審矣。鑽木取火。灰炭矣。化地道敏樹。河源崑崙。車薪勺水。生勝靡常。故鄒衍之誕彰矣。洪範之占。唯傳三疇。它若八政五紀皇極三德稽疑福極。其謂之何故子政之說固矣。今學士大夫。尚且斤斤乎守其說弗替者。以宋儒故爾。夫宋儒不能信古。斂以求之。迺驁然以謂我獲聖人之心也。聖人可爲也。於是侈談性命。開闢天地。聰明熒俗。利口亂道。動輒曰五行五行。其不知擇小道者。亦意用智研於深故也。後世迺尊信其人。過於先王孔子。奉其言如律令。不亦惑乎。孔子曰索隱行怪。後世有述焉。又曰葢有不知而妄作者。其諸儒之謂乎。故予論諸儒五行之非古五行。

記事二三首

記松浦鹽冶飫浦事

峽史氏曰。甚矣哉。女色之爲禍也。而建武鼎革之際。莫慘焉。大氐平安之地。山水麗秀。往往乎生尤物矣。迺自 桓皇奠都之後。數百千年。維民所止。公卿鉅室。世官世禄。莫有不家平安者。而富貴之娛。聲色爲最。生女之願。人人而有之。閨閤所習。姆師所誨。靡曼妖冶。殫思窮巧。遂能家出嬙施。人擁姬姜。延天而降。平安麗人之盛。清紫赤染諸女史所記載。可槩見焉。然猶尚文柔爲政。風流成習。微言佚行。何所不有。而爭奪之迹。寥然乎未聞者。是其時與俗爲然也。方此時

州郡控弦之士不無好色之人其歲時祇役上國執
戟負弩宿直禁闥將相之府或道路所目亦豈無心
歆而肉飛者迺我謂之神仙之人而彼視猶臧獲焉
分素定也以故武人偶有所獲以爲得寶者乃唯閭
里之選不過桃葉莫愁之倫耳間或一二桀驁若義
仲義經者稍有所漁侵則衆咸驚譟咎之是豈東人
獨操乎其廉耻亦積威之漸使然也及有相氏二廢
天皇而武之人乃傲然自恣加以胡僧倡禪鑿其混
沌畛封以壞風氣大變而上古敦愨之俗幾乎澌矣
於是乎始有覬覦于禁闈者蓋　醍皇之西狩則高

時流皇子土之畑秦武文從焉皇子思其妃弗措守者憫焉使迓則使武文迓武文還平安覔之不得其所物色於西山識琵琶聲以得之奉以行達于攝尼崎舍于逆旅主人會筑人松浦者阻風舍其鄰也見而說曰仙虖謫虖不者吾何得與仙耦是不可失矣夜率兵劫之武文武稱其名矣不可當乃火其鄰武文窘負妃以出扇舟于岸以逃也不幸而松浦之舟來不知而屬焉走還取其物逆旅之舍已灰又走覔舟則已發矣又扇之大嘑爲弗聽以去遥而聞閧笑之聲武文喻而怒弗可爲也罵曰吾死必爲厲立而

刳其腹以死。舟過鳴渡，颶而厲見。松浦懼，使人送妃于淡之島。武文之厲至于今化爲蟹猶在云。曰：何有相氏誅，醍皇還都，而皇子終得與妃處。嚮者當松浦獲妃大喜時，妃則見以爲賤人矣，是以弗從。此一時也已。醍皇急恢復，往往以其宮人賜諸將，則良賤之耦稍稍習以爲常，然猶憾矣。及尊氏作難，而醍皇又幸南山也，尊氏之諸將皆來家平安，貴倨甚，威福由己，其豪富亦曩時公卿鉅室所弗如。而曩時妃嬪夫人及它諸公卿大臣子女，皆流落人間，丐憐於武人之家。諸將既已生長山東，罕覯是姝麗，嚮以爲禁臠弗可近者。一旦而得染指。孰能不大嚼以逞諸。惟人性變於習。則諸姝麗亦稍稍說其壯武也。宣淫弗恥攘奪于色。葢未有甚於此時耳。於是乎有鹽冶氏事。適尊氏之宰高師直疾而不朝者數日。其人置酒娛之。召瞽歌佐酒。所歌賴政射妖宮中。天子錫以美人菖蒲事也。聞者笑相謂不請邑而請美人。賴政癡矣。師直方湛於色也。亦蹶然曰。寡人子吾而獲菖蒲邪。數十城何之有。有舊宮媼侍從者。居恒來也。是日亦來。聞之排闥以出。言曰。賴政時天子列美人使自取其所請。賴政不能擇。是菖蒲未必尤也。菖蒲而連城邪使公觀西臺翁主者將代以海內矣師直問何似則曰方翁主之在弘徽西臺也諸貴游以名花而喻六宮之人皆喻而不能喻爲是花弗如也問何在曰　先皇以賜鹽冶氏也以翁主之美而椒房之選不曾矣乃高貞西鄙人鳥言者得以尚之豈不惜哉師直色動問往邪曰往也老妾自西臺時旣已得奉其謦欬心乃謂在西日久色必衰矣日賽神以歸過諸則豔倍昔焉師直蹶然起謂曰奉夫人之教疇昔之疾良已而又獲宅疾也急呼繡衣十沈香枕爲媪壽因逼使其媒媪始之爲戲至于是焉則恐而

心貪其賂也强往徵風之亡可邑師直乃使善書者兼好作柬且書貽焉庶可以挑也翁主執其柬棄諸庭師直怒曰吾素惡善書者緩急果何用逐兼好更使公義者作柬公義不作柬代作詩曰我思美人貽之書美人弗讀棄庭除吾拾吾書歸十襲心謂美人下所觸翁主見之悄然者久之誦襲衣之什以入乃佛道中誡姦者辭也媪還報師直喜獲美人一言輙大賞公義金錯刀而又素麤鹵不識其所誦謂何也趣爲美衣服數十屬媪而益責之媪計亡所出妄意使其覩乎夫新浴未及粧時也必闌焉則語師直

公思未見之人矣雖辭懇乎彼詎信之盍窺諸師直大喜與之往以窺出乎浴也魂奪乎猶死之人弗能起扶之歸時値源義助勤王于北陸而尊氏使諸將往擊之又使高貞海道襲其後也將歸國以理其舟楫而期漸逼矣師直心益急愈責媼弗已媼計窮以逃不可蹤師直大怒如喪左右手而弗可奈之何遂讒諸尊氏事稍稍聞于外也高貞不得已以叛竊亡還雲使其親信護妻子間道以從之追兵及之其人殺翁主身殉之以死師直益怒遂窮討高貞以殲諸時曆應二年四月也厥明年又有鉄浦氏事初菊亭

公有美人阿才者。豔而佻。師直之族師秋與之狎頗
昵矣。久之。將就封于勢。欲與俱往。強之留。著三日乃
許焉。及期。使其人輿迎之。擁以來。師秋大喜。策馬輒
發。偕之行。至于琶湖而風。吹乎簾颺也。見一老嫗八
十許。傴而無齒者。坐乎輿也。愕而詰。乃爲美人誑矣。
師秋自途還。以兵圍菊亭氏之第。以搜焉。亡有也。捕
女竪並鞫之。則匿於飫浦氏之所也。大怒。欲攻之。飫浦
氏者。尊氏之舊勲將也。然懾於師直。遂亡之備奉源
義助。以叛。余觀於玄慧所輯事。僅此焉耳。而它可知
焉。當是時。尊氏乃有事於四方。以欲收其鷹犬之用

是以弗問也及于恭獻之世宰賴之以禮率其下而后此風稍稍戢君子蓋傷夫尊氏之諸將若是其暴乎邑猶爾勃焉以興莫之能遏者時乎哉

記昌俊襲義經第

文治元年冬十月十三日盜夜襲伊豫守源義經堀川第盜者惡僧昌俊也兒賴朝使焉初義經在東日御賴朝執盥熱烙手而弗釋神色自若於是乎賴朝已心憚焉及其奉　詔西征也播南海之役率皆以寡克衆冐險蹈危出其不意集如風雨敵人謂我自天降也而我三軍亦鮮能知之矣又能推赤心人腹中

大得士驩心麾下又多敢死士是以大功遂成而自
賴朝所遣使監其軍諸將帥頗有樂從焉者不者事
平後還東亦皆嘖嘖稱其材武弗已於是乎賴朝始
心惡焉益賴朝夙有覇心而義經爲弗知也乃獨傾
意結乎朝廷其在西海報捷從寶器諸所奏請事宜
莫不稱　上皇旨叙爵昇殿寵端見焉要越示意之
後尚且恬不之省性又好聲色著燕游多所漁內內
所俘平氏女而還其所獲篋篋中書則諸公卿鉅室
所與平氏關通者都下人繇是寖帖席而謗從興焉
大名之下不無紛云人或傳其私前平大后蒙童中

也則頼朝稍稍惡之於諸將前而諸將弗嚮應乃私使昌俊昌俊者諸樂惡僧也它諸樂僧有閱其隣者昌俊出死力助之事上幽諸土肥實平之所久而見釋不敢歸客于東實平業已以其族奉頼朝也乃薦之頼朝亦喜其桀驁而昵之至是遂使之云從者九十七騎兒玉黨人隸焉是日義經之人江田弘基者路値昌俊入洛怪焉與其人語廉得情告義經義經俾其以之來弗能來義經怒更使辨慶辨慶亦惡僧膂力絕倫單騎往見而責之我公名之盍速來也昌俊弗能辭其人請辨馬辨慶叱曰遲矣抱而上諸已

馬纍騎其後以來其人欲從辨慶又叱曰止矣見我公而謝辠何用從者其人不敢從既至義經見之曰士之東者必先見大將軍而後館士之西者亦必先見我而後館汝何緩也昌俊叩首謝曰臣本諾樂僧也有故去而事大將軍乃公之兄也則公之臣也豈有它心哉臣今有事於七大寺以來也齋未可以解焉妄意護事之日敬請下執事也故不敢請詎意值公之怒敬謝辠義經曰何從者之衆昌俊曰以備它盜賊也豈有它心哉義經曰咈汝必爲大將軍擬我者昌俊又叩首而請盟焉乃遣歸於是義經方置酒

名倡善舜者靜舜迨夜醉甚盡歸休其士留直者僅七人或曰惡僧可虞不聽曰既盟矣乃寢靜慧女其心益不能釋然乎昌俊也私使一豎往覘弗還益訝之復使一嫏果走還曰二豎皆斃其門之內馬數十鞍矣人數十鎧矣將來也言未畢大鬨於墻外靜盪義經而不寤曰名將也者必警乎金革之聲乃提鎧麾之相擊乎鏘然有聲也義經果乎寤結束以出闢門而迎之靜抽長刀翼之僮紀三大善射昌俊之兵不能入廣綱忠元鬬死諸歸休者稍稍集又會備前守行家來救也昌俊大敗走匿于鞍馬山義經不

釋戎服逕造　上皇御所奏曰以臣之不徹也矢石相加于輦轂下有驚　天聽臣之罪也雖然賊既奔矣敢白視其狀箭之集于冑者如林而植于箙者僅三矣辭色提提觀者莫不嗟嘆鞍馬山者義經幼時故嘗所讀書處其僧多厚善者於是皆爭索山中獲諸僧正谷面縛以獻焉義經罵曰壯士何盟之爲昌俊曰盟者私襲者公我無私憾故盟有大將軍之命故襲義經怒俾扶其面昌俊曰我者大將軍之使也扶吾面者猶扶其兄之面意氣忼慨義經壯之曰欲生生之昌俊曰我已許死於大將軍矣願速殺我則

公之惠是已遂斬之使中務丞友國禮也厥明賴朝嘗所遣紀綱之僕安達經清者亡而東告以昌俊兵敗見殺者狀於是乎賴朝大喜曰殺吾使也而今而後兵有名矣乃命三河守範賴率六萬騎往討辭之日謂之曰汝亦爲九郎之所爲者範賴恐不敢行載書百以盟遂以之死更命時政實平十一月 上皇勅伊豫守義經備前守行家以海西九州之兵討賴朝越三日義經與行家出洛赴海西騎士三百而其臣義盛奔于伊勢殺守吏首藤以死攝人多田行綱太田豊嶋等兵一千騎陣于小溝要而擊之不克六

日義經發大物值颶而不克竄匿于南山十二日勅
美作州捕義經行家二十八日時政實平入洛爲賴
朝奏請六十六州總追捕使以搜義經行家及平氏
噍類於是乎賴朝之覇成矣明年春義經奔于奥依
其刺史藤原秀衡後五年秀衡死其子泰衡等殺義
經賴朝聞之曰擅殺吾弟請討泰衡不待報而發泰
衡敗走以死奥州平於是乎賴朝之覇定矣君子曰
義經不亡賴朝不覇世人至于今悲夫義經之勲而
弗報天哉雖然是豈翅悲義經已乎哉

記義奴市兵衛事

寶永乙酉春三月有司奉　旨以流人上總州市原
縣姉崎邨次郎兵衛之田宅没在　官者五町七段
還畀其子萬五郎以邨之無主田六町授其奴市兵
衛以賞市兵衛也始次郎兵衛爲邨之里正元祿乙
亥歳同甲總兵衛放銃驅野豕於人家竹林中誤中
人之妻而斃歳時猛獸在田　官授民以鳥銃里銃
丁幾名銃幾門籍其户假其器唯火硝藥勿用鉛石
任其驅逐不得擅殺著在令甲齊民遵守皆所以防
亂源廣慈惠也而總兵衛之銃有子處斬次郎兵衛
身爲里正不以聞事覺猶爲弗知流于豆大島其田

宅皆沒入　官次郎兵衛父老且羸子二女六歲男三歲旣行其妻方產頗艱生女而死奴市兵衛寘諸懷抱中遍丐於里〻有乳者乳之親戚弗顧三口者煢然無所依兒女則呱呱啼弗已市兵衛與其妻謀所以養之售己之女爲人婢直若干與其佃人田所受者若干獲中金八兩悉出買一小廛以處次郎兵衛之父與子女者奉而事之若其主在日益佃它人田以裒其升合之羸而饘褐之供四口者於是乎無飢寒之患焉市兵衛猶恐己妻之或育而朝夕之弗給也遂不與俱同床蓐者十有一年矣次郎兵衛就

罪之日市兵衛業已詣東都俯伏 官廳請以身代其主之罪姊崎去東都一百來里往還可三日程而市兵衛來請若初者月必一二次弗輟弗措亦十有一年矣都下店主人稍稍知其所爲遂弗與舉籌云嗚呼細民之多口而無田悉取米鹽麻布之入于己筋骨之力惟日弗給亦已勤矣而年必虛六七十之日而取償于佗日之勤其困苦之所倍何如哉且夫
官家之租不溥田主之稅愈刻凡爲佃客者藜藿弗粒繿縷露肩居則苫藁爲坐動則犁钁之從炎暍雪蓑晨牧宵綯歲無虛日日不虛刻而其可以展布

四肢而償一日之勞者唯在夢寐半枕之餘耳大抵人世之所悅曼聲美色芬芳甘旨與其風流繁華之娛從容逸豫之樂悉付諸他生天堂之受而其可以暢舒精神而取半晷之快者唯在伉儷一床之上耳故諺曰耕夫與耕馬伍而市兵衛十一年之苦心此其情之最爲可憐者乎是歲一月某日市兵衛又來訴于　官者如初而自矢弗虛還吏訊其由次郎兵衛之父今年八十三患風二歲弗能起臥手足莫己聽旦莫則曰願一獲見次郎兵衛則死無憾矣其哀籲弗忍聽也且三子者益長愈慕日夜悲泣是烏可

忍視耶小人無狀告愬弗勤以貽斯慼故敢特冐
官威猥懇請暫赦次郎兵衛之罪放還以獲與老父訣
則小人擅訴之罪身首殊處亦所不辭也辭色哀惻
聳動 官廳旁訊縣里情實弗爽事遂 聞下之閣
老僉議以爲次郎兵衛罪在不赦而市兵衛忠且誠
是可嘉其以其主之田宅賜之市兵衛 教曰可有
司傳 旨市兵衛不肯奉命乃曰始之爲主卒之爲
己小人義不敢奉命願賜之舊主之子萬五郎事再
聞遂有今命

徂徠集

[日] 物茂卿 著

江蘇大學出版社
JIANGSU UNIVERSITY PRESS
鎮江

2

徂徠集卷之十三

物茂卿著

記一十二首

堯韭亭記

夫一物之微能託古聖賢以致藉甚於不朽可謂奇也雖然寧無所商確於其間哉蔽芾之勿翦伐菉猗之如切磋南于召風于衛伯奭侯和固必誦詠而後知於其名則莫有乎爾孔氏禽楊家菓融問而脩答亦惟滑稽者之言已非有窃取義乎丘與雄矣我

獨愛夫堯韭之爲物也卽名而羨墻之思存則不須披繙于篇什原種而雲日之化在則無假揄揚于比興嗚呼蕞爾之品而託惟天爲大之德奇之至此其爲如何聞之人有以命其亭者豈翅好奇之云爾亦見其好德矣又聞其人也爲神農氏之言者也農之於堯未知其德之軒輊爲何如矣儒之與醫均是仁之術也它人有心予忖度之我亦知其必同矣何也其愛之同也故敢言我之所欲言以寄題者爾歲辛巳夏五月初六

樂樂堂記

豫侯業已就封乎河內則築一堂河之渚顏以樂樂
燕間自娛絃歌之聲時時聞于外云或謂孟子衆獨
之辨世君子所取於衷焉是胡以見遺而特言樂樂
爲也蓋孟子語世俗之樂而豫侯之好古樂也夫當
孟子之世者非魏惠王邪前惠王而魏有文侯文侯
師事子夏段干木號稱好學而不能無欹于聽古樂
而况其下焉者又况在孟子之世乎故孟子曰今之
樂由古之樂也不然而驟強焉以文侯之所欹聽者
則衆皆掩耳走矣尚何在其偕之樂乎不佞茂卿竊
嘗睹于今世俗之人亦猶如此邪獨豫侯迺好古樂

也甚於世俗之樂也則其過文侯遠矣豫侯善箏琵琶好吹笙笙古樂器也箏琵琶者昉于秦漢漢定天下更韶曰文始武曰五行而房中安世今有傳之者矣房中樂五調本諸琴歌魏晉六朝之際斑斑乎猶可得而言焉蓋至唐旋宮騁變而後鹿鳴伐檀諸雅曲泯焉宜其與琴不相入而明皇之迺見譏也不佞茂卿又嘗睹于我東方之樂制氏疇人相守弗廢者數百千歲要不無小緣飾而韶武安世諸樂具在雅淡洋洋衆美咸備嗚乎是胡以傳也琴胡以獨不傳也辟諸五色宮商如繡錯而成章仲儒之言可徵哉

及受讀乎琴經五調繇以生焉則周漢音之遺弗誣已迺以論箏琵琶之非古其在漢也被之以古音雖琴瑟之雅至今存可也且聞之昔文侯之魏有河內吾不知其與豫侯之河內何如也文侯紈於聽古樂而其樂人竇公年百六十歲猶能獻其書於漢而大司樂以傳焉今河內則豫侯受封處迫於　王城也制氏疇人故當有如竇公其人或能來游獻其書耶琴倘或傳耶則豫侯業已心誠好之矣愈益相共脩明其音以教國人耶孔子曰移風易俗莫善於樂則鄉者所謂掩耳走也迺能喁喁然鄉乎化也則河內

之民何有乎世俗之樂也則亦樂樂之莫蓋乎孟子之心也爲之記

月窟硯記

藩大夫藤子獲古研一枚脩咫有九分博五寸有分半其厚寸寸之餘如博之奇其制方表員中中函太極環以八索其額鐫月下三人同行者狀其一人左顧而指月其髯鬖鬖然可數其衣冠丰態皆宛然可呼旁有軒檻樹石古雅可翫審眡石理堅緻秀潤色黝而紫有綠條文繞絡其要稽諸譜蓋端溪下岩一種云藤子既獲之愛甚剡木爲之盒俾予門人蘸山

鞍元昌隸識其上邵康節先生天根月窟閒來往三十六宮都是春一句因字其硯曰月窟謁予記之康節之學予未之聞也請臆道之夫頫昂今古唯明與幽其來也混混乎無竭塞乎天地之閒明之根是之謂天根其逝也窈窈乎無閡藏乎視聽之外幽之始是之謂月窟一往一來熙熙皆春是則知道者之言也予獨慨夫逝者之弗可挽也古昔聖人其亦有與予同其憂者耶作爲書契以藏其往萬化所歸結爲大年其諸謂之幽之府乎書契之作楮氏司白墨氏司玄玄與白之合以爲質也石氏始之毛氏終之石

氏之子。其幽之始乎月窟之義。其在茲矣。雖然。方諸之水。資其潤也。金粟之華。同其臭也。是何干武弁之事哉。而時嚮文化。吾伊四起。靈桂無種。到處毓芳。是亦何擇武弁之家哉。藤子蹶然與曰。旣承眇論。又辱善頌。敢謝。遂爲記。寶永庚寅秋九月盡。

古銅鐸記

吾藩大夫滋野子。獲古銅鐸一枚。連甬六寸五分。徑二寸有半。兩銑相距四寸。累黍求之。適合鳧則之度。銑四布。作雲狀。銅色古粹。妄意不下三百年焉。稽諸往籍。夏后氏之器。縣鐘鐸。周官鼓人以金鐸通鼓。則古者祀與戎兩用之而宋沈聞諸先宅以協姑洗筍虡獲黃鐘于趙宋是厥施殊矣今審款識上曰鸞鳳鳴和下曰披茲玄素妙世顯神餐霞攝霧秀色玄徵最後吳且偲三字迺其撰人有印不可識別也蓋道觀中物已迺吹玉律命之輒與大晟黃鐘相飲益信其有徵焉滋野子素有王長史癖其及獲之欣然以爲茶室傳呼具命予記之予業已乏賞鑒又昧茗理獨以黃山丹丘白日羽翰上清雷鳴眉鬚紺綠豈曰所用匪厥儔哉石鼎生籟松濤翻空可以入琴徽亦何外金奏也且夫峽者古用武國也勝國時介胄生

蟣蝨寧居之不暇，曾未百歲，士大夫儕從容閒暇，敲氷烹月，好尚風流，此自太平餘澤，清時雅玩，莫怪其或曰窮韜略、握奇經，不如載茗一車哉。是以君子蓋論其世云爾。故予為略記其事，而俾後觀者藉此以識今時之俗也。正德辛卯六月一日。

鳳陽院記

瑩師之謁予辭以文，其所剏院也。始瑩師之師曰湛老人，老人所受業者曰梧山。梧山在閩南中，距此萬里而遠也。方瑩師之契于老人也，老人手字鳳陽以畀之，以名之其異日所剏院也。於是乎瑩師未有院也。老人殁若而年。爲寶永戊子歲。其臘嘉平而後得院於獅林麓。以名之也。獅林爲老人所老處。距其院跬步而近也。吾聞之。鳳者文之瑞也。夫既鳳之矣。則何以文爲也。且夫[illegible][illegible]氏以無文倡天下。而師之道所由祖也。則亦何以文爲也。至文無文。質有其文之言者。吾未知於其所道有當乎否也。且何取諸鳳也。在昔胡羶華臭。薰于閩海。君子掩臭。小人逐臭。獨在湛老人之徒。增擊萬里。覽德而下。庶乎鳳之儀歟。以吾所睹記。父老所傳說。而吾東方僧之無文者。尚矣。比及湛老人之徒至。實始操華音。鏘鏗乎宮徵而商羽之也庶乎鳳之鳴歟雖然是亦未知於其爲文之瑞能有當乎否也鳳有三文首順德而背信義而膺仁智之三六者蓋以當乎其所道也已雖然湛老人弗忩乎梧山而瑩師之弗遠乎獅林均之有所本也本而文之何文不有也何三而六之已也由此而往吾所謂六像九苞也庶乎覩其翩乎集也吾又聞之鳳者出東方君子之國方今百年治平　聖明在上大人文聿興無人不文無文不鳳鳳乎鳳乎誰其之歸雖然先吾千有餘歲莫有乎爾則亦後吾千有餘歲莫有乎爾不先不後正當其時吾蓋且鳳其辭以文其

所紉院也從其謁也吉光片羽梧山一枝信哉翩乎
其集之其諸謂之鳳陽之院已

海錯硯記

藩大夫鈴子出一硯示予硯鐫海水作羅文者狀而
海物蠃蜂蚶蚴屬雜然麗焉其工緻與石所産處予
何以識之問其久近之歲則自其四世祖時業已寶
藏之蓋踰百而幾乎二百禩哉硯之壽也予聞之鈴
子族出自眞田氏眞田氏以善將聞於信野間而敦
詩書謹細物獨以此徵之則硯之壽非徒壽也世寶
之亦非徒寶也且夫觀乎海者豈唯以其汪濊澔瀚

之大。狂濤怒浪倒山崩崖之威乎。亐嘗家東海上。以其風恬潮平。如羅如縠也。揭厲渚嶼之間。俯矚巖際之隈。介族喣沫。纍纍相倚。殊品詭形。娛人心目。藹然生意有槩乎中。得爲非美觀乎。何則一陰一陽。文武弛張。細大相涵。剛柔交資。此天地人事所以悠久不已之故也。故觀乎錯而有得諸海。觀乎海而有得諸硯。觀乎硯而有得諸其祖先家世貽厥之謀者。迺鈐子之善繼已乎。因以海錯命其硯而授諸鈐子。鈐之爲後者。併寶乎言。如寶茲硯。則亦豈硯之壽哉

西山石記

鈐大夫畜一石几案間物也其峰在左下則爲崖岸
壁有峭拔千仞之勢焉其右成嶺白膘冒之皚皚乎
雪已諏予以名迺命曰西山盒山脉從北而來昂頭
南視是爲左峰峰高有所敫戲乎積雪在陰四時不
消我自東見之此其所以爲西山也夫石以象山卧
游一室中大夫其不忘山林者乎大夫而不忘山林
其於爲大夫何之有也況夷齊采薇師表萬世此自
人倫之至大夫而學之孟公綽之不欲庶幾乎下之
則王子猷之爽氣照映江左師其心而裁其迹亦何
貽丰管之誚也至如驚風飄日子建之抗悲層巒崔

嵬士衡之嗟時誦其所謂志士營世業則大夫今閩

亹亹以徵寵靈于府公爲邦民具瞻者可徵諸今日

焉誦其所謂大耋嗟落暉則大夫異時它日引年引

恬養老其國中以鼓缶乎日昃之離者於是乎有之

焉是則西山之石出處以之始終以之猶乎銘諸几

案閒也則豈唯玩物之謂哉

香禪師詩題覽古記

香禪師在奧奧矣延亨城中師作城中覽古詩人或

議覽古字涉不祥矣師在亨筵宜有所避忌也師質

諸予予曰庸何傷乎昔人懷古覽古詩誠多悲慨者

如越中覽古悲句踐蘇臺悼闔閭蓋其地其事有可悲者故也若夫奧城中古迹迺侯之祖宗建勳開國子孫世世守之弗替祚胤靈長民物蕃庶爲一方大鎮本無可悲者則作詩頌焉是其周覽古迹者一而所遇有悲喜之殊矣詎謂覽古字涉不祥哉且思懷周覽有何悲傷或譏或頌亦在所遇如何耳或曰不然凡言古者謂異代也以唐視隋以宋視唐故懷古覽古所以有悲慨之意者異代故也是亦不深考之失矣伯夷叔齊古之賢人豈非周代之人邪易之作其於中古乎豈非周代之王邪孔子皆以古稱之則

其不必異代者審矣。且選所載盧諶覽古詩一首。在詠史部。其詩全贊藺相如。更無援古以慨今之意也。文粹載吳筠覽古詩五首。其詩或譏或頌。篇篇皆殊也。語曰少所見多所怪。迺或人之謂歟。師喜使予記之。

豐公族大夫養拙君二亭記

土伯曄業已仕于豐。則豐公族大夫養拙君者。爲二亭於其別莊。一曰臨江。一曰忘言。迺因伯曄以求予一言。予謝不敏。不可。予曰海西九州在大海中。聲教所被。遂稱爲吾倭者。豈天地之素乎哉。吾聞之畫者吾倭之山川風土東莽如焉西秀如焉杭海以登豊之岸殆乎類夫吳越浙閩焉者謂其風氣所殊不可想而得也予匏係于東亦井之蛙哉迺今得大夫君所爲記以讀之徙讀其所叙列山川某若某者而唯識某爲某某年筆不謀目目不謀足有胸無心亦烏能攄大夫君所未盡之餘以媮快其心所欲言者乎雖然吾子命之吾嘗試以臆道其大焉者夫海西九州在大海中維昔勝國之時聲教實阻殆乎非吾倭矣是長老黃髮者所能言亦近者耳百年謐如九州諸侯相率奉其職稱外藩而 國家之所經制迺獨

以功臣侯塡于豐。夫海西綰九州之口者豐也。大海小海所環而浸淼漫之外。木道乘之。北由長門諸州萆岸以望焉。列檣如鳥。千山如薺。雲物閒之。蜃氣結樓。變眩倏忽。如有如亾。西可以走外中州。而內可以走內中州也。文司赤馬重關扼之。吾倭要害之衝。其亦綦重哉。數年前其與筑長二諸侯協擊以殲盜于白島之洋者。非邪。且豐之先世國于信則控弦之威懾于山東。流風餘韻之所存。是以國人上勇考武。至于今弗衰也。猛士如雲。蒙衝如山。農隙所講。技擊相高。三尋之矛。矗如鄧林。嚴霜冒之。堵墻以進。旗幟所

拮捷於烽火蜚礮如雷彎弧如月赤羽白羽其集如
雨短兵相接疾視號呼旋乃閒暇賈勇弗已搏人以
嬉是豐之先侯教其國人所以禦外捍內爲保障於
國家其效於今日者豈不較著乎哉祗風俗所運
此軒彼輊滔滔一往弗挽弗反如火益熱如水益寒
如塗塗附弗崩何誒號令獄訟壹禀於武斷文學之
士寥寥乎莫聞其國中其斯大夫君之所慮邪今大
夫君之爲政首聘伯曄爲國人矜式已又爲亭于
其別莊而退食之暇焚香散帙燕閒以適茗理酒德
徜徉其中是何所急而汲汲乎不遠千里以求其國

俗所不屑爲者弗已也又何所見而故倍其先侯所爲教而自阿其所好如是其至也郤縠之敦詩書晏嬰之折衝樽俎祭遵之雅歌投壺大儒將風羊叔子之置酒峴山上諷詠自娱是皆古之名卿鉅公立功當時而名流後世迺大夫君之所思而慕邪思深而慮遠其所以匡綏邦俗併先侯桓桓之威弗隊於永永者毋乃在斯乎不然徒睎茶人之羽化而望隱遁之莫返由是先世之教終替而大夫君之志荒也必不然矣仲尼曰視其所以人焉廋哉吾今以伯曄之聘卜之伯曄曰英也何敢雖然亦大夫之所欲聞也

是足以爲記若夫二亭之所以名與其山川之勝則大夫自言之遂載諸策俾其致之

九畹齋記

滋蘭九畹者楚大夫屈原所爲離騷中語也犬山老福君師之宋以名其齋君之宗嘗勝國時有以虢與於蒸者從豐王征伐定海內以其功食封數十萬然亦竟以虢滅矣夫屈原作離騷以悲其宗國君豈以自況邪然原之悲在其將亾而君之宗國不血食者殆百年是何以怨也夫蘭者香草也比德於君子焉世衰政邪而君子不見用是原之所以怨也方今海

內治平諸侯之政修况君承其先人之禄位而爲群僚率言聽道行何在其怨也祗人之志不易知是以原之志弗白於當世及於後君子取其所爲離騷者讀之而後有以知之君好學嫺於辭諷詠自娛亦原之儔也使其有所著述傳之後世則人或能知其志所自况怨邪非邪是未可得也夫君承其先人之禄位而爲群僚率邑人榮焉然視諸其宗國食封數十萬時亦何泯泯焉雖然君子所榮不在禄位而在言聽道行則亦何怨也君既造齋咸因其友人石叔潭求予文記其事夫張之距東都八百里而遠矣予足

不踰函關而西也何以能知其齋之構也何如所藏置典籍器玩也何如其所鄉背山川草木之美也何如唯知九畹之有蘭耳亦何以知君之志怨邪非邪唯知以況君子耳是何以能言君之志使白於後世哉雖然予讀遠游漁父諸篇而諦其志不在怨也孔子稱伯夷之怨希而大史公迺疑之是其怨與否亦在後觀者耳於君乎何有故九畹之齋以蘭況君子而君之好學嫺於辭諷詠自娛可以與原儔者唯是足以記也是爲記

會津大夫西鄉君徜徉亭記

會津古稱國後降爲縣隸于奥今則儼然國哉提封二十萬重領環之如堂區然西鄰三越北抵羽東南控制奥諸侯國亦乇以北一大都會也其地寒多霜雪産良馬其民戇憨尚氣喜俠其物饒桼蠟而其利賴海内其山出鹽是以不它仰而足食故世無事則貿易四方可以富强萬一有事則閉關絶交可以觀釁是其大概用武之國非邪昔者鎌倉時既已鋤平泉藤氏百年蟠結之患而俾葛西往監盖於此鎮焉其後勝國時奥大亂則豐王命蒲生討平之亦即此國焉我 國家自故中將神侯胙土以封而以宗室爲

藩屏東北者三世于茲屹然連帥之雄是其爲要害豈不綦重哉鄉者其大夫西鄉君者以其祖碑之文見徵我大夫酒井氏寔使之予黽勉從事書幣遂通是歲君又以其所刱徜徉亭記見請予何敢辭按圖亭者君所棲息也在國城東有六景之勝其攬結山川吐哈風月靜嘉可想然予非東西南北之人安能言之故且言徜徉之義以塞責徜徉者逍遥也君庶無疾病何以娛焉乎爾方今昇平百年海內無故今會津者非昔會津也況自神侯好學崇儒以治其國而君子愛人小人易使其俗彬彬乎鄉化政是以簡

君退食之暇。委蛇羔羊之節。蕭然在是。其娛可知已。是倘佯之義也。且君爲會津巨室。族貴祿富。苟或徇其狗馬弋獵蹋鞠六博之遊。溺飲食靡曼綺羅之好。心躁氣盛。豈能娛之乎。夫人暇則思。思則遠。可以防未然。可以備不虞。屑屑目前之務者。未有以與久遠之謀者也。治不忘亂。君子之道。爲爾入卿出將大夫之職。爲爾君之在此亭也。觀霜露以思倚伏之機。觀風雲以思陣營之制。觀峙流以思戰勝之略。觀蕃育以思敎民之術。文有武備。利器以藏。以思共其職。而對敭其君命。以庶幾不失 國家置侯之意者。於是乎存倘佯之義豈不廣且大哉吾聞之大邦之多士文學之士何限而遠求諸它邦豈非以其君子之入言多詡而孝弟之俗難乎犯上邪是亦足以觀神僕之遺化而君之爲意可得而言故予不佞不以頌而以箴以爲之記

舍利記

城西麴坊第八街有匠某其後妻年四十四享保辛丑七月二十一日食時目卒大痛若有眯毄箸起走室中弗止少頃已迺食輒又大痛不可忍手奉持之類于案有物迸而墜礫然也視之瑩瑩然舍利也迨

雞鳴又出一顆。翌歲壬寅六月一日黃昏。又出一顆。皆曰大痛出之如初。出輒痛已。其夫造小寶龕奉之。事嘖嘖聞里中人。皆往觀。其隣舍嫗。舊給使予家者。與相識十歲許。日常來往其家。頗諳悉。訊之性柔婉。不惡前妻之子。然嘗與一厮役私。爲其夫瞧責。亦莫有它行事修潔奉佛齋食誦梵咒如優婆夷者。平平閭閻一婦人焉耳矣。蓋鰒大蜯蛤皆產珠。然鰒大蜯蛤。蠢然海中物。豈有它奇可稱邪。聞中國人貴珠。三佛齊人亦貴珠。以嵌其陽物。吾邦人迺不知寶之。但以爲醫藥耳。今麯坊婦。藉是遂奉佛教。修潔其行邪。

則以爲宿世善所使亦可。迺或爲姦僧誑惑，譸張爲幻，與外人交通，愈益縱恣其淫行，莫所顧忌，則謂之魔緣亦可。是未可知也。儒者迺曰舍利亦鰒大蚌蛤産珠者類，亦病也。是豈不辨乎。然聖人以神道設教，故魯昺西狩獲麟，孔子作爲春秋，道以傳焉。漢武時有麟出海内，終耗費。後世以爲非眞，麟，叚使浮屠者論之，必曰魔也。夫麟不恒出，人孰識其眞。眞者豈舍利可識者類哉。要之漢武之非聖人也。然漢武時四夷服屬于中國，拓土數千里，其封域大非後世所能及。則麟亦瑞矣。是善與淫非皆舍利力邪。夫鰒大蚌蛤。

何以能產珠。麴坊婦何以能出舍利。天道冥冥。孰識其由。故聖人行其可行。而不求知其不可知。歐陽脩迺謂麟鳳龜龍不足爲聖人瑞。其所見亦吾邦人不知貴珠哉。其何以能化成天下乎。雖然。吾豈欲麴坊婦以舍利化民者哉。憾夫後世儒者所見多不及浮屠者。因有感乎舍利爾。

徂徠集卷之十三

徂徠集卷之十四

物茂卿著

贊九首

題孔子真

是謂克肖。吾豈敢。是謂不克肖。吾豈敢。亦惟唐帝之贈。袞冕十二章。儼然王者服。萬世之下。萬里之外。伏惟聖德遠矣哉

歲庚子夏五月日本國夷人物茂卿拜手稽首敬題

三教圖贊

聞而知之有若孟子。孟子而後。無有乎爾。其唯孟子。曰聖之時。況非游夏能贊一辭。聖王不興。政刑久淪。其誰之思。西方之人。西方之人。設教維神。地獄天堂。孰知其仁。邈矣老子。柱下藏書。屈伸猶龍。知者誰與。漢有子房。宋有堯夫。若彼莊列。虛乎無乎。

馬師皇贊

神龍望乎。餌口作祟。師皇箴口。疾迺已。

老子贊

數車無車。當其無有車之用。孰謂老子而上無乎。吾

味其言亦猶龍耶禮者忠信之薄而仲尼胡諵欲取與之欲翕張之佳兵者不祥自言而自解之亦胡詳也

張良贊

博浪之椎轟兮震宇宙者雷耶大索天下闕兮不可見者鬼耶人皆自爲唯公超兮秉義耶雖然不强所不能行乎無爭從容以發巧中窾會沛兮天下莫之能禦者肖木耶帝臣林林兮如虎貔唯公眇兮似婦孺子耶是以公没百年遷尚且疑其貌何况吾今瞠兮千載之後萬里之表

大日本享保癸卯臘月二十八日

武侯

蠖屈龍躍昔聞其人孔明弗出疇信渭莘炎德衰矣匪湯匪文悲哉千載禮樂曷與

義之

揚摧百世孰若晉衰獨有筆翰風流足師婉美漢唐干文于詩吁微先生斯焉取斯

或索張良讚援筆卽題

良邪平邪何邪參邪將別人邪覿貌未識聞名始識吾聞從赤松子遊故當變化不測

晝鳩

鳩兮鳩兮雖則無巢兮莫不有巢兮喚雨兮雨應喚晴兮晴應爾兮爾兮迺能靈

銘五首

江經匡研銘

赤馬下瞰神龍所宅或遺其珠化而成石斲之爲研子孫萬年

吉子敏樂笥銘

唯毒毒人疾乃已錫乃嘉名銜忞攸始疏數已度唯其幾戒之勿銜忞動之死

文璞研銘爲有馬公子

弗雕弗琢文生於璞苟徽君子文將安用君子之研于以作論

永井豆侯佩墜銘 攝州生山田氏屋大同二年造采其椽竹爲之

千年之竹閱物無疆君子佩之以禦弗祥

五瀨人索研銘

五瀨之海孕珠毓貝蘊藻紛錯波綺淪縠人産其堧孰不靈寳采石作研春雲藹翰不琢不器勗哉銘記

碑誌九首

福島妙音廟碑

信夫縣福島妙音天女廟者土官渡邊氏所奉也廟枕武隈川川發源白河縣諸山中迤邐北東流數百里經二株松福島諸邑與洲河合其流始大可以漕矣更東北九十里至伊達仙臺界入于海大氏奧之地從福島以往稍稍庳水是以如建瓴而下距福島六十里曰洗馬灘次曰梁灘自此山左右東爲峽惡巖恠石錯出亂峙水勢窘而激舟觸立碎更十里許曰胄灘山益東石益出水愈益急濶僅十數步而兩岸如削戍下仰上俯水如由洞隧中過從下昂視其左右巔所不合者一線已猿猱之所跳過故號曰猿

跳日月蔽虧陰森窅寞東奧惡瀨之極舟則不可行也相傳距今而上千有餘年福島之地實爲湖匯有玄熊與龍鬭而勝之龍乃劈山東北走湖遂洩爲陸其所劈裂處即是峽邑曰島河曰洲盎取諸其洩而未陸之際邪有昔人鐫鐵記其事者今猶在青羽山寺中云迨我　神祖之奠都武昌也歲海漕奧之粟數百萬以供都人士之口而信夫以南數十萬之租必由武隈以達海者至梁灘而漕窮矣則改漕而駝以致諸水澤村二十餘里復就漕所公私皆以爲不便矣　嚴廟時渡邊氏之子曰友以世家都下富

匹猗朱友以少有大志慷慨善謀矢心不朽其功以
爲　國家建千百世之利也遥聞武隈之險走馬相
攸心匠所營究見成功唾手而興力請于　朝者二
年人或聞者不笑罵則駭以爲狂友以益奮弗顧及
寬文改年辛丑歳　官遂准其請赤縣大吏伊奈君
等實贊襄之也不更歳而功竣資費巨萬洗馬甞
梁諸灘猿跳之險皆平凡諸怪石惡巖磓舟頭戈舟
腹者誅伐無遺福島至水澤九十里之漕可通嚮駭
笑罵訾訾者至是皆怗然以謂神禹而後功其在諸
官因命友以世襲漕事造船擅其利又賜地一井福

島之步頭悉免租調自此之後　官享其利民頌其便者至于今弗替也友以歿而其子貞嘉嗣勤其職弗怠以　憲廟之貞享乙丑歲刱妙音天女廟于山茶舊館之地乃故仙臺侯輝宗壘址也後因其踞絶巔而福島城可俯窺也東北徙今所凡百步許更新廟貌頗倍初規不遠千里而謁記于予按往牒邃古之時　日孁氏之三女降于洲渚今筑之宗像埶之嚴島皆其神也專司風汛之變以左右太陰之政而舟舶之往來魚鹽菰藻之利皆隷焉是以六十有六州凡有津泊湍瀨之地莫有所不香火而奉焉者

暨乎梵教西來，而後海澄之徒配以妙音，亦緣其修多羅中謂爲上海島故也。於是乎妙音顯而主一女隱，其實一也。予聞之，貞嘉之子二郎者，武隈之漕通，而天造之險尚在焉，是安能若履坦途？其然哉，底柱灔澦不能以禹鑿而保一人之不死者，豈亦非有神之宰制其命者故邪？況舟與島同道，風水馮虛，其不與蹠實者同科亦審矣。貞嘉之所設，益由是道耳。是豈翅爲其家祈福也乎，亦爲漕卒乞命也。漕無失，而都下之粟積，亦爲都人士百萬乞命也。都人士百萬之命無虞，而 國家置海內於泰山之安也，則友以之所建貞嘉之所祈其關繫豈小小哉又聞之天女廟賽以邑已日輒有若燈者不知所來或沿川而上或踰山而轉曲曲駕空而行集于廟前巨石上者久之乃去其色赤於恒火土人稱爲海龍王供燈渡邊氏莊與廟對岸貞嘉及其子歲時或睹之夫精誠所萃有神斯應豈常理之所能言哉予已大友以之功又不得已乎貞嘉之請故敘其始末使其勒石于天女廟前繫之以銘銘曰

繄昔華夏洪水滔天崇伯死勤黃熊化淵再世底績精誠則然千歲雖邈東海之埏武隈見形湖西桑田

馬痛玄黃。熊老黃玄。將信將疑。眂厥鐵券。龍鬭之峽
猿跳之巔。絃力弗及。惡石齧船。世孰徵禹。有若湧邊。
悉誅水孽。奧粟敝川。達彼海漕。廩此都庫。　國家有
賴。咸服其便。追惟往勩。有神斯顯。陰騭默佑。其兆弗
愆。恍兮忽兮。孰干其權。乃掓廟宇。于河之壖。香火蘋
蘩。則吉則蠲。有龍獻燈。熒煌霄懸。十目所視。何祥加
旃。茲知上古。鯀何獨賢。神戮其力。遂伏蜿蜒。蜿蜒有
靈。尚致其虔。民雖無知。誰不誠顒。有祈斯獲。厥福綿
綿。神偕不朽。億萬斯年。

故長崎邑主昭威君墓碑

維正德三祀昭陽大荒落之歲孟夏之月故長崎邑主昭威君之神降于邑初君之玄孫浮屠慧通夢黑雲之祥寤識其所求之而未獲也邑之童子有痘而顛者益馮之也巫覡桃茢執乩請禱而後乃始獲其竁穸之所在於蔬圃中焉則鄉者所夢處也邑人以爲神而祠奉之乃偕其後人暨鄉夫子之徒胥議而私謚之曰昭威君之神慧通既已募其邑以修其兆域象石以碑之又背其同人林百載者所狀狀跋涉千里來於東都謁予不朽其事按狀君姓平氏諱爲英治承時內相重盛之裔也諸盛殲于文治重盛獨

以仁故乃得其子若孫往往保首領於州郡之間也鎌府之衰政出大夫大夫以其同出自平官重盛之孫俾掌其家政邑諸豆之長崎子孫遂以邑氏焉大夫之族又殲于元弘長崎氏亦以仁故得免之諱爲基者逃而之海西入肥之瓊浦以居之其後乃以氏邑焉長崎之名遂著於今爲海西要鎮其始亦唯君之氏是繇已在勝國時蕞爾孤邑環大海而城之君距爲基八世驍勇有知計善長槍與其兄協謀而守之元龜天正之間與諫早古賀深壕諸帥屢戰屢克孤立弗雌及豐王之大兵壓海西也海西諸帥望風

納款君與兄獨恥臣之兄去而依大村氏君留在邑以憤死狀之所載止是不佞茂卿故嘗嘅夫載籍弗備往事之棼棼而仁人義士賫志以没世者素行偉節湮滅罔聞與草木之同朽不可得而知識也賴有其神降於數十百載之後威靈顯赫錫福除災奔走其里老邑人之子弟馨鄉蘋蘩歲時罔怠者僅千百中之一耳假使有之若君其人亦於其素行偉節湮滅罔聞與草木之同朽者則末如之何也可不悲哉夫君之先皆以仁故得弗殲而長崎一彈丸之地不過百里君以此其藐乎介於群雄角爭之交屢戰

屢克不失其地何翅狀所云知勇長槍之效邪得無以仁撫其民民用弗叛乎豐王之威草靡海內君獨恥臣之可不謂義士乎躬行仁義死而爲神在祀典有焉邑祀其故君在祀典有焉邑人祀之爲當故予特表而出之夫仁義者人之大節其它雖有湮滅罔聞者亦何恤焉是可以不朽慧通雖浮屠乎不忘其先人之墳墓亦在禮爲合是可以銘銘曰

服仁行義終弗徽乎冥冥兮臨下土者天乎歷祀曠歲終弗亾乎洋洋兮若在其左右者神乎久閟斂顯終弗湮乎纍纍兮出地上者幽之宮乎

福聚院廣巖禪師塔碑

蓋余嘗從滕煥圖所始識廣巖師。云當其時，故已疑其爲有道人也。初余之在蘷洲師時，或飄然來，來亦不數數。而每來多值它文學士群聚譚詩書道藝，旁及乎文章山水之勝。非議論鋒生，則諷詠飇發也。余不暇應接，而師弗之屑焉。師素椎少文，意者當不甚會吾儒家言。然每來輒旁坐以聽之，大布鬱多羅，儼乎阿羅漢僧之在深山中也。雖默不言乎，每至會心處，則未嘗不囅然笑也。及退省其私，亦非有所陰餂以利焉者矣。余益洒然心異之。亦或一再造其院，皆值不在也院在都城東北十餘里之外維舟而登白沙翠竹蕭然若覩乎其人也沙彌供麥飰乃樸然若逢其人話也吾聞有道人必有化之信然耶師忽不來者半年許矣其徒英泉奉狀來請文其碑則去歲正德甲午十二月初五化年五十七也余爲之潸然及讀其狀益信吾之弗謬也按狀師諱嶺寬信州吉見氏之子生而不爲嬰兒啼嬉戲每稱佛見僧輒欣宿習哉以七歲喪其恃而遂入釋氏道十五祝髮二十受具戒自後遊方遠涉氷蘗自持凡諸華嚴圓覺台教律文淹貫而通習之皆卓然乎儕輩後謁總泉

風谷老人。執巾缾十有餘年。一日方其侍湯藥得接老人一拳。因有契焉。師大厭世禪效顰而棒喝之紛紛也。平世唯風谷一拳頭禪受用無盡。又恒言曰無佛無法。未嘗受人一禮拜。以至於終其身也。師果稚哉。元祿庚午春。創院。院舊有址。而師實創焉。初僅一團焦耳。比居兩歲。化行而院成。因追稚蕭州嚴和尚者開山祖。風谷第二世。自居三世。師嘗行化南京。抵宿乎藥師教寺。夢大士而寤。獲諸其掌中。奉還而安于院。語具在法親王道恕及卍庵記中。師又能預識死期。誦讖愈勤。趺坐而化。七日而穆如生存云。大垒浮屠輩多矜張其師行蹟以惑世者滔滔皆是吾聞之師臨化誡其徒勿彩畫其事以賣世又俾棄屍中野勿封勿樹而英泉乃塔之夫是之不能忍而豈能忍重違其命耶師又每謂識我者希我乃貴矣有味乎其言之也昔余自海上還而諸所知識方外士爲不尠矣率皆以文字索交於余冀或有所得以緣飾乎其道而師獨不然也余性不喜禪亦未嘗爲福田利益事而師豈一錢干於余者哉然師其謂余識我者耶余業已不知釋氏道豈能識於師哉然韓愈所謂外形骸一死生者師爲近焉師塔在院西院曰福

聚。屬武州羽柴鄉。余則爲甞有所洒然心異之故銘
其塔也。銘曰。
師乎蜺乎。師果何乎在。委諸原野而嘷乎狐狸者蜺
乎。九泉之貍乎。俾螻蟻嘬者蜺乎。師果何乎在。

崎陽大音寺傳譽上人碑

享保己亥歲。肥崎陽大音寺住持上人慧海。奉其先
師貞公之遺命。爲開祖傳譽上人。立碑山門之右。又
不遠千里。將幣東都。謁予不腆之辭。以紀其功績。予
不佞謝不敏。不可。按狀。上人諱觀徹。傳譽其字。號法
蓮社。筑後州人也。世姓安武氏。出自藤原氏。父義久。

稱八郎相傳世守安武城因以爲姓上人爲其第三子生而九歲得度於州之瀨高教寺以穎慧聞十四歲游學關東籍于常之大念講寺臘滿　賜黄得稱上人慶長甲寅歲游化崎陽初勝國時以筑之博多爲海舶互市所　國朝始制廢博多置鎮崎陽方其時百事草刱亦莫有寺院矣值西洋人執左道以惑衆者蔓延海内有旨禁之弗能戢乃以酷刑刑然後稍稍戢獨崎陽爲夷人所館自非我民人不可得而詰而民之蚩蚩習於邪不悛盤結莫之解也官吏執法能革其面而莫喻于裹鎮臺患之聞上人勇且辯

也乃構團焦于古街以居之號中道院大張金仙之教以喻導爲務初稱檀越者廑廑二三十人及於玄風大煽邪徒屏息蹋銅版以來歸者日益衆矣左道之嵬於是乎大沮遂至有竊謀害上人者凡　國家之制不許民帶雙劍而鎮臺特許其檀越家以此捍上人重其任也　台廟時元和丙辰歲鎮臺奏准以故西洋館之地在舊博多街者　賜上人爲寺越明年丁巳歲寺成山號正覺寺稱大音惟院之名仍舊崎陽於是乎始有寺焉凡其俗土官譯人以至諸禪師上人皆以八月朔執謁鎮臺如它邦賀正者儀而

大音寺住持上人例獨先諸禪師上人者以此　獻
廟時寛永丙子歲民之竊奉西洋教者聚友於州之
島原天草地豆州刺史川越侯源信綱督海西九州
諸侯之軍以圍之越明年賊平又明年戊寅歲源公
聞上人嘗有大功勞特厝賊鐘寺樓以爲京觀又奏
請　賜令地以移寺以市街囂也辛巳歲　獻廟名
見上人出班獨謁　賜時服二又特　賜封告以鎭
道場祠曹文書副焉凡崎陽諸寺院有封告者莫先
焉又　賜白金百錠以充移寺之費令崎陽戶出一
夫以助其役厥後大音寺住持上人世朝東都例皆

出班獨謁者。以此慶安辛卯歲十一月十三日丁亥
上人寂。法臘五十有六。世壽六十有四。嚴廟時。覺
文甲辰歲。特賜白金百錠于第三世住持上人法
譽。爲修寺料。以開祖上人之故也。凡國朝之制。無
貴賤。死必受度於寺。懲西洋之姦也。而崎陽諸寺院
每度死者。必劵以告官。以嚴其防。獨大音寺則否。亦
以開祖上人之故也。茂卿按祀典。能禦大菑則祀之。
能禦大患則祀之。夫西洋之夷。雖瑣乎微。包藏禍心。
密謀竊國。巧言如飴。以餌愚民。愚民罔知覺。淪胥相
溺。以陷刑戮。是其菑甚於洪水猛獸也。厥在慶長元

和之際官所不能挽其心而上人能拯之　朝廷憫
其愚而莫能爲仁而能達　朝廷之仁者上人有焉
則上人之於崎陽功豈在禹下哉夫崎陽之民亦繁
矣其祖其先藉上人而得爲良民不殄其世者豈鮮
鮮乎今諸刹雲興家殊其宗宗爭其教齗齗然以聒
之則上人之有德於我其孰知之故特表之以祀典
之義是何翅在其爲正覺開山祖師哉崎陽之民其
尸祀之可也銘曰
民怵乎邪迷死不回威所不服恩不能徠大音一振
于奪其志全其首領子孫繁齒不爭不喻不喻不存

上人爭之。其爭也仁。

故醫法眼大圓堂先生墓碑

皇和享保丁酉歲三月丙申朔越四日。醫法眼大圓堂先生。以疾卒於東都賜第。春秋六十有七矣。於是乎襄事有日。門人平子和奉其嗣章叔君之命。以狀來謁予一言。以不朽于石。予謝不敏。不可也。蓋以予不喜見中貴人。而獨與先生驩。是豈勢利交哉。亦貴相知心也。弗知弗徵。弗徵弗傳。故世不無良史。而鮮能相知心也。則予何敢固辭。按狀先生姓千田。諱玄智。字子巖。大圓堂其號也。其先世仕京極侯。暨清右衛門君者。去之羽。受室黑川氏。而生先生於最上郡。生聰慧。十三業已以講論語。聳動其邑。然亦喜禪。千獃鐵牛諸師輩。相推其敏。肖乎義堂也。晚歲富而聲色榮利之弗營。蕭然在家僧哉。亦皆其性相近焉乎爾。以予觀之。先生可謂勇已。幼懷大志。深恥爲鄉人也。年十六。潛夜亾之。父母聽其室。有若書者。曰兒去也。名無成邪。有死焉耳矣。不敢追。遂來東都。師井玄徹爲醫。當其時。窶甚。不爲挫。聲隆隆焉。以日興。二十四。仕岡崎侯。居常自謂道之行不行時也。儒者之論爲爾。方技之士不然。夫人之爲疾。豈有時乎。故爲方技而弗顯術拙使然也　憲廟時果擢侍湯藥於中禀二百石　文廟加俸白石援法眼位克酬其言哉又聞十五猶拙作字發憤學蘇軾帖以此而炎夏不臥者九旬遂工書是非其能自勝者則安能也它湯液所奇中語在醫案及括祕録中門人守之初配繼配牛尾氏三配阿部氏皆無男以叔父之子玄甫為嗣即章叔君也墓在城南青龍禪寺東向銘曰

志孚酬矣哉德孚報矣哉福孚必其後矣哉

醫官廣陵文安甫之墓碑

君姓源名敬信文安其字其先埶武田之裔因自號

廣陵乃祖杏仙先生奉　明正帝之湯藥在平安乃父恭安先生從焉以貞享戊辰十一月丁酉生君於桃花坊北母者侍從藤原長之之女也及　帝崩而元祿丁丑閏二月移家東都遂爲東都人寶永戊子二月朔以游倅始拜　憲廟歲時奉朝請焉正德乙未九月娶板倉惇敘之女生二女享保庚子正月丁亥卒于城北小河坊葬于品川東海寺境年三十三君聰慧善詩文兼解箏笛其爲人汎愛吾黨每勝會君不至衆無以爲驩然幼羸不勝衣遂以勞疾没嗚呼勃邪賀邪何禀才之傀俄賀邪勃邪亦何去之

忽

護忠君墓碑

是爲護忠君墓西鄉其姓近房其名會津上大夫也益在國初時其先人有元房者號右近參州士連木源氏之族方丹波守康長食封松本城也以其爲兄弟行從而仕焉遂爲諸侯之臣未幾丹波守移封明石則自信適播爲播州人也其子房茂號新兵衛迺護忠君之父也娶會津公族大夫正近女以寛永十四年丁丑九月二十八日乙酉生君於明石城小名吉十郎三歲而明石侯移封加納城則自播適濃

爲濃州人也。會外王父正近之子正長無嗣。請君爲嗣。遂冒姓保科。自濃來奥。實始爲奥州人也。居三年。正長卒。而襲其禄。號賴母。時年十有三。尚幼無知。適值先中將神侯折節布衣士。若闇齋先生者。盛講聖人之道。君悦而學之。孜孜見之行事。醇如也。初正長有遺腹子。曰正興。比及成童。君慨然請以其父之禄讓之。已則復姓西鄉。神侯義之。如其所請。特賜禄五百石。擢爲親隊長。於是乎會津大夫有西鄉氏也。君歷仕侍從侯。以及今中將侯。奉職惟謹。今中將侯襲封日尚富春秋。而君輔導之勲。蓋非淺尠云。以故位祿益崇。迨乎貞享元年五月。增祿至二千五百石。進位群大夫之上。按狀君爲人簡重寡言笑。沈毅而善斷。見貴弗屈。聞過能改。和順內積。威望外著。是以國人畏而懷之。性好典籍。夙興迨朝。手不釋卷。暇則討論無斁。時一發難。師儒莫能折。是以居官能理。寵愈盛而弗驕。祿愈厚而弗肆。是以沒世不失其名。譽如狀所言。誠君子人也。元祿十四年四月。致仕。營城東地居之。今侯親書諭謝。慰勞具至。每有大政事必就咨之。歲時賜賚。聞問弗絕。至時或命駕訪疾。禮待弗少衰。十六年癸未三月二十五日庚午卒。年六十有七。先是賜地院內山以爲壽藏。二十八日癸酉就葬焉。迺建祠于蠶養神之傍。扁曰護忠。子孫時祭之。君嘗娶沼澤吉通女。生六子。長女適邦大夫井深重隆。次男近方。號源藏。嗣爲邦大夫。迺今賴母君之父也。次男近宜。祿三百石。次女適酒井良彤。次女適窪長隆。次女適丸山。次生。護忠君之歿也。源藏礱石問葬儒生。問祭神士。皆盡其禮。國人稱孝焉。今賴母君又不遠千里。乞予一言。勒其碑陰。欲祖德之不朽也。茂卿曰。離公族而就庶姓。棄膴仕而弗憾。卒行其道。位與祿皆至。苟非學問之力。烏能若斯乎。故護忠君之行

雖其天性乎。然亦先中將神侯作人之效爲烈也。不

然其子其孫何必皆爾。銘曰

其斯護忠君之幽宮邪。形于是乎藏。神于彼乎揚。左

右先侯兮。永福厥邦。

享保八年癸卯夏四月

銘爽鳩子方亾父君之碑

爽鳩名家者五世。爲老于太原者四世。龜亂靖衆。其

先有功。摛藻蜚英。其嗣有聲。承武育文。迺屹乎中。維

清維靜。優哉爲政。古稱公綽之不欲。其斯君之行歟。

栢樹齋碑

是大宰大公之墓也其先平手氏莫詳出自據其目所睹記方平大將軍與于安土也其高祖中書君以尸諫精忠聞海內其子監物君汎秀以騎將歿于味方原其子秀言徙加陽其子言親生大公諱言辰其第三子也姻族大宰謙翁者飯田侯之臣也無嗣往嗣其家遹冐大宰氏食祿二百石督火器隊歷事飯田侯者三世元祿戊辰有故致爲臣而來東都遂不復仕享保癸卯九月二十六日壬寅以壽終于德夫所年八十有八大公初以名臣後銳志武藝韜略而下射騎劍槍莫不兼綜各臻其奧而槍最名從習者

甚衆。晩逃禪。碑面所題識。是其稱云。然性樂聞聖人之道乎。時時訪德夫廬。瞰其挾策牖下。目光燗燗如。蓋至于歿弗衰。豈尋常武人倫哉。配清水氏。生三子。伯爲僧。仲純。卽德夫。季女適匹田尚重。亦吾藩火器隊長乎。以德夫故。爲之銘。銘曰。

生也安德夫之養。歿也安德夫之葬。貧士之常。其志庸何傷乎。

徂徠集卷之十四

徂徠集卷之十五

物茂卿　著

紀行三首

峽中紀行上

寶永丙戌秋，余與省吾奉使適峽。國語謂峽爲甲斐，地皆峽，故得名。而甲斐之名行久矣，人不識其爲峽也。峽，藩所封國也。始藩主得封峽，驩甚，召計吏所往來者咨詢先公家世舊邑、營壘、丘墳所在處，莫有能悉睹記者。及營壽藏于治城北，建寺曰靈臺，後改永慶，自撰碑文，其所記述山川景象皆遣使圖致文成慮其或貽禹貢九江之議也遂有今命時邦乘及晉書梁書南齊書較讎適畢會九月三日大駕遊藩邸邸諸學士先生例當肄業于御前奉對拜賜以故不得輒發暨五日始召見申命以前事且俾西走駒縣泝武川訪青城柳澤一帶往蹟賜外套各一其夜風雨予憂行路之或濘而僕馬瘏黃也省吾則曰關闢來莫有文人游峽者峽之士樸甚此行也將且丹雘其山谷錦繡其草木者峽之神而有知其亦得無倩夫風伯雨師者爲吾二人淸道乎予笑其誕翼日之家君宅別叔達及僚友門生來謝藤

生縣生有贈言其辭甚美口占一絶留别至七日果霽昧爽迺發轎二擔三繫本藩號帶傔二名僕從廿許輩行列整然頗有俗吏狀態唯轎簾間一柄麈尾風吹長毛毿毿然爲露本相耳左都城端門沿垣堞北出郭門經麴坊四谷至內藤驛天始明親鄰差人送行者皆還此處多侯家莊墅曠然已覺勝於都城中第宅使人生悶想也漸行茅舍竹籬漸入佳境則使從者先後取意而行在轎中覺身輕也回思十數年來跼蹐樊籠中足不出都城門仰面無非貴人腰間傲骨日就痿軟衹以文人無顯職無定局待以閒

散稍少拘束足自存已。一旦籍公事來此，不免衝口稱快。適路傍柴門半掩，鼾睡聲聞外，自顧號帶閃閃頭上，猶爾軺車客也，惘然自失，作詩嗚之。歷高閭右原國領等驛，蒼蕎麥芋葉往往被路，愈益蕭然。至府中驛午飯，則故郡縣時州所治處也。自五馬之不莅也三百餘年，而僅僅乎三戶聚，稍整於前後驛耳。問故事，則零落殆盡矣，唯有八月朔馬市存也。方今州埊而都，而猶且揭舊名，過于輦轂下，雖 上之謙讓未遑乎。四代昇平，猶之草創時一切權宜之制矣，是何邑峽之俗爲樸也。顧詰省吾不免唯唯。道左一古祠頗幽邃路甚隘數圍大杉樹矗立成行徒步循樹而入見石華表折三四臥地祠屋不蔽日木居士若枝解者狀則所謂六所明神者也廡上八景歌詩讀之不上口走出過日野余足跡之所涉州相房上下總皆有是名不知何謂渡玉河官渡也夫海內大川者何限此唯東都數十百萬性命所繫屬其功德亦大哉豈非無情物亦有天倖邪況人乎聞南山亦有玉河而能毒人然而彼迺載諸國風之什而此不顯也不啻人已沿岸人家養鸕鷀爲生近年來禁殺之令如東壑也吾儕所未經見者則急下舟目屬者久之

呑輒出之以口爲尻邪其腹甚傳舍邪所呑者毋迺勝之乎雖然能以其餘餕於人人有賤焉鄉迺以鸕鷀所餘者餕於人獲其食也與其已餕之相距僅一間耳甚矣人之艱于生也不覺惻然去之宿八王子城廢久矣勝國時中山氏者守焉而爲其君死之其子孫振振有顯而侯者天道固不誣哉又有奉峽翁主來奔保焉者其裔所謂千槍兵者今猶家焉以故距都城百二十里而街坊脩飭如在郭門內者忽憶嘗見一劍於友人所其精光非常物脊上鐫唐人詩一聯字皆草書勢如飛動雅雋甚則此邑劍工所鑄

也召逆旅主人問之曰非也在下原來往尚有數里路以暮故不能往爲之悵然省吾則曰嚮者所過玉河酷似六鄉川哉因思往歲陪板輿游相時事如目見之今則亡矣正其忌日也余亦泣簌簌下不能寢

八日雞鳴辭逆旅路入山間頗險由河原驛至駒城嶺尚未辨色有關據嶮而設主人云非天明不得過而關吏既啓鍵豈候紫氣者邪更入六七里小佛驛在山中出驛而路益險峻嶺四十八盤所謂小佛嶺也云是相武分界處都城至峽道中第一要害近麓有茶店距絕頂六里下嶺六里亦有之而中間十二

里不得一滴潤吻山徑詰曲石角磨牙齧人足指一行人困甚而不可已愈上愈峭皆俯纍推轎夫臀在轎中佝僂而坐尚覺仰面蹐余童丱時在房陵頗慣羊腸者且叫未曾有省吾則可知矣時從轎中昂首看一傔在頭上向阪後而行迺悟古人如往而還之妙也山皆灌木蓊蔚無甚大樹山民皆採桑飼蠶左有溪流奇石怪巖峙立其間水衝石成響琮琤然鳴與省吾下轎緣崖而至其處佇立咏吟久之僕夫皆踞崖上吹烟而憩若知樂之者然自此徒步而上將近嶺頭忽聽麂鳴呦然恍乎神往如將逐其羣而去

者狀崖右有採金處有榜禁帶劒人入洞故不可往視洞口窠黑石屑如炭者蓋金氣烈所爍云已至嶺頂回瞻南北百嶺層出如鵬翅斯張愈出愈開正東豁然遥見一帶遥碧横附地上則總州諸山也其它皆蒼濛一色不可識誰爲都城矣昨日來懷土之情頗爲野趣所奪及至此嶺迺始潸然以謂此其與函嶺巒翠蓋天之所以限東西者耶此寧可踰而西哉佇轎半晌許不堪嵐氣來侵而後行下盤一二曲俯瞰谷深可千仞人家數楹空翠映發清麗可羡入物皆寸大如晬盤中物迺能活動佛經曰如來躍身虛

空百由旬下覽十方國土無量衆生猶如掌中菴摩羅果亦如是邪忽疑青溪豈非郭璞詩中人邪急欲睹其人也則棄轎下忙甚不覺下路嶮似上路至則窮民家也闟茸不可言見一老嫗繿縷百結有孫八九歲菜色如鬼尚訝甚能人語皆愕然余獨擬想未消尚道石髓值叔夜則輒凝結不可餌是安知非雲房先生化丐人也頗見嗤笑過嶺西茶店登降阪路三四歷小原驛四瀨驛驛去小佛嶺十三里民戶頗整竹鼻阪貝阜阪皆下迺識嶺之極高也左側林樹間湘水隱見云是猿橋下流也水色頗恬過美稻驛

想春月櫻花當盛開矣。阪盡有小猿橋，長十二丈，跨皐猪川。過橋而阪，歷藤野村、關野驛而又下。湘水復見道左，隔一小壟。轎中可俯窺南崖，懸者數丈。亂石立水中，不知其幾。水激洶涌然，不似嚮恬然者。益下。有界河，河有小橋，則相、峽隔岸爲界，故名。已過河，行人相逢，往往卸笠下馬，爲識藩號帶故也。又上阪至諏訪。晴暖，轎中搖搖，覺生睡，皆步。至上野原，命炊驛舍。雖繁不佳。涉鶴川而山行，過鶴川驛、仮尻驛、八坪驛、蛇城、新田、狗目驛。陟長岑阪，阪右古壘跡，機山時加藤丹後者所築。壘前一小池，土人誇稱峽中八湖

之一。水旱不涸溢矣。是堝井僅容鼉龜者。豈湖云乎哉
壘亦不甚高。而東自小佛。西及篠籠。南盡鶴縣。皆可
一眺。叠踰界河而來。此足指皆仰。漸行漸高。不覺貫
地。已與小佛之腹相值耳。更前。大松樹偃路左。枝皆
横指。長數丈。千年外物也。聞昔有一貴人。欲捐錢千
貫鄆致。而不能。故名曰千貫松。五大夫毋乃嫌其銅
臭乎。雖然。以清高之操。而兼富有之稱。得非揚州鶴
邪。踰狗目嶺有新田。一名戀塚。何物村娘留此媚嫵
之名哉。以至烏澤驛。皆山路也。日暮。僕從疲甚。民家
遠。爇炬火前導。轎夫脚探巖稜以進。時或蹈虛而躓。

轎輒跳其肩上不已杌隉欲墜者數遂下轎冥行以
及所謂猿橋者處前行者還報橋版穿且梁橈如不
支不可行躊躇久之會一傔探店者操炬來店主人
亦來遂相語是猿王所架長十一丈達水際二十三
尋而水深亦三十二尋則命傔跳身欄外而左手據
欄右手垂炬倒照從旁下瞰黑深火力短不及傔益
俛伸其臂遂致火燄逆上欲燒手輙遽棄墜至水際
迺滅了緣是得目送及其未滅而覩彷彿也皆如其
言橋下無一柱從兩岸累鉅材架起上者必出下者
外尺許愈累愈出以得相近而橋之誠神造也崖先

滑無縫罅如削立然土人云崖腹有釜神蛇穴焉歲旱民聚汲竭其釜中水蛇見則雨驚問何以得至釜處迺云土人生于土長于水雖束其手足投橋下不死聞者皆吐舌又問崖石如無縫豈苔滑使然歟云連一驛百家在一片石上則是川亦一大石渠耳益駭異聞遂宿于驛夜寒甚九日晏發過駒橋大月二驛大月亦有橋長二十四丈五尺從橋上東北望長嶺連亘數里一巖突起如駝背彙號曰巖殿有七所權現及大士龕皆羽流所奉祠云更半里將近花崎驛路側民家墻上見如白幢蓋者問是何也芙蓉峯

也一行二十餘人皆駭然嶽形端正可愛與昨日道中所見大殊朝暉與雪色相映發光彩浮欲流其去轎中甚近亦不甚高喚之欲應似是村民庭中物問之云去此三十里駐轎探囊中取羅經測之正値午針所嚮則知芙蓉無嚮背者妄矣轎中輒買村醪引滿相迎是何減尋常重九賞菊花也花崎驛有上下二站初雁驛亦有中下二站卒不知其上站所在豈年紀悠邈地名湮沒無文書可徵歟將别有以歟轎中忽得一聯見花已有東西崎間月何無大小村敲推不成推與省吾亦不能賡足經瀧河原激湍雷轟

橋長數丈。白野驛有嶺。歷葦窪、黑垈等驛。陟篠籠山。山高比小佛嶺。未至嶺上二町許。有箭竝杉。大可五圍。絕頂有天神祠。不知何所香火。踰嶺則甘寀縣也。數里至駒養驛。州之以馬名海內。過此以往亦多以命其土。不啻此也。又三里至鶴瀨驛。驛口有川發源天目山龍門。度橋有關。藩之外門也。歷橫吹險路。達柏丘村。左望柏尾山。有大善院。相傳長篠之敗。合邦糜沸。院僧亦懷詛楚之謀。問之土人。皆彈指詈不休。可畏哉。勝沼驛人烟繁簇。甲峽道日已昃。飢甚。則使治具。店主人報炊熟。喚僕從。不在。皆在葡萄架下買錢亦州之名品也小佛嶺至此將近二百里大氐左大川右峻嶺巖徑崎嶇在亂山萬重中皆謂信之岐岨紀之熊野不是若也皆目所未睹處亡論其孰爲上此則嶮矣哉出驛走府城三十里喜皆坦路也過粟原村田中村看將崦嵫悉悔不宿勝沼也一更後詣石和驛宿昔藩主十六世祖五郎使君者以軍功食邑于是舊莊尚存夜黑不往十日蚤起涉一川甚淺俗傳昔有厲禁一遷客犯夜驅鸕鷀捕魚以罹顯戮而死其譴不輕鬼頗見形愬于人僧日蓮者書妙經瀨中石薦之不復見今演劇中鵜養一齣是也逆

旅主人送者。謂其親親獲石于田中者四下平上圓形類不托摩濯皆有南字愈鮮右新善光寺西行入府城街坊莊麗不甚讓東都館定謁邦大夫具告奉使事偕巡視城中入城門昂視樓甍上無鴟吻怪訊之古爲爾不知以何故也州原 監撫潛邸時所封故事親藩不之國以故城唯樓堞內不設殿閣及吾藩胙第後不得無所營置也是時土木紛興人工蟻聚喧熱可憎趨而過端門內湧溫泉二所已疝已腳氣明人耳目有効竹林門東堤上產玄芝有輪奐勢誦瑞者口嘖嘖不已飯畢上城中最高處所謂天守

臺也有垣繚之不可眺唯垣外一二尺地若層出者四
周之下則石壁百尺亦眩發不可久立令人至今思
之病悸也銃兵頭目清水某者先是奉命剪荆棘刋
木通道四縣地人頗號稱識州中山川處所者邦大
夫俾其來陪則舉其手歷指相語纚纚然也曰北之
山其最遠最峻而岩崿刺天者金峯也藏王宮之皆
黄金地神所甚愛惜以故人往者還必盡棄其鞋山中
跣足出不得拾其一塊石近此一層者爲緜陀爲王
子爲冢原爲積翠峰巒倚疊鮮淡如畫更近而一二
森又近而躑躅崎右即藩主壽藏處又益近而夢山

大泉寺夢山者僧疎石所咏爲蝴蝶之栩栩乎家山也後泰雲使君一日凱旋所由假寐山上則曾五郎托夢爲其子是爲機山土人游者採石若草木葉歸寘諸枕亦往往獲佳夢云蓋以石和後世以五郎爲字故傅會其說爾大泉寺者富士川之濫觴有池亦名富士即機山生時所洗浴水也其右有愛宕荒神之山踰嶺則版牆山遠之篠籠山即東來所道由也益右之驪駒山神坐山三阪嶺大石嶺迦葉阪弓阜嶺櫻嶺環匝以至南其迦葉之上皤然可觀者芙蓉峯小殊昨日所覯則載籍來必隸諸駿者蓋取海驛

常時所覓視也其實州抱其半而所拱不合者駿與相迺共之是可不謂寃乎又其右身山綿絡數里而七面嶺覼乎視人皆爲法華僧所窟宅稍低者鰍澤口所在衆山左右東富士川而過此益張遂成灝瀚汪瀁兩州人得通其鑄山煮海之利者以有此又右楢田山益之右則農鳥農牛鳳皇地藏駒嶽次第遞列以北與金峯相接者州殆乎在壺中觀天也其巖然二農之上者謂之白嶺望之稜稜乎可畏窮髮之顛每冬時先雪以其皎皎乎莫有草木翳虧之歟是所以最藉甚乎風人之口歟其皚然其前者謂之三

敕使之川川流雖不甚漲獨長阜之彌望白砂湧銀夕陽映之明月借之此其奇觀或云爲地藏嶽之發靈皇華蓋三臨之云左此者山谷之間林木蔚然黑爲市川莊州最饒邑也要之一目千里四嶺層層良田中關皆爲膏腴遠之鶴駒縣其東西代棠接壤子午近之遂水爲青龍于左而信駿之驛右稱白虎國史所謂之兜巖之邦者豈不信然乎予與省吾耳提其口目隨指移一一應酬之弗暇也雖然風塵之勞一洗爲快而眩不遂發夜訪三宅氏謫居以在吾鼓盆後故喜不勝其悲也十一日觀舊治所邦大夫差

小吏一名爲道。近已出館。取道城北。行四五里而至
則方僅二三百步。東都一關中。侯第大耳。壘石不存。
塹皆湮沒。唯土城髣髴乎形勢。若有也。口凡四。似其
東者爲端門。而內城一層。臺址在其西北隅。極庳矣。
嗚呼。以機山之英武。而擁五州兵威。震東諸侯。莫有
敢抗者。迺若是其陋也。可謂能以國爲城者矣。後主
之不能學之。宜哉。乎導者指其西竹林中。是當時夫
人衆姬所居也。唯隔一條路。環以小塹。南有部婁數
尺。豈其臺榭或假山所設耶。奇石幽葩。往往點綴乎
榛棘間。使人潸然生姑蘇采香之想。小吏語曰。是竹

也闊節而堅緻耐久不蛀大小匀莫有本末是宜旗竿視之果然東與躑躅崎亦隔一道菁莽不可往則沿田間逕而至新布金處上廠羣有司皆在有啓行厨者喫松蕈美甚下廠工役雜沓予之所不堪者徑詣壽藏所地高敞景太勝懷中出藩主所製碑文纂誦之予與省吾四目所眺視毫髮不忒皆嗟嘆以謂神矣藩主明能見千里外也予獨曰吾二人者祇役來此爲是故也而今而後可謂徒行矣皆大笑遂從背後陟山訪躑躅崎緣山脊行里許皆蓁蒙不蹊頗至突傷手足躑躅亦不甚盛及得稍坦處迺機山

生平游賞處。相傳嘗有小亭在焉。唯見數四石頭依
俙似柱礎者。已歸與邦大夫謀明日西游事。寐則雞
鳴矣。

峽中紀行中

十二日平旦。右隻羽口而出郭西行。初覺轎簾微微
揺也。遥見前山白草邉峯茸茸然。漸行。草漸長没巔
洒。悟其爲雲氣也。頃之有風蓬蓬然北來。簾益揺不
已。轎或欹側不安。予怯寒、過常人。則轎中以外套套
頭坐。省吾時或見語。不應。但敘鄉道者報所過地名
呻吟聲時時聞于外。過冢原村。覺轎底溼潸有泉聲

者再問之涉藍河與荒河皆小流也謂荒河古曰忘河壬忠岑所咏也字蓋由草書誤及富竹村又聞泉聲苦河也經龍王村路稍折北行雖風不衰轎不復欹亦覺不甚寒也路側有二三茶店轎夫放轎大冢下而入店予尚坐轎中蒙頭忽聞冢上高唤日出三竿詩識爲省吾聲口急推外套出轎則誠已三竿矣遂同登冢上四眺笑[illegible][illegible]驟然巽上羣嶺皆如佝僂然峯形與府城所瞻頗同秪覺右邊有缺岂美人側面見頰上一渦歟身山鰍澤口白嶺地藏鳳駒諸嶽亦轉分明也立談間肌膚已粟忙上轎路復轉西轎

復歙而日色漸午不復蒙頭經幻谷村皆屠家也想烟而不得乞一星火出村踰潮河有橋頗危風轉急轎愈歙迺下轎過橋身著數領綿衣風來時殆不支吾也入薤崎驛風始柔從是信駿孔道驛頗佳不甚寂寞驛右人家竹林間似有小逕逕口有一小碣則走大士洞道也下轎訪之步僅半町許至洞處懸崖數十仞鑿崖腹爲龕龕凡二左安地藏右迺大士像皆空海造中間懸銅鐘一別無奇觀唯磴徑屈曲迺得至龕所甚峻難登磴口有一大石下垂著而磴爲其所蔽如無入處然石右與龕址連俯僂由石下進

始得磴磴盡處右龕而左有洞始入洞黑暗左右摸壁而前陟降幾級欲躋者再洞腹稍寬右轉而得洞後口豁然迺明始識横穿嶺身也口甚窄縱横可三尺出頭以望新府城蹟在前下皆田疇也召鄉兵鄉道者問此可以詣青城邪則曰太迂矣迺還從入口出一僧年可二十拱立以竢蓋住持僧也庵在龕右平地上蕭然數楹欲相邀至庵進茶慮前途故不往行語出門云此龕八百年前有鬼神一夜鑿崖以奉大士像洞昔年士女進香路也時世替革後村人烟漸繁官爲置站驛而洞前地剷爲耕地故今迺反爲

問道耳問癸未冬地震時事則不唯龕洞無恙連庵所亦恬然遂別歷一家村過釜無河灘迤邐北行風猶未已左眺白嶺上黑雲湧出如蒸甑烟憂明日或雨柳澤訪古之弗便也土人迺謂尚隔兩日至祖母石驛云田中有石如老嫗立狀非路所繇故不覩焉驛中有小逕左分巉崎至此爲官道從是取小逕西行涉釜無河身由桐澤而入澤皆石磧縱橫半里許後顧西森則後主移營處俗所謂新府也遙見長崖數里崖皆懸垂成條矗然如數萬石柱湊成者狀其石飛落處往往嵌空殊爲壯觀澤口盡處右岸上人

家數四隱見叢篁間迺折居村也循左岸上小逕南行又見芙蓉峯如笑迎轎前者右有德姓渠前此四五十年德島其姓者激金無河始爲此渠身二十餘里頭在圓井村西郡皆賴其利云沿渠西行數里至常光寺門前皆田隔田而人家數十作簇即青城村也鄉有司來治餉者偕住持僧出迎揖而入登堂謁藩主先公神主而後往方丈話得遺事三條觀機山時舊封劵人名門字皆作閒葢古時爲爾花押亦非時樣者古樸頗有趣頃之供湯餅冷硬不中喫鄉有司所治餉亦成僕從皆食拉寺僧覽先公墳墓碑制

比諸今世都下士庶所用者極短小其時俗可想字皆剝落不復存辭出寺則先公莊在焉迺經來時路出桐澤口入折居村過入戶野圓井村果有德渠發源處水聲若雷渡小武川至宮掖村則日暮矣宿土豪家是日寒氣甚肅而村在山中夜出庭徘徊覺月痕頗小樹木蒼然忽覩如鬼物怖人狀獨吟猛虎一聲山月高佇立久之入戶省吾旣寐十三日出宮掖村經牧原右眺金峯良方也北則谷鹿嶽西北行入山高村路側有數人俯伏訊之柳澤鄉民來迎也右大武川而西行川出自鳳皇山東南流與小武川合

東注釜無河南自青城北至慶來一帶地號武川者。由此得爲。因憶藩主十二世祖源八府君分封十二子武川地事。問其邑所則云。三吹在艮六里而近。白須在子界。以山橫手在戌。大武川限之。僅可三里許。慶來在乾。有上下二邑。上邑十二三里。下邑十五六里。上慶來有關。曰山口。迺信州接界處。新奥在宮掖西南山中。其東北而馬場東南而山寺。各有多少路。併來路所由。青城牧原宮掖。皆十二族所姓受者也。忽睹金峯轉東。則出府城已五十里。州境之將窮也。駒嶽亦來逼轎前。望之。山之不毛者三。咸似焦石疊起者。巖稜角歷歷可數。形勢獰然。不似前此芙蓉峯笑容相迓者。相傳豊聰王所畜驪駒。飲是溪而生。山上莫有祠宇。山猱木客往往而逢。以故土人不敢登。昔有一人戇愚而勇。齎二日糧以躡絶頂。見一老翁相責曰。此上仙福地。非若曹所涉處。捽其髮。放巖下。則恍然已在己家屋山後矣。問鳳皇山。則神鳥來栖處字或作法王。法王大日也。現瑞山上。或曰。法王謫東時。陟此山望京師。予疑其爲道鏡也。語未已。下至柳澤村口。有星山故城。左側黍田中。揷竹表識處。謂是使君舊莊。其西十步許。昔時有大柳樹。是邑所名者。

已枯矣。問此去餓鬼嗌幾多。則在邑西南山中十里
許。促邑民引至其處。皆摇頭。愬其險隘不可往也。强
而後可之。濟石空川穿田禾中。漸入山間石角碍轎。
荆棘曳衣。左縈右廻。不知其爲幾十百折也。轎已不
可行。則皆步。可五六里而至山姜澤。迺見右畔崩崖
中。一種無名野草茁出也。自此兩山夾徑。徑極險惡。
時時石尖砭足。不可闊步。後顧省吾。尚隔一重巖隈
頗如欲及者狀。則輒興發。欲小試登山脚。迺跳躍以
進。邑民引路者亦喘喘然。已至一巘。突然横在前者
下。謂是第一關。巘上爲千里眼兵部君辟難餓鬼嗌

時是其待暴客處也。路左轉過巇崖下，半爲溪流齧。
極細。水皆環繞亂磯間，其聲可聽。崖下路忽闊忽窄。
右眺山腹稍平處曰逸見壘處。左指兩山相擁最深
處，謂是山高壘處，名櫟平。更行一二町，無復蹊徑。左
崖崩可數丈，亂石無數，狼藉相倚，勢殊可畏。溪流皆
右避而行。崖根悉露，路益爲其齧盡也。云前此七年
庚辰八月十五日，大風雨，山大震，崖上大石飛落者
不知數。此至餓鬼嗌口，皆爾毒水流出，皆綠色，味鹹
酸螫舌。下緣石空川，注柳澤山、高兩邑，田禾皆爲醃
潰，荒廢不少，是爲邑所最疾苦。立談間，省吾亦至，則

與邑民謀路所由得樵蹊緣山腹以至一崖上草萋翳薈高僅六七尺下瞰小澗甚淺石頭出水者若干穿榛下崖擇石而蹈過澗至隘口處水果深綠似染家煮藍草汁崩石皆焦色其理縱橫裂石下有如瀝青者流出涊涊然乾者凝塊土人號曰巖漦不知爲何用也俯窺水中石間往往有金色砂水搖則鑠鑠然可愛前望瀑布三級珠奔玉響可以洗耳頗疑桃源辟秦人今尚在此中也左則餓鬼嗌也其高不知幾十百仞闊僅五六尺峻不可言皆石塊白沙無水欲流脚無可措手亦不得攀據仰視惘然久之邑人

亦勸還。予與省吾奮然相謂銜命來此。豈可徒還。且也。當昔避難者。雖藩主先公。是寧匪人哉。相目直登。砂果流墜。脚不支者數。迺得巖稜。一脚踏而一脚探。探有所得。砂礫既沒後踝。抽趾稍猛。石轉擊在後者。偶得樹根橫出者。喜甚。一行二十人。佝僂以進。時時抽身輕跳。身輕脚健者。常得在前。而後者每困沙石。爭競相推。不覺氣息弗接。比及中途。顧省吾憊甚。迺問土人。下路安在。則云唯是耳。因語省吾。可以反命邪。省吾激甚。厲聲謂曰。大丈夫等死。當死冷石上。言訖。直前。遂得至絕頂處。崖崩壓路。不可至壘所。右登小龍壘上被以迷陽刺手傷足。衣皆爲勾破所帶刀劍室亦悉作爪痕。省吾即坐不言半晌許。予探腰下葫蘆得艸還以噉之。酒醒。其恒苦蓐食故飢憊也。前望壘所迺峻嶺盤曲處。中間稍平者。可三四十步。闊僅十數步。後崇前庳。腹寬口窄。似地獄變相中餤口鬼細嗌大肚者狀。故土俗命名爾。遠視皚皚。似亦皆砂礫也。一巖突臨其右。下嵌空如洞。亦可容數人也。聞兵部府君匿此。以俟河清。而邑人祖先多產于此者。不知當時婦女弓鞋緣何得登也。豈世亂健婦皆娘子軍邪。然龍壘前隔一壑艸樹灌蔚。水聲洶湧不知高深召土人前行芟斬擬蹈壘地皆飢甚苦懇不已迺慨然曰使予二人不得躡桃花源頭處亦命矣哉下壟取原道投足砂阪五尺軀之所壓與砂相得而走走卒七八尺若丈許得石角方輟足頃之背後二十人相推而下砂礫爲其益急人砂之相爲勢如建瓴相似有仰僵以背乘砂走者有失一足愕然膝韠就以臀代其趾者轉眄閒不覺至嚮澗處則振衣立澗中石出者上相顧謂上阪時將謂里許今則似不滿百步現成阪路緣何一脩一短豈山上實有神仙者爲嫌俗物來故驅逐出之邪俯就崖側探巖攀及

焦石裂紋者。又就掬澗中金砂。則閃閃如避人手者狀。踰澗上壟行話。問嚮者壘所嶺後。則鸕鷀澳者。即大武川曲極奧絶處。岸閣嶺峻。唯鳥道在焉。又云此去十二三里。有一條故壘。石室可受二三十人。堂房爨竈儼然可識。而不審其的在何代。爲何事。意者譜牒中忠賴者隱也。或行或語。千里眼忽在頭上。踞路側樹根以憩。見一僬後來。喘息頗麤。曰試嘗毒木故後也。驚問之。則曰。小人生于東輿。而從少時習聞毛人氏事。爲毛人造毒箭。往山中採草。播泥置少許舌尖上。以驗其毒。猛者舌輒裂。緩者裂亦緩。始小人聞毒水時忽憶此事也下澗掬其水綠稍淺者以傳舌上半晌許而舌無恙但覺其味鹹酸耳則旋嘗其色稍濃者亦不裂淡濃等差凡五次而終無它異遂飲至斗許尚健若是也喘者爲其後故也人皆笑與人惑其性爲爾而渠猶且詬責土人妄語無毒謂有毒不休也會邑人牽鞍馬二頭來候與省吾各騎眞款段也渡石空川右村北行得柳澤寺及先公內眷觀花等處過里正家供饋飰卻之則云此今秋熟者小人未嘗敢先食也今弊村有天幸冉籍藩封中而昨聞二官人來臨訪探先公時營壘處以知藩主奉祖

宗之心。亦不棄小民也故相聚炊饋治醴自相慶者是盍可藨乎。廼舉一箸而出邑人送至界上膜拜别去。至官掖已過午矣治僕人食山村不慣行人。炊熟太遲。比發將晡時也過釜無河灘。轎夫困灘石放轎息其肩者。不啻數次省吾乘間袖一石如帶雪嶺者相視而轎夫則不知。廼苦轎緣何俄重邪爲其有阿章癖故也。予則思昨游大士洞洞壁瑩白可題名而匆匆不題也。與省吾擬再過洞中。將近薙崎驛會僕從皆憩憊。則命賃馬各跨之。皆驩甚闃然過驛里許而後悟大士洞之在後也。則憾甚不及日已沈西轎夫益力轎益摇不已呻吟間不覺睡生遠樹中鐘聲開眼則月出東山上路傍樹葉石頭皆已露下人衣上亦覺有光晶熒相射疑是何境界也舉目遠眺倒峯側崖長嶺短巘奇狀千態千態如流皆與月露相爲色也入眼輒移無處捉摸思句欲成復爲别境撩亂忙謀更張巍巍湯湯之調迺變轎行如飛境不待筆景似避詩而逃也比及二更至府下館所而吟終不成矣館主人久立門首相勞慰而入亂甚猶且痴興之不可已也推窗引月偕清光同寢十四日僕痛故不發巡視府下街坊貨物山積其土産所冠它州

者蒲萄梨栗柹核桃烟草松蕈石耳凡百漆器疊席
絹紬金鉛銅鐵錫良材怪石是爲最魚則多鰷魚而
無鯉鯽海鮮亦從鰍澤口船致罕故貴往歲皇子良
純謫居是州一日因聽杜鵑動其懷都之心作和歌
一首自此不復鳴矣予疑其似烏羽帝隱岐島事也
近郊過一蓮寺游行僧所住持也昔朔日上人者刱
之寺原在今府城處地名一條則所謂源八府君者
所爲插一莖草而　神祖入州乞以置府別　賜今
地移寺居焉府君及上人墓見在城中訪之邦大夫
皆不復識其處所也嘗往新善光寺試其所謂燈臺

佛者無復有輕重皆謂佛菩薩似不爲書生地也復遣僕人試之亦爾則見以爲書生所畜奴邪夜詣邦大夫別告以使事已竣明日還也

峽中紀行下

十五日五更發取道板墻當過惠林寺訪鹽山上天目也天暗且雨憶武川人所言驗矣坐轎中油幕上覆眼界猶無處建立但足續枕上夢耳候吏高唱左有酒折宮當下轎則下入華表祠二云菅神與八幡也昔倭武東征還從筑波閱十日至是作歌歌之羣臣不能和一操燭丈人賡成後世業聯歌者所崇祠

事見國史古者廷臣之血食外州皆以天神稱而土官號國神以別之其以和歌著也亦謂之和歌宮而八幡神有少宮者而管天神之名獨顯於海內少與和歌土音易淆則亦謬傳者爾行五六里至櫻井村而曙是機山時稱爲善聽訟者所食邑也稍離村左有舟山有大藏寺隱然乎見烟雨中也由山崎村而左循田中小逕逕甚曲轎頭或南或北雨益甚烟益濛疑在雲氣中行也忽見數十百株樹羅並道左但露去地以上三四尺其它則鴻毛一氣併與太虛空裹藏之右眺六七里長遥嶺如帶斜疊作兩層色皆

縹碧而雨氣所映鮮澂不可言。則出頭轎中。喚省吾指示也。大叫一聲。不覺絶倒。路濘而轎夫幾乎躓。徐則曰。安所倩少文時畫家子以爲終身臥游具哉。盍其癖又來也。訪山梨岡何在。北行數十步。右眺鹽山左過鎭目寺前。益左詣岡下。有祠。卽祀典所載山梨岡社者也。踰華表。有橋穹窿然。橋有屋覆積禾其中。不可行。則躡闌干外寸許。版而行。機山時禁榜猶釘廊椽。花押如鮮。入廊。祠祝出候。殿甚古。彤髹剝落。柱皆咸蠹蛀痕。殿扉雕鏤頗纖巧。云是武田番匠者造蓋曩時工人食廩者。如它州稱飛驒匠也。前有木刻獨足獸一祏祝不識爲何獸問祠奉何神卽大山祇也傳云山之怪夔魍魎豈是邪觀機山賜其先人書及其時有司官劵二道辭頗懇視省吾撰劍首有倦態洒起送出指華表北一石大可五六尺而謂是郡之鎭石歲時有事祠中輒所徙神輿奠幣牲處就視傍作皺紋如綿絮狀厚纔數寸不能識其入地深幾百千尺也出村候吏報兜山在左方嶺上去舁轎處里許雲霧封不得覩其眞形葢兜鍪云更過一二小村又屈曲行田逕經萬力渡遂水一名子酉川爲從府城北流而東而南西循行十二位與釜無合但缺

戌亥不周故名爲其國語又有操音意故亦名歟行
哉川乎川等邑有七日市三日市則嶺南亥市類耳
至惠林寺顒視山門上有鐘僧快川入定大火聚處
謁機山像相傳其時召工弘清者來洛對而爲之旣
成酷肖曼陀羅中不動明王者貌也遂命螺其髻跏
其趺左手操索右手握劍燒頭髮調采色色之於今
諦視但肉法及胸膺膊上有長毫爲非明王耳僧語
此地爲牧莊或號馬城始爲源道蘊邑世所稱二階
堂出羽入道者也道蘊請疎石開山笏室前心字池
即國師遺蹟往視右二點爲沙土坍所沒矣及機山

時從正法請快川來住持。在永祿六年。而封劵署七年請出觀之。其文詞極恭。量田帳籍心縫處印福祿二字。圓徑八分許。總計處精字亦圓一寸二分。蓋當時鄉有司所用官印。皆色朱。今俗間所罕見也。又云機山影原在小松下。世後七年。始徙此。壬午之亂兵燹燼殿閣。它佛像什物皆所掠盡。唯此與所奉釋迦文拈華像。僧末宗者負竭。 神祖寺廼復舊觀。又覽牧溪畫羅漢。唯存二幀。則第九第十尊者也。快川題署其背。墨瀋若新。可翁畫海島大士像。亦佳筆也。又云更入山十二三里。有淨居寺。奉天王像。機山伐駿時夢藉其力高大夫軍鑑謂之上求寺不動尊者訛傳也詰間晷移捧河漏麪至尊爲羹皆芳潔適口知香積之富也辭出門南行過東方村詣鹽山是和歌者流所稱爲名區者其與海相去遼遠豈奚荅未從地出時潮汐所激邪將地産鹵鹽或如解池蜀井邪不啻此也州之與信連而反隸海道者皆疑矣問指出磯何則候吏失笑而後徐徐對曰此石和入府城道中可望焉予之緣名近而謂其在此也山門跨橋上扁向嶽寺三字文鐫慧光大圓禪師六字即機山爲拔隊奏請也與吾府公所爲高泉請謚不差一字

可怪堂後禪師像冷骨癯貌而有肫然懇至象自精嵌玉烱然如射人衣上漆光如鐵可想其人數十百年後名手造也像左袈裟一副摺疊處皆斷初看如淡黃翻其裏紅彩隱然乎絲理年久壞也哲那還徑三寸合筠刳其中裁而圓之膚皆向外其合縫處漆力盡皆綻矣右有拄杖一不知何材輕甚深黑色作皺皺狀長七尺二寸三分兩梢頗細上梢三寸七分下梢六寸處皆作貫珠形去上梢四尺處有搽木繫棕櫚扇一拂子一扇闊七寸二分長一尺柄六寸七分拂唯柄長八寸五分存矣東有峻翁像亦頗肖臞

殊甚其第二祖也西侍者像忘其名年二十四五許目銳眥指角英氣覺逼人皆戴帽五山諸寺一樣形制也從殿左至明白菴寺規榜文極陋住持僧頗似持律比丘矜持爲者子院四十州中菴院隷者百餘其在它州悉屬有勢力者奪取也出見古書畫開山禪師二幅其一只無常迅速惜時不待人作二行書印在行間其一居一切時不起妄念於諸妄心亦不息滅亦二行印在尾上大下小皆無名款字不惹塵埃其人胷中可想省吾則指只惜二一字示予似疑笠上笠者峻翁一幅下火語也印亦上大下小在後二一

行間字弱甚。畫達磨一幅。上有蜀僧道隆贊題。曰爲朗然居士拜贊。寺僧謂其鎌府始主也。是否。又云是毗首羯磨畫。夫巧匠天以筆墨代斤斲。自昔未聞。可謂時時出神通。楊補之梅一幀。皆五寸闊。錢舜舉芙蓉。雪舟雁。皆佳。僧又云。昔寺藏東坡竹補之梅大幀。爲一官人請去。其人易以它畫。因剪原幀二寸許。接在所易畫上。以存舊物。予笑其用心勤矣哉。古銅磬一。金山來也。僧家常用如仰盂形者。徑一尺五寸六分。厚六分。銅色粹美不可言。緣邊有題署。細眎皆鎚痕作字。不須刀鑿。讀之。淳熙三年十二月十二日造。

三字作坐二爲異僧奮腕作勢而打者三聲震山谷不絶半時許遂遍覽寺境堂後大上閣勝和尚鎖眞身處其西南垣內大杉樹三郎使君藏鐙處今移在於曾神祠其西無量壽佛堂南慈氏堂即葬峻翁處佛殿西有五司寮其南禪堂禪師以其師像代聖僧其師者所謂三光國濟禪師者也諸堂皆華樣如今黃檗規制也薄暮雨不已辭出門過臨後村涉面川宿勝沼驛夜半地大震思親之心俄甚十六日衝雨東行路側葡萄架采摘殆盡蕭然似非復來路也上柏尾山石磴如都下愛宕高寺僧誇說福原鎌府室町

世世霸主文券存。又巨勢金岡畫不動。幅廣丈二。希代物也。爲急行故不請觀。村口有大橋。橫吹川也。陰雨與溪流助勢。喧豗然。物候之驟殊。疑取它道。還也至鶴瀨。關吏迎謁。擇店之可宿留一像。看裝還出關。由橋前左山行一里許。有諏訪祠。始則與都道但隔一川。行人之語。驛豎之歌。往往相聞。衣皂白尚可辨識。漸行所隔之川。又隔山。其水聲漸不聞。寥寞甚。土人指語云。後主之棄新府東遁也。鶴縣違順。迺不得已。將固天目山。時猶莫有是路。冒險排奮。緣前山以進。鄉豪土兵。處處屯結。助逆盜賊。蠭生。聲勢相扇。將校扈從士日日減竈夫人侍姬徒跣荊棘中路草爲之色變父老目擊其事者傳言至今尚爲潸然予與省吾不覺歔欷久之山徑忽東忽北足指稍稍危上過水堡村時有陟降右沿一溪則龍門下流也卒行五六里而至景德院雨亦小歇山門南向入門謁後主廟後主郎君夫人影像皆新造者太俗不可觀僧麟岳圓首座將校從死者二十三人虞氏輩十六人皆牌子也廟前有後主所踞自裁者石二竹落其外謁畢詣籌室與住持僧語似有道骨者問遺墳所在則云始後主兵解時闔州麻亂莫有爲修後事者僧

拈橋者在廣嚴院聞之來赴既過七日屍血淋漓君臣不辨迺同葬一壙卽今建廟處以故別無窀穸所一二年後　神祖命伊奈態三者建寺奉祀特賜六七里地供香火而猶且草創寺莫有所名之州檄郡符但以田野精舍爲稱七八年後始得成寺云拈橋已順世後住者貪暴不作佛事迺採伐境內竹樹圖貨殖爲務則勝國遺臣來事　神祖者皆憤甚更請良尊者居之而使寺境不復隸廣嚴矣良尊復推其師骨山者爲祖以故拈橋遂湮沒不傳焉後主廟貌皆二三十年前所營置而從死諸臣姓名亦緣小

幡氏者作牌寄送然後可得而言也晷已斜則相訣下山行數百步有路右分似入村小徑者予不以爲意沿阪更下可百步行且覓走天目道逢樵子立語廼識嚮者是也反而道焉初見石田夾徑往往而在疑樵子之吾誑也愈行愈邃又疑其眞諦語邪更無隻影從誰而質之大氐八九里間左傍山廼右山稍闢阻之以水水左則左擔影可鑒左右遠近之迭代洗耳之聲皆水而娛目者無非山而後知其不人間地也山間稍坦者曰屋形平卽典廐使君者昔居之皆踞坦處憩息兩益歌頌之仰看雲裂處處見青天

熱蒸倏甚皆袒膊而行至枕阪相傳古時有龍伯氏之子蹈蓬山而疲茵芙蓉而臥是其枕也右瞻龍門瀑響猛甚但匹練之色不懸于天而布諸地者豈陵谷之數福地弗免邪更行見人家數四曝橡實箔上問何爲也瀹殺其味作爲餌也予憫然丏數顆袂之省吾顧曰知棲雲之非遠也以何故詩不云乎白雲生處有人家以是故也相笑而行果得寺門未至十許步路左側小亭安地藏像前有石名息壤始業海西歸行求山水之肖天目者至是罷甚趺石以睡忽開目見一磁椀因憶在菖源與其師中峯約遇天目

輒止遂登山四眺果獲勝地出所背中峯像建蘭若奉之則今棲雲寺土人云也以國言磁椀爲天目而傳益以空海三鈷事世俗所傳語率此類耳山門曰對嶽閣影堂曰傳燈菴有所背來中峯像豐胖覺有智福相哲那環作六角記鹽山拔隊像衣上者亦爾則其時尚之也右有業海像亦豐而少骨目視望羊然俱較諸鹽山諸師者精彩若在雁行爲其不嵌睛玉故也凡百工巧中華爲精是獨不然者豈物各有所長邪抑唐代之遺施之吾東方也入方丈啜苦茗喚僧語曰機山七世祖明菴使君造是寺山原名木

賊山入更深有使君養病處寺罹壬午之災其所爲興復者莫有大有力戮助而陋樸如所見矣封租四十八貫令而釐釐乎四石二斗云訊所謂十境者出業海及使君歌詩一版相示愬其字畫漫漶予慨然誓指背重新之僧合掌曰多少福田予曰是不爲福田亦不爲名高僧憫然其十境者雷鬪峽山神廟飛猿嶺梵音洞金剛窟忿怒巖天目井弁龍門對岳傳燈爲十索其處僧指寺西長嶺如屛障然見百千王孫相負攜纍纍乎垂樹枝間熈也問其它六者則云路甚遠且荊棘鉤衣不可行矣予及省吾强之迺云

無可觀色頗憚然向行童喃喃不休若將喚寺戶來芟路者狀慮其妨農收也意廢而止僧則云影堂前大樹每夏夜有三寶鳥來鳴又有神燈來往富嶽夕納涼人多見之又大風或失火必聖僧現瑞種種絮話似為十境補輿者頗厭之即出始上山時得一聯云礙鞋冷石如留我植杖白雲來媚人及還賡成覺歸輿之轉佳也寧僧之敗輿俾境之無僧者頓覺勝邪未暮至所擇宿鶴瀨人家宿家雖隘而主人頗能話話及天目事主人失驚云何得無它問之則山中故嘗有木客善撩人迺悟嚮者僧憚為導為是故也

嗚呼俾我不得窮茗源之奇者。僧慈悲心也。夫不容善吟詩。豈必畏人哉。雖曰畏人。亦何怨吾儕。是則可謂過慮矣。且聞山與在浙者。駢其奇絶而千載廖廖。不施磐於翰墨間。戛戛乎淨老十首。寧足攄其烟霞之趣。使山靈不容作詡詡面孔向世人哉。雖然。不啻吾二子者無山緣焉。迺山之無詩緣也。亦其護拙忌吾二子者也。又聞勝國閒事。今景德院門前處其時有一二三人家。後主之走至此。追者旣逼。則納夫人衆姬妾一民家。其人名清右。其子孫見在。尚語其時事。時會積茅于庭場。命搬以擁塞其門。曰呼一炬火之。

侍女輩或有走出者皆砍投諸燄烟中南年聲與哭
泣俱闐後主曰今而心頭無罣碍其烈可知迺覓地
稍高者得今構廟處出寶甲盾無者衣郎君士屋宗
藏爲之師顛沛間其執禮不苟者如是後主則提偃
月刀欲出奮戰宗藏諫曰主君則新羅三郎宗統所
在承二十八世社稷之重上天之不弔一旦運移業
已至是而豈可放匹夫之勇授首奴子輩哉後主抑
憤解甲端坐石上使宗藏奉刃取終或云使小原丹
後也從行將校皆耦互刺以死最後宗藏及僧麟岳
在岳謂予刀之士方其運刃自屠力或不足欲死而

不能呼吸綫存是豈不大不可欲事哉僧則亡害也迺使宗藏先審賺其克襄事而後岳以口伏刀鋒貫其背死世謂後土殞於攢戟下者傳聞之誤也予始拜後土影像猶如不拜然至是不勝悚然十七日中夜蓐食迺發上筱籠半嶺天稍稍明深谷底人家雞聲遥聞山豈比岱山之崇哉雖然意渴日觀之勝甚使從者推轎而上及至巔遠黛中往往逗紅濃淡相暈覺群山之豔於來時獨憾小佛蔽虧不得眺其虹旌澤旗後前導擁之繽紛鎔金之在冶其大幾十餘丈也輿之與歸思相扶步而走飛而下嶺至麓顧仰

之省吾尚在山腹喘吁吁然經黑垡初雁花崎諸站
歌于褭橋子囊中喪鄉所丐杍實甚索之不得省吾
笑曰未聞公之爲狙公杍實遂何用曰嘻方我之在
南豫章大譴未齋親親及諸所知識厚祿者無半字
相問是以日夜奔走窮山谷間與牧豎耕夫伍備嘗
稼穡之所艱難十數年間其所餬口四方者大氐盤
中堆盛麰麮藿荇藻荒歲則草根樹皮居其大半糅以
半掬許菽麥其所貢公上香稻白秔悉皆眼飽而已
未熟一霈　大恩來所事之主雖有大小朝廷之分
合而計之可得六七百石米其所下箸雖未能繪五

侯之所贈遺如樓氏之子而亦不至借九詐非以譁
其窶也況此行軺車之所經鄉有司戒前郵丞里正
扶服道左遇者下馬言者鞠躬如遂忘昔吾自以固
有之也及覩其人狙同糧者爽然自失忽復悟前身
矣因思不啻我也其生長東都以老死恩澤中者則
前身皆隔生哉故我懇丐四五還都後將以饋吾黨
紈絝之子俾其獲所謂宿命通者是豈非四五善知
識邪善知識而失之是豈不可求之太急邪足下何
以笑諧則省吾唯唯腹笑其迂也逆旅主人不知何
人年方冠介子所從傔乞留詩奇之甚需燈心帋展

而書途中一二首又作五奇畀之經烏澤至狗目驛
蓋驛戶自非綰海內之孔道巡述所皆縣冠蓋相望
蜚騎塵驚若東海一路者則其所朝夕資家口必旁
資耕穡用供公上之需也況自有東都來幾十百年
峽之成藩寔昉今日而就封之命未下國臣挐內屬
于州者或鮮矣是乃本道之馬豈能昧爽裝鞍立槽
終日仰秣以竢𡨴寥之人影邪毋怪其客至而嘆馬
于田之遲緩也要之非驛戶之資耕而耕夫之供驛
者則亦其心厭驛之妨耕者已以故吾發府城後欠
伸之聲必發于驛天目之游已𡶟思家之心如火斯

急而其身雖在轎中乎有馱包焉有罷僕焉不克棄而獨前愈益不堪驛夫之若將終日于是也於是轎夫放轎驛側者久之予偷出轎獨行而省吾及從者不知也行蓋三四百步許陟一丘而竢而皆不至翹首以望林杪之間亦不見號槍之尖四顧皆青山與益佳慨然又謂寧且行矣此至伐尾道直如髮獨行不岐迷是何假鄉導者哉渠其即轎之輕而識吾之不在即吾之不在而直追以及之焉耳乎山谷間雖狐狸長兒孫處是何干茂卿事更有狼與封豕乎峽中是物故嘗不害于人景德寺僧云乎爾也愈益前

行不顧矣時豁秋望烟凝山紫夕陽之借色霞霞之借色紅樹而紅樹之經幾霜干來時其色之與歸心益深也目以娛乎足留心以感也步急翁嫗在穫婦子戴餉田皆路左右夾之行語相答侶伴處處有之也黃雲多捲稻禾之大訊之年豐故歷伐尾至鶴川後顧尚杳然迺踞驛人家門傍石丐火吸烟一二管忽聞人語驩然者卽諸人後至也睇之喘且汗相笑偕宿于上野原十八日始自予在藩邸中與省吾雅相善予今年四十一省吾三十九而顏色老矣然予多病善臥其於所噉食頗不及省吾性亦嬾甚又有

子房疾行則鴻雁步不能致遠省吾則幼學擊劍甚口使氣忼慨舉止甚急促故予或有粥飯僧之誚而省吾不免名在儒俠間也素常每相見輒必善謔紛然競相誇其健壯以鬪其歲云及在此行涉歷峻危予業已性良膂食且便山行故省吾每爲所羸不能莫所憤怪至是日以將踰小佛嶺中夜起治食凡醬豉峽中所造極臭惡味不佳爲其止幽蔽不劑麴蘗且貫索懸之屋頗帶塵煤故也會行廚中者竭之以取給店主人是以予亦不復能健膂食而省吾暗喜甚已出驛而過關野美稻等處右眄湘水上烟霧蒙

蒙然皆云迈冬冬水方冽也稍稍至小佛嶺技癢復發不得忍則下轎而徒省吾傴僂抱持馬背以下險其尻時時高如野雀之啄衆皆危之不聽可下嶺三分之一予已飢憊欲上轎則仰面視羊腸上省吾儼然據鞍以臨之恐其望見而嗤笑之也急取翳薈處喚轎而上之而省吾適謂前去久不見影矣盡下嶺轎已下轎踞路旁巖崖上故爲飛走下嶺者相迎而笑不已省吾以爲信然猶尚左支右吾陽誇不屈久之從行者鼻間微有若匿笑者態省吾適悟驩呼云果然果然遂一行閧然聲聞里許蓋本月初七發東都

以至今日。凡一十有二日。省吾唯是時爲最得意云。
駒城嶺下中火。而宿府中驛。井水會竭。而從者皆不
得洗浴。然皆困極。臥輒熟寐。十九日。日晏迺起。皆狼
狽治裝。輒發。午時抵藩邸反命。藩主欣然。慰勞之。且
賜以一絶曰。明時爲客總無惡。惹得風流使者名。自
此予家蓄風流使者印云。

徂徠集卷之十五

徂徠集卷之十六

物茂卿著

說一十三首

滕煥圖字說

滕生煥圖之三世用歲大淵獻生也。盖字之曰東壁云。予攷天官家言。我蜻蜓洲朱鳥翼之。其翼軫軫然。是爲文明之象。獨五采之被物。上下數千載。誰氏之子爲能有吉光之裘哉。未睹片羽落人間也。或曰翼軫爲好風。風之從東者。是唯蓬壺蒨咆菀結陽龢之施已邪。方夫二三月之間。英英者華。而嚶嚶者鳥邪。亦何莫有颯颯之音。表之東海者邪。即卅一之什。雖訛自民口。可以歌之王廷。而不可以奏之大海之西者。鈞之鳥言侏離也哉。翼軫之衝。是爲東壁。東壁之下爲弇。弇與東壁。皆爲大圖書之府。物子曰。壁之星也。天之庇也。庇壁之下。弇弇然不可見。是何取諸文章哉。豈其無有乎隱。則亦無有乎彰者邪。故其於辰也爲亥。白木之英。繁乎媚春。是其秋冬之交。所由亥乎。其於歲也。爲大淵獻。淵玄之府。不竭。是其造物者所取以獻之乎。宜矣夫。煥乎其有文章。滕生煥圖之用歲大淵獻生也。豈降用其精鍾焉乎。不然。是何其三變世而弗渝也。且也其人慧以敏。嗜古文辭過我勉用洗其鴂以協乎韶哉。朝陽之鳴千載而一逢之。雖然。大國之風必季子而後知之者。尚且有待乎人哉。亦唯用其身爲天圖書之府也。弇然之光。庶其照耀乎翼軫之埜也。是眞東壁哉。唯其有之。何患其無之。故爲作字說予爾。

驟雨說贈柳藎臣之峽

寶永戊子秋。吾藩大夫柳子藎臣。偶獲一茶壺。茶壺者方言爾。華人多以名道所泡瀹具。而我廼資其藏固則形制孅巨是其爲殊矣昔自東山主父受丹丘毛人之祕享其臭味加以綺園寶齊玩花石著圖董風流好事比隆道君之盛而伯主世世武虓相高鷹犬馳騁諸妄意氣之習一變盡也其時諸待詔博士慫慂左右者愈益褒飾以博大之傳以奧幽爲之眇論假其崇高之勢鼓動齊民被之天下風尚聿興而其絜靜杳篠削然灑然之趣進乎技鄰乎道遂得與其它書畫歌詩曲蓺者流並稱名家爲方丈之室賓之來筵獻侑之節煬器之閒布置則整所貴春容都雅矩矱一定爲世典禮而王公大人俯首受約束焉

其所稱賢肩衡等諸物亦得爲天子之分器與夏瑚戈商彝吳干趙璧齊聲比價焉。是其國俗所貴重。或壺或金其名與用亦不可得變更之也。今柳子所獲焉者。麤厚無文澤。其色騂然。其口㲉然。其所肖摸盖古所謂直盂耳。則賞鑒家稱之辛窯。而吾儕迺不識其爲孰何也。古樸之極。汁藥殺然。要之百年外物邪。審諦睇之。其腹黯黮乎夏雲欲雨者狀。石鼎末雷已覺兩掖風冷然善也。遂名之驟雨。柳子則囅然相顧以謂予盍記乎。以送吾行哉。於是柳子將移家之峽中。云。夫柳子固與吾藩主同出自而峽之民也。先甲氏

而降所子孫而撫育之者未知其爲若而世焉顧以
上恩渥隆未得輒離輦轂下就封其邦也藩主尚且
不得子孫其先世姚遠所子孫者而屬諸柳子其尊
公先已奉藩主之命爲柱石於峽焉而今申之以柳
子焉則藩主之心鄭重所在可知耳夫柳子父子者
秩爲上大夫職綜邦政而邦政之大者爲民民所疾
苦雨暘潦蝗于何不有而暘爲甚夫雨淹爲霖淫爲
霧而唯六七月之間十日所燒不焦然死之驟然雨
之死者勃然蘇之方是之時民之欣驩抃舞其奚若
哉柳子之子孫其藩主所欲子孫而心屬焉者以嘿

應乎雨暘之感者其斯以爲殆庶乎爾夫然後汎其居爲維其器良朋二三樂其閒暇臭其歎味其雋羊腸轆轤銅椀班班所謂杳篠削灑之趣春容都雅之玩取諸出之壺中則亦皆驟雨之賜哉雖然不佞茂卿所爲柳子頌言之者寧在彼不在此而柳子之所齦然命之者亦豈于艮嶽東山玩物喪志之爲哉且夫先甲氏而降峽軍政威天下而其要亦在農與民也我故於其行也敬忖度其心所欲道以比諸古人之義者爲爾

虛舟說

予舍與子厚接巷而近。時時偕藩諸學士先生相過往。共語驩甚。遂得聞其御馬之道。仰其屋顏以虛舟予喟然嘆廼謂曰信矣乎是技之盡乎道者也。夫道也者。所以一之也。蓋人之所爲致遠者。舟與馬已。方夫舟而在山。馬而在郊。蒼然木也。獷然獸也。顧其於我則漁焉。木有所屬矣。刳焉剡焉服焉駕焉揖濯作轡銜施然後謂之舟也馬也。而我得以致諸遠者道一之也。雖然。舟者求合於天。而馬者求合於人也。求合於天者猶有所待。而求合於人者莫有所待也。故人之言道者在馬不在舟焉。世之道於馬者數十百家。其猶有所待邪。悍然疾聽轡之鐙之策之羈之。轡鐙策羈之道盡。而我之道未盡也。馬於是乎悚然愳。愳窮而獰然怒。人與馬怒矣。而未有弗敗者也。安在其能合而一之乎。子厚師村上子。村上子師流水丈人。是三人者。皆奧人也。奧地與東西毛鄰。毛古昔有野相公游。而丈人其裔也。相公業六籍。流風所覃。丈人其亦闚之邪。丈人之於技。歷受數十家言。而盡乎道矣。吾於虛舟見之。夫蹠實走者有知屬也。涉險飛者無知屬也。其諸何以比焉。地坦水險。雖三尺童子所諳。然皆怵于蹠實。而安于涉險者。貳於有知也。待

於貳怵與怒萌焉聽有知猶無知乎聽馬猶舟庶幾
邪未也猶有言焉水鏡弗波乘舟者若寢處於堂俄
頃而舞槁葉駭浪山崩當是之時笑語愈高者若而
人哉是無它楫濯之利有不盡乎道者而聽命乎風
也風與舟合而人為贅旒也果乎貳矣欲弗怵得乎
是所謂有所待者之說也今丈人之道不惟聽馬猶
舟亦聽猶我而聽我猶馬故自我言之我之有四蹄
者尚矣自馬言之歸然舟之帆也舍是亡何有則風
之所自其竅在我亦何待夫青蘋之末蓬蓬然起者
乎故曰道也者所以一之也技之至斯可謂盡矣古

昔聖人之於天下。亦唯是而已。若夫泛乎不繫之說荒唐家之言也。非吾子厚之所道也。子厚孰聽之。而曰。善哉子之言。吾之道也。雖然子之業者存。爲筆有毫。能使如馬乎。夷坦如砥。請觀子之嫺於步驟乎。予唯唯。從其命。

佐子號文山說

佐子業已以文山自命。徵予一言。以比諸古人之義也。則曰。雖我之非子乎。濠梁上樂。莊周不啻也。吾請以臆對。雖然吾則妒子之岃是名哉。蝌斗以降。篆籀草隸。子之所守。悅之在目。文之形也。姚姒而下。左馬莊屈吾之所耆味之在耳文之聲也聲先邪副墨之子寔爲洛誦形先邪書契之前不無號召弗筆弗彰弗口弗揚彰之揚之錯綜乎文矣是孰得而耑之哉夫逝者如川滔滔弗反結而爲山巋然獨存唯是物爲然故文也者造化之止也其在易也艮止爲山文乎山乎子盖以之不有載籍何有萬古不有四目何資盲腐有萃于狐之白以爲裘裘成而以狐白稱爲其人亡聞焉則吾亦何妒也雖然狐白迺以裘稱之莫徒稱之則何辭乎子之藉重是爲也若夫西膜之謂采石由是乎出而穆滿所爲三日游可謂古矣青

印之谿稱以公山斯文赫然乎興可謂人矣是皆於子之所業亡當也義竊取諸此而不干彼焉佐子蹶然興曰我嘗以墨爲士以筆爲質矻矻焉以懼夫九仞之或虧者數十年一日矣求之而未獲其崔嵬焉唯見筆禿者彷彿焉耳而今而後知其藏諸無何有之鄉也夫書以眉其室佐子名龔字淵龍世所稱池庵先生者弟也寶禾已丑秋九月朔

江兼欽字說

華陽江子徵十里書屬余請曰維男兼欽甫冠而未有字蕞爾十室邑豈謂無能緣飾其名者唯不佞之

鄉往於先生也。未遑它之筵焉。亦唯先生之辱弗鄙也。其或有意于茲焉哉。時値過密。百禮皆廢。雖余陪臣而子徹民乎。則不敢西鄉揚觶以遥致成人之祝也。迨乎復吉。則已夏矣。於是乎盖字之曰子夏云。夫夏之時。陽氣鬯。草木枝葉茂恢恢乎大矣哉。故夏之爲言假也者。言其大也。其在星宿也。爲朱鳥。朱鳥翼垂乎幾以南。或曰。大碬之野。蔽之也。故其在地也。華陽者其分乎。在方位也爲南而幾或謂之夏。皆言其大也。夫夏人而値夏之時。安得不夏其字乎。古昔帝皇之大其德。宜莫若焦鵃氏。而焦鵃氏之大。寔是都華

◎

陽以居之。亡論其都扼海陸之吭。制其勝。卽其時民思帝德之弗已。寔與乎梅以謳歌之。夫梅之苞乎冬而敷榮乎春者。摽有其實乎夏也。是其時與德不亦愜愜乎大矣哉。距今千有數百歲。其流風餘韻。宜有猶存乎民者。吾於子徹之好文而見之矣。知其子。宜莫父若者。吾知兼欽於子徹矣。夫文章。夏道也。古子夏者。其在仲尼之門。不亦文學之選乎。漢迺有欽名而子夏字者。亦經術士也。其列侯子而優游不仕。孰與今子夏之素封子哉。優乎游乎。安取於仕。文學經術。聊以卒歲。庶乎其業之可大也。則是名之協乎實也哉。

岡生字說

是歲旃蒙協洽十一月之吉。岡氏之子孝祖冠。請字於物子。物子字之曰伯錫。蓋取諸詩既醉錫類之義焉。昔余之在城南。猶及識其王父碧菴先生。先生隱君子哉。夫能抗匹夫之節。偃蹇於王侯之前者。古今幾人邪。余每過從。未嘗不欽其德。高其行也。尋聞恬軒君纘明其世業。孳孳然于學也。以觀光南海。則余亦甫就羈紲。役役刀筆間。以故不克修通家誼矣。迨乎余之受室良岑氏。以忝在姻連。而居止孔邇也。孝祖廼遂與諸弟日來從余游爲婉婉乎美哉或弟昺弟四人瓊蕙蘭玉妍秀競爽亡論其提挈煦濡友愛相視目莫則輒絃誦之聲發屋可不謂休祥吉事乎而孝祖年十六居其長讀書離經通大義能屬文辭粲然可觀足以責成人之道也已春秋時鄭潁考叔事君子或稱引此詩是特叔世人倫之變抑末焉耳余則謂錫類之盛莫尚於元愷夫堯舜之道孝弟而已矣世濟其美登庸於本朝之上施及後昺史所稱述忠肅共懿宣惠慈和皆孝之物也今我　國家以孝治海內烝烝之化殆將薄唐虞而上之邪余觀於岡氏

覩世類之昌天人之際豈不斤斤乎左契矣是孰哉夫天之所錫者類也人之所錫者爵也類錫而爵從之孝祖之與諸弟所爲立身揚名以顯其親者亦豈有它道邪孝祖勗哉今天既錫類於其家孝子若是乎其不匱也由斯而往濟濟焉者于朝蓁蓁焉者于野出則茅拔其茹處則無思不服辟諸天馬在閑毛物咸群尚以爲國用乎哉鳳皇所集白羽咸粹尚以爲世瑞乎哉要之所遇者或殊而錫類之道莫有窮已也孝祖勗哉於是孝祖率其諸弟仲若叔若季再拜而興乃言曰不啻小子也暨乎貌諸幼咸以有賴焉

小子雖不敏敢不日夜黽勉相勸以奉先生之敎哉言畢又各再拜爲岡氏兄弟字義

異夕說

洛人中村以異夕自命旣而不得其說走使求諸物子物子謝不敏不可迺謂其使曰異哉名乎在文名無口爲夕夕而無口不可以爲名無已乎我代其口邪夫天運乎晝夕寧有所獨異邪而星辰萬物之象見焉雨露之所濡山川草木之所息邪華専申拆根荄枝葉之日以長其進乎疇昔者不可得而見焉則地獨異于夕邪人之精在目目食乎眠是已邪雞三

倠而目發作者勤哉貴賤相若政乎朝事乎家力乎
郊而貨乎市者皆歸耽於夕邪紂長飲酒麗姝之專
於房不可以訓矣雖然恒人之大情也牛山之木于
輿氏取譬人之異乎夕可言已使曰然物子曰未也
是恒人之所同已何獨異於若主人也吾聞若主人
甚口善談人暇堂靜談獨美於夕蓋其言曰惡客勝
無客是以日入而屨盈戶燭跋僕更而不厭也其夕
獨異人之夕邪夫人心異如面異與異會所往者不
合吾未識若主人之面其面豈異人之面異哉而獨
無不合者心邪口邪是則以不異異異於人邪心不可

得而見焉則其所異於人以口邪以口而異於夕其名之異哉不亦宜乎則亦莫待於我之代爲乎爾使曰善夫子猶且讓口小人豈敢傳口夫子之說在文敬請筆之簡異夕之名以口歴乎以成我主人哉

藏六菴說

彩上人以藏六名其團焦盖取諸龜夫龜弗食師能弗食邪民之食食其事農稼賈貨百工與臣百官簿書王侯王大食猶且一日萬幾獨釋子不事事不官食不家食食其頭陀雖食猶弗食肖也龜木處師能然邪木流而就下釋子廼處乎不爭肖也龜靈先知釋子

能知死。亦能知生之前。不啻肖也。龜外甲。釋子忍辱以爲甲。龜空其中。釋子亦空其中。皆肖也。龜壽。釋子無量壽。龜之不克肖也。龜死而人寶之。山節藻梲。迺以知焦。舍利火不克燒。水不克沈。七寶塔盛之。殆不及也。夫龜藏其六。方其藏之時。猶亡之然。而時出之。濡其首。曳其尾。其跳蹩躄然。師曷乎取。師之出。食其頭陀。亦蹩躄然。師之反。藏其團焦。窅乎不見其人。師其是之取乎。團焦違物子之居二一里有餘。時或過之。則吾黨之士多從之游者。師善華音。則悅之。吾聞釋子之斂有六根焉。方其見過之時。吾黨之士與共操

華音則眼耳鼻舌身意師能韜藏之邪師之藏之盖藏諸用吾黨之士過其團焦亦如之然吾見師之爲人宥乎故爲言其藏六之義團焦之所以爲名者

天狗說

名山之巔出雲膚寸而合不崇朝而雨天下神之福也殺機一發風怒霆行拔樹隕石巖壑辟易萬物爲齏顛刻而霽天地開明一介弗損隤然如故是誰之爲與窈冥之中盖有物爲儵忽乎爲人儵忽乎爲物衆莫能端倪世俗所圖傳迺有象鼻鴟喙載勝虎爪電目肉翅髟髮髴乎豐隆之神者咸稱之曰天狗云茂

卿暨諸典籍易有之艮爲山爲狗爲黔喙之屬是其所繇象邪世薦紳先生或引客星或援外國之獸者迺孰名惑其實可謂妄已大氐三代而上但謂之某山之神後世所訛起自丘言中國多仙　吾邦多天狗彼所稱紫虛碧霞眞武帝君迺此謂榮術太郎金毗羅妙義之類皆是也夫神者聰明正直者也而無知安能知人之所命乎故或以爲神爲仙或以爲佛爲菩薩爲羅漢明王爲魑魅罔兩人各狃其所見建之名稱惟人有知安能知神之所自命乎惟神能降禍福弗爽故世人所稱至于今弗替是重黎之所以

別人神也。故大傳又曰：知鬼神之情狀者，惟聖人爲然乎。安西北愛太子之山峯焉，巔有榮術太郎祠。主其祀者上人惠通乞予文，予故爲天狗說以贈之。物子曰：予匏繫斯土，不能西陟愛太子之山以問其神。上人其宿齋戒沐浴，捧斯篇造祠以命之，其必漠然莫之能應邪，抑將有蓬勃然興乎山阿者也，則知吾言之信然也，而神實歆之。

武城絃歌說貽梁溪君

昔者子游爲武城宰，孔子過之，聞絃歌之聲，莞爾笑，何其喜也。牛刀之喻，又何若有所譏諷若乎爾。及子游有學道之對則直戲前言不復與辨之抑何其醞藉也長藩大夫梁溪君者好樂縣子爲余稱道其事欣欣然喜形乎色君蓋嘗從縣子學先王孔子之道吾未知其所詣於子游何如也大氐世君子亡論庸愚其聰慧者務出知與才督過其下銖別善惡賞罰從之亦唯務可去而惡不可殺也上寡下衆殆乎勞矣且下之於上捷於景響才以才應知以知應才與知交鬭而上卒病是國家之所以艱乎治也且萬國成風萬家成俗辟諸洚水横流豈一力所能障乎古先聖王知其若斯也是以作爲禮樂而敎天下夫禮

美其觀樂娛其聽順乎耳目之情納諸中和之德故
惡不必鋤習成於善大者大生小者小生上下與天
地同流孔子曰天何言哉四時行焉百物生焉賢先
王之道也故聖人之德雖大哉亦必有術以行之王
道之所以易易也雖然二三子猶以爲隱爲者其所
至人人殊也夫愛人易使孔子言之子游言之大者
大生小者小生亦何必强其所至乎今長之爲邦吾
未知其於魯何如也而豈出於武城之下哉梁溪君
亦古之卿也則非如子游爲宰者比焉況長方輿庠
序祀先聖其地東接藝備北隣石雲而其南乃海西

九州屬之則風之所被及豈止一邦之化哉縣子之喜不亦宜乎雖然吾豈強其所至哉亦在君自取爲耳矣故予嘗以爲牛刀之喻亦觀其志者爲是故也

笠說貽國愚谿

愚谿國子者長藩鉅室迺以敦詩禮而蚤爲政於三軍既問道於縣子又因縣子而請益於予予逡巡乎未遑對也曰子之道也我所道也豈有它說乎異日肄樂赤城之室而縣子造焉酒中咸醉矣鼓瑟希縣子從容叓予申鄉者之請予曰豈有它說乎子所執笠邪吾請言笠夫汶陽之篠曲沃之匏華而晥之緣

其可鑑參差植之翼如其鳳非笙之形乎然無簧不
鳴秋秋之聲將從何聽之雖有儀鳳之形以所用之
已今國子為政於三軍者以有三軍之士也豈徒以
其纛旍介胄之美哉故笙師必善其簧以藏之先吹
尉之後吹尉之婁吹婁尉不尉斯液液斯膠膠斯暗
雖有簧乎猶亾簧也秋秋之聲亦將從何聽之有簧
而暗豈笙乎哉今國子之尉三軍之士猶尉簧邪則
三軍之士其挾纊矣哉液之徹而未及膠者有物著
之所以石也膠之未甚而呼吸搖落鉛飛形剥所以
甄也十七之簧一石一甄叢然不和辟諸三軍之士

亡統也故簧而不和豈足簧之哉亦不笙焉耳矣故
笙師之善簧也若執玉爲政於三軍者之於其士也
如保赤子然後鳳凰之聲可象而貔貅之威可致也
且予亦知夫調笙之方歟管中其簧簧中其律不甄
不石是謂之中離而吹之各中其中清濁高下逈然
異也合而吹之糾乎如繩纍纍如珠純皦繹也是謂
之和故古之君子求和於異而不求和於同醯醢鹽
梅羹於是乎和五聲六律和於是乎成不爾笙太蔟
之音也猶何用十七之管爲是孔子傳之晏嬰述之
原憲丘明書之古之經也夫人心之異如其面故人

各其性性各其德豈可强乎故同者小人之心而拂人性者也和者君子之道而所以相濟也故古之長人者求輔其下欲補過也今之長人者求徇其欲奴隷役也故知調筌之方者能調三軍國子能調三軍歟則俾龔其世職爲政於一邦何難之有縣子說曰我由國子而得聞筌矣雖則先生之誨亦國子之錫也歸語之國子則又將交拜其錫

匹進脩字說

羽大夫之子匹進脩初名重遠有所辟乃更今名因請字物子物子曰美哉名乎進進乎德脩脩乎業古

之道也。今匹子尚少。比其膂力益剛。晉纘世職。以莅其政。非德庸詎可乎。夫忠信者。所以進德也。禮樂者所以脩業也。顧夫羽之地。盖我燕代邪。其人重以遲質慤愼已。諸忠信固其天性。吾則思所以廣之哉。亾已其業乎。傳曰。禮樂得諸身。謂之成德。先王之教之術也。今夫奥羽之間。寔產良馬。鳥海達谷。楛矢石砮往往乎出。鵰鶚之鷙。鏃以羽之。控弦之威。稱雄海內。軻漸離之徒。血縷試刃。獨流芳潔。而文學之士。廖廖乎亾聞者。非士之以乎。匹子乃與其友木子。悅先王之道。千里將贄。尋文祗役。此都則朝夕繼見。請益弗解吾識其忠信矣吾則思所以廣之哉故字之曰子業亦所以勉其德也夫莊內三分羽之地有其一以開國元勳屹然乎北徼今爲之大夫者十八蓺斐然以輔其君被諸郛俗風其四方則召公封燕之化將亦見之當世焉莊內之所以體　國家盛意者又自今日始豈不愈益美哉匹子五月任滿將歸歸則語之水子相共勗之哉大夫之績其必當二子之世哉亭保十有二祀三月二十一日

君瑞字義

越君伯道盍將改其字也謀所以改於不佞謝不敏

不可也則言曰無已乎其君瑞乎夫崑山之玉豈非天下至寶與循其膚察其理司其色叩其聲温如栗如煥如璘如喻美質焉雖然玉不琢不成器它山之石昆吾之刀豈非所以琢之與喻學爲琢之成器莫貴於君所爲名矣鎮者桓者信者躬者青者穀者琬者琰者杼上終葵首盡合先王之度廉而不劌光照一室喻成德焉夫然後天子繅以五采五就諸侯繅以二采三就執之如弗勝謂至貴重也可以祀天可以旅上帝可以見天子可以使諸侯可以治德可以易行除慝所以申信也是之謂瑞喻德之孚焉故雖

有美質。必學而後成其德。德之不孚。何取於德乎。是君瑞之義也。曰若是者高矣美矣。我世業衛生之道。方技之賤守也。恐德菲之弗副焉。曰庸何傷乎。昔者黃帝之天師。有岐山之伯焉。蓋亦執其躬者以合瑞於天子焉。實亶聰睿。學於僦貸季。以成其德爲其德曰仁。迺以其術而壽天下。施及後世焉。其術亦曰仁是豈非君之所守業與。迨業之成也。醫人以之。醫國以之。可以燮陰陽。可以贊化育。故雖天子之貴。死生以之。湯液所徵。可以信於天下爲是。亦君瑞之義也。君於是再拜稽首。迺曰。請奉君子之教。以美吾名哉。

尚以美吾德哉德其孚哉尚以弗隳吾先世之業哉

作君瑞義

贈言四首

贈善暹羅語人

吾聞崎陽扶桑極西偏地斗絕大洋中繚以峻嶺中開港奧可以受裁舸大舶者無萬數是以中華迤西交趾林邑三佛齊眞臘身毒及筠冲臥蘭的亞諳胡還往于我者莫不輻轂之湊而獨高句麗琉球別有信地可由者不與焉是歲秋九月高句麗使者入都時有崎人東游者與都人士偕觀道周忽聞其鼓吹

中奏絃而低聲和之音韻節族隨其所戛擊以相上下也拍拍皆合旁人莫不嘆異焉訊之迺受其譜華人而不識其字與律呂所應爲何已乎輒以沉存中所引管色字譜着推求之而得其字據字求聲以命其律也亦莫不拍拍皆合則愈益愕然焉其譜盖曰一四一一四六一四四六工工尺工六工其尺中吕宫工林鐘商六無射角四黄鐘徵一太蔟羽祇讀一如越因鄉音訛猶之俗語越發或作一法耳夫崎人未嘗識高句麗事而能識其鼓聲者受譜華人也乎未嘗受其譜而能識其字與所命何律者受解古

人也。今都人士不識華音，則所讀書率皆隔靴搔痒。
而崎人鮮有讀書，則其所善華音，適又徒爲譯胥鄙
俚射利具。其弊均矣，是豈不兩可惜乎。夫崎陽實爲
扶桑極西偏地，其與中華所距，唯一葦所杭。其人叚
使少讀古人書，自奮文章之業，則所推知，何翅如二
絃之譜之字哉。故予於其歸，錄贈之，以徧告其鄉人。
庶或藉是有所激勵焉，則後來之彥，亦何翅如林道
榮、劉宣義比哉。九譯越裳已足多，越裳西去更暹羅。
不知學得暹羅語，卻向東來意如何。

贈長大夫右田君

長國相右田君使縣子問道於物子物子曰道豈可一言盡乎雖然吾聞之長者大國也國相者大臣也吾且言其大者夫先王之道莫大於仁爲仁也者養之道也以安民爲大焉安民之道以寬爲本焉謂有容也仲尼曰居上不寬吾何以觀之哉謂無本也夫一國之人以萬數豈皆良民乎苟不能容之民無所措手足矣故君者群也群人而養之者也大臣之爲大豈惟以其祿乎仲尼采諸侯書費誓秦誓而已矣而其所以終百篇之義者大臣之道寔能容之云爾是豈末節小德而仲尼取之乎縣子曰容而無所擇

毋乃不可乎。物子曰然。有是言矣。大臣之道。選衆量其材而用之。故古之擇者將用之。今之擇者將去之。欲用之者見其材者也。欲去之者見其疾者也。夫疾也者。與材俱生者也。安可去哉。且有所容而後有所擇焉。不容而擇之。其所用廑廑乎亡幾耳。安在其爲大哉。牛溲馬勃。敗鼓之皮。韓子之譬。孰言不然。且君子用其材。野人用其力。若必以用其材爲用之。則有君子而無野人也。安在其爲國哉。故容而後養。養而後成。成而後擇以用之。若不養而遽用之。則牛山之木。斧斤之餘。牛馬所踐。安所得其濯濯之美哉。故君子之道在養焉不容而能養乎縣子曰請問養之道物子曰飲食衣服宮室以養其體詩書禮樂以養其德先王之道無非養也傳曰未有學養子而後嫁者故君子雖曰未學苟能以養之爲心豈遠乎哉雖然旣乳之又哺之以甘旨則疾生焉操心不寬養之所以或害也故君子貴學而以寬爲本焉縣子曰刑如之何物子曰無非養之道也夫先王之設五刑也非惡其惡而刑之矣乃惡其害乎養者矣故瞽瞍象不刑而四凶刑且必惡其惡歟雖先王之世豈致刑措哉且惡也者善之未成也先王之期其成是以不惡

雖然操心不寛必將曰子聖人兄聖人而欲殺之是不可以風天下也是害乎養之大者也而堯舜不爾故居上之道皆以寛爲本焉縣子曰先生以安民爲仁然則脩己者非邪物子曰何必非也脩己者所以安民也然亦必以安民之道脩之己爲蓋先王之時天下既安矣然其人亾而其政息萬人撓之而一人欲靖之不可得焉故先王之慮夫天下不永安也於是作爲禮樂以敎之使君子成其德小人成其俗故成德之人古謂之豈弟君子傳曰君子躰仁足以長民苟非豈弟之德何以能長民哉仲尼敎仁爲是故

也百家爭衡儒者封己而内外之辨興爲徒謂身脩而後措諸事業而其所以脩己者或求諸心或求諸理剖蠶絲析牛毛義勝而仁亡知盛而德衰遂忘先王之道爲安民之道矣夫道無内外豈有二哉必謂身脩而後措諸事業不知其所以脩己者爲安民之道則莊周内聖外王之道豈遠乎哉其言終無徵耳或以惻隱之心爲仁不忍人之心爲仁雖有之心然無安民之道亦姑息耳或曰擴天理遏人欲務去其惡是其操心不寛是以不知先王之教養以成德也不知夫惡也者善之未成者也或曰知而後踐之務

欲窮理殊不知理豈可窮而盡乎。德未成而欲知之。辟諸波斯人語中華。豈能知之乎。故先王敎以禮樂。習之久。自然與之化。然後知之。謂之物格而知至。豈窮理之謂乎。夫先王者聖人也。其知豈可及乎。我不順先王之教。而欲求諸心以知之。多見其不知量也。今禮樂雖亡。六經具在。苟能知先王之道爲安民之道。知道無內外。而一意從事六經。習之久。與之化。則德立而民可得而安矣。傳曰。依於仁。又曰。寛以居之。學問之方。仲尼豈吾欺乎。若或阿其所好。其信後儒過於先王仲尼者。非吾所知也。於是縣子再拜曰。

敬奉先生之敎誦之於吾相君吾相君能由是以成其德則吾侯社稷之福也國人之福也載諸簡享保戊戌夏四月

長藩川子因縣生請言

長藩贄御之臣江南川子貫因縣子求予一言以當弦韋之佩也夫古之教人必因其材而篤焉今未諳其人矣安知其得吾言而能不若火之益熱若水之益寒也則不啻無益適足害己無已乎請言其職夫進思效忠退思補過臣之道也唯近君者爲最爾故近臣之道莫重於諫焉諫有五仲尼善於諷聖人之

貴自喻也且務以才謂相高而難於相下者人之情也故正言以諫之其見聽者其素所尊信者也迫於勢者也雖有之二者然必勉強以聽之久乃有喻焉其或一言而喻是其人故有不自足之心而其材高於諫已著也不然何以能聽乎然以漢高之能從諫而信子房尚且必竢其閒而後言之信乎人情之難於相下也故諷諫之道不必斥其過焉不必舉其事爲不必盡其方焉孫以出之長於比興辟諸風之入物物不覺其入也微言中窾忽然有喻喻者彼之喻也何有於我哉故我無功伐則言者無辠爲彼無有

所爭則聞者欣欣然謂自取諸其衷焉而況得諸已者之與得諸人者其所以知之豈可同年而語邪故不啻諫已教之道亦爾先王之敎詩書禮樂理包塞而不可得而見之必俾學者藏焉脩焉息焉游焉俟其自喻也仲尼不憤不啓不悱不發亦俟其自喻也自孟子好辨闢楊墨而後之先生大師率以明道爲已任其教人也亦妄意謂知可傳諸不知德可傳諸不德矣是豈生之道哉夫耕溉雖勤乎粟之不可獲諸苗也不可襲取者何翅浩然之氣焉耳乎故不啻教已政之道亦尓夫賞善而罰惡使民之皆善而國

治。是不知道者之言也。仲尼曰。草上之風必偃。子夏曰。舜選衆而舉皐陶。不仁者遠矣。蓋其自化也。故一寸之微。可以至於隆之天者。生之道爲尔。凡物不可以強致者。亦生之道爲尔。傳曰。天地之大德曰生。聖人則之。故不知生之道者。悖聖逆天者也。何以行乎哉。吾聞子貫好學而見獲於上。它日移其事君之道以臨其民。亦不可知矣。則持是以往可也。故吾併及政與教乎尔子。其致諸子貫。縣子曰諾。

猿橋五奇　界幡野氏之子

吾過猿橋驛。驛西有橋。長十丈。高六十六尋。無有橋

杜。兩岸悉鉅材架起。相傳昔有猿王刱造。誠國中之
奇觀也。橋下岸崖有窟穴。旱土人汲窟中水。則大蛇
見。乃雨。亦可爲奇也。驛尸百餘。南北相對。長一町許。
下唯一片石已。是最爲奇也矣。土俗婦人。夫亡則就
其家納夫婿。以幹家事。驛長播野妻獨曰。有後夫則
不得無子。有子則如前夫之子。何遂守節不嫁七年
于今。是倫綱之常。何足爲奇。然世道益波。罕見節婦。
則可謂奇矣。予此回祇役。往還諸名刹。僧皆瘂羊。語
不及文字。獨孀婦之子。能就予乞字。是又不轉奇乎。
故書道中所得以畀。

徂徠集卷之十六

徂徠集卷之十七　　物茂卿著

雜文十二首

私擬策問一道

問傳云。子罕言性。性命之道。稽諸古昔。卽一二見於殷商之書。何其渾渾虖莫有端倪也。將暾暾之言其于性命之道。以當乎否也。仲尼蓋由斯道焉者已。及子輿氏起。實始招天下以此。而又斷斷乎以吾命之。何其章明較著若是之至也。將渾渾之言。其于揭為招天下以當乎否也繼及荀卿告不害揚雄韓愈蘇軾之徒羣然出其所見爭之雖其言人人殊何其鑿鑿乎皆有執之也又何其紛紛乎莫有所底止也將子輿氏以還皆其于渾渾之旨有所裂言之乎否也將皦皦之言揭焉招天下有以啓之乎否也是故謂之爲惡者及焉者也謂之無善惡者超焉者也謂之惡善雜者劑焉者也謂之參若伍者加詳焉者也要之故皆爲欲有所變異於子輿氏之說勝而上之乎否也益降之及宋諸儒先氏出又且斷斷乎以子輿氏之說定爲先王孔子之宗而群言之紛然者庶其

或宜若有所底止焉乎爾雖然其所爲自糾招天下又有所謂本然之性氣質之性者存也是果其於先王孔子及子輿氏之心有當乎否也性中果有斯二者對立乎否也性非有二而其所爲命以言之者果有指斥之乎否也且也其所謂氣質之性者盡乎生人之始矣其本然者寧縣諸吾生之先乎否也是安足以爲人之性哉吾故愚不佞也而群言之紛然庶或若有所底止者其于吾之心莫有乎爾則亦莫有乎爾雖然諸儒先氏者豈爲昧斯數者以之爲說招天下乎否也今諸生有聲譽于學號稱大師者其于

性命之道。當洞然亡疑。請聞其對。

私擬策問鬼神一道

問。六藝以來。諸言鬼神者。若左丘明董仲舒之流。雖其言人人殊。大要不越乎禍福災祥之間。是何與世俗所見大相逕庭哉。其斷斷乎以其無之者。唯晉阮瞻爲然。是亦何與今學士家言相似也。學士家所爲折衷者孔子。而自孔子之不語怪神。後學者將有何所稽以質諸聖人而不謬也乎。雖然。孔子蓋於易一言之。於對宰予之問再言之。而其言之奥妙難明。抑又有甚乎不語者存焉。是不得不取諸宋諸老先生也宋諸老先生故號稱得道之統能發明孔子之道者雖其言亦人人殊至於有無鬼神之說莫有若瞻之論明且易見者也而其究必至所謂氣化真實一往不返而止焉要之亦或於瞻之論爲有近似也是孔子之旨果如瞻歟先王祭祀事鬼神之意遂荒矣故其謝先生者執兩可之說而學者之惑爲愈弗釋然也由是而降人率以瞻之論爲主文之以謝先生之言謂祭祀以寓吾孝心耳者往往乎有之甚而或至謂鬼神非先王所尚特其不以聰明先天下且姑以之隨民俗之所好云爾先王與孔子之教於是乎

裂矣。而君子之道造端諸夫婦者。愈益落落乎不合焉。諸生蓋於往聖之典淹貫而通習之。其于幽明之故當瞭若析髮。其以何命之。

私擬對策鬼神一道（代於諸生而作）

蓋所為薦紳先生難言之者。莫鬼神若也。是寧獨薦紳先生為難言之而已哉。夫人之生負仁抱知。葆合大和。渾渾乎無間。故其於天下也。有所知之。有所不知之。是以慮義之世作為龜筮。以決其志。軒轅之建萬國封百神。重黎分職。世釐神人。夏商以降。莫有不由斯道者焉。是咸俾以尊其所不知而行其所知也。

仲尼亦曰務民之義敬鬼神而遠之是亦宜若不以其可知彊諸其不可知焉乎爾雖然指掌之眎觀上之歎予賜輩往往乎有聞焉而不知其說者之於天下亦將于何取諸諸生業已誦法孔氏稱述唐虞三代之德居則曰莫用我爲也方其志大行於天下昧其所本自而可乎是迺鄙生所以黽勉授簡殫其學所服習以塞問者之需也今夷攷問者之心在有無之辨也是亦世薦紳先生之所或之也或乎無之者則見以爲先王之令布朞十有二月而祭祀居其半禮有五經莫重於事鬼神而獨其與戎爲國大事具

官與物惟恐其弗備而經費不問受福降殃諄諄乎其言之是庸何虛設乎或乎有之者則見以爲黃帝三百年今而忽焉戎狄殲周荊楚猾夏周公之神未之有極不啻魯郊禘而嘆其衰矣五世之祧七世之廟惟我所陟降而舊鬼之弗歆饑是庸何徵其實乎斯二者蓋各一道也雖然謂之有者權在彼者也謂之無者權在我者也權在彼者疑乎仁其失愚也權在我者疑乎智其失賊也愚與賊者君子不由焉且也有無者鬼神之迹也執其迹求其足以獲其人者末之有也是故由無而之有謂之神由有而之無謂

之鬼惟夫於其之也可以知鬼神之情狀也寒暑相
盪日月盈虛有之與無代嬗愈出愈新愈動愈不屈
周之言曰薪盡而火傳未見薪火之爲二亦孰知焰
續焰逝者如斯夫而知道者見其常無死爲是以遂
古之無疆盈六合之中洋洋乎莫非是物也且明獨
運萬物之相與爲體也周流不居爲往爲來噓出而
非有殖也噏入而匪有餒也潮生乎午非緣乎澗尾
閭之無竭也若沃焦之石所在有之百足之蟲寸斷
之皆走是皆足以小辟諸故有天地之神焉者有山
川社稷之神爲者有瞽宗五祀之神焉者有祖禰之

鬼焉者無後厲之鬼焉者矗矗矗乎相倚虛空間哉故曰一故神一也者莫有乎彼是矣莫有乎疏近矣或格或否孰宰之權格之有道于以格之萃之有德乎以萃之詩曰神之格思不可度思矧可射思者一之謂也或謂之月之影萬川者爲有眞假者也謂人死歸乎造化者昧乎夫一者也化爲異物亦何所不有不可爲典常亦何拘拘乎自喜之爲故一也者合乎有無而言之非外乎有無而言之此謂之鬼神之本智者之事也雖然語其仁則末也爲天之徒而不能與人伍故聖人之教有盡于是矣是故天地之閒物

各有所養焉方春之時和風噓而時雨沐寧獨被之
草木而已哉雖鬼神亦有能養之也今赤子之心其
知耿耿焉其下孩笑之外者幾希廓培以底大人之
德是謂得其養也暴于野則速朽廢于廟則神弗處
是謂失其養也凡天下之物失其養而能有存焉者
蓋尠矣故不孝之罪無後爲大葛伯不祀其於傷殘
親之體殆有甚焉湯是以先征記曰仁鬼神者養之
謂也唯聖人爲能卒其旣渙以存其將亡也雖匹夫
匹婦爲能行之也今三日齊七日戒精誠有以格之
歟胡秋金人之所假猶將來而舍焉況乎昭明焄蒿

百物之精。實有未遽亾者乎。故望天而臯。迎精而旋。日用其孝。時幽其思。命之神明。尊崇而奉事之。靜之而莫之或擾。清之而莫之或干。洞洞乎屬屬乎。若弗勝。若將失之。惟恐其驚之。閟宮有侐。於是乎綿綿以永存。是大和之餘氣也。故先王有言。鬼者人之影也。人者鬼之形也。影之與形相肖。人之壽百有二十。鬼之壽亦百有二十。五世而瘞其主。其諸有以取爲乎。大氐人之生斯世。豈能塊然徒處也。其心志之所周旋。日夜之所鄉往。後其死數十年。而其物具存。白體魄一淪。知氣之所馮。其惟于茲乎。鬼與物之相謀有

則俱有也鬼乎影乎其莫有自運之力有以竢乎養
也耳毋論其大人君子今如細民之營爲生生也田
園墾野桑梓秇畡馬牛畜牧于垧其所植立數十年
之後素封之資是皆所爲凝思積慮非一朝一夕爲
其業之成也亦非一朝一夕爲生而子孫之執役死
而遵約束于後也彼是之精神相接乎貨殖之中無
間也是何可誣諸故土地人民而謨猷恩威之相維
昭穆皆在而暱愛之情弗可解詩書琴瑟百爾玩好
陳列而笑語歡樂之常在目與其家邦相終始以百
世不衰惟基業之祖爲然也繇是以降用其精不弘

者其所及淺矣世之遷而澤斬自我耳目之所接父老之所睹記五世而上其事率泯爲不啻感之無從迺其神隨物澌爲故先王制之極以爲黔首則養之至也此謂之鬼神之紀仁者之事而聖人之教也是故無者有之府也鬼者神之藏也夷敎之府乎冥也有僾乎明生者之所想設爲安知其眞萬物出乎是而入乎是入其戶庭不見其人空同乎莫能窺其富焉造化之母也自然之道也唯人不然方聖人之未興起也其民散爲無統知有母而不知有父子孫之適四方而不問居其土享其物而莫識其所基死無

葬而亾無祭羣鳥獸以殂落俱草木以消歇民是以無福益人極之不凝也故聖人之制鬼以統一其民建宗廟以居之作烝嘗以享之率其子姓百官以事之儼然如臨洋洋在上使人肅然以畏凜然不敢肆者有所取焉乎夫然後配神殽明人道以尊能降百福以輔造化禮樂政刑由是而出聖人之教之極也若夫以人事已乎雖有聰明睿知其亦何以能與天地合其德與日月合其明以爲萬物之主哉故謂聖人不貴鬼神且從民俗之所尚者非鄙生之所聞也故合有與無而天地之所以妙萬物者見焉合知與

仁而聖人之所以妙天地者見焉合其所知乎其所不知而敵之所以妙人鬼者見焉故雖聖人亦聽瑩乎言之尊之至也宜矣哉世薦紳先生之難言之也

對問

享保丙午七月三日閣老命府尹訪予以禹祠事俾潤色碑文予因請俾僧奉其祠便既退客或發難者曰儒釋之不相容如水火然予今亂之可乎予曰不然夫吾所謂聖人者古帝王也聖人之道者古帝王治天下之道也孔子所傳是已秦漢已來用法律治天下而聖人之道無所用唯儒者守之遂謬以爲儒

者之道者失其本真也及於佛教入于中國則妄儕諸聖人之道而儒佛之名立焉於是儒者又妄以聖人之道爲己之私而儒佛之辨興焉皆謬也夫聖人之道者古帝王治天下之道也豈儒者之私有哉昔楊墨言治天下國家之道而與聖人盭故孟子闢之如佛氏者未嘗言治天下國家之道豈與聖人抗爭而儒者疾視佛氏以爲仇者乃以聖人之道爲佛氏類也豈不亦小聖人之道乎謬哉今觀佛氏所爲道乃鬼神之道也僧亦巫祝類耳何也巫祝奉神僧奉佛其名雖殊乎彼所命殊耳彼之言曰有神有鬼有

天有明王有菩薩有佛皆有威靈能降禍福而大小
貴賤之不等故佛與神殊雖大小貴賤之不等然均
之有威靈能降禍福均之亦類耳故神佛之名特彼
所命自吾觀之皆神也巫祝之奉神清淨潔齋其所
事事祈禳耳僧之奉佛淨其身心不喫肉葷酒不畜
妻其所事事亦祈禳耳夫不喫肉葷酒不畜妻非齋
耶一年三百六十日三百五十九日齋大常豈僧乎
彼有薦拔巫祝所無殊不知祈禳求福薦拔求冥福
亦類耳天堂地獄之說彼所獨有亦神道設教因以
勸善懲惡庸何傷乎其求成佛者巫祝之求爲神也

於我乎何有彼以度人建寺爲功德則官爲之制不許濫葺絶人倫則官爲之制俾拜君父服喪彼其乞食無家樹下不三宿寺皆十方常住恣其所適如麋鹿然則官爲之制設宗派置官爵嚴等轄以束縛羈絆之凡彼所爲有害於治者官皆制之俾不得爲而不復顧其於釋迦之道何如是亦古聖人所以俾重黎定民神絶地天通之遺也歷代定制僧道神佛同隸禮官其踰勝於拘儒所見遠甚中庸曰君子之中庸也君子而時中豈不信乎故曰佛道者鬼神之道也僧者巫祝類也仇視佛氏者小吾聖人之道者也

夫自佛法以來千有餘歲僧與巫祝皆民也聖人之於民一視同仁況巫祝自三代時既有之而其所爲道不可得而知之聖人亦因民俗以存之則何必問其所爲道何如乎祇禁其已甚者俾不害於治可也且今世之奉神者五曰巫曰祝曰陰陽曰僧曰修驗其所奉之道二曰神道曰佛道然均之皆神道五者何擇也但僧寔繁所在皆有之頗識字其所居寺院亦大宗派等轄甚嚴而它四者頗微亦鮮識字莫有等轄其所居與編氓弗殊故今定祠制俾永守之者僧爲便

學則一

東海不出聖人。西海不出聖人。是唯詩書禮樂之爲教也。古之時。楚雖大邦。其左史倚相所爲誦三墳五典九丘八索之書。舍是無爲學。而後豪傑自陳良之徒。蓋皆北學於中國云。則吾　東方之民。又奚適。亦唯言語異宜。鐘呂之響。爰居彼謂之侏𠌯鴂舌者。吾眎猶彼。叚使仲尼乘桴。子路從之游。亦末如之何已。有黃備氏者出。西學於中國。作爲和訓。以教國人。亦猶易乳以穀。虎迺於菟。顛倒其讀。錯而綜之。以通二邦之志。於是乎吾謂之侏𠌯鴂舌者。吾眎猶吾。是則詩書禮樂之爲教也庶足以被諸海表邪黄備氏之有功德　東方民至今賴之雖然易乳以鷇虎迺於菟顛倒其讀錯而綜之吾謂之侏儒鴂舌者吾聽猶吾吾視猶吾而詩書禮樂不復爲中國之言則叚使仲尼乗桴子路從之游目之則是耳之則非彼迺猶鐘呂之饗爰居也已或曰一匹錦覆以聽之背面而殊均之是物庸何傷乎則安知夫中國無象尚日象之江北無橘或者假之以枳乎以此而誦夫楚人之頌能不忒其臭味者幾希夫中國之所有四海之所無亦猶是邪詩書禮樂中國之言也而吾聽猶吾是其

究必至於巳斂詩書兜昧其禮樂也哉副墨之子洛誦之孫執以廢其祖不知其可而況之子之孫非寘令之肖則嬴氏之吕者以此而操觚乎籀斯之迹粲然盈簡而彼不可讀吾不可讀吾必從事夫黄備氏之所爲句有須丁有尾蠡蠡乎星羅擾擾然蜉蝣之來集而後可得而言也已是迺黄備氏之詩書禮樂也非中國之詩書禮樂也則其禍殆乎有甚於侏僑鴃舌者也哉然則如之何可也亦唯言語異宜其於黄備氏之業可訓以故不可誦以傳暫則假久則泥筌乎筌乎獲魚舍筌口耳不用心與目謀思之又思

神其通之則詩書禮樂中國之言吾將聽之以目則彼彼吾吾有有無無直道以行之可以咸被諸橫目之民則可以通天下之志何唯　東方則叚使仲尼秉桴子路從之游旦暮遇此則迺謂之東海出聖人也良不誣已是謂之學則迺申之以戒曰若能不爲黃備氏者迺能爲黃備氏者嘻若何必黃備氏之爲

二

宇猶宙也宙猶宇也故以今言眎古言以古言眎今言均之朱儒鴂舌哉科斗貝多何擇也世世載言以遷言載道以遷道之不明職是之由處百世之下傳百

世之上猶之越裳氏重九譯邪重譯之差不可辨詰萬里雖貿乎猶當其世孰若奘之身游身毒邪故之又故子孫雲仍烏識其祖千歲逝矣俗移物亾故之不可恃也烏能置身仲尼之時從游夏親受業邪宇與宙果殊矣雖然不朽者文其書具存方夫世之末載言以遷也管晏老列亦類也何惡其道不同也不求諸道而求諸辭不昧者心邪朱僞鴃舌何害言與言殊其所以錯辭者亦殊耳吾奉于麟氏之教聀古修辭習之習之久與之化而辭氣神志皆肖辭氣神志皆肖而目之聀口之言何擇夫然後千歲之人旦

莫遇之。是之謂置身仲尼之時。從游夏親受業也。是之謂與古爲徒也。亦何假彼之故爲

三

數車無車。而有車之名。古之道也。非聃言之失也。道可道非常道。聃言之失也。夫自聖人而有道之名。聃豈非邪。祇其知弗及聖人。教之無術也。務求喻之。不竢乎生。乃舍物而言其名。言之雖巧乎。孰若目睹且也。徒名無物。空言狀之。故其言愈繁愈舛。言之者以臆。聽之者以臆。曼衍自恣。莫有底止。徒翫其華。弗食其實。是無它也。以聖人之教爲不足。欲勝而上之。多

見其不知量也已雖然聃之言禮諄諄乎度數之弗遺故棄聖絕學非其本心者彰彰乎明哉祇其操心之銳務求言之其於人也急欲傳之知不竢乎生也夫六經物也道具存焉施諸行事深切著明聖人之惡空言也天何言哉四時行焉百物生焉教之術也不憤不啓不悱不發竢夫生也不知爲者謂之愛也生斯無禦非自外鑠也非襲而取也故聖人之教貴乎格求行之者也故唯其物聃也者務言之者也夫言之者明一端者也舉一而廢百所以害也後儒乃非聃而倣其尤言之弗已名存而物亾仁義道德之

說盛而道益不明方今之世滔滔者天下皆聃之徒哉又安知聖人之教莫尚爲是豈有古今哉故吾退而求諸六經唯其物

四

古有聖人今無聖人故學必古然無古無今無今無古今詎可廢乎世世相望孰能古而孰能今故通古以立極知今以體之差世世以觀其來其於民俗人情猶眎諸掌邪夫古今殊矣何以見其殊唯其物物以世殊世以物殊益自秦漢而後莫有聖人然亦各有所建焉秖其知不周物所以無聖人也雖然業已

有物必徵諸志而見其殊以殊相映而後足以論其世不爾懸一定之權衡以歷詆古世亦易易爲耳是直己而不問其世乃何以史爲故欲知今者必通古欲通古者必史史必志志而後六經益明六經明而聖人之道無古今夫然後天下可得而治故君子必論世亦唯物

五

聖人之道猶和風甘雨邪物得其養以生生斯長豈有窮已乎君子以成德小人以成俗天下錯諸陶鈞之中聖人之道爲爾故君子錯身于斯藏焉脩焉息

爲游爲鄉道而行中道而廢德慧術知於爲而出博厚高明於爲而至日躋月烝不知然而然故曰於我何有哉譬諸植草木枝葉華實豈一一而傳之哉所務本根之培巳棘猴玉楮雖巧乎非人人所能也雖有巧人亦不能周物也故曰大德不踰閑小德出入可也又曰本立而道生貴夫生也彼謂窮天下之理謂察一念之微皆不知道之言也故辨是非別淑慝疏瀹澡雪剔抉以盡不俾一毫人欲之存者皆非也叚使盡之尚不有所養其介然小者安能長乎亦奮耳無術之過也自秦以功令治天下禮樂泯焉其流

風餘烈被百世末已申韓之道移人耳目以至今日長養之道澌而殺伐之氣塞宇宙後賢人君子皆生其中所以差也故學道者立其大者而小者從之

六

君子不輕絕人亦不輕絕物所以成其大也睹夫生已凡天地萬物之情勢縕交結雜以成文陰陽相仍禪易弗居辟諸糾纏剛柔相苞曾曾無盡喻如剝蕉不可得而窮詰已故是非淑慝無適無莫大氐物不得其養惡也不得其所惡也養而成之俾得其所皆善也媿人虎狼猱猈茀於穀惡已雖然天地不厭虎

很雨露不擇稗稊聖人之道亦猶若是夫其不得已
而去之遠之抶之殺之惡其害於仁也非惡其惡也
故惡不仁之甚好仁之不至也舜選於衆舉皋陶其
誅四凶非所稱也聖人之世無弃材無弃物堯舜之
民比屋可封豈皆公侯之材哉亦非愍而宥之謂其
有裨乎治也察邇言采芻蕘其人豈皆賢邪毒己疾
苓有時乎帝它山之石攻玉不善人善人之資是聖
人之所以成其大也故善惡皦皦先王之封疆勝矣
邪正閭闠仲尼之區域削矣皆儒者之罪也是故諸
子百家九流之言以及佛老之類皆道之列否已亦莫

有不由人情出爲故有至言。夫聖人之道盡人之情已矣。不爾何以能治而安之哉。故苟立其大者撫而有之。孰非聖人之道也。漢顓門之學人殊其說亦傳所聞於師七十子自出豈無繆誤。失得更有之並存而兼焉道之不弃也。顓達作疏乃執一家之言明作大全而顓達亦廢矣。學之益陋所以弗及古也。故學問之道苟立其大者貴乎博。不厭雜寧闕疑以竢夫生。

七

雖然。不知命。無以爲君子。豈翅處世。雖學問之道。莫不皆然已天命之謂性人殊其性性殊其德達財成器不可得而一焉孔門諸子各得其性所近者豈仲尼之教有所不足乎譬如時雨化之莫不生焉已大者大生小者小生豈不欲小者大生耶實命不同君子知命故不強之及乎器之成也雖聖人有所不及焉故聖人不敢強之是故人可皆爲聖人者非也性可易者非也君子之不器木可舟而陸可車者非也世俗所尚人也非天也故務世俗所尚以求人知者不知命也夫六經殘缺矣生於今世孰見其全命也僻邑無師友命也家貧無書命也雖然必誠求之天

其佑之仕不優無暇命也故已不能學者害人之學也力能使人學者使人學也雖不學猶學也何必才知德行出諸己而後婾快乎故命也者不可如之何者也故學而得其性所近亦猶若是夫達其財成器以共天職古之道也故學寧爲諸子百家曲藝之士而不願爲道學先生

稽古釋義

虞書堯典曰若稽古帝堯

先釋文次釋義

釋文曰虞虞者代名書者先王之教詩書禮樂是其一

也詩書禮樂皆書而書獨書稱何故禮樂事而詩書
言詩詠歌而書記述詩存人口而書載簡冊古無它
書書唯是已故獨書稱後世以其爲聖人之言稱爲
書經古之聖代唐虞夏商周故有四代之書是迺虞代
之書故謂之虞書堯典篇名紀帝堯之事典常也上
古聖王伏羲神農黃帝所創厚生利用之道至於堯
舜始立正德之道百王所常守故稱其書曰堯典舜
典孔子刪書取堯典以下者亦此意耳堯舜禪受時
代相接其道弗殊故列堯典於虞書曰若稽古帝堯
者此篇將言帝堯之事故其首以此發端曰若語辭

爲紀帝堯之事故尊重其言不輒發之釋文畢
釋義曰釋文徒解其言文史之事也長國家志於聖
人之道者不可不知其義也故又有釋義禮記曰禮
義者人之大端也禮與義皆古聖人之所建君子以
禮守其常以義應其變天下能事畢矣左傳曰詩書
義之府也謂聖人所建之義萃于詩書也在此文
言之稽古二字書經開卷第一義也古聖王治天下
國家之道備于書則長國家欲平治國家者之第一
義也凡長國家而稽古非徒欲以夸博物也又非徒
欲以潤飾政治也乃欲通盛衰治亂之道法古聖王

爲治也古今時殊風俗隳隔故虞夏商周其道不同。況千載之後萬里之外何以能同古自爲古今自爲今。是世君子所恒口不爲無謂三代聖王皆順民爲治不必泥古然物皆有源流古源而今流苟不溯其源安能晰其流世君子徒執目今謂此位我固有之彼蒸蒸者皆我奴隸人爵禄我福兵刑我威疇能吾違禮爲美觀樂爲戲玩惟我所欲是狃其所目以爲常故其心曰貴者賢知賤者愚不肖奉流俗所習而謂天地之道不刊之典也其稍知者頗盡心爲治苦國家難治而計不知所出能知世將衰而不能如之何欲知賢不肖而賢不肖不可知其始則屑屑庶務其終則亂然以倦語之以古則駭而異之是無它皆囿於習俗故也囿於習俗者辟諸夏蟲篤於時辟諸井蛙不知海此邦之人聞異邦之言駭然而謂是何以能辨也然生而嬰孩移諸異邦異邦之言不學而能是囿於習俗之說也稽古而知其所未知豈有若是之愚哉且聖人者古之能治天下國家者也聖人之道者治天下國家之規矩準繩也夫治天下國家而不師聖人猶知學射而不師羿學御而不師王良也夫天下之欲為方圓平直者必用規矩準繩也不

用規矩準繩而爲方圓平直者目巧也目巧而爲方圓平直豈能知歪邪之所在哉故稽古者能超然習俗之外而能知疾病所在故稽古者非必欲其泥古乃欲其知今也通古而後知今知今而後可以治今故稽古者書經開卷第一義而亦治天下國家之第一義也

徂徠集卷之十七

徂徠集卷之十八

物茂卿著

雜文八首

擬家大連檄

月日大連物部守屋檄中外維天皇俄爾殂落臯人未獲皇嗣未立人心洶洶焉莫知所底止白爾有司大夫國造縣主千夫長百夫長敬聽我言我曩祖美摩治味嶋治命乃在皇磐余神武帝之世而有大勳勞于皇室爲開國元臣越子孫世世毗翼乎朝廷以統率中

外則暨乎守屋之躬耻焉以承先世之餘烈忝位大
連夫諒闇三年百官總己以聽冢宰況此弗靖覔辠
在大臣也爾輩乃不守屋是聽其誰與從維皇子惟
孔穗（穴穗部皇子）賢最長敘當嗣故守屋敬奉而立焉則
神明之宗大行天皇之嗣也爾輩其共奉之弑大行
天皇者駒（東漢直駒）大臣馬子實使爲則臣子不共戴天
之讎也爾輩其共討之皇子豐聰以其獧巧小慧蚤
竊輿誦而覬覦於天位挾以左道譸張爲幻以扇乎
齊民寔繁有徒馬子乃推其母太后將以奉之也則
縱賊弗討誘以因果是其心必謂其次者我也端本

探始幾乎爲主爾輩盍共討之夫弑君者殺無赦與其謀者皋鈞以左道惑於民者殺無赦婦人不得踐天位寶訓之言藏在玉府我物部氏之世守也惟守屋及二三大臣暨天皇得發焉爾輩或弗知弗知者無皋焉予豐聰乃與有聞知而故犯皋莫大焉昔者熊襲(弑仲哀帝者)眉輪(弑安康帝者)誅不旋踵而息長氏(神功皇后)之威服三韓猶且奉其腹(胎內天皇)以號令乎海內二韓之貢惟不及佛像書與其人者自皇焦鷦(仁德帝)以來數百年矣刑典所遏豈不揭焉乎著明哉爾輩盍思諸且我大磤(磤馭盧華言倭奴國此言丈夫島)建號曰丈夫之邦赫

赫皇祖左璽右劍以照臨於天下其德蓋象諸日日者太陽也劍者丈夫之服也而豐聰俾史大作書而謂皇祖女子也以誣我皇祖以雌我大礮姦之所自蓋非一朝一夕之故也今而弗遏其禍必將絕我神明之祀烏虖磯城而降民離其樸以趨乎僞也爾輩乃惑左道而黨豐聰或謂豐聰聖矣聖而干國大紀乃君之讎是協爲用其聖哉爾輩猶乃有遂大順蠢乎弗悛皇祖其殛爾我其孥僇爾爾輩其能洗乃心革乃慮幡然自奮後其鏃倒其戈以斬馬子以馘豐聰以慰大行天皇在上之神則皇祖其賚爾以福祿

皇子孔穗爾君也我其告爾功胙爾以茅土之封爾輩其思之哉此檄

前國主保山將公壽影堂上梁文

州輝華宗新羅三郎遺愛寺協靈地陽機一公垂蹤近控鶴川遥拱鶯嶽東瀛蓬萊之駕可致南山崇高之壽不騫伏惟老侯臺膺寵堯天飫恩舜日中興廿世墜緒丁啓千載榮封撝謙之光肥遯之節幹棄冠冕優游林泉坐臥皆禪旣歸古皇於梵典歲月各制又遵往聖乎禮經聿借丹青併寫盎睟分神於彼留影將來今國主惟命是欽不違之孝玆考仙宅用奉

真容。算比極樂之無量。福期方昌其未艾。黽勉吏役。歡躍子來忽沸輿頌。卒助梁舉

抛梁東 大藩宗釁酧真忠。名遂功成甘退隱。轉看千祥百福同。

抛梁南 六義園中禮佛庵。誰知百里同親蔭。慧林寺裡創仙龕。

抛梁西 知與萬民壽域躋。十年相業謠歌在。海內熙熙路不迷。

抛梁北 祥光瑞靄盈藩服。隱隱殷殷滾滾來。兩州士女皆懷德。

抛梁上　仙佛龍天皆影向不問駒園與牧莊吾公到處是蓬閬

抛梁下　門外農桑紅穲稏福祿綿綿千萬秋山環水遶護宗社

伏願上梁之後老侯臺台履復樂豫眉壽靈長群閭與椒桂爭繁兩藩偕松竹騰茂家傳慶譽代襲龍光闔州無虞提封有年千秋千秋千千秋臣某甲等敬白

後慧林寺殿機山霸主影堂上梁文

乾德之山慧林之寺夙奉霸主尊像久欽英靈樂棲肇構幽宮敬存明祀俾知雄藩之有本將庇葉裔孚

無窮。仰惟機山先主。孫吳謀猷。桓文事業。耀威三道。韜略自茲以流傳。布澤五州。士民至今而利賴。寫生良匠。肖貌明王。萬世其臨。百年如在。今國主恭膺榮爵。新纘大邦。忠施藩府。維新之功。孝述椿臺。未竟之緒。遂戒官吏。茲運斧斤。神何無歆。臣皆有禱。架脩梁以揆吉。儆善頌而慶成。

抛梁東。東方草木偃威風。嘖嘖口碑今見在。烏雲八陣遍寰中。

抛梁西。西來大法度群迷。漫使國師勤指示。英雄自是同指歸。

抛梁南　南山來檻碧相參萬古千秋人仰止雪照

三十三蔚藍

抛梁北　北伐昔年率賓服請看慶來關不扃絡繹

行人路砥屬

抛梁上　上方鐘鼓朝昏響頂禮歸依大聖尊慈悲

福祿來穰穰

抛梁下　下土蒼生樂只且歲熟時和神貺予滯穗

遺秉滿四野

伏願上梁之後神人胥悅君民悉寧椿臺萱臺偕添

百福北邸南邸駢集千祥慶衍瓞瓜喜連棣萼俾耆

俾老臺彌與彌呂臣某甲等敬白。

左史會業引

六經皆史也。是言也知言哉。故能爲古文辭者。皆稱述。六蓺而六經無以古文辭稱也。是寧以史爲辱六經乎。而獨不以儒爲辱聖人也。是亦何別焉。雖然六經之文其猶化工之於物乎。無已乎。請由盲史腐令始之。二子者是寧不爲盲腐以辱其四體乎。而獨不爲文章以辱其人也。是亦何嫌焉。且也諸君子皆史也。千秋之業百年之日過此而往餘者無幾其勿右以移夫辱其四體者而盲腐其文章爲哉老之至也悔之何及無已乎請由今日始。

六經會纂引

三代以往滔滔者曷已聖人脩六經而往者猶不往三代以還滔滔者曷窮愈變愈出繁乎雜也雖然六經之道包括乎無遺故觀古於六經者聖人得不亾觀六經於今者聖人可復生有眞儒者有王佐才者誦其詩讀其書宛乎生其世而見揖讓禮樂之盛是或可以爲眞儒乎若謂六經如商彝周鼎可以悅目而不可以適用者豈王佐才哉雖然又豈有眞儒而不王佐才者哉傳六經者左穀公羊毛韓孔鄭及宋

諸君子不啻也。詩則有若騷賦樂府清商相和漢魏六朝三唐諸什。書春秋則有若二十一史通鑑諸編。易則有若素問運氣太玄洞極諸占。禮樂則有若漢儀唐典杜馬諸通。是皆可以爲傳註已。夫然後六經之道。苞括乎無遺者。足驗諸今日而不以王佐望於諸君者。是侮聖人而欺學者也。吾豈敢。

四子會業引

道全乎六經。而四子擷其粹。全無不粹。粹全乎粹。是其所值者殊也。君子盍論其世云。故嘉美之會。在乎六經。利貞性情。四子是已。是以善觀聖人者。其猶易道之元乎。渾渾淪淪，孰往非元。大哉六經，至哉四子。乾坤以立，道不墜焉。但以賢者識其大，不賢者識其小。輓近世，道由是乎裂矣。其妄意宮室之美、百官之富，不得其門而入者，漢唐諸儒之陋也。過驕肯于洛而謂盡乎重耳之爲人者，宋儒後之弊也。故吾欲諸君以六經觀乎四子也，不欲以四子觀四子也。宋儒而後，聖人之粹灌濯如，莫以尚已，吾獨不見能會其全者矣，是所以望乎諸君也。儒有以論孟爲刀尺而裁割六經者，顧其所餘綫綫乎無幾焉，果乎道之裂也。若是者，仲尼之道之衰也，而自詫其獲道之統者

罪豈在四子哉

韓非子會業引

明汪伯玉氏有取於古埶文者十有二家而韓子不與焉韓子者其可以不讀乎蓋韓子善法家言磣少恩哉然亦盡乎情矣吾黨文埶之士竊嘗以其所爲業概諸先王之道禮樂猶吾之辭邪理道其意也莫不有法亦莫不緣乎情者矣禮樂亾而人人意行其法雖有能不害乎情者幾希也於是乎法家與然韓子身絀于秦而其法用于秦漢而下奉行之千餘年不衰也韓子其可不讀乎吾讀韓子說難諸篇雖有

不盡乎情者幾希也。後世昌黎洗辭。關洛遺禮樂而意自作法森如亦磣少恩哉。傷乎情也。乃宋而下奉行之。亦數百年不衰也。舉而措諸政事。豈能超韓子乘而上焉哉。伯玉諸子修辭復古。意者毋乃有懲歟。然韓子之文。在周漢之間。炳彪如。亦盡乎情矣。古之遺也。故吾取諸蓺文。

譯杜約

譯家學。果有當於道邪。古昔王者有事於四夷。四夷以世王於中國。迺有以寄象狄鞮譯。供其職。鴻臚之館。輶軒之前者。非士大夫所事事也。果以當於道邪。

東音之流傳於今。豈盡盆山氏之遺哉。而士大夫所誦讀以淑己傳人者。壹是皆中國之籍。籍亦無非中國人之言者。是同人所爲務洗其鴂以求如彼楚人之子處身於莊嶽間者也。玆與井君伯明及舍弟叔達結社。爲會。延崎人岡生爲譯師。會生補國子博士弟子員。就舍其宅中。不得數數出。出月僅六、七遍。得俾其請出爲會期焉。日必五十。其在上旬爲初五。爲初十。中旬爲望。爲二十。二十爲子横經繙𨛦廿則闕下旬爲二十五。爲三十。小盡則闕。總而計之。爲日或五或四。尚餘二三。以爲生旁訪其朋舊故人。時澣濯。

及諸營私事之日。則庶乎其不借口有所迫以侵奪會期云。傳曰。參會則地。謂其有主也。飭館邸眂牲牢戒有司以具會事。春秋地主之禮也。今我三人者。差其會期更相爲主。是寧莫有所以待賓客者哉。奢則弗繼。禮苛志分。志分則妨學。恒浚則妨務。不有折衷焉能可久。於是正德紀元冬十月初五。實始會于我牛門之舍。不佞茂卿以辱有一日之長也。爲之約曰。凡會之日不改。卜生有事則改卜。爲其事不由己也。凡會之日。主有事則辭。不徒勞於行也。賓有事不必報。爲無供設故也。服必便。從必寡。欲不眩耀其隣里也。堂不必汛。庭不必洒。食不必戒。唯其常。大氏羹一。
菜若肉併其蔬爲二。菓不必備。酒不必勸。若或佳肴
美味。它人時偶有贈遺。而非己所辦置者。何妨也。凡
會之人。可減不可增。爲惡乎喧故也。雖然主人所厚
善。而其人不俗。時或一臨之。不必簡也。集多在午前。
散則晡後。有時而夜歸。不可以爲典常也。凡會之譚。
其要在以夏變夷也。不許以俗亂雅也。凡會之約。其
可言者具是。其不能悉者。亦在不失所以會之意也。
耳。凡我同志。敬聽斯言。庶永弗替。以底有成。

䟦一十四首

跋管子

是歲秋予指日倖者一之五獲管子書古人旣稱其眞贋雜予獨恠管子因齊得志於天下三匡九合赫然一世何能屑屑托諸空言以求伸於後世邪三歸反坫內外應酬之繁亦何操觚之暇及哉顧其所謂眞者均之贋耳蓋管子而後世之徇功利者何翅一夷吾邪孟子而前儒之溺功利者亦何翅一夷吾邪六家旣立而世之學管晏者裒集群言冒以管子則宜哉其書之雜也祇夷吾旣以見誣後儒溺功利者亦見誣以夷吾憫哉獨其言之夷吾槩謂之夷吾亦

不重誣耳憾其文之奇奧亦可以想其爲人而不得以其姓名見也是吾之所重慨云故識

跋草書韻會

弇州山人續稿八十七曰余猶及見金人板刻其精妙神彩不減法帖至元末好事者又添鮮于樞字改名草書集韻刻已不精洪武中蜀邸又翻刻并趙公序及諸名姓皆去之刻又粗惡可重惜也此乃翻刻洪武丙子本者而洪武丙子本外菴不經見之其添減此本幸莫有而所謂刻已不精者彼此同然文徵明有云草書集韻尚未經目何得爲名書耶是信草書家

座右物也

題石丈山眞

世之論丈山者必以艸山相優劣爲要之非識詩者矣乎獨憂翁之逃釋而歸儒棄武而修文弁髦利祿嘯敖林泉舍世所謂名者而取已所謂名者也雖然吾　東武氏之興其亦在元氣之鬱渤歟翁非鳴其盛者而鳴亦與其盛也乎爾則翁謂之吾　東方之詩杰亦可耳

刋甲州天目山十境歌詩跋

吾遊天目獲其所謂十境歌詩者以木之山旣莫有它

文字則壬午之前亾以聞已壬午之後幾乎百年而猶且其棲窮佛乎齋是何益於福田哉且以詩也其鴂未洗以歌也宛然呼喊之聲是亦何當於吾心哉獨以踏佛頂而西去揖鳳背以東歸往來十餘日經歷三百里莫有寒山一片石之媮快吾心而山靈乃嫵然以此獻吾笑也不亦可憐之甚哉雖然吾業已欲用不朽託諸峽山川而天目也者似有以需吾焉者歟天目也者其亦似有以知吾心焉者歟故吾亦不得不不朽諸木以慰其山靈之心已

跋採蓮畫軸

宋畫樸明畫宋絹粗明絹宣和世珍緝熙殿寶審其爲道君御府物耳顧予無畫學未能識爲何人筆玄宰精處如金秀處如芙蓉信然祇十洲三島不解何語予則覺金陵鳳皇之勝來集几席閒哉駝槖北負鼂浪東漂亦何有緣於海外也今則蓬萊鼂君所識鼇背上物哉太史一語豈不爲識乎中間王遜之輩不知其如何也鼂君篤古好文往來吾黨予知此畫開生面豈如五國城時乎

跋阿林字

予嘗曰字者華物也夫不字則已人苟作字奚苦不

華乎獨恠海内書家爭求爲華而不可得爲是無它
故所目皆倭移乎習也夫字以代其言其用之鉅者
爲書牘一日之閒目古法帖者一之目倭書牘者十
之辟諸衆楚之咻雖至敏慧之人安得不倭乎甚矣
哉倭書師之流毒於海内也予持斯說者久矣頃者
獲張小兒阿林者所書字儼然華人哉混沌未鑿夭
籟與游其皭然乎溫蠖塵滓之中者非耶吾聞阿林
六歲兒善書人聞其名爭索而不可得其父啗以菓
子餅餌屬誘之迺書書畢投筆輙便走街上跨竹馬
牽紙鳶是豈有他習乎其莫有倭書牘之溷吾目者

不待言而審矣而後吾徵吾言之非妄也書其後

跋詩筌

予嘗著栢梁餘材槀未脫而燬乎火今覩斯編殆有倍焉爽鳩氏之子功其鉅矣乎益詩者言也世之學詩者迺不媢乎辭而欲其巧辟諸舍規矩而學大匠之所爲豈可得乎高李之選選乎辭也然二三子猶且不能學焉者見其巧也見其巧而眩其辭旁搜他家以酬其志於是乎之中晩之宋元勢之必至也斯編一出置身莊嶽之間衆楚不咻以竢其化飄逸沈鬱唯其材至及其至也不李不杜非高非岑開天之

際別構一色者唯吾教爲爾然二三子猶且不能學焉者辭有限也辭有限而志不可得而酬所以苦也亦唯言其可言而不言其不可言久之後不復欲言其不可言是謂之化故其言肖唐而其志亦肖唐猶何有不酬之志哉吾得諸先王禮樂之教而施於詩因題卷末以告二三子爾享保壬寅春三月

跋唐詩選

弇老評滄溟詩峨眉天外雪中看其選唐詩亦復爾爾獨奈近來坊間諸本率屬孟浪不則何物狡兒巧作五里霧芙蓉咫尺殆不可辨矣今閱此刻剔抉殘

盡頓復舊觀三峰宛然在人目睫豈不婾快乎滄溟甞謂不昧者心想當百年前爲予遷道

跋石丈山書蹟

國初時以詩鳴者莫石丈山若也予甞得其眞蹟依然武人面目心竊陋焉及見此蹟乃有風流蘊藉態又不書其詩書古博士家詩辭與和歌勝自運遠甚豈亦隨所觀感而變歟是翁投閑業詩終隱不仕要之有過人者於是乎益不堪時運之感吁享保乙巳歲中秋日爲縣次公題

刻荀子跋

孟荀匹也韓愈之喜孟猶且不得不以並稱者以此至於宋儒躋以媲仲尼躋其書以媲論語何肆也明帝因之布諸學官以爲功令而後孔孟論孟爲天下公言荀則以性惡見擯又援李斯而逮累之今學者遂唾其書弗顧甚或至下比諸申韓諸家又何寃也夫性善性惡仲尼所不道何獨咎荀若必以弟子累其師則曾子之於吳起其謂之何大氐孟距仲尼僅百有餘歲猶或及七十子之門而次近者爲荀是皆游學齊魯之鄉君子之澤未斬流風遺言多存於其書可不徵諸蓋其師弟子相承親授口傳要有不失

其故者豈若宋儒輩臆斷于千載下者比哉論其辭
洙泗之文至孟已衰荀乃有文爲者然楚也業胎乎
漢矣致其旨二子皆戰國說士也分曹並異以徇一
世亾怪其殊孔氏之舊已乃莊周所謂道爲天下裂
者何必取一而廢一焉予嘗得墨子書讀之其所爲
兼愛大殊於宋儒所指斥也於是乎喟然嘆久之孟
嘗曰尚論古之人頌其詩讀其書今不讀其書而輙
言之耳食者又從而和之豈不悲乎予既莫能勝彼
天下風靡之士且欲人讀其書已乎安平元珪捐貲
刻荀子是以嘉之世復有能梓晏墨諸子者予又將

不辭操觚之數勞哉亨保乙巳十月望

題石叔潭搨帖後

玄宗八分別成一體豈古乎哉然自今視之乃古矣非元明諸家所及也滕東壁嘗上之木人鮮得搨法者遂冒蛛網叔潭乃搨之精工如華人之人平日無所事事其何以能爾人誠有不可測者邪

墨君徽畫岳陽樓跋

予未識君徽善畫數年前寄予扇頭畫蘭亦才士游戲筆墨常事予不以爲意也迨見此畫初則愕然疑爲華人所爲非君徽也覩落欵而後信之然猶疑華

人寧詎無同姓名者耶玩字迹審矣卷末有其兄中瀨君及數震庵跋益審矣訊之謂未嘗學畫亦戲筆耳嗚呼君徽從予問文章之業勤讀書工詩夫思之所至志氣至焉志氣所至精神至焉精神所至莫不惟肖巧妙悉至煥如躍如文章之道爲爾予既識諸君徽之詩矣見此畫愈益信其所以用誠哉君徽之於詩悉洗倭人之習濯如加以聰慧之性又悉發其濯如者於丹青之際此畫爾予之不識畫初則疑之不亦宜乎卒之信之亦惟以文章之道爾豈能言畫哉

跋摹梁楷蠶桑圖

海内以狩氏爲畫史之魁。其初盖亦衣鉢宋代矣。數十年來忽趨淡泊委靡頽落。莫能極止。可謂技之厄已。是歲春猗蘭藤公俾摹梁楷蠶桑圖以相示茂卿愕然者久之。曰非不能也。不爲也。孟子之言豈吾欺哉。雖然苟使無藤公督責。渠安能辨之乎。過此已往狩家技庶其復初耶。夫天下之事。滔滔弗返失其本真。豈翅畫已。噫今藤公湊三爲一。亦尚初也。茂卿既不能覩原畫。則不能言其肖否。故止言之爾

跋萬尊者詩後

初覲尊者詩。在我東方。古今無兩。不佞爲之吐舌矣。及讀此冊。則不覺起座。南嚮再拜。洒中華緇流所無。假使金面老子。從事風雅。則不知其如何耳。其它支公休上人以下。悉瞠乎後矣。修多羅所謂淵才雅思文中王。要當屬諸尊者也。

徠集卷之十八

徂徠集卷之十九

物茂卿著

題言五首

譯文筌蹄題言十則

是編予二十五六時所口說。僧天教及吉臣哉筆受成帙。以今眎之。一如老嫗師誨癡騃女兒。其口諄諄然不能自已。而黌家生傳寫。無脛走千里外。洛中來者。往往說家享拱璧。珍襲帳中。不啻中郎論衡矣。近者剞劂氏懇求上木。以息毛穎脫帽屢謝之勞也。予迺

笑梨棗何辜是則訴屈哉或又憾其尚多挂漏則因
語予十四流落南總二十五值赦還東都中間十有
二年日與田父野老偶處尚何問有無師友獨賴先
大夫篋中藏有大學諺解一本實先大父仲山府君
手澤予獲此研究用力之久遂得不藉講說遍通群
書也又覩　憲廟好學海內嚮風闤闠諸書講帷如
雲世仁之期今也將及而求能讀海舶來無和訓者
寥寥乎無幾焉則亦在精志與不耳管子曰思之思
之又重思之思之而不通鬼神將通之故在能思者
則是編爲贅旒矣在不能思者則是編亦爲贅旒矣

唯第一等根器藉此榜樣警發其機別向和訓外通一線路則八角島直接壤明州不見中間淼漫吞天日夜與華人交臂晤言者庶或見之哉是則挂漏足以廣思訛誤足以蓄疑疑思交蒸靈慧以生豈非如予鄉尙在南總無師友者之良師友邪故予亦不恤此兎園冊子落人間也予昔趨先大夫之庭與聞閒靜字義此其撥脫和訓精覈字詁之所職由故是編亦以此一字爲首則亦不忘本也

此方學者以方言讀書號曰和訓取諸訓詁之義其實譯也而人不知其爲譯矣古人曰讀書千遍其義

自見予幼時切怪古人方其義未見時如何能讀殊不知中華讀書從頭直下一如此方人念佛經陀羅尼故雖未解其義亦能讀之耳若此方讀法顛倒迴環必移中華文字以就方言者一讀便解不解不可讀信乎和訓之名爲當而學者宜或易於爲力也但此方自有此方言語中華自有中華言語體質本殊由何脗合是以和訓迴環之讀雖若可通實爲牽强而世人不省讀書作文一唯和訓是靠即其識稱淹通學極宏博倘訪其所以解古人之語者皆似隔靴搔痒其援毫攄思者亦悉侏離鳥言不可識其爲何

語此無它也鄉音所謂易於為力者實為之祟也故學者先務唯要其就華人言語識其本來面目而其本來面目華人所不識也豈非身在廬山中故乎我今以和語求之然後知其所以異者假如南人在南不自覺地候之異北人來南乃識暄熱耳觀其順逆迴環然後可讀焉則知其上下位置體段之不同也其正訓之外字必加轉聲然後可讀焉則知此方用助聲多於彼也其也矣焉類無方言之可訓而此方助聲亦莫有文字焉則知彼此語脉文勢轉折之則自殊也異字同訓者衆而和語亦有不入訓者存焉則

知彼之所有此不必有此亦不無彼之所無也有一訓被多字者爲有一字兼多訓者爲則知華和言語參差互涉不可以一抵一也仁義道德性命陰陽莫有和訓爲則知聖人之邦命名立教自有常言之不能盡者存也異字同訓及訓不的確者猶有換以今言可以正其譯爲則知古昔作和訓時方言尚寡後世彌文言語之數轉相倍蓰也然其上下位置體段脉勢是爲大者予嘗作文罫一書具言其天秩森然不可得而紊爲能讀者玩索有得則一悟瞭晰左右逢原矣字義極零細雖竭畢世之力未易窮究其載

在字書者特本艸之說藥性已苟非博稽經方旁驗
應病以識君臣劑和之異用炮炙湯散之殊宜安能
曲當洞悉一無所謬予唯其同訓異義者予爲蒙生
苦口辨析是編爲其槩略始欲更爲新譯悉去和訓
迴環之讀而其世久相承爲讀書法終不可廢也亦
猶華音訛轉爲國音而國音亦不可廢者故但就和
訓附以新譯使學者據此推擴益精以或得不即不
離之妙于和訓迴環讀之外若是其筌蹄爾
譯之一字爲讀書眞訣蓋書皆文字文字即華人語
言如其荷蘭等諸國性稟異常當有難解語如鳥鳴

獸吽不近人情者而中華之與此方情態全同人多
言古今人不相及乎讀三代以前書人情世態如合
符契以此人情世態作此語言更何難解之有也書
唯六經爲至奥耶者而詩風謡歌曲典誥榜諭告示
春秋爛朝報禮爲儀註易即卦影發課假使聖人生
於此方豈能外此方言別爲深奥難解語哉道雖高
深語唯是語言如其高深之道則存乎其人焉觀孺
子滄浪歌亦唯言水清可以濯其纓水濁可以濯其
足耳語言上豈別有高深意乎及夫子聞之迺曰自
取之者可以見爲若以高深之理解此方語言則吾

儕平常所言亦當有堯典三萬餘言之解也祇以中華此方語音不同故人作奇特想能譯其語如此方平常語言可謂能讀書者矣此是編開卷第一義也曰和訓曰譯無甚差別但和訓出於古昔搢紳之口侍讀諷誦金馬玉堂之署故務揀雅言簡去鄙俚風流都美誠宜人耳且時屬淳庬語言之道未闢以此而求於中華之言其在當時尚已寥寥覺之矣況以世降時移語言之道益變益繁益俚益俗故以今言而求於和訓已覺古樸不近於人情如和歌者流勢語源語諸書此皆閨閤脂粉猥褻之語一似金瓶梅

類令讀之高雅幽妙大費注解似中華有典誥文以今言而求於中華語其比古愈繁愈細者稍可與華言相近且俚俗者平易而近於人情以此而譯中華文字能使人不生奇特想不生卑劣心而謂聖經賢傳皆吾分內事左騷莊遷都不佶屈遂與歷代古人交臂晤言尚論千載者亦由是可至也是譯之一字利益不尠孰謂吾好奇也哉

予亟講每戒學者不聽講說而入乍聞之莫不驚駭一如釋迦成道說華嚴頓大法諸聲聞羅漢如聾若瘂捲席走出吾豈好作高妙說此自諸生懷高慢心

但聽第一句不聽第二句稍不合己心則輒颺去予固懶惰亦有人心豈不欲少酬諸生來問之心況業已棄身作蠹蟲文字堆中此事固所嗜雖懶惰豈不欲推吾所嗜與諸生共之耳祇深知講說之害諸生不小小甚稔故一片婆心不惜口業亦不暇顧世儒下帷伏耕者懷怨恨也諸生甞莫不曰講習討論自古有之何物狂生出是狂言殊不知中華所謂講者此方浮屠家說法爲稍近之其大要不規規於章句文字但務揄揚道德闡明仁義曲譬旁引飽饜人意能使聞者易於感發不能自已是已是可以施於王

公大人及武弁不學者之前，而非所以造就髦士者。此方之講則異於是，爲字詁、句意、章旨、篇法、正義、旁義、註家同異，以及故事佳話、文字來歷，凡有關係于本文者，叢然並集，臚列如開肆，連續如貫珠。一物不備，則嫌於己之恥；一語間歇，則慮於聽者之倦。務美聲氣以悅人耳，甚者時間笑話，警醒坐睡，動有靳衂。責如束脩，師傷其仁，弟子傷智，流風一成，滔滔弗反。假使其所說精確詳明，一無差錯，初學乍聽，於其叢然並集者，安能一一識別其何爲字詁，何爲句意，何章旨，何篇法，某爲正義，某爲旁義云云者，明白無謬哉勢之所必認彼誤此其害一也學有次第識有淺深高妙之論精微之說卒使蒙生聞之必如如來說圓教而聲聞作二乘會其臆私擬度遷就陋見其害二也侍坐日久耳根旋開得益漸多遂謂先生真聖人試一閉戶讀書累日所獲終不如一日所聞坐收衆美由是漸生卑劣心貴耳賤目廢讀務聽與其劬劬自攻寧終身講席此心一生前途遂畫吾未嘗見講帷下出名士緣此之故其害三也萬卷書豈能一一聽其害四也廢讀務聽之弊必至不能讀行間無副墨者而後極其害五也師之所尚弟子效之從旁

援筆録其所講言前後次第一字不差甚者則曰師於是處一謦欬至此句一擊節舉其聲音擬其容貌自謂假饒不得爲曾參必爲有若以爲他日西河民疑吾夫子之資其爲鈍賊莫是爲甚其害六也講說之間業已不能廢和訓故其說字義且依傍和訓趁勢成義聽者但見其說之可通便謂本然而不知其離本義已遠其害七也講師多不作文章夫文字不爲已用其實由不知文字譬諸不知人者不能用人不知文字所講皆妄且文字貫道之器何取乎道其害八也不朽大業由是遂廢宛乎其死飄若艸木其

害九也其間有豪傑者一開講肆弊風所扇懸貨求售門庭遂立或謂孔孟宗旨在此或謂閩洛正脉存焉圈套一設多少英才皆入其彀中夫學問之道古謂飛耳長目廣益聰明天之生才如草木區以別使其隨才自達猶恐有風雨摧折之患而況縛其枝幹屈其根荄緣何生長以成棟梁之良其害十也十害爲母百弊孳生故予嘗爲蒙生定學問之法先爲崎陽之學教以俗語誦以華音譯以此方俚語絕不作和訓迴環之讀始以零細者一字二字爲句後使讀成書者崎陽之學既成乃始得爲中華人而後稍稍

讀經子史集四部書勢如破竹是最上乘也然崎陽之學世末甚流布故文爲寒鄉無緣者定爲第一等法先隨例授以四書小學孝經五經文選類教以此方讀法時時間擇其中極易解者一二語隨分俚言解說使其自得一日間不過一二次切勿說章旨及道德性命之理大抵人心喜開通惡閉塞雖蒙生日但誦全無分曉語必生厭想惰氣乘之僅得可解者輒生踴躍由是精進且其一二零細後來合湊必爲自用力地比五經皆畢既自得力乃授以史漢有和訓者使其自讀副以字書備其考索中華此方年代

世變文物制度地名人名皆不同若不先讀此則不識此爲何世界局盤不立茫無措手嘗見一宿儒講大學序宋德隆盛治教休明輒謂如三代盛時皆坐此故況道理精微非初學所宜空虛無憑易生臆度事跡顯實便有依據故先授讀不問其能解以不逐次精讀以終一部倘未通曉更讀二三遍學者之病在求從頭皆解此雖似佳事迺其心胸窄陋不能優柔厭飫非讀書器切勿爲其解說又不許其輒忘所疑常要畜在胸中疑畢便忘如畫水然亦莫有自得日但如此讀書積以卷數自然渙然冰解史漢各二

二三遍後其聰明者於有和訓者皆莫有不可讀至此時便禁其一有和訓者不得經目授以温公資治通鑑類無和訓者讀之一遍何書不可讀然後始得爲中華諸生予觀譬有相者多不識路其無相者乃能自行是豈其才爲殊讀書亦爾譬要早去相讀書欲速離和訓此則真正讀書法其初若不易得力極若迂回其實捷法直徑莫有過此者方其讀史漢時或授以是編及文罫亦似可省力如讀他書但要指授其書體格詩有詩體格易有易體格一知體格思則過半矣若其高妙道理深遠旨趣則隨其資禀高下

造詣淺深量其可及時或一二冷語微言忽然觸發如時雨之化其學便進百倍於諄諄教誨者記予侍先大夫七八歲時先大夫命予錄其日間行事或朝府或客來說何事作何事及風雨陰晴家人瑣細事皆錄每夜臨臥必口授筆受予十一二時既能自讀書未嘗學句讀蓋由此故藤爕圖亦自謂其幼時看林文穆公七武由是遂得讀他書比益演史中所有事少小耳目所熟故隨讀便解不煩講說耳近有一沙彌爲予寫峽中紀行便能讀書此亦日常聞予語言游故隨寫便解此類亦一大捷徑法

中華人多言讀書讀書予便謂讀書不如看書此緣
中華此方語音不同故此方耳口二者皆不得力唯
一雙眼合三千世界人總莫有殊一涉讀誦便有和
訓迴環顛倒若或從頭直下如浮屠念經亦非此方
生來語音必須思惟思惟纔生緣何自然感發於中
心乎如詩話文評類說某文高華某篇偉麗或清雅
或閒曠或雄深或雅健又如杜詩有聲有色有味有
力之類如非目熟文字之久義趣之外別覺有一種
氣象來接吾心者則由何識別也又如作文章固有
和訓同而義別者又有義同而意味別者又有意味

詞而氣象別有此非耳根口業所能辨唯心目雙照始得窺其境界故譯語之力終有所不及者存矣譯以爲筌爲是故也然譯之眞正者必須眼光透紙背者始得

是編有形狀字面有作用字面有聲辭字面有物名字面詩家所謂虛實死活卽是物也文罫中所說上下位置之法必以四者爲準故是編亦以此四者爲部目大抵天地之間萬物觸目皆分析爲四片差別家之妙訣本自易四象之數予自詑以謂得中華語言本來面目者爲是故世儒有以易數及邵子學爲

非聖人之意者皆不識知天知人中人上下聖人自有兩種之說陰陽五行孟子子思所傳漢儒得之師授口傳始筆於書予於荀子非子思孟子之言而得其淵源所自更溯本始則聖人寓諸禮樂器數之中故禮記及音律諸書非此不通矣此非是編所須又非蒙生要務但由以四者爲部目偶爾言及

是編所出皆常用文字此外有詩家語有文章家語有丹鉛家語有經生家語有官府律令家語有簡牘語有四六語有俗語有市井買賣語及易卜律曆算數醫藥種樹飲膳仙佛禪皆有家言各各當究頗有

雜抄猶末類分學者纔識其各有家言便當自得詩家語自別予覽世作詩者率皆清弱枯槁少有春風著物花木煒發天然富貴氣象察其弊由率緣初學皆經生經生語纔入詩中便覺寒乞相其小有識者動說意味如何殊不知外詩家語以求詩家意味終是沒交涉求之語言似淺實深求之意味雖深便墮外道其在中華唐宋分岐處實在此故欲學唐人詩便當以唐詩語分類抄出欲學選詩便當以選詩語分類抄出各別貯篋中不得混雜欲作一語取諸其篋中無則已不得更向他處搜究如此日久自然

相似如其宋元及明袁中郎徐文長鍾伯敬諸家。愼莫學眞一語片言此學詩第一要法。但唐詩苦少。當補以明李于鱗王元美等七才子詩。此自唐詩正脉。予近作為梁餘材。卽是物也。未成集。

學者旣到能讀海舶來無和訓者田地。便當讀古書。古書是根本。譬如據上游。登泰山絕頂。眼力自高。胸襟自大。後世百萬卷書籍。皆他兒孫。都不費力。何則。古書語皆簡短。後世文辭。皆冗長。簡短者當加多少言語助字。義始通。冗長者芟去其多少言語助字。乃成古辭。此其大略。故古書辭多含蓄。有餘味。後世文辭義趣皆曉暢矣有雋永故慣讀後世文者止見一條路徑熟讀古文辭者每有數十路徑瞭然乎心目間條理不紊及讀到下方數十義趣漸次不用至於終篇歸宿一路故非胸襟闊大能含容幾多義理眼力精明能使幾多義理不致隱匿能使幾多義理不致紊亂不致忽忘者決不能讀又以此胸襟此眼力讀後世文辭有何難事況道藝事物言語皆昉上古次第潤色次第破壞或分或合或盛或衰沿革展轉必先古後今然後得明悉其源委而不謬也而世學者但喜擇後世極易讀者以讀之皆是下根下機鼻劣

心所使。此其病一。如鄉堂者所論。但讀有和訓者。而遇無和訓者。畏縮不敢讀矣。其學文章。亦但學歐曾以下。極冗長卑弱者。皆是同一病。已夫文章之道。達意脩辭一派。發自聖言。其實二者相須。非脩辭則意不得達。故三代時。一派未嘗分裂。然亦各有所主。孟荀老列韓賈遷固。主達意者也。左國莊騷相如揚雄。主脩辭者也。東京偏脩辭。而達意一派。寥寥。六朝浮靡至唐而極矣。故韓柳以達意振之。宇宙一新。然韓柳求諸古。故振。歐蘇求諸韓柳。故又衰。降至元明。文皆語錄中語。助字別作一法。與上古不合。古今之間遂成一大鴻溝故李王以脩辭振之一以古爲則可謂大豪傑矣予嘗評隲西京下文人唐取韓柳明取李王者爲是故也世人逐人舌頭作語言怕衆欺寡從觀宋元明間經世久稱歐蘇者衆遂爾眩惑以謂韓柳歐蘇王曾是文章八大家明世諸家何及豈非矮人看場比乎亦緣講師經生勉强作文章狃其平常所言遂謂文章非議論不可已殊不知議論叙事二者是文章大綱領試觀專學韓柳歐蘇者決不能作叙事也有謂古今自别何苦強模擬上古科斗時語此太不知道理者言也若以模擬爲病則此方人但

作和語可矣何更學中華文爲也且古辭簡而文今文宂而俚雅言亦簡而文俗語亦宂而俚中國語文簡而文此方語文宂而俚故以此方之人求諸中國宜其喜後世文辭也以其所近求其所喜其宂者益宂俚者益俚故中國人學韓柳爲歐蘇此方人學韓柳則僅得爲歐蘇之奴隸況於其學歐曾者乎古云通古今謂之儒又云通天地人謂之儒故合華和而一之是吾譯學合古今而一之是吾古文辭學此等議論大似與是編沒交涉其實亦有大關係存焉故此附言爾

題問槎篇首

正德辛壬之交高句驪修聘東都其使人趙泰億任守幹從事李邦彥而製述官李礥掌書記洪舜衍嚴漢重南聖重從爲記皆彼中詞華選也此方操觚士海西達東䦨蟻慕羶聚所在雲鶩淙轡相諮益習以俗所使要亦昇平一觀也吾黨好事適稍稍有起而試之者事罷後皆寓稿吾社中以相眎也後先陸紛委積巾箱底頃因吉生秋生來爲整理頗成卷帙暇便展翫則予鄉所謂芙蓉白雪之色自堪遠人起敬已每值絕倒輒呼毛穎片語以賞賞已因舉白自浮段使

謫仙來此將謂晁卿尚在而猶且勉强作營裴以後人舉動病懶老子又從旁爲之點籌喝采豈不愈益增吾黨技癢之誚邪中秋翌日徂徠子題

題唐後詩總論後

右諸公論大抵盡明詩矣祇人心不同如面即二美友于未免微有軒輊是天生才未盡而明之不能盡唐詩也要而言之二李二王仲默明卿昌穀子業斯其至者已獨余則謂于鱗於盛唐諸家外别搆高華一色而終不離盛唐細眡其集中一篇一什亦皆粹然不外斯色所以爲不可及也元美一身具四唐隨

年紀以相升降可謂奇事矣敬美子業介乎盛中之交此諸公所不言也有湯顯祖程孟陽者年輩稍後衆論未之及夷攷其業湯韶令秀蒨君采用脩爲流亞時時奇僻因墮晚唐比諸昌穀則有間爲程迺宗祖劉白卑卑下矣至於袁鍾二子極口詆毀王李爲膚爲熟爲狹爲模擬顧其自有爲說者則鍾曰精神袁曰無法又曰人心自有唐弇州不云乎有物有則無聲無臭豈羨二子之言則安得執一而廢一乎叚使其緘默不言詩而曰詩在是唐在是則足以欺人耳纔一啓唇斯有聲詞有聲詞斯有格調非古則唐

非唐則宋元，非盛則晚季，非雅則俚，所不免矣。又使其漢魏六朝四唐宋元互出並行，如弇州博大具備，則猶之可耳。今披其什，袁宋鍾元，絕無它調，故其言亦曰韓柳元白歐詩之聖也，蘇詩之神也。其徒之言亦曰味石公詩，而賀奇仝僻，郊寒島瘦，元輕白俗，殆無不有。是其借口唐者，唯爲黠計，不能自諱爲晚季宋元者，迺爲揚醜，豈不昭昭然明乎。嗚呼，二子生宋元後，而自謂不盧不狹，不熟不模擬也，安足以欺知者哉。萬古神奇，悉在陳腐中，天不能舍腐爲化，而別爲春。離婁公輸子，非規矩則不能爲方圓，即其自詫神奇亦元瑞所謂古人棄去拾以自珍者豈不憫哉古聖人之言曰溫柔敦厚詩之教也是千萬世言詩者之刀尺準繩詩自三百以至李杜雖其調隨世移體每人殊而一種色相辟諸春風吹物熚然可觀者迺爲不異也此色一壞秋冬蕭索之氣至焉豈翅爲詩道言哉秖其爲人拗不師古專而自用喜快心惡醞藉喜放縱惡拘束儒者有李斯象山陽明卓吾詩有東坡文長中郎伯敬天生此一種人物以轉盛趍衰破醇就漓可畏之甚也故予於諸論後特收戴氏二則以立之防已

本邦之盛其在寧平之際乎如晁衡

藤萬里。常嗣。野篁。廁諸唐人。難可辨識。暨乎皇華不航。而人不識華音。讀書作詩。一唯和訓是憑。遂致弱海萬里。其弊也。視麗若華。則裴頲倡陋長慶之風。蔓延朝著。誦偈侔雅。則元僧流毒。蘇黄之派。汎濫江湖。七百年來。謂之無詩可矣。　昭代御運。文教鬱興。而人稍稍識操唐音。然和訓讀字。其弊自若。唯識意義。而不諳格調體勢爲何物。是以但認晚季緩慢者。以當乎溫柔和平之音。又或經生作詩。先入者爲主。則宋風淪髓。汗下不能祛。其最惑人者。崎人之詩。日與華客相酬和。則見以爲師承淵源。莫眞於是也。殊不知王李後明風屢變其存於今者非公安竟陵則箕生所謂亂中桃外者已文章之道與氣運盛衰方今明亾而胡興推之前古草昧間文氣尚閼其踵習晚明亦猶洪永襲元餘也盛唐之道至弘嘉始闡極盛之運亦宇宙所稀見則王李袁鍾彼未有定論者吾雖不涉渤溟踐華域猶指諸掌爾故世之眩今中華詩者其與賞公以白傳自喜皆不得不惜其陋也要之海內之大豈乏英才獨詩之行世者唯周伯弢方虛谷蔡蒙齋及僧天隱之所輯者僅有一二杜律滄溟詩選亦皆視若天壤不及企及焉故今抄明詩傳之

寒鄉學者使籍是以識百年內外亦有能游泳夫開元天寶之盛者已日本物茂卿識

題詩學三種合刻首

古詩以漢魏爲至近體以開天爲至是自風氣所會雖其人不自知其然降焉而六朝而中晚愈工愈失亦不自知其然世之與詩汙隆也持是說者以世廢學然宋人始知學唐而唐益遠至于明人則復古復唐是豈世之罪哉學之不得其方也學之不得其方也論未定也論乃定自嚴徐功亦偉哉之二子者書具存嗣是則一二美胡元瑞皆有所論譔可謂備矣詩

數既刊行卮言卷帙頗浩未易上木石叔潭且手校三書授諸剞劂氏予既已惡夫以世廢學者乃題其首曰學之方也遵前脩定論習以熟之久而化之迨其化也明如觀火是謂之物格而后知至豈翅詩凡修辭皆爾豈翅修辭先王之教皆爾仲尼曰興於詩是其始哉蒙士繇乎是亨保乙巳臘月望

四家雋例六則

斯集爲蒙學設也斯方數百年來斆童子句讀六經旋輙授以眞寶迺賈人所輯錄豈足以備藝文施諸鼓篋哉蓋室町氏之世闇昬不文儒者失其官而浮

屠膺皇華之選。一時獲諸吳門之市。乃眩其名而實以爲藝苑琳琅。携歸享之千金者。遂被於流俗。爲學者矜式。近世儒宗巨擘。亦皆繇其徒來歸。童習白紛。漫不之省。猶曰眞寶眞寶。或爲之疏鈔。熒惑學者。何其陋也。雖有俊民。習其燥髮所受。終身奉之。如天球拱璧。悲哉。今閱其書。玉石並收。魚目之淆珠。是則亾論已。大氐學文章識體爲先。迺如漁父騷也。而謂之辭。北山移文移也。弔古戰場文弔文也。而槩謂之文。讀孟嘗君傳讀也。而列之傳。原人原道論也。而別立原。夫體且不識。尚何問選。賈人作之。浮屠倡之。儼然列諸庠序課程童蒙以塗其耳目甚則摘其註中謬誤者巧爲之故隱之帳中以求重其糈昇平百年駸駸鄉化而世尚多能文之士者是其故未必不職由爲近年一二大師頗覺其非是則有代以謝氏軌範者是固名儒所纂錄然其書本以便舉業舉業主論策故其選主議論而不及敘事也夫文章之道闕一不可矣且舉子單身經涉數百千里勢不得多齎書而取足一二部故其載史漢諸雋篇者亦便旅途耳它如正宗必讀諸集或刪節及左國莊列者皆爲是故也今在此方舉業非所須游學非所尚而左國史

漢豈可諉此而不寓目全書乎故凡此諸集皆屬無用矣按六經十三家萬世不朽之文章本業外此而無有焉文章之體具于文選然六朝之靡韓柳以理勝之別開門戶宋元之弊李王以辭勝之復古之業始備雖復歷千載唯此四家爲作文之規矩準繩也故特拔雋其集中以授句讀範蒙學塗轍一定聰明以生繇是而往六經十三家庶可得而學焉是余選録之意也

唐稱韓柳宋稱歐蘇而今所以不取歐蘇者以宋調也宋之失易而亢其究必至於註疏而謂之文矣是

李王之所以痛心也且歐非韓柳伍也祇緣識韓者
歐實先鳴且其文優游不迫類有道者態故人多賞
諸亦宋襄之霸耳何足貴哉子瞻誠仙才筆隨意到
縱横唯嚮所以妙也是特其才爾蓋二氏之法韓柳
具是學者苟得其法雖無二氏可也夫大匠授人以
規矩不能使人巧今置其法弗問而欲學其巧其不
以傷指者幾希是予之雋所以止于韓柳也世又有
加以二蘇安石南豐稱之八大家者是茅坤之私言
也世稱三蘇者以其父子聯芳一時歆羨者辭爾豈
匹儔哉半山雖鏘鏗要爲小家至於曾則本不敢望

王與洵轍何況永叔子瞻乎及於朱考亭一稱之王遵巖再稱之而後人或采焉是其意豈以諸家之文筋露骨高而王迺多肉故欲劑二者適之中邪是俗見耳其少肉者以不脩辭也計不出于此而徒事調劑宜乎世俗之賞韓幹也且茅坤之抄所主在舉業與奏議皆所以趨時好也時之與道相汚隆有時乎帝有時乎輿儓豈不朽之謂乎鄉者予社中多尚李王有一先生難之曰學七才子不如學八大家大家之稱豈才子比哉予聞之笑曰曾謂茅坤之言爲律令乎世之眩眞寶之名者滔滔哉

滄溟弇州屢稱北地亦以其首倡也其實能勝流俗爲嘉萬囂矣是耳必求其爲規矩準繩後學者迺在嘉萬二子故弗取也汪伯玉能得二子之心而不沿其門墻可謂豪傑士矣然文少變化千篇如一故亦不取也盖滄溟全不用韓柳法弇州非不用之迺修辭以勝之唯修辭復古是二子之所以異於韓柳也漢以後無騷魏以後無賦之二者皆具文選詔冊表啓檄箴銘頌之類亦皆具文選後世雖有作者莫能扠異故此集不列韓佛骨表祭十二郎文鱷魚文最著然非以文故不取柳梓人傳失體河間傳雖佳非

所以敎蒙士故皆不取弇州短長說錦衣中官北虜哈密諸志皆得西京髓然篇甚長者率皆不録大氐韓柳雋不盈百而盡李王則否以其富也

學文章要識法故今勾畫其傍而書槩略于上亦唯爲蒙士啓發一二爾如其玅處豈可傳乎哉且一時取諸臆而不必深考諸家必當有相出入齟齬者得魚忘筌其勿拘拘哉

發四聲爲讀書先務而此方忽諸可謂鹵莽之甚故今特點其異讀者以便蒙士

徂徠集卷之十九

徂徠集卷之三十

物茂卿著

書牘四十一首

與猗蘭侯

不佞之神交于臺下也久矣。疇昔始獲以形隨之旋，則形與神之離也。夜宴厭厭醉酒醉德，雖然拙詩因謂豈謂恩云爾意者。有高山流水在耳。玉詩之賜，尚如在左右，心神相照哉。滄溟集謀野集各一本附上。

又

不佞茂卿刀筆吏也。一日忽厠鈞天廣樂之庭。不覺與魚鳥作啾唧之聲。其可聽者亦天籟耳。豈意臺下謬稱以爲未曾有哉。雖然不佞之可聽者亦天籟耳。臺下則不謬矣。不佞歸後醒則依舊乎筆硯溷濁簿書旁午。回首前日之游。眞天壤焉。正困頓間。復承錦字之檝。郢雪之和。恍兮忽兮。再登鈞天之庭。鄉者詩中豈謂恩一語。可謂不佞謬矣。何翅高山流水之感哉。拙和一章附上。刀筆吏豈有致語。臺下其亦以天籟視之可也。作報纔訖。俗紛雨集。疇知刀筆吏與貴介公子作同心語焉乎。臺下以爲未曾有。亦可謂不

謬哉妄意倫閒再造潭府作平原十日飲不知可得
乎否

又

中秋無月何昨雨不寂寞而今雨寂寞也迺嫦娥之
不君侯若正爾嘆息忽接尺一蓬篳掩映宛乎前日
光輝哉祇倚蘭臺上管絃作何等聲是未可聞之爲
憾爾王履吉扇面已作侯家物而又欲掩取衡山十
洲二軸眞所謂得隴望蜀者迺劉文叔其人哉不佞
方病酒卧作報草草歪斜莫謂不敬哉亦嚴狂奴前
日故態已四部稿一本及畫二軸照數奉收承索宛

委適鼎它適它無識字者容明日奉送不乙

又

宴散殆五更矣大雪漫兮剡溪之興未盡也蹣跚以歸歸焉則臥起焉則日既過三商邪於是知不佞之醉甚哉所賜彩筆彩牋文石之椀幸亾所遺失携歸照耀乎文房之中乃知併與滿庭瓊瑶皆君侯之賜也漫成一絶奉覽雖然小人亾賴踞文茵擁彫爐傲睨自若則君侯迺捧硯行酒布衣交弗若也是自王生結韈之伎倆伏惟君侯知己之遇欲酬高山計莫所復焉君侯自識之耳祗恐麾下諸校頗未免搕𥄫

切齒於不佞者。是以縷縷如此。亮鑒。不盡。

又

恭接尺一。字字飛動。則知台候萬福也。向示瑤什。再把誦之。錚錚鏗鏗。殆非前日所見者矣。豈有所更張耶。將不佞一時酒後眼華。妄生瘡痍耶。要之臺下自安不改也。不佞何以能改之哉。望日之期。敢不唯命是承。

又

將赴君侯之約。出門則火見負弩者。何銃者。絡繹於途。迺知君侯之門。羽林翼如。豈容客星厠其間哉。所以返也。惟君侯教以它日。

又

白雪飛罷，陽春適至。正是臺下千祥之時也。小人怯寒蟄屈于室，未能趨賀，乃奉大教，加以彩箋一鞶，十朋之錫，若自天降，則罪戾其謂之何也。更承高作示及，不覺神往霏霏之物，當享此瑞。嗣容詣謝，萬惟鑒照。

又

當暮春之時，都下之樂亦夥哉。乃君侯獨與潮師閉閣讀書，一生若槁木，是不爲其所得爲者，其賢可知矣。若小人則異於是焉始之風火作警次之二豎爲祟卒之僕人多叛去者是豈能出門游乎是其不爲也亦不得爲者已何以稱爲鬱陶之間正爾奉憶則已賜之以尺一之牘復申之以方丈之案可謂甚大惠也不日摳赴謹嗚謝門下之吏祇恐大夫之簀降賁陋室左圖右史與有光輝也則小人欲出之心忽或灰哉藉是而不爲其所得爲者君侯其謂之何

又

甚暑哉暑之於人也不啻傷人之氣體亦能傷人之禮裸身仰卧兩脚拄天彼是同爾若教阮籍見之必

謂竹林添二賢也宋畫一幀通典四本附上一幀繫留案上不盡

又

向者草堂之會未能盡歡嗣聞君侯有鈞天之夢也深以爲愁焉忽接手教墨彩燦爛射人君侯其得帝錫哉而後小人喜可知矣千秋之業於斯爲烈比肩繼踵河山何邈況乎天漢在封昭回遠被縞紵之賜永服無斁令聞令望日月偕升報政之期延領以竢祇小人怯暑如虎不能詣邸奉别歉然于懷耳若夫華閣之筵何敢望之哉東壁草堂之資不曾渠衙結

弗已雖小人亦與有輝先也萬惟鑒焰

又

不佞無德何幸婁蒙明侯千里垂念之勤尺一之牘賁然乎再降也伏惟明侯發軔之後弊潘有凶變則不佞雖狂乎淹三旬之久亦未敢能鳴絃吹竽以陶寫其性靈而不可藥之疾稍是轉甚呻吟之聲動乎天地遂以感召乎大塊噫氣越八月十六日飛廉將命百物拉邏種蘐之園樊破籬仆而豪廣殆倍曩時忘憂之館棟折屋飛而呼吸可通帝座矣然後不佞之嬌快可知已迺與東壁數子面孔相向乎上漏下

濕之間放歌如出金石豈不樂乎獨以興癸室長爲齋扁董僕怨咨書樓有壞門人慍見則不佞雖嬾乎亦未免拮据甚劬也加之藩侯奉教重修　憲廟寶紀而謂不佞閑其事以見委焉歌聲未闋刀筆作崇簿領旁午風雅悉廢則古人所謂樂往哀來者豈不然乎是不佞近狀所以久缺問候之禮不報德音之惠者爲是故也不佞精誠業已動乎天地而況明侯乎故亦不敢謝其辠而特愬其哀者如此夫明侯福履所綏端居於郡齋之中坐攬江山之勝諸所形乎歌咏者近得諸東壁之所誦之三復不堪神往夫不佞生平

以傲吏自負而造物不俾遂其傲矣明侯貴人簪纓所纆而迺偃蹇自恣乎寂寞無人之境矣而今而後天其不可諶乎則不佞雖精誠乎亦未能保明侯之善恕爲耳所賴同調之雅敢不自恕拙作奉懷者一絶奉和者二律附上它詳於與能孝書中不備謹言

東壁買草堂白山下自稱商丘丈人併是明侯之賜也諸子來爲致尊意渠皆感不弃管蒯矣聞潮師在山本定是天產禪師之所渠亦善華言者筆可成否大勞尊慮印篆何似顯蔟者久之佳印色亦所欲也詩語類選已到何韻明侯拮据之狀如

目睹已滄溟五言律附上莊逸以八月晦始來大

慢哉

又

熊旛西蒞後再奉尺一而讀之其辭瑰特雄麗駸駸日上後者比諸前者遠甚辟諸排閶闔淩列缺絳霄九重愈崇愈閟位業益殊衆妙益臻祇自覺其樂倍昔而外人弗喻茫然都謂非吾儕塵土境界耳詎足以識非非想之非非想乎但苟非躬躋帝所親聆鈞天廣樂猶未爲至者矣是明侯所當益自勉者雖然纔離大地剛風所載縱欲墮落末由已茲審盛意所

在千里之遠曠日之久懇懇布衣之游者殊未衰矣夫蘐園之勝孰與河内山川之美牛門殺鷄爲黍孰與列侯五鼎之和絙木之瑟葦籥之吹孰與八音之悉備數四蒯緱之士彈鋏而歌孰與珠履三千之客加以燕趙婉娜猶爾無念形諸吟咏益亦謂仙緣耳叚使天上玉女戀戀青蓮可謂思凡乎明侯之謂也賜懷賜和諸作均之人間所易得哉不佞近日有一二拘儒如漢時轅固生者自海西來見抱經發難動輒相引迺爲其所嬲不得已已著辨道辯名及諸經解若干篇經術爲崇風雅乍廢是豈非謫仙所以被

謫之故邪勉强洗心奉和二首扇頭寫上年先殊逼
栗冽爲甚伏惟履祥餘未既

又

條風一起江水流澌洒覺芙蓉之雪稍似媚人也因
想明侯卧閣之興何似不能已已忽奉手敎伏知台
候亨嘉深慰鄙人之懷併領緣牋之賜竊疑葛城山
中物遥堪持贈陶道士欺我哉今春服生釋絆東壁
失餽兩人者相持大笑然東壁則飢甚旦夕族習侯
公養之至焉縣生抱瑟齊門諸子爭欲賦貽君怨贈
之又有山生奉紀侯之檄非其母之爲誰之爲乎大

鈞一轉吹萬不同吾黨之士何所不有不知明侯封
內有此奇觀否舊臘賜詩二首致自藤生所陽春之
調哉勉强奉和其一亦不能肖也附上賜覽聞朝覲
在瓜時旦夕奉竢書不盡言惶恐不備
大旆之西約下石山寺硯不知可獲否私印宥勞
玉璧否近來家僮巧製觱篥義嘴伶工輩皆乞去
只憾無好蘆管耳聞貴封距鵜殿不遠可獲數十
百莖否前年所賜笙石變成黃色不堪用也京洛
間可得佳者否伏願留尊意客歲獲響銅一片試
製笙簧頗悟妙處女媧伎倆豈遠乎哉莊逸久不

來。活字版何似。

又

奉手札。迺知君侯復伏枕也。豈才肖長卿者。多病亦惟肖邪。十七日。承召偶有雲夢看紅葉之約。切恐山靈嘲笑。倘値風雨改轅圖南。伏惟尊鑒。弘毅賀詩故是佳境。若其題俗。罪自有歸。

又

是日不佞之疾不可以風也。而城南火。東野殆將疲乎奔命已。伏惟君侯之側無人矣。敬俾技指生代候左右。

又

時謁潭府也春雷震白雪飛深知作樂之祥已無那俗紛遲遲以行至家則得侯示札及雲牋一套盛貺哉貧子遽富富如此耳拙詩附謝餘圖面既

又

奉別之後不脩尺一於記室者數月矣亦唯臺下膺任專城節制一方體統既尊職務亦繁陪臣之微不敢以文史末事上溷執事也豈惰哉玆辱大教乃知閫外之寄凡百就緒燕閒有暇念及故歡承喻江山如畫人物似其詩則不啻臺下弗忘吾黨亦吾黨不

能外臺下焉班荆之思可謂信也已四部續稾青蘿館集臺下獲之想必隱如一敵國西記及宅作皆適上臺下善食之狀宛然乎千里而後不佞之喜可知矣頃者舍弟奉命講戴禮高倉館聽者如堵墻人或謂吾黨吐氣豈其然乎大氐自東壁上賓臺下就絆而一時諸子苟非尻火則奔走衣食素業零落將盡文運之不終興也臺下其思之獨怪東土入夏以來霖雨作潦疾疫盛行而不佞雖疾乎稍輕舊年但以雲散故絃歌殆廢是以欲忘其憂末由也已辯道璧上一二有所改正東壁集校刪略成嗣當奉覽餘詳

諸左記室書中故不敢瀆

又

帝里春回環拱山川鍾和氣帥府晝靜侍衛棨戟裊祥烟恭惟臺下福履綏之承枉手札兼膺盛貺感佩何罄理當即謝祇不佞祇役龐鹽鉛塹告勞抱疾弗豫藥石特曠曾人之阜職此之由伏惟亮鑒不備

又

恭聞尊夫人捐館災禍之臻如何不淑臺下遠服王事豈無內顧忽爲永訣生死別離二者兼之情其謂何伏惟裁抑私哀爲國自重不備

又

奉手教幷賜題仇十洲畫所謂眞南山愈假衡山者信然哉蘭亭帖不佞所見亦如臺下是其所以見留不亦宜乎嚮者秀緯來歆以微言頗似首肎它容面謦

又

茂卿啓曩者服生過傳君侯盛意一十八日辱當見臨是誠鄙人之願也獨奈家人疾者十有二庖餁洒掃何以供役加以積雨壞垣殆乎不可支矣業已甫工期不可緩矣是以敢辭惟君侯鑒照來月之吉敬

當摳趨以領大教

又

折簡之名辭以采薪切恐譴責迺承慰問可謂榮出望外已私印刻成見贈篆以銀鏤之管鐫以金錯之刀豈不可寶重乎大宰又蒙留盛意再訂生死肉骨之不啻也併共感佩不日容趨謝不具

又

歲玆除矣東風先候緬惟帥臺森戟宴如也野人抱痾未能趨拜忽枉手札兼有赫虢之賜盥漱拜嘉感何能戢蒼天歌辱承示及則知執心不渝永矢弗諼

餘寒痗人。萬惟自重。

又

句亾整駕。萬方罄新。恭惟臺下陽春受祉。藻思日湧。偶有微恙。曷足爲慮。茲奉華牘。復辱盛貺。小人多幸。頓首拜賜。嗣容趨謝。不盡所言。

又

昨奉尊教。它適失答。可悚愢也。南郭生畫。敬領之。東野遺稿二一本附上。後來購得數紙。嗣容尋搜奉覽。不佞疲矣。臺下命侍史校補東野。幸甚。不佞幸甚。唐後詩于鱗絕句。門人借去。尋當討還奉上。芙蕖硯銘成

不知副尊意不

又

芙蕖研銘奉命日久忽爾屬草遲怠之罪其謂之何迺接尊椷知副台襟不佞之幸也又承活字頗成則東壁且不朽哉且之子無鬚豈容僣字有鬚乎

又

昨奉尺一并寄子遷書一篇讀之泚穎然亦知臺下之爲南容也頃得肥人水足氏之子歲甫十六迺非子安仲默所能及焉以此觀之氣運所使於我何有哉承問體源鈔者貊氏帳中寶是已昔仲尼學樂萇

弘臺下無志於樂則已。如能學樂歟。是亦甚弘哉。尾
學士幸無恙。勿勞尊慮。不備。

又

嚮者雙旌儼臨。逢篳之輝。加以種種恩賚。誠所謂丐
兒暴富者矣。老農何有。交歡弗罄。深抱愧歉。理當趨
謝。則預承優喻。不敢方命而已。昨更賜書見謝。則又
它適。不能即答。得罪益多焉。示及和筆一管。頗足供
揮灑之役。祇管稍細。不便把握。爲可憾耳。

又

奉接手札。兼賜海錯。謝謝。論語一本領之。屈盤之讀

豈謂孔子之時有之哉。袖硯一附覽

又

接尊教玆知臺下起居自如何勝欣抃。高第罹災亾妄之事。何足介懷哉。祇群下困苦。少紆高畫耳。如小人亦少觸祝融之怒。然琴書晏如。可謂大幸也。伏請勿勞尊慮。論語徵諸書。無損失。深荷諸執事周旋。謝謝年光逼盡。候春日和煦。拜趨貴寓。庶足以紓鄙懷。餘不旣。

又

奉手教。伏審尊候起居清福。深云恭喜。相傳貴府地方不准起造今聞且作築室謀則知其爲妄說矣國字解愚弟稍得閒暇談及此事渠甚恥曾人之皋急欲奉呈忽驚祝融之變萬事皆停不日容催取奉致耳

又

向奉手札適有姑喪在躬恐不祥之言以有觸犯也是以不敢奉答是日能孝書至伏知臺下清勝何喜如之貴第地有變更亦都下之常何足介懷也子邊復罹災何洒遭祝融氏之怒若是其甚可憐之至也它容拜趨盡之不備

又

奉尊教伏審臺下安穩也承示高文何其筆力頓爾勁絕足以察其善食狀矣古文尚書誠為奇秘適復有携王奉常集者呈臺下能無食指不動邪餘八日實趨敘不盡

又

頃日與諸子分賦樂府皆譜存而詞亡者益欲以補千歲之缺典也敬為君侯首拈一題則甘州也謹以送上君侯以曠牙之逸技兼揚馬之雋藻按譜作辭必有可觀者顯俟

又

荐領尊教驪珠駢至恍照一室也知台候違和吉人天祐想當勿藥已昨所示書卷中王寵特爲奇珍矣其神駿少減枝山而春容大雅上儷晉人後世無比終非徵明輩書家所能及也盍祝佻文巧而王絕無斯二者病不体前年賞其扇面者爲眞蹟無疑於今信矣愈益不以腕中有鬼爲憾而嘖嘖自咤臺下以爲如何徵丁通考領之乙奉上咸甬栗當留意琵琶譜則有天際眞人想若久矣不盡

又

奉教伏審臺下貴恙少佳聊以爲慰不佞劣劣依舊啄木譜寫賜一本感激何已嚮因下問少陳鄙見爲臺下所采可謂幸也如文王品第弇州明謂文以法勝王以韻勝未易優劣而每每以待詔先貢士者蓋以輩行已不知臺下何所疑它容面敘薄晚爲答糢糊殊甚伏希尊亮不盡

又

裁書欲鳴謝左右則君侯迺先之矣何其如此哉白雪之賜兩家相推孰執其咎要當與君侯平分耳原裁書不容但已併附上

又

承喻王履吉書評以秀雅至以弇州語爲證是自君侯所見與不佞別矣枝山飛動縱横孰不知之趣向不同豈更容喙乎且秀雅二字大失擬議但注意晉賢其論自定已枝山所以踞第一者以天然耳豈在飛動縱横哉弇州之論亦在第二君侯其詳之徵丙校上

又

鄉者所命殘帖頃因少閒試爲比整紙爲校書作祟昨子頗覺靈滅臺下它日購得全帖對讎然後知老

拙眼亦不全華。呵呵。

又啓因偶見宋理宗皇帝書詩。寒酸殊甚。理學之弊一至于此耶。

與下館侯

另啓去月十三日。滕焕圖遂下世矣。渠十年來時時嘔血。自謂吾終當從李賀之後。繼天上白玉樓記也。人咸笑文人傲誕。迺爾何其信然。及病篤飲啖若平生。十二日。不佞往視。則相顧曰。歲在大淵獻。吾歸東壁之期至也。世心世肝既已嘔盡。辭氣壯甚。渠蓋記不佞所爲學說中語云爾。不佞謂猶尚能戲。且不死翼日訃至。悲哉。渠貧窶。君侯所知。君侯卵而翼之。不佞諸人所知。然不能免其貧以死。貧固士之常。庸何傷乎。以渠之才之學。而假之以年。豈不佞之所能及哉。天貧之。窶之。又奪之年。加以無後。何其毒也。不佞亦何免祝予之嘆乎。二三朋友憐其如此。買石立碑。營後事備至。遺文散落。存者無幾。百方搜求。僅得詩若文三卷。行將梓以問世。藤豫侯及諸友人皆有哭詩及祭文。欲彙爲一卷。附諸後。君侯倘能賜一詩。哭之始終之義至哉。載在集中。亦渠身後之榮也。君侯其有意哉。茂卿惶恐

又

鄉者力疾趨府得奉顏色承話言爲幸也陳者不佞近修先王孔子之業以自娛爲鑽研之久頗有所得論語二十篇先成而中間有不得其解者如無適也無莫也朱子解適爲專主本諸左傳爲有據莫訓不肎無所本焉何晏本章無解邢疏爲無厚無薄之義亦屬杜撰忽憶幼時嘗讀大無量壽經有無所適莫之文乃搜諸佛藏得玄應音義者曰云云蓋論語古有諸家及朱子爲集註而後諸家悉廢其存者僅何邢之解已今參考朱何何解多不失古意者而何之

所失不可得而稽矣漢諸家之解亾故也豈不惜乎六朝隋唐時諸家皆存故玄應作佛經音必本諸他諸家之說耳今儒者所失乃獲諸玄應可謂幸哉因思它修多羅中亦或有此文自非己所嫺習何以知之伏聞靈雲戒琛尊者淹貫梵夾想必有所記臺下雅所親厚願以此瀆問尊者或得所望則適莫之義僉益章章焉千萬至祝不備

徂徠集卷之二十

徂徠集卷之二十一

物茂卿著

書牘五十四首

與滕東壁

不佞潤色它人文章。率存一二瑕纇。易見知者。使其覆修一番。成於己手。此家法云。大氐同人就正不佞者。皆信不佞太過。一經點改。輒謂無以尚之。是爲不佞縛定。何緣上達。與其玉成一篇。增價當日。孰若啓牖慧思。成後來果。吾不欲同人爲一日假才子。而欲爲百年眞才子也彼或一時應酬所急恨我恝乎無情要亦非負其本心矣叚使所增所減鎔合無縫脫稾於不佞之手是不佞之文也況痕跡宛然不逃於識者藻鑒乎鄕承命高文以存重犯見責雖足下亦爾故特書呈使識不佞盡朋友之責已

又

承書茲知賢兄罪得白焉是皆足下至性上通天矣時屬太上浩蕩之化與物更始而聞者莫不皆喜從旁抃手以舞也況足下棣萼之情固云豈不汝思仲尼曰何遠之有思之精也神將來聽我於足下見之

矣特相報知至感就報以賀

又

相憶間忽奉雅教使人物色將書者輙已亡矣僕坐困桂玉不免問田求舍二三人力東西奔命之弗給皆疲甚僕亦肩肩乎徒步從大江東還及削牘頭岑岑然以故不即特報當足下湖海士見笑也與次公書較諸送香洲序其傳致古義稍讓而宛轉之趣超而上之一弁一函足下其奄有之哉頃府公告老之期近菟裘則遠郊外僕迺將車其書郭門以即往來之便庶乎駕之可不竢也府公則語僕毋也　憲廟

時若所拮据皆國事也若備矣吾不欲再勞若其及若年之未艾勉爲名高哉城中豪杰士所止養交所以養名也若其毋離城中爲也芙蓉之在峽豈不峽是重乎是若之事吾也僕頓首再拜出省吾輩旁聞之妄意以謂斯文可指日興矣足下見賀意者亦是耳諺矣哉僕斤斧餘也何能爲且名者造化之嗇也是可倖致焉乎故僕則竊自喜以可藉此優游自遂比古之祿隱者吾願足矣若夫文壇赤幟者豈容宅人樹之唯足下可以空趙壘矣東壁足下毋怠哉千金軀盎自愛而輕試諸小技之爲走馬危事也浸假

而折臂爲三公。自是羊叔子家法，何益於足下。千秋哉。慎旃哉。不悉。

又

東壁足下。近況何似。予始則以謂古文辭或行世邪。是殆不然。蓋世之樂歐蘇文者。不啻爲其易構也。亦爲其易讀也。不啻爲人讀已文易之也。亦爲已讀人文易之也。渠業已以文人自命。會有它人一篇文來前。而讀之而不可句也。是寧不羞邪。羞斯生畏。畏斯生妒。妒之一生。無所不至耳。故古文辭之不行於世也。妒之殃也。足下以爲何似。

又

辱答書。承昨尊公北遊。省吾嫌觸譚抹殺兩字。此人未曾參曹洞禪。不知緣何爲爾。野生詩見捲還。予頗欲大國救援。何洒袖手坐視爲也。渠字固佳。詩亦敏捷。祇憾兩皆不可傳耳。黄帝不死想是三百年出在家語上。不知足下所見如何。萱闈益佳。欣慰欣慰。又云。予戲撩野生。值其乳虎怒。今遂不可。但已眞騎虎勢也。一噱。

又

不面者幾日。便覺鄙吝之萌也。陳者。隱州刺史借示

筆譜六調皆備甚爲精確蓋搢紳家秘玩也欲急抄
取便苦無楷筆記足下每購尖頭齋者敢請足下代
爲買辦數枝倘無見成者便令裝製是祈又聞銀鹿
省其鄉未還即賤伻供奔走之役也

又

同坦庵寬齋訪秀山碌碌市井賣卦人耳想卦爻神
物不肎爲其用遂逐聲音容貌妄爾猜枚寬齋大模
樣以其爲羽林官坦庵西音輙謂外藩頭目予洒謬
爲恭敬則見以爲謁選人未售也歸路相顧失笑遂
鬨倒一路海和尚常謂不十二時使乃爲十二時奴

子使省吾信渠太過併及屋上烏不免一時被其皷

弄吐露肝腸不然何至教渠言言中窾也鄉爲書君者擕

文衡山千文來玩其印則世貞鑒賞知非贋物但搨

手不甚工爲憾已北越子有疑無無疑時遂不濟事

也

又

昨日頓首百拜辭出藩門僕蹶走所僦市中舍則已

薄暮矣僕人先至者呈足下書及書跡一種北鄉再

拜享之覺味頓異城中者然後開書誦之纚纚乎其

言之也左馬莊韓雜然具列雖則芥子室可謂須彌

人會何所不有五濁界中郎稱世尊謂何藩中戢郎所稱僕者雖過美之言乎要之達城中而市中達市中而山林漸入佳境孰謂足下之言無驗獨恨飛鷹千里紲在人手峽遊時所謂者猶今已萬惟慎風寒草覆

又

疇昔邸歸得足下書及文一篇梧上披未卒讀岳翁以疾革相報倉卒往午夜乃還勞倦甚故未得細讀卒業也足下書又至承借周官注本謹以第一本附使本多漫漶恐所謂厤沙本者以意逆字可也聞寬

癖色若不懌焉者。夫夫也不能忘心得失之間也。不佞疲矣。握毫欲眠。是其於摩厓萬寶。不知如何生得。一噱。

又

王元美稱解大紳草法爲鎮宅符。予嘗謂林道榮近之矣。足下則見以爲譏誚過眞也。今日忽得解學士墨帖。宛然林家迹。予每自憾腕中有鬼。而此特不可謂眼中無神已。古人評元章有書才而無書學。董長睿有書學而無書才。嗚呼以道榮之才。而至甘爲解家奴子者。不學之過也。足下有書才。而春秋正富故

以相報

又

蒙借一力鄉已遷矣方遷之時獨欲詣別會雨甚也且跬步地亦何用別爲哉既至獨卧廳上數十竿竹作聽作琮琤乎響十五年所未耳者則喜欲狂矣是要足下急來享此鈞天廣樂樂已力還草堂

又

械教將張老頌拜稽首受而誦之竹樹之增色哉雖諼之洲亦何諼其惠也風兆乎晴而涯尚艱矣雞黍之約不敢違耳祇咫尺之地詩筒如織何必形聚而

後神遇邪。且午後未必不霽。則將謂書不如面矣

又

昨日以足下語報戚家。孤渠皆感激者不少也。謹以碑樣及碑題碑陰文字呈左右。伏乞莫悋墨妙。死者生者。皆將倚賴矣。碑題要隸字。碑陰文如神祖東都宪廟。皆唯空一字爲妙。若必要擡頭出格。格欵籍是狹隘。字益過細。爲不便。蓋謀久遠者。欲字畫粗也具在賜照。

又

銀鉤鐵畫。森然矗然。意其將入石者幾寸邪。丈人峯

得不增而高乎爲之半子者感之謂何迺承種種謙辭何爾長者也且所謂務肉其字以慮夫風雨之臞石者不佞之心未始不至于斯而一時倉卒迺爾亦知它人有心足下能忖度之耳僧某者欲識不佞面不佞面何能與人乎雖然足下業已言之敢不唯命

文

缺然者久之一日三秋盍二之邪是日猶然在停樂之限也不敢朝望悄然在室風雨如晦君子之思惠然一來能毋足乎空谷幸爲千萬若其嬪賓之具有燭可煎有篆奇限副之以湯可浴云耳莊聽謝展

又

大國大夫儼然敝邑是臨聽其辭令宛然古先王之舊哉既其二軍五校亦猶之周公之子淮徐之役哉秦漢而下將命者督師者卒然相當乎中原不曾辟三舍望而惴引而遠遁焉何其贏輸之間不侔唯是廉將軍崛强老而盡五斗粟已莫復能爲已

又

陣未成邪師何未渡也吾非擊半渡者矣膠鬲之期何可失哉將無碎卒乎巾幗之遺當從後進耳

又

行人，王敬奉大國之教，屬我有王事也。俾晉師三舍以族焉。我豈固壘戢武，坐受巾幗之遺者邪？方今竣事還自宗周，雖師疲乎，行敬戒司馬以候于郊，惟大國是命。

又

疇昔之戰，得二億邪？餘勇尚在，盍來乎賈之也。余方誅惡竹堂皇間，雖生非南山乎，寔繁有之，足以書其勳矣。

又

暗投之珠，似題鳳字者也。一二而四，併與右丞五之。

宜其韻之易者轉而之險也。是日有所拮据。不離吾巢。冀夫翩然一臨之。

又

昨游饑邪。得無憊邪。我則脚底泡益大矣。雖然我之於昨游也。所憾者三。所説者二。住持僧不在。不得丐樹以歸植其庭中。中途有所嗔乎篙工而不用。幾乎敗興。是我所憾者數也。雖然忘日矣。爲興乎殆忘之而魚矣。因嗔而後得全其哀矣。傳曰樂不可極。有味乎其言之也。觀兒嬉於窯中。因思古所謂陶復陶穴者。不獨穴土。其謂之陶。亦火之耳。又思皐乎陶下音遥。

窯亦陶音轉爾。斯二者我甚說乎得也。雖然可謂所得劣補其所失也

又

得答書。而知足下所憾者。在得夫陸華亭云沈辭拂悅。若游魚銜鉤。則詩併鉤而有之矣。若夫菽麥可探諸市。已昨游已以洗俗紛乎。僕亦爽甚日也。終日間在家。盡一來惠然試之詩邪。欲以鬭我之所得孰若君多。如何如何。

又

是日非九月盡邪。皆室見而土功勸。五言長城豈得

無欲增而百雉乎足下若來共其畚鍤也

又

昨尊翁臨我誇我以羽芝之勝而寺僧頗好文我爲之心飛也聞舟到寺門前可謂弱質不假濟勝具矣今日謁驅籠明日儻晴將從游乎其亦李郭一時也此柬

又

予二尺之室仰之天穿矣妄意索女媧之石而不得之也僅而得此赤色之物也敢煩椽筆依蝌蚪時字樣寫東西南北以補其四色之缺也庶幾乎足以轉

補大之鈌邪。萬千。

又

前日所煩椽筆。方位差矣。元來仰觀不同俯察。當是天左旋地右旋乎爾。五石既功。鼇足未極更正。足下有意。

又

懸榻以竢足下之來者久矣。還聞足下欲爲陳蕃也。況厨下作馮異之供也。假使雨甚門外有似滹沱河亦何妨草覆。

又

滹沱麥飰。已飽嘉貺。無蔓豆粥。知屬阿誰。歸後復同
原韻聊浅餘興貴筵之作。頗有更絃倂貢記室

又

領教。附以大龍回札。細讀爲之愕然。不知大龍爲何
故逆起其領下徑尺者邪。聞之龍聾物也。意者中書
君之言。彼不克聽邪。然彼書中有曰川之游魚出聽
豈其以龍而不如魚乎。聞龍千年物也。伏羲時亦嘗
一負圖出。則不容不識科斗時文字也。將伏羲龍文
先於科斗。則文更有古乎古者邪。殆乎不可解矣。乍
後當上衙。更謨面商。故敢借留爾。若彼回不俟書。則

附貴价往之教至時會大龍使至走筆卽答故遲足下之報不乙

又

昨潘大夫折簡召我我始謂有何文事則諸學士先生遷官之事也陶隱居有山中宰相之號者而今而後信其心未必戀魏闕下哉鳳陽院記寫完字畫頗不歪斜欲足下評之寫畢太寂寥亦欲足下詩之何如

又

吾書一本君詩一章謹領之又求借天中記以便對

讐。郎用全函負价去也。子猷不來。知雖寒乎非雪夜哉。天又雨。門外想足回剡溪棹已。拙作載楮尾覽

又

昨別足下途中而至家。則迓香洲者。已還待也。話不覺夜之參半焉。及至今日。迺始將欲理所約大龍者乎。中根生來聒之。未畢。得足下書。渠昨來題鳳去。復來則不得饜而去之。徐而竢渠自去。則足下之使。想當欠訊者久矣。伏請勿罪我。寄大龍書。麗特迺爾。不知大龍領下珠。自羞其失輝已。

又

數日漠然弗聞虛空一覺者久矣。足下其亦諼諼之人邪。雪晴而聞街西鞺鞈聲，則知官禁弛也。三日不吹笙，鬱湮之氣殆乎弗洩。想足下亦爾，年同則當抱病卧看門前人之擾擾也。當是其時，鳳亦將噤以養其巇巇之音矣。伏乞足下及其未結古哉。

又

冒雨夜歸，厥後缺焉不問也，爲有駒籠行故也。晨往暮來，來而代中書君者，濡首硯池中，夜參半弗寐，寐而疲矣，晏始起矣。是故非怠故弗問也。承體中有不佳處，意者中齋邪。又承求金，其言若周斛斗時劵契者狀子幸不生天王家天王則必書于春秋矣子之所爲求貸益呂而不足器而有餘品乎品乎是亦易易耳書訖覺東方朔郭舍人所爲隱者聊供病牀之一玩耳在面

又

昨冒雨赴約池大帥第薄暮歸則得足下書几案上併將還書幾部審書意鄉所謂蝌斗時券帖者矣予嘗誤謂方者二足下則篆之矣是予所併月俸之餘以優游卒歲者何以能應足下之需哉雖然足下則曰九十月之交云爾猶之外府哉且也篆距蝌斗時

爲未遠也吾過矣吾過矣謹以團團者二致諸左右

又

青鳥銜書詎意輙吾亡也書數種達六兄所還者領之嘯餘及品彙各一本更留數目是又何妨栢梁餘材更慮其拾遺記所出予意亦然又如錫杖笛在記室而聖德所爲奉足下者轉致之不佞也意者足下嫌其寢陋已是則所謂高麗笛者蓋易爲音六樂器原有此品而其譜却同切疑足下未喻故併及此焉不佞暇寧限滿今早趨衙正屬閒寂兾足下一晤如明日則將朝老藩也

又

領教知中野淸無恙。未知甚兩小紓也。足下遂作岡德夫書。雖非夢亦有因哉。其書辨甚。亦今之蘇秦也。何患從之不合乎。從之或合。以論其爲楚也爲趙也。迺秦之禍也。何如。此覆。

又

辱書。示及南生詩文。嚮者彼謂無所師承也。信然矣。足下要和其詩。吾未之遑耳。禮者君子所由也。足下其約束之務。令循規矩以進焉哉。則所以玉女者至也。然後徐徐誘致之道者。吾迺弗辭焉。詩一紙附上。

又

今晨惠緘時不佞正梳櫛未畢口占數字以報知厚想當不見罪也足下文章大妙當世而尺牘未協也及見此柬而後知足下九轉丹果然靈哉過是以往有騷賦耳也

又

數日不見黄生已覺鄙吝生也且也詩亦道德類邪舌本頗强矣卽日和暖以僮僕疲故不得出游悶坐耳足下能有惠然之興乎否嘯餘譜內有鄭夾漈樂洞原題足下所問豈是邪亦要一商也

又

小爾雅漢孔鮒著而不無差誤也若曰下棺謂之窆塡窆謂之封封豈特塡壙已哉馬鬣封豈不窣然高哉弁髦太古布冠冠而敝之者也不知其有二義也棋局謂之奕無物與技之分也水之北謂之汭豈限以北哉禮五兩爲束而曰倍兩謂之疋疋謂之束凡此之類亦何怪其鍵謂之鑰哉足下其亦不之思耳

又

瓊玖杳然竦然立聽者一日夜矣今而後足下之不金玉其音也可以知焉耳茲審春風作祟宿恙有出

採芝之遊陶情白雲是則騷人之高致韻士之雅趣迺恨不得摳衣以從其後哉若夫千秋之業不朽之物亦將獲諸子長壯游之餘也何必區區埋首文字堆中而學夫經生樸學之所爲乎勉哉東壁其亦開闊其胸襟發舒其志氣以芥視宇宙塊看人烏哉則天上修文幺麿官職緣何能絆其豪邁之氣也再酬高和一首雖未足以愈頭風亦或可供一粲耳附覽是幸寄省吾書有便當致渠曹六七人方爭滕薛之長不知魯侯何以命諸頗岌岌乎足下亦知之乎

與縣次公

不佞茂卿匪人哉河梁後闕然不修數行字憶足下
歸僕人留東者奉足下牘及所還書幾部至而不報
也客歲藩有司致尊公牘尋復致足下牘者再野珍
二品還書幾弓繫之而猶爾不報以至今日也豈可
不謂匪人哉雖然足下亦飽吾善病狀邪春稍稍差
而值鼎湖丹成日也則不佞雖陪臣矣亦嘗叨辱恩
澤僭厠乎朝廷侍從臣之後時時咫尺天威講執拜
賚沐浴乎日月之末光者十四年矣一旦抱龍髯號
者是詎其它之遑問乎吾則知足下善恕人哉賴有
天倖不至乏絕邪府公憫吾獨賢憐吾亡補世用解

吾拘攣俾吾獲縱游乎都下稱祿隱邪於是乎病愈
益蘇矣而後探諸篋中愈益知吾負足下者深哉過
此以往七尺軀屬之故吾而得以歲時伏臘與其親
戚朋好醵苦擊鮮把臂敘舊懽遠之問遺將意千里
比鄰者亦或可言也耳雖然昔弇州有曰行天下乃
知天下大也夫行天下大乃又悲天下小也況吾匏
繫一方哉以數十年耳目所覩記而僅有足下與東
壁耳東壁文益進已且隆萬王汪諸公之流亞也足
下一詩亦何口吻五邑烟霞不復似人間語邇爾文
不示及豈欲一鳴輒驚人邪在唐季時韓愈抗顏當

世。猶不過得柳李二子耳。是足下二人者。不亦足煒映乎千秋邪。吾老矣。次公足下其勉哉。東壁銳甚。近者至欲作書徧木鐸乎海內。其意葢更樹漢幟乎趙壘云爾。其才信不減淮陰。多多益辨。但時則少隆準公也。足下謂之何。奉寄尊公及足下詩合六首。別近作若干首附覽。不悉。

又

憶去夏次公與尊公寄書至也。及至秋時。次公書又至也。二大人安穩。次公文日上。予嚮者所稱東壁謂盛明李王汪諸公流亞者。輒又欲併稱次公詩益佳騎鯨才也天培植明德不出二十年必大振海内矣曷諸如余者真世棄物嬾仍病劇傲世與違加以狂僻痼且弗拔一月閒呻吟發屋者率不下二十日而號笑之聲輒從之一日束帶三日僵牀興至數百千言敎數衝口出而禮俗書牘指忽爲腫此自次公所見吾且不能有以自解於世君子之前則又何萬一人之信我哉祇以一二故人在弊藩者頗諳其生平愍其奇疾宛轉調護白於藩主遂得輿疾出邸稱祿隱于護洲上也不知者則見以爲予故嘗有狥馬之勞于藩藩答以優待豈有是哉要之一贅旒不久終

當潰決耳。然來書言。予值其時也。何其謬哉。何其謬哉。其意蓋謂聖政方新。遐邇拔茹。乘此機會。或可以致身青雲際邪。是何所望於予。予方先朝之時。業已籍府公顯赫之勢。身雖陪臣哉。尚且朝金城躡玉墄厠鵷班。咫龍威者。十有餘載。非暫也。 憲廟又以先大夫之故。時時名見。校藝御前。拜賜沐恩。有踰同列者。非新也。叚使予當其時。稍自脩飭。知媚於上。奉對稱旨。俯拾青紫。易於地芥。而獨不者。殆非奇疾之徵乎。奇疾之徵。以其久而故也。猶不能奪焉。而况予一旦僥倖之求者。予雖不佞。且貪所不敢矣。予始得次公書爽然自失不婾快於心者數日輒謂次公何以有是言也夫可以次公不如弊藩中一二故人乎欲報不報以至今日爲是故也雖然吾黨有醜女頰高於鼻面黍色僅白其足日簪花靚粧倚門而笑醜有轉甚焉而其傳不以其醜故使輟靚粧簪花者亦爲愛故也次公之言猶類斯歟予故報以醜女所自識其醜者已

又

一書不盡言又作一書細察次公文猶有一二瑕纇處予作文罫備言華人言語纔出口輒自有天秩位

置森然有不可得而紊者稿未成咸將寄然以次公聰明亦當自得之祇在留意不留意間功效迥異耳如大國盃記尚覺清弱之瑋麗之觀韓柳唯柳李王唯王在先秦左騷在漢淮南相如曼倩子雲平子最可醫此疾也次公請寓目詩更要寄來古詩樂府諸體此自先賢途轍未有舍是不由能至其堂奧者矣擬議以成變化次公勗諸予笑彼世儒綿力文唯喜歐曾詩唯喜中唐以下古與今茫茫乎不相涉每如隔弱水萬里者皆坐是故也李王大才其於古未嘗屑屑乎作訓詁而退省其文章亦足以發也故予特

賞二公者爲其能梯航乎古也不獨取其詞藻也次公答東壁辨駁甚至予傍看大喜亾論其言當不當其能以此心讀二公集二公之骨眞不朽矣哉予聞着又爲髦生苦唐詩選大寥寥不足以廣其思故手汰二公近體若干首一取其合盛唐者略加箋釋行將問梓則丐次公輩敘若跋庶以徵同調也又承次公欲納交于原臧是何妨游道欲廣此方學者動設籬壁余所病也大氐天之生才辟諸草木區以別使各充其性尚恐不茂遂古者謂學問之道爲飛耳長目廣益意智其意可見也聞尊公需膝下養次公是

以不東豈不有介弟者乎今秋渤海客將至余也種種無心名高東壁則欲邀之洛水上一戰亦晉楚執鞭弭中原之秋也次公將無意犄角邪不知管裴風流又見誰家也左生仲生亾恙不乙

又

本月十日津南江子徹者書至具言馬島兩生稱嘆足下口嘖嘖弗已至標之以海西無雙也則予喜甚夫兩生者故不足以輕重足下雖然海西者芭筑以南而言之也謂之無雙者莫之與京也盛哉言乎非足下未足以當之矣吾未知渠從何處而得此言也

吾始以爲海内唯足下與東壁而今而後又有兩生爲吾黨置郵于海内吾之喜不亦宜乎及取子徹書所附西人詩以讀之迺又爽然自失焉以論其卑靡一沿襲宋元之舊是自二韓土俗使然卽其和子徹詩猶且不能變子徹意而發之窘窘乎旣受病于韻與對之閒是未可以和子徹之詩而況對足下壘也乎其後又得貴藩諸文學所更相唱酬者若干篇於昌平黌中則終莫有足下之言豈亦自慊於千金珠抵之鵲邪是以不肯傳悉益知足下所見不了殊已若夫吾東都之事則莫快焉有輦上君子握文章之

柄者葢嘗呂言於朝曰聘大禮也三韓上國也其人習文又接壤中華是不可以世瑣瑣者當之於是拔其所知識某某者郡國間俾歌皇華以相贈遺而謂華國之勲在是以故鴻臚之館無陪臣處士之迹不然敝藩或命以列國大夫之事則不佞雖憊乎將何辭亦豈不有足下者之慊哉昨予走馳道上縱觀夫西來使者衣冠儀從尚彷彿乎明典章鼓吹砲震旗旆繽紛者狀所貢胡馬海東青凡諸瑰瑋奇譎可娛耳目及都人士男女靚袨競麗扶老携倪群聚咨嗟不已皆太平盛事歸則高枕偃臥烘足地爐中以酬

一日之勞。時時從旁冷眼以覰諸得意之人。日夜謀其所以禦乎敵者。疾首呻吟聲。顛聞外也。無乃更大快哉。足下猶記予昔年所贈詩曰。日本晁卿以後篇邪。是徵李白王維輩何以能闢夫芙蓉白雪之高也。雖然。足下之不免於嫌也。自吾吏之也。足下其慊於我邪。賴得兩生。以識於足下。亦不重嫌耳。鄉者所謂游道之廣。豈不在斯乎。暮春書從秦家姑致之。屬予之病暑也。徵已則輙謀築于牛門西。故不暇問筆研。今已築矣。是以爲書於足下者。爾尊公所惠梳。日以梳朝陽千下。大裳其賜。伏乞善致意。不備。

又

予始得浪華信而識足下有赤關之捷也及韓使就館都下人人來還館所者稍稍傳館中語則又識足下一捷業已冠東諸侯也東壁之褁餱糧不果西廛廛一矢相加遺館中而已予則謂有足下及東壁在焉西出偏師邀諸大海之上既足以奪其魄矣追焉挑戰舟中則不能出一言之相酬何況能相抗乎東奔一千里喘息弗繼遠而遠矣其悸漸將定焉則東壁金僕姑颼乎又雨集其幕也以論韓人再屈其膝迺松雨二子者亦投欵輸誠之弗暇是足下先聲之

功爲大哉。方夫謝玄、劉牢之力能辨事，寧不安石圍碁墅中之日邪。雖然，聞捷不覺屐齒折，吾牛門之築，殆乎將付之一睹耳。嗚呼，次公足下，吾豈爲韓人故而重次公乎。次公之名藉是隆隆乎起故也。吾又豈啻爲其名而喜不自勝乎。次公之實以副之也。吾觀足下所寄示文，自西京典刑猶在，選體類郭璞。予所特愛者七言律、歌行，可謂高岑雁行，在明徐天目、吳川樓，迺有怯色。五律、七絕亦置諸盛唐中，雖有巨眼不復易辨識矣。美哉次公，偉然名家，身分既定，足以不朽矣。老夫之喜不亦宜乎。由此以往，務自愛益

懋明德以答天眷則詩首周南扶桑詩庶或由足下
而後可誦哉予寄霞沼書及東壁書詩附往之東壁
則弇老優孟哉足下書詩皆以韓人離都後三日至
悉命上梓不備

又

前書未報後書復至不佞茂卿之惰慢成其性深有
以愧次公哉披而覽之亾論其文辭瓌偉海內尠儔
也方今次公之名噪乎寰宇猶爾推本原始厚道以
出之豺獺之說吾烏能當之矣所惠鰮骨可以佐酒
陳書可以飾壁獨憾未獲次公共賞巳足下赤關唱

和吉生秋生刻焉今上一部足下所索東壁及不佞作悉在其中不佞則可謂驥之蠅哉非藉二三君子散游四方庸何木鐸遐邇也序若田省吾承淅以行禁錮終身序中語豈非讖乎其事之弗得白乎國然其志也乎於上下彼何憾也不佞劣劣牛門居行將合完近謀續紘乃水府故史臣著復讐記者姪女以其孤故弟觀同僚和菊潭爲主以前書所問故詳及爾足下未娶邪尊大人福祉䕶園隨筆梓未成成當奉示

又

仲邑生瓜期敬寓尺一足下尊公以恙足下以恙客歲獲足下二椷如享雙璧鸞膠續絃本屬老誖承賀忸怩殊甚副啓所言蠡蠡中窾乃欲奪老夫雌黃之權邪外人將謂甚矣哉有若之似夫子也雖然足下兼人哉昌黎而還詩文岐途併啓牋儷語殆將鼎峙乎宇宙間矣自非大有力者孰得一焉過此而往有六經在足下努力若夫吾黨後來之彥乃有服子遷平子和者服大似子與平則千里未免踶齧今子相也皆欲定交于足下其書附函中又雨芳洲之子顯允執贄門下其人尚少所貴翻然改轍前程何可量

也不佞去春奉答一書附往懷足下詩二首外二十首文一篇新刻一部而睹來書似其未達焉何如今又往蘐園隨筆三弓聞已播海西想足下當看過祇此本書肆所遺予裝頗佳故上不佞今年五十矣三月既望本藩子侯及豐侯豫侯輩賜詩見賀不得已置酒草堂受賀者言及其畢集成一鉅軸所少足下之言耳足下其有意乎則欲竢其至而後裝潢藏家俾後人識諸君子愛我者狀也故不無得隴望蜀意已不佞近況具前書及仲邑生口中此不具

又

附答碑制問

遜哉次公金玉其音者幾載前年圓硯之惠銘以麗
辭意與所寄一何殷也然亦莫有一紙書副焉者豈
次公有疾病邪不爾貴府人皆爲殷洪喬也爲之悒
然忽獲二月所寄書則知次公平安前所奉寄者皆
達矣大可慰也獨書中所云次公文思減昔府中無
可與商者及屬藁意輙紛惑中廢乃已於是益疑次
公有疾病邪不爾次公或不滿吾曹邪次公以文章
聞海內吾黨士所爲景仰者次公而有是言其謂後
進何嘗聞次公頗鬱鬱不自得也豈以是邪又聞次
公將合二姓之好以事其祖先也果娶邪豈閨閤爲

累學由是廢耶是二者大非所以望次公者也不佞行年五十有二德甚意者不待十年必就木也後死之託在次公而已矣次公而若是其謂後進何松崎菅公廟碑佳甚中一二有可議者及所訊碑制録上所見不佞聰明日衰有如昌黎所自道者何以能益於次公哉

承問廟碑墓碑制度予淺學謏聞所未經見也然以心思之二者必無差別矣按正字通方者爲碑圓者爲碣是不分廟與墓其方者碑而圓者碣也又按文體明辨唐碑制龜趺螭首五品以上官用之五十五卷墓碑

類唐碣制方趺圓首五品以下官用之而近世復有高廣之等則其制益密矣古者碑之與碣本相通用後世乃以官階之故而別其名其實無大異也五十六卷墓碣類明辨此言不載諸廟碑類而載諸墓碑墓碣類益廟碑莫有稱碣者而墓則有碑碣之分也又明言碑制云云碣制云云則凡稱碑者皆龜趺螭首稱碣者皆方趺圓首耳然則廟碑之制亦必龜趺螭首也其謂古者漢前後謂後世者唐謂近世者明也因考大明會典不載廟碑之制而唯載墓碑之制洪武元年定五品以上許用龜趺螭首二十九年定公侯石

碑。螭首高三尺二寸。碑身高九尺濶三尺六寸。龜趺高三尺八寸。一品石碑螭首高三尺。碑身高八尺五寸。闊三尺四寸。龜趺高三尺六寸。二品石碑蓋用麒麟。高三尺八寸。碑身高八尺。闊三尺二寸。龜趺高三尺四寸。三品石碑蓋用天祿辟邪。高二尺六寸。碑身高七尺五寸。龜趺高三尺二寸。四品石碑圓首高二尺四寸。碑身高七尺。方趺高三尺。五品石碑圓首高二尺二寸。碑身高六尺五寸。方趺高二尺八寸。六品石碑圓首高一尺。碑身高六尺。方趺高二尺六寸。七品石碑圓首高一尺八寸。碑身高五尺五寸。方趺高二尺四寸。會典二百三卷職官墳塋會典之文止此。可見洪武元年尚沿唐制。及二十九年。而後其制度方始繁密矣。其謂蓋者。猶如本邦石碑有蓋頭者狀耳。天祿辟邪。考諸升菴文集。迺蝦蟇之大者。一角爲天祿。二角爲辟邪。攷歐陽文忠集古錄。古者多有以天祿辟邪爲墓前石獸者。如麒麟亦爾。明旁采古制。以爲碑蓋耳。因考王奉常東遊記。岱山有秦始皇沒字碑。廣厚四匀。上爲幢蓋。又陳繼儒尚白齋祕笈載學古編洪适隸釋二十七卷。幷隸釋續二十一卷。皆漢碑釋文。隸釋續畫諸碑形及墓壁畫像。其碑多圭首或笏首。上有垂虹或題處偏僻是唐以前之制可見也又按太嶽傳衆人一齊都到殿内黑暗暗不見一物太尉教後人取十數箇火把點着將來打一照時四邊並無一物只中央一箇石碑約高五六尺下面石龜趺坐大半陷在泥裏是龍虎山鎮魔碑而非墓碑也亦可見龜趺通用矣蓋按明所以止定墓碑制者墓必有碑而人皆有墓故以死人官階定爲墓碑制也至若廟祠則非凡庶所得擅建者而其廟有王有扁未嘗藉碑以識別其爲誰某故亦有有碑者有無碑者且名賢功臣祠廟皆于其宦跡之地不必於其鄉則非

其子孫所得擅占者故其祠皆不屬諸人家而隸諸官府又有德政碑去思碑則民人所建焉何必以其人官階爲拘哉又有城隍廟碑修堰築城等紀功碑旁至寺觀之碑亦何官階之有哉是明所以止定墓碑制而不及其它故邪

又

足下遂以明日發邪陰雨如許酒勾木何似一路三千里風霜日重善自保護絶句數首聊述鄙懷郡司君不另奉書千萬致意不盡

又

勞哉次公風霜二千里還往如織雖則如織扈康侯之行福祿所依四牡騑騑履道坦坦水則櫂人齊唱錦帆無恙知既在太公子舍中奉其顏色怡怡如也嚮者田郎從足下時見訪問見其侍坐隅唯謹祇謂忠信人也及覽送于生文而後爽然自失矣人固不可以貌取焉耳夫和生之於詩既有鳳翔千仞之勢田郎之文乃雕虎哉昔子游僅得一澹臺滅明沾沾自喜亦君子樂育英才意也足下乃得二子而有之其勝子游遠甚文翁教於蜀相如蜚雋厥後王褒揚雄是之自出大國之才其誠無窮時也已爲予語田

郎乎和生之才稟諸天之子則資于人爲多中庸曰誠者天之道也誠之者人之道也人固未嘗不勝天爲田郎其以之而後足下之樂可知已不備頓首

又

昨着微恙在體草草作別爾後忽忽得書方悟歸期之逼悵恨何可言不佞病態雖劇亦是恒已易曰貞疾不死數十年如是則雖死亦何恠也祇足下千金之軀老大人在上海陸三千里加餐慎風霜徵甲領之純也未來萬惟後音

又

鄉者示及諸生作頌因少間試一展閲子華既是超乘其文極肖滄溟是固摹帖然摹蘭亭豈易事哉足見其才也詩比曩日似稍退格意者之子才極俊利失於輕易耳祇其才亦大是不易得矣代足下與着必之子也雖然非務讀周秦古文漢魏古詩俾胸次飽滿終或墮落是在足下鑪鞴哉叔茂詩或出其上子濯文亦能振拔餘子彬彬不怠要皆成器吾黨士莫不羨足下富耳它面晤

徂徠集卷之二十一

寫

徂徠集

[日] 物茂卿 著

江蘇大學出版社
JIANGSU UNIVERSITY PRESS
鎮江

3

徂徠集卷之二十二

物茂卿著

書牘五十五首

與富春山人

足下業已浮慕子陵之迹。稱富春山人焉乎。子陵能悠然文叔。而足下乃不能悠然不佞也。不佞果勝文叔而上之邪。祇足下足橫不佞之腹上者。未卜何日矣。爲之如何。獨怪足下傾心佛如來。而得佛如來力。傾心不佞。而不得不佞力。物皆有因緣也哉。大氐游

樂邦者。釋迦送之。彌陀迓之。今乃敬上人彌陀歟。白
禪師釋迦歟。而迓者迓。送者送。則足下所遊。未必樂
邦也邪。雖然讀足下文。誠大得江山助矣。假使非樂
邦乎。亦真富春哉。亦真富春哉。所慮者。羊裘惹人物
色。足下能忍寒邪。千萬自愛。今春令郎想已達矣。大
家團欒。無處非樂邦耳。信旋急。不得詳之。客星熒熒。
夜夜不勝東望之領疲也。

又

白駒在谷。足下其亦金玉爾音哉。朴師歸後。胡爾寥
寥乎爲也。方其歸時。遺余異竹杖二二矣。而本月十六。

予爲五十始也。同社諸君子辱不遐棄，儼然臨焉。余不佞擊鮮釃醇，則侑以白雪之歌者益滿堂云。宴既散，玩閱其卷中，西盡乎西海矣，獨東山之東未見一介之來將也。豈吾道之未東歟？則有足下在焉。足下毋乃忘諸？烏乎，朴師養老之賜，既用其一于家矣。若彼于鄉之與于國，則猶留其二者焉。由此而往，藉天之寵靈，以得保犬馬之齒，段使至於六十七十，亦師之賜也。足下其善致意諸。又聞之朴師，語有洞岩先生者，嫺于輞川衡山之技，予欲往絹一幅，郵致仙臺松島之勝，不知能爲役否。鄉嚮者摹示弇老遺墨，予又

欲換以葉五臺。是適足下所經見雖然吾醉心弇州
而洞岩之于五臺。不知其何如也則不可得而言矣
令荊令郎以恙。麟公雪濤近況何似時下春寒復來。
千萬自玉

又

八月周南縣生來。會東壁于草堂。則相視不言。吾三
人者淚簌簌下也蓋吾黨之士滿堂。而莫有足下也
蓋方今之時。吾黨之士傾海內矣。每會揚觶稱詩以
至於酒酣。則吹竽鳴絃。簫笛遞和莫不以爲娛矣然
何如吳門之時哉居數日有致足下書者破緘如見

足下而嗚呼足下一何窮也。然讀足下書，猶昔者之壯也。奧與武相距殆將千里，豈能來哉。然讀足下書，猶昔者之壯也，尚能來哉。昔者縣生西歸，足下東去，朝日之出，夕日之入，邈焉如隔世。今縣生奉其君命以來，計其去蓋在瓜時邪。足下其能及瓜時邪。則吾三人者得足下，其亦猶如吳門之時邪。詩一首附上，萬惟亮察。

子嚴以惡何以久無書問，獨麟雪濤何以一不齒，及朴上人何以遠游久不歸。

又

足下一書。連翩至也。壽詩及烟管之錫。果然坐我翠雲中矣。足下之詧頌哉。容翁不能恝然乎不佞之求而鳳洲之心畫。遂得與其心聲相從乎一堂上。爲足下慫慂之力。不啻爲不佞。誠亦爲鳳洲矣。孰謂足下不愛鳳洲也。但於島圖愈益使人懷乎奥之東弗已哉。今荊令郎以恙。朴翁善致意。扇頭詩一首聊具謝意。此扇朝鮮物。鑾大如許。毋慮謂拙句汚之也。千萬不出相思二字耳矣。

又

客歲得足下書於大年椷中矣。狂墨如故。羊裘以恙。

◎

各天之望猶是千里比肩豈深嗟之乎獨悲東壁以四月十三日死渠三世以大淵獻降也亦終以之陟焉記十年前渠齡同長吉而殆將嘔出心肝以死而不死今遂嘔出心肝以死豈白玉樓記必待其人邪天圖書之府不可以久虛邪悲哉渠無子而孀煢煢乎無所歸焉渠親戚欲褫孀之橐而裸余輩力爭之迺免又欲搭婆其家諸友人匍匐以救之迺糾金買石而碑建之俾百歲後識其爲儒者墓焉渠生平所著不留其橐諸友人百方求之謄錄成卷者僅三爲且譔其在遠者悉集而後梓之橐諸友人所爲碑志

及哭詩祭文以附其後庶足以不朽渠已足下豈忍渠衷甲以迯時事邪足下藏渠詩若文則寫致之渠已散之魂庶亦來歸哉渠生平久要亦無過足下故敢告爾餘不具

又

往岡部氏致足下書而其所作報托人轉致不知達否香禪師來聞足下病狀令人驚惋足下何以得此隱曲閒病也善自慎諸不佞劣劣過日爾然頗能自娛是所以爲不佞矣書不盡言詩以發之不備

又 附别幅

闊哉足下近況何似五月香老書至知足下浴病温泉也方其時不佞亦伏枕者久矣藉是不能作報香老又不能問足下一字中間功令所驅與疾移居復有喪女之戚加以虛名所使權貴側目流言蠭涌不佞乃以定力勝之則九止齕叟居室苟合秋冬之際疾亦漸瘥祇逝者不復返耳因思足下之喪鉄兒哀亦如之今與足下皆孑孑乎相望千里之外不知足下以何耗磨壯心邪不佞晚知天命業已作身後計以足下舊交故悉諸别幅足下其知之東壁遺文未能上梓末永七郎竟不至又聞朴道師西還足下落

莫可知已。孟光無恙井臼之勞可想已。
不佞好古文辭足下所知也。近來閒居無事。輒取六
經以讀之。稍稍知古言不與今言同也。迺徧采秦漢
以上古言以求之。而後悟宋儒之妄。爲宋儒皆以今
言視古言。宜其舊沒理窟矣。李攀龍王元美僅爲文
章之士。不佞乃以天之寵靈而得明六經之道。豈非
大幸邪。蓋中華聖人之邦。孔子歿而垂二千年猶且
莫有乎爾。迺以東夷之人而得聖人之道於遺經者。
亦李王二先生之賜也。足下吾黨祭酒。故以告知。

又

客歲賜書者再鈌焉未報足下其憾邪方其始也辱問犬馬之齒及耆則有古墨之贈焉于時適離祝融風火四起狼狽以避之寓于季氏湫隘之宅數口者相藉鬱隆之天霖潦間之疢疾交作黽勉拮据勞其謂何是其報之所以遲遲也何畚執輌甫凉乃釋得反故居則有校書之役中貴傳命事屬壹祕雖無儀然之迹乃有季氏之責普天率土孰不靡鹽鉛槧之勤自秋連冬窮日之力焚膏繼之當其時也又承尺一之貺臘盡歲更兹始削牘修其二者之報焉乎爾足下其恕哉吳江之寓近爲何如山川風土比諸塞

北誠必有較然者已祇人俗情義可以安足下乎否
是甚可思已所寄孟子說解一部乃廣上雲所藏其
闕不佞欲覩郝解慨然見借以得寓目夫千里邈矣
其人未面而義氣如此未知不佞以何過承相愛也
伏乞厚爲致意又承喻士雲所事近衛相公好學蓄
書大非尋常矣蓋相公者吾邦第一貴人莫有復出
其右者是何以能爾果爾王室其興乎亦吾邦人所
皆樂聞也不佞嘗得猗蘭琴譜于伯氏家尋繹久之
頗有所悟每惜琴法不傳大樂有缺乃不自揆志與
其學試先造絃托諸伶人率皆俗士無學莫得而喻

士雲洛産必諳絲管不爾亦必有通家交友諳者足下能以不佞所求謀諸士雲邪絃乃可成其法另具是非讀書士所不能喻足下其悉之近者與人聞部見訪足下所善果佳士也每口足下弗已時春尚寒羊裘以善千萬自愛

又

兩書審足下善游之狀豈尚作前次墮馬之態耶洛畿山川孰與奥東想當著述如山何不寄來誇眼界之富也琴絃一事終得屬雲上之人往時羅公遠布衣之士能作月宮之梯足下有何伎倆乃善肖彼人

邪。不佞亦欲作書謝士雲一語。近聞近衛公東下。士雲或來邪。則一書投其不在。亦不便也。故暫遲之。不佞今年六十一。困暑作字。大者艱甚。幸勿訝之。不具。

與服子遷

昨日足下作山陰之行邪。聞吾黨士盛集。迺知子猷之興未盡耳。不佞則豫侯有折簡之徵。而袁安之臥益堅。而不可起也。今日欲訪足下。奴僕輩怨泥濘。遂已矣。伻至。併嗚之。

又

得書。茲知足下感冒。定是時令不正所使也。一豎草

已辭體欣慰欣慰時尚霪雨弗已善自保護昨日孝
孺見訪聞晤終晷州侯方興庠序渠拮据其事可謂
盛事也渠話間及韓客之事僅有七月九日抵風本
之報而亦聞之報未至矣亦聞之報大抵十有餘日
而達而其到東都必須月餘路程云云則前日之說
乃街坊上虛傳也

又

得華簡儀以庚癸不佞家乃得藏曾公帖亦何幸哉

又

昨日子和至云州谷侯方飾厨傳以待韓使爲有聘

禮書記事急要一鉅儒則倩子和且云詰朝促甚忽忽別去渠欲得足下送文託不佞致意予贈槀方脫想渠已發亦當待足下成與俱送致渠謂得子與足下足矣不必多求爲子和遲之耳

又

承賜書歷詆諸子又何快也足下恒稱太史公太史公史記一百二十卷宛然一赫蹏之間雖然諸子慍怒甚於造物者未知足下何以解之太孺人亾恙欣慰不少令孺人産期不日當有熊羆之喜待之待之今日寒甚主人獨酌狀如目見耳佳稿謹領不悉

又

記足下語予以講餘當訪也日且而竢嗣值海師見過問之則所謂講餘者亦已過矣爲之憮然者久之忽接手牘玆知文候平安漫游稿序筆迹宛然乎眉宇間哉石州林氏之子亦在座同讀見其若有所感發者其距足下居頗邇莫惜誘掖則何啻其人之幸乎孤山所寫亦已成矣附還人往之亦煩足下一言也不悉

又

鄉者予於林生惡淚之無從也得足下書愈益不自

知其慟矣。已足下致予奠其墓之日十六日邪。適洪父沒日也。予記之次公之言云。何其奇哉。唐詩選附言謹閲。可謂後學津梁也。

與平子和

聞足下兩夜不眠也。佛書云。目以眠爲食。目更不食五日。吾恐其還造化矣。於是乎愈益知造物之厚足下哉。東壁亦受恵回祿多焉。今朝差人探訪。杳無消息。如何如何。文稿附還。竢面不乙。正月十三日。

服生在坐之子思足下不置。雖然彼太嗔前日之書。乃欲羈絆足下。則謀諸木瀋諸子也。話頗長。非非毛穎所能載矣。且期十六日服生云。

又

聞諸上君子有謂王李爲才子，韓柳爲大家，故王李文章不及韓柳遠甚。是或傳者妄也，不爾爲是說者亦妄人耳。夫彙韓柳歐蘇王曾之文爲八大家，自茅坤始，坤宗八家者也。其言適阿其所好，豈至論哉。且渠亦特以唐宋言之耳，豈上掩秦漢，下掩明哉。詩以建安爲正始，故七子之稱，援以標一時詩人之盛耳，豈可以槪文章哉。且七子爲王李所自稱，而八大家迺坤以稱古人者，豈可據以優劣其文章哉。今人不

讀書不識文章僅據書題而又不推其所由始迺欲
以持古今文章之衡難矣哉數十年前宿學老儒尊
信三體詩古文眞寶至與四子五經並矣殊不知周
伯弜一無名男子林以正書賈也近來漸覺其非而
以唐詩訓解代之曰是于鱗先生之作吁于鱗豈有
訓解哉朝鮮來聘此方學士借聲譽於其人近來亦
漸覺其非則走崎陽以獲華人一題跋迺詫曰渠特
外國耳豈若華人乎噫華人誠華人矣然華人皆能
文章則廿一史何須文苑而三千宮女悉定沈宋之
價也妄人之言率類是爾聞輦上君子之言足下所

傳也不知足下當其時以何應之故戲及之

復秋子帥

承惠華蟲滿座君子爲之粲然何翅如皐之妻則何翅不佞之謝

與岡伯錫

世上小兒流言相聒我爲不聞而不能也於是乎欲聾則天錫之聾矣仲尼曰知吾者天乎此言將效于今日耳送兩氏國氏序壁上藥臼杵壁上謝謝

復岡仲錫

正爾左手執笙右手把杯且吹且飲也獨奈別無下

酒。酒不能下矣。忽接華牘。賜以佳螯。輒投筐而持之。果然畢卓哉。深謝足下之賜。

與赤玄察

徐天目集十本奉返。藉足下厚惠。得免管窺之誚。幸甚。鄉辱賜書二。不一報。罪莫甚焉。氷鯨侑酒。每飲其心未嘗不在足下也。秋熱病肺。臥而作字。草草不具。

復東伯通

遥接郇雲。光彩爛爛。宛見洛陽春色。焉所惠白鮮。以薦吾家。苦則蜀錦之于燕石也。乃取足下詩咀漱。則美似酒。醉人哉。醉人哉。是何可不和乎。謹和一章奉酬。本月十六日。不佞五十矣。凡同調者。東西南北之人集焉。所少者中原之音耳。欲得足下詩。以藉重皇州也。不知可得否。章叔子和及皓公來。時頗及足下事也。不備。

與平子彬

盛价忽至。賚兎肉一盤。則疑是自中山來者邪。乃覩華翰。燦爛乎有似明月也哉。深感足下之賜。已烏乎中山。鉄眉先生既拔其毛以供吾輩驅使。又捨其肉以飽吾輩肚腸。子遷子和集矣。足下胡爲乎不來也。獨飽諸兩措大饞口爲也。乃不佞三人。深感足下之

賜已何也以其不分一盃之羹塞其谷量之慾矣茲報

又

茲辱華削辭義燦爛眞愈頭風陳檄哉陳檄哉不肖犬馬之疾業已去體十八九大蒙足下之賚深堪感謝飛鴻價金二分領之矣祇書畫旣讓其二銖則留爲購它書亦得爲無題詩未暇諷咏非敢怠慢病中懼其不能潛心也敬復

又

辱書申以疇昔之論亦何嗜學之甚也近者或人之

言多類足下者然其所習本殊故不佞不敢與校之
習殊則不能通不能通斯窒窒斯爭勢所必至惡其
呶呶也足下乃吾黨之士是以盡我心焉耳矣夫辭
與言不同足下以爲一倭人之陋也辭者言之文者
也言欲文故曰尚辭曰脩辭曰文以足言言何以欲
文君子之言也古之君子禮樂得諸身故脩辭者學
君子之言也足下所稱昌黎以還質勝而文亾豈足
以爲文邪是無它不知脩辭之道乃積字成句所以
質也是謂野人之言非君子之言也孟子以後既有
是過論語左傳戴記則否足下玩之自見文章主氣

發自曹丕足下試觀丕文其與韓歐洵軾同邪非邪故知古所謂氣者與足下所指殊也若必以怒張喧噪者爲氣邪孔子以前無之故足下所言者乃世俗之言酒色財氣之氣也非儒者之言也孟子浩然之氣說之術也故古無之古曰仁者必有勇禮樂得諸身謂之強有力豈別有養氣之方乎又以韓歐之文爲根柢六經者大謬矣但韓歐喜用道德仁義之字辨析是非耳必以此爲根柢六經則明人經義八股愈於韓歐遠矣朱子語類更爲勝之且詩書禮易春秋何嘗有之乎是皆足下理學所錮不覺其言剌謬

至此已世儒醉理而道德仁義天理人欲衝口以發不佞每聞之便生嘔噦乃彈琴吹笙否則關關睢鳩以洗其穢於是又愧柳下惠之不可及已足下疇昔之論不佞一了了然不逐句為之辨特發其根由以使足下思之足下乃謂不佞不達又何弗思也非不佞之不達也足下之不達也所引經文其義皆差行將知之故不復辨足下曰不得已已亦不思已思則已矣悠悠天地有何急遽足下乃爾不備

又

古無文人論甚佳然終是强詞軋理宋人類耳世道

學先生率藉此以文其陋足下過取爾修辭尚辭於傳有之孔子曰言以足志文以足言言之不文不足以行遠又曰詩三百與今存者其數適同故知刪詩者乃刪潤字句之謂非芟三千也不爾田畯紅女之言豈若是其美乎孔門弟子唯游夏文見存子游作禮運其稱言偃者自稱詞明甚世儒鹵莽不深考其然也四科稱文學豈非善文章耶若謂通經則德行政事言語不通經而能乎史遷既稱身通六藝者七十二人可以見已故予嘗斷論語原思琴張作何者它家語諸書所載孔子言比諸論語不甚雅馴乃載

筆者有工拙耳。且載筆之與矢口不同。驗諸今可見
已。喜怒見於貌。疾徐見於氣。故直錄其言者。有所不
足也。故載筆者。足之以文。今觀諸書所載一時之言
字之同音者多也。是何辨乎。載筆者兼以目睹。豈不
辨乎。且六藝各有事。事不爾。有德者不學其事能乎。
故有德者有言。非是之謂也。足下之援此不倚。故以
爲强詞軋理也。大氐古今人不甚相遠。今之所有。古
亦有之。豈若今道學先生所言邪。夫賦者。古詩之流
也。然辭賦興而文章之道濫矣。隋設科舉而後世無
不文之儒。然濫亦益甚也。覩其濫而欲掃而除之。亦

懲羹吹虀耳。足下思之。它面晤。不備

復爽鳩子方

不見足下者幾旬矣。題鳳字減訝似窺亾者狀。已忽獲魚蝦之餽。迺過蒸豚遠甚。發緘方知足下伏枕也。東壁子和皆病肺。何吾黨學長卿至於此極哉。今兩之嘆。想不翅足下歟。

又

得書。茲知足下清勝。何喜加之。祇值歲云莫矣。援筆作鳳鳴。可謂高尚哉。吾家猶兒怕此聲爲甚。足下豈以渠輩爲玉面耶。古昔三代時。大蜡尚且迎之。不敢忽諸。伏請足下謹勿逆其心哉。承惠三河淹魚，可謂厚惠也。它容面謝，不備。

又

昨與二三子，消揺隅川之上，過榛寺，喫麥餅，以歸。歸則得足下書案頭，知文候勝甚。祇未知足下爽鳩氏之樂，孰若都鳥也哉。竹夫人雖蕉萃乎，誠足以供四體之奉矣。古人曰，何必齊姜。況乎行且火德之王，神農氏之裔，其炎赫何可當也。我廼慊曾直娵之耳。深謝足下之惠。一刀萬象，何其見還之速也。廿一日潮師桂子皆來，足下其亦拉礒氏之子以來哉。不宣。

又

辱書兼惠海鮮。今日師湊不至。絃歌謐如。祇餘予猶聚。當喫足下魚。飲不佞酒也。已官事稍閒。惠然見臨

不備

又

不佞劣劣。方斯歲臘紛鬧之日。尚且挾策操縵之爲事也。孰其見訪。適有足下耳。脩辭之麗。垂問之腆。華蟲表耿介之志。鯤鵬效變化之際。不佞劣劣。何以當之。深堪顏甲。卻之不恭。勉强拜賜。顒期新歲。敬容面謝。

又

承華牘弁家鴨之惠。前日奉旨一事。已就完成。昨日繳納閣老。此日正與次公輩敘款。而得此美膳。何其見思念之至此也。當須面謝。霜沍已甚。伏惟納福。餘末旣。

又

葉縣仙令。何以跳其一脚耶。足下從何拾得耶。爽鳩氏之子。以摶擊爲其事。豈謂之攘乎。雖然。鳳鳴鏘鏘。意者非其所長也。不佞敬俾雌雄迭奏。伶倫傳其響已。爽鳩亦羽族矣。安得不學朝陽之鳴乎。此復。

又

久不見子方之面。接書茲知效茂陵之卧耳。圖書萬卷。擁如花一室。何羨所謂爛熳者哉。承惠魚一籃。方與落下閎。觀渾天儀。烹而共喫。因問歲星着落何似。他日見訪。當以渠語相報也。餘未旣。

又

賜書。副以石城紙二千張。承賀移居。一祿隱病夫。爲法令所拘。狼狽閒舍。譬諸寄居蟲。喪其舊殼。別得新殼。何賀之有。大堪愧汗。祇赤城中里。比今居更閴寂。是或可喜。已賤恙未佳。荏苒移日。當以十一日搬去

也聞足下官務頗繁或將遠游未可知矣霖雨方息
暑氣將張甚爲足下慮之千萬加餐至祝它期面謝

又

鄉者發書足下時聞貴恙劇甚切恐文字致勞以故
序稿不敢呈已忽承手教構辭作字精神壯健迺故
子方哉上天有惠不奪我子方而後不佞之喜可知
矣古人曰病加於小愈伏冀保攝是愼序稿附呈

又

笙衣見壁何其遽也今日主膳不來興索然耳忽聞
警蹕足下亦當戹門禁也它日相會要見鍼仙之伎

不備。

又

承鹿肉之賜。可以見王徐作歌之意也。不佞則不然。爽鳩之樂。乃因足下得之。謝茲何盡。

與山君彝

足下荷疾歸南海邪。何其勞也。聞校陳騤文則欲上梓。是惠學者不淺。蓋歐蘇文名噪海內。古則蕩然。宋之弊也。陳騤生其間。心識其非。乃作爲此書。根極經子。可謂何李之嚆矢矣。祇其書一取法於字句。而未及篇章。是其所以不及史漢故也。不佞欲爲作序言

此意伏枕三月憊甚未能已它在面晤不備

與越雲夢

不佞拙於醫而逃於儒尚且喜言岐黃家說眞憑婦哉雖然文章之道明如觀火孰能度之靈樞一家言故但論素問共八本壁上不知能當尊公意不流求樂器圖欲還昌英氏所而不知其處伏煩轉達是幸

又

承書霜氣倍厲足下健食大堪欣慰所示一篇翩翩欲飛子長長卿復見今日也如不佞迺晏嬰下吏爲其主作字每一運筆輒便從旁掣肘英雄喪氣一至

此矣豈能如足下自運奔奔滔滔無所拘束愉快哉羨羨

復晁玄洲

一別杳然深闊鄙懷忽接錦字茲知文旌復東矣握手敘衷想必有日何喜加之惠以二種何辱愛之至耶前日木君見訪示以近作社中士傳誦相咤不復吳下阿蒙也又觀足下書記翩翩風霜日上何適公輩奇進如斯哉它日聯璧照耀草堂誒之而已艸艸奉復

又

一書未報不佞之罪哉乃非不佞也以疾也疾將周一歲之日是何以能作報乎疾間乃知足下之字無翼而飛於雞林之西也彼中祖稱蘇黃何識足下之字哉是可怪已仲尼像贊仇英畫跋力疾塞命字益醜矣然求於不佞者豈以字哉是無慮也所慮者足下之罪其緩耳又聞足下欲梓不佞詩不佞既已命之足下勿以爲爲不乙

復木蘭皐

足下之書至而値不佞之疾劇也不佞春來爲造化小兒所困經夏涉秋一二豎猶未離體矣疾少間乃取

足下所贈一集者讀之則不啻廣陵之起色也此中石叔潭大宰德夫秋子帥岡家二子亦詣本願之館與西人相酬和有贈言欲授之木而未能乃足下先之矣足下亦豪舉哉海内將謂周南之後其代興者已足下其益務昌之哉病餘喘息書是以短不盡

復佐元錫

前日君侯枉駕方其時不啻不佞不在應門童亦不在罪其謂之何悚恩之至未敢拜趨謝罪忽接足下之教傳君侯盛意我心則降矣高篇二首敬誦卒業共是妙作詩轉佳哉不日容摳趨不罄

復柴生

臘月書云審足下以恙深慰遠懷惠鱸魚脯美甚每以下酒感謝盛意也黄金却之不恭也勉强領之聞足下卒業史記而方讀文選淮南子努努所示詩爲佳更須識格調爲要是非易事亦非難事只有悟境耳白面憐年少琴衿仍羽人唐人哉青泉二詩必其所作也別幅承問一一詳焉秋時書不即報使足下怪櫻君不佞之罪也餘寒尚甚方疾作字草草

又

聞風木之悲不勝驚怛值不佞新除女之喪以朝藩

也不修一字相弔慰心惄惄然兹承手書掩涕以讀之讀而至曰引決未爲嗛曰生死之分未定爲之愕然者久之噫足下亦讀聖人之書者也胡爲其出斯言焉豈足下未學禮邪禮曰毁不傷性又曰頭有創則沐身有瘍則浴有疾則飲酒食肉疾止復初不勝喪乃比於不慈不孝是聖人立禮之意不欲民之以喪而死也何則父母雖沒乎遺體尚在傷遺體而傷之豈孝子之心哉傳曰事死如事生故父母死而死之非孝子之心也故如皐魚者可謂肆己之心者也不知體父母之心者也且足下之不得歸養與奔喪

君之命也夫得爲而不爲與不得爲而不爲豈可同日語乎故親老而仕他邦可謂不孝矣足下豈非世臣乎與親均生是邦而東西南北唯君之命仕與不仕豈己之所能爲乎昔從孔子而學者皆得爲而不爲者也故孔子因臯魚而警之豈賢臯魚哉足下孰思之足下亦或出於哀痛之甚而其實未必然已然其言也激不佞爲之愕然故爲足下言之不備

又

久疎光霽忽承來雲乃知起居康濟深爲可慰寄示近作風調遒美殊可朗誦其中一二可商者注上審

之承惠佳果時偶有親客攜兒女來相聚而賞可謂大惠也餘容面謦

復福師之

頃者政府奉敎命不佞以事是誠希有之例聞傳都下因蒙華簡盛儀見賀厚情可掬謝何能盡祇以病懶之身日夜奔走而已鞠躬盡瘁加有一件未安情節建議申明未見完結惴惴乎罪戾之未免是懼已宂中草草奉覆它容完事之日寬敍不備

又

稠人廣坐匆匆不盡歡心尚耿耿忽接手敎兼惠蘿維

蔔五根促九畹記甚急矣且喜且苦因思喫此構思一根百字當得五百言恐不能更增一言呵呵艸覆

復丁士新

昔者滄溟因元美而知有敬美也不佞乃因士茹以知有足下者尚矣同氣連枝不其然乎忽辱惠書新製扇筆贄以將之何其悃愊特至也及破緘讀辭亡論其草木臭味同嗜見推之盛乃莽莽千上有餘言直踰唐滯漢若與盲史腐令左揖右讓便旋一室中者狀亦何美也不佞抗顏爲師者十年邪海內有志之士比比奮起乃中土之寥如心深怪之蓋以九鼎不

遷笥篋謚然凡百文物制度宛若千歲之舊而獨其
如斯者豈神州清淑之氣斷邪王室不復興邪每爲
之潸然者久之乃今得足下兄弟者矣然後知禮樂
之化其入于民者深哉夫風之所被大者大生小者
小生豈風之力哉必有生者存故也玆知山川所鍾
誠勃勃乎不可以已焉耳夫洛者海內之樞也是可
以被海內哉故予不佞所喜寧止爲足下兄弟者足
下兄弟者其思諸筆頗逼華製扇亦可揮洒百工所
造物既如此文章亦時邪不爾足下用意之至斯亦
以見相愛之深也不佞怯寒久踈筆硯因士茹書又

至而覺未爲報于足下於是付郵時尚寒千萬自力不備

復干士茹

去冬書與令兄之椷偕至及春又與摺扇之貺偕至然後知足下健食者狀不爾何乃措辭斐亹若斯細繹令兄書因又知足下講業之有素乃足下雖有索居之嘆二難切磋自相呴濡一室之中亦他人所覬求而不能得也誰不歆羨大氏京洛得足下兄弟者足以大壯千古神州之氣矣冣諸今春此地寒尚甚黄鳥未發聲想中土候必早睍睆連響益以鳴友于

之盛哉有詩見示力疾爲報不能多及不備

又

寥闊哉士茹足下雖然非足下之寥闊也乃不佞之嬾也令兄無恙時暑甚清洛之涯沈李浮瓜雙子之樂遙復想之辯道辯名不佞之業也古人謂不朽者三德功與言豈有優劣亦從吾所好各自至矣不爾其麒麟伏轅而鳳皇司晨也足下宜識此意所寄詩皆上乘比前年進亦甚矣關以西可謂無雙已不佞以四月一日執謁殿上鴻臚特奏名陪臣之榮莫上焉然亦憊甚富山人過從乎否吾老友也善遇之餘未

旣

對士茹問

承問春秋一經先儒未有晰其大義者焉益韓宣子所見魯春秋即丘明所藏其文也故公穀稱傳而左特稱春秋者以此後世微隱槩栝其文稍加書不書曰之類以成傳體遂有左傳之稱也孔子作經如史記有表資治通鑑有目録大氏讀史者眩其繁辭莫有能究是非所在治亂興衰之所由故孔子特挈之簡其辭以傳二百四十年如睞諸掌已凡文姦慝紊亂是非佞者所爲率繁其辭句宛轉以成之簡則不

可得而飾。故孔子嘗援古言以稱子路曰。片言可以折獄。謂非片言不足以折獄也。孔子作春秋而是非晰。治亂興亡之幾見。則黜陟幽明之典自在其中。故孟子以爲天子之事者非誣矣。祇古時質樸。孔子不命名其所作。與丘明所藏併謂之春秋。無復識別。後來乃尊孔子所作者以爲經。而左傳之名興。學者乃謂魯春秋其文亦如今經。孔子特刪潤字句者非矣。果爾。孔子之前亦必經傳並行。不爾。時事不明。經亦何用。且王者之迹熄。詩亡。苟非觀世。雖有賢者。何能爲是。孔子所以有作。周公之時。豈有之乎。如經爲策書傳爲簡牘亦杜氏謬之大者也經傳所載皆關乎國體治亂興廢所繫皆大事也其文長非策不可載也簡牘小事云者一官所掌是也百名上下可以見已又如春秋朝聘之名莊子可証管仲節春秋可証晉霸主以乘賦爲史名楚仇睨諸夏以比檮杌古時命名質樸可見已杜氏乃以錯舉四時爲解古豈有之哉 春秋對

凡古以六言者皆兩兩相比如六德六行六藝及樂六德皆然故詩六義仁齋先生爲得之祇其說猶有未安者愚謂風賦是一類風去聲諷同謂諷人也賦

自見己志也。比興是一類。比直以相譬也。興引起其端俾思以得也。凡諷人自賦皆以比興行之也。雅頌是一類。謂其聲也。凡詩被之管絃是已。二南用頌聲。豳或雅或頌。它十三國風徒歌也。徒歌不被之管絃。孔子收鄭風而放鄭聲。惡其被之管絃也。國風之風平聲讀　詩對

承惠書及格眼紙三百張。甚大惠也。書辭泠泠可誦。足下與令兄讀書以恙。大慰遠懷。不佞劣劣以它事可告。故不另作書。足下改字。敬奉命。不旣。

徂徠集卷之二十二

徂徠集卷之二十三

物茂卿著

書牘一十首

與藪震菴 附答問

嚮辱見枉又接華牘併以雄文一篇疑問一道讀之三復深知足下立志居業大人非流俗所能及矣夫慶元以來治化所覃文章日興而逢掖之士以操觚爲業者何限然其能洗侏儷鴂舌之習而彷彿乎華人之言海内唯伊原藏二三輩已是皆生於輦轂之下

長於詩書之林。多士所資。磋磨以成。猶且塵塵乎。其斯艱矣哉。夫足下則生於西諸侯之邦。足不蹈都會之地。戈矛之與刀筆殊。其習。迺能造車一室。合轍天下。足下可謂豪杰之士。爲觀於足下之文。盍歐蘇之流亞也。儻使伊原臧藁。相値乎中原。則避之三舍者。豈必足下哉。迺以是其所就。而辱不恥下問。足下之所志亦美矣哉。故不佞雖病乎。亦盡竭其所知。以酬來意也。孔子曰。述而不作。信而好古。又曰。好古敏以求之者也。夫以聖人之知。而唯古是好。先王之道莫以尚。可知已。孔子既歿。荀孟造奧。以及程朱陸王之徒道之與時汙隆也夫程朱陸王之後無聖人焉何以知夫程朱陸王之道不與先王殊哉故爲其道不殊於先王者身處於聖人者也不佞則不敢爲其道殊於先王者亦身處於聖人者也不佞則不敢雖然其可得而知者辭已辭之道亦與時汚隆也不佞始習程朱之學而修歐蘇之辭方其時意亦謂先王孔子之道在是矣是無它習乎宋文故也後有感於明人之言而後知辭有古今爲知辭有古今而後取程朱書讀之稍稍知其與先王孔子不合矣夫然後取秦漢以上書而求所謂古言者以推諸六經焉則六

經之旨。瞭然如指諸掌矣。是亦無它。習乎古文故也。孔子曰。學而時習之。又曰。性相近也。習相遠也。書曰。習與性成。習之道亦大矣哉。今觀於足下所習。宋學而宋文也。以是其所習。而告之以不佞之所見。則必不信矣。以非所習也。足下果能不安於今之所就。而欲充其志邪。不佞亦欲足下之由辭始。焉盡棄今之所習。而習乎古文邪。古之道豈遠矣哉。辟如登泰山而小天下也。群山亦培塿耳。豈翅六經之旨哉。荀孟程朱陸王。及藤樹仁齋之所爲學。亦皆瞭然如指諸掌矣。不爾。徒以世人所尊信。而尊信宋人。是從流俗而無特操者也。亦何異乎。徒以己意而尊信宋人。是鄉所謂身處於聖人者也。亦何倨乎。足下若能習古之辭邪。夫然後自求諸六經而自得焉耳。不佞之告於足下者。止其是矣。亦不佞之所由以得焉者也。昔人有以暴背與芹。而欲獻諸其君者。意亦類之。不佞始習程朱之學。時作蘐園隨筆。是不佞之學未成者也。夫程朱固豪傑之士矣。然吾所願則學孔子也。故亦不欲足下之及于是焉乎爾。惟足下其亮鑒。不備。

承問二條。不佞本不欲辨之。其意具如答書中云也。然足下之問之。必以此爲切要之事。而使不佞絕乎言議則足下必謂簡傲絶物無情之甚矣是於交際之道有所未盡者故不得已聊敘述其一二居敬見于論語曰居敬而行簡以臨其民不亦可乎是南面之事也窮理見于易說卦傳曰昔者聖人之作易也幽贊於神明而生蓍參天兩地而倚數觀變於陰陽而立卦發揮於剛柔而生爻和順於道德而理於義窮理盡性以至於命是孔子贊古聖人作易之言也之一者本非爲學之方矣援而合之以爲爲學之方者自朱子始居敬姑置諸朱子窮理與大學格物同其義爲然朱子之意格訓至物訓事則格物二字豈

有窮理之義乎。又如理氣之說。程朱以爲據者。豈非易大傳形而上下之言邪。然大傳又曰。以制器者尚其象。又曰。備物致用。立成器以爲天下利。莫大乎聖人。又曰。隼者禽也。弓矢者器也。君子藏器於身。待時而動。是器豈氣之謂乎。故居敬窮理及理氣之說。皆程朱取諸己心而立是言。以爲教者也。古聖人之教所無也。大氐世人。自幼讀程朱書。而習之所代。尊信程朱過於古聖人矣。且六經古言艱奥。難可通曉。故喜於程朱書之易讀。且其意謂程朱大儒也。其解六經宜若無誤矣。故今人止以理之當否辨之。而不復問辭之合否殊不知理也者無窮者也天下之事以理言之莫有不可言者矣是諸子百家所由興也故古聖人能知其必若是而未嘗教人以理者可謂其思深遠矣且今人辨理之當否者皆以己心定之己心所見亦其自幼所習宋學之舊見也是安得爲準乎故今之可以爲準者莫辭若焉辭有古今程朱雖豪傑之士亦不識古言是其所由而失邪雖然生今之世求古之辭亦甚艱矣哉夫易簡者乾坤之德也故成德之人而後易簡可得言已世人或先以求易簡爲心是陸王及吾邦藤樹仁齋所以失也如後世

之言亦各有來歷。如仁齋一元氣本於漢儒訓太極之言。然漢儒狃老莊之說，而以太極爲混沌一氣。仁齋則不取天地開闢及理氣之說，乃就今日之天地而言一元氣也。故漢儒之所爲元者始也，仁齋之所爲元者大也。是仁齋輩皆以己心而恣言之。夫天下之理至於恣言之，則豈有不可得而言者乎。又如仁齋欲駁朱子所以然之理，而昧乎所以二字之義也。引先有理之言以誚朱子，是漢儒混沌一氣之說，朱子所深惡者也。何其寃也。足下復欲種種証引以實仁齋之言，可謂亦失朱子之意，已螙朱子理氣之說本由辯老佛之謬而起焉。故語類中謂理氣爲二者。皆主辯老佛。而門人所記。率多謬誤。不可取爲証也。如足下以朱與水爲喻。朱與水。本爲二物。豈足以爲理氣之喻乎。仁齋所以解一陰一陽之謂道者。亦不與朱子殊。但仁齋特惡理字耳。要之理氣之說。無用之辨也。爭其爲先爲後爲一爲二者。堅白類耳。古聖人所不言。置而不論。可也。學問之道。貴乎古焉。不求諸古。而枝葉是究。其不惑者鮮矣。嚮所謂泰山培塿之說。惟足下亮鑒。不備。

又

曩者與足下交一臂而失之。思之弗已。盖歲而有辱尺一之書焉。副以陟釐。迺大邦鞠池所出。誦其辭也腆。嘗其物也潔。不佞何幸。乃獲爲大邦君子所知。而辱千里之書貺。而享大邦水土之和也。盖値知立之東也。而後與聞鞠池之爲水。已又辱墨君徽儼然來見也。則亦口足下弗已。君徽嫺於詩。翩翩乎。愈益知大邦之多君子哉。聞福氏之子志於道。其或有所取乎。修書多。故不能答其書。願足下致意。學則一篇。不佞昔年所著。亦學古文辭者。敢薦之左右。足下以爲何如。時暑雨。伏惟自重。餘不具。

又

五月之信及秋後得奉讀之可謂各天哉乃知足下平安耽書如故深慰遠懷承賜索麵風味佳甚信非它邦所能及矣不佞劣劣值宿疾連發而嘗之殆愈深感厚惠墨君還遲時寄一書裝中想當達也曾皐之罪其謂之何知立師至輒獲聞菊池之勝優憶舊年溪毛之贈也勿謂老夫饕餮哉福翁咸異物殊可憫已都下第宅令下而不佞輩未知所以寧居矣冗中作報草草殊甚惟亮察不備

又 附答問

甫報足下書。而足下書復至。雖則闊矣。往反迺莫有窮已哉。何繾綣之至於是也。承示園菊賦。大見利刃。然是自足下學力無已乎。則有體裁耳。夫古詩昉漢魏。故大康以還弗取也。近體昉唐。故大歷以還弗取也。賦昉西京。故唯有子雲相如焉耳矣。務爲其上焉者。而不爲其次焉者。學之方也。足下其思諸。墨生當東。則猶見足下耶。下問若干。則謹述鄙意。伏惟自愛。不佞劣劣。狀如前書言。不備

承問本邦所傳樂爲三代之聲耶。將秦漢耶。魏晉耶。其中亦必有雅俗之分也。是豈予所能知哉。雖然本

邦之樂隋以前所傳謂之古樂唐時所傳謂之新樂而考其制則六朝以前之聲也何則古樂唯五調至於唐代始設八十四調而本邦所傳亦唯五調故知其然也或謂亦八十四調中僅傳其五者非矣驗諸箏法可知已是不佞所以斷爲三代遺音也至於其曲則五常樂蓋古虞韶之遺武昌樂亦大武之遺安世樂卽漢高祖時唐山夫人所作安世房中歌乃二南之遺也王昭君亦漢樂秋風樂乃魏鐃歌之一曲白柱卽白苧晉樂想夫憐卽南齊王儉相府蓮皆以音近悞採桑亦齊梁樂蘭陵王乃北齊樂其泛龍舟

玉樹後庭花。陳樂也。秦王破陳樂。慶雲樂。赤白桃李花。甘州。傾盃樂。夜半樂。長慶子。皆唐樂。其它見於唐羯鼓録者。七十餘曲。現存爲其曲雖雜乎唐。然皆裁其聲。以五調行之。則皆三代之遺也。樂器唯笙笛爲古。觱篥箏琵琶羯鼓。皆俗樂器也。但箏彈法益古。彈瑟法。要之衆曲衆器。皆屬唐以前。爲以今觀之。雖非三代。亦今之古也。聞足下學觱篥。觱篥即笳。萬一疆場有事。守城受圍。月夜吹之。必有劉琨却胡之妙矣。承問今人聞樂。多是惘然。是無它故。乃其辭不傳故也。其辭所以不傳之故。乃華音不便於倭口耳。其辭不傳則意義不可得而知之。惘然者不亦宜乎。夫唯以音而已矣。則鳥語鶯啼。風籟水聲。是其類也。段使俗箏三絃。不歌而奏之。亦鳥語鶯啼之類。然人或能愛彼而不愛此者。雅俗之分也。雅俗之分。乃在習熟習乎雅則愛雅。習乎俗則愛俗。故聖人制雅樂。以移人心。豈有它術哉。亦習而已矣。足下所謂不稔熟者。亦得此意矣。竊嘗思之。樂有和有應有節。俗箏三絃無和。俗謠併和與應亦無之。唯有節而已矣。而其所謂節者。樂與俗箏三絃俗謠亦皆不同也。樂之節緩而簡。俗箏三絃之節。繁而巧。俗謠之節。迫人以勢也。

應者。歌黄鐘則絃亦奏黄鐘。歌南吕則絃亦奏南吕。歌高則絃隨而高。歌低則絃隨而低。宛轉曲節。歌與絃相依不離。是俗箏三絃所以極近人情也。和者謂以隔八隔六和之。歌黄鐘則以林鐘或仲吕和之。歌林鐘則以太簇或黄鐘和之。是俗耳所不能知。而合異成文之道存焉。故和者道也。應者情也。節者法也。聖人之治。立法行道。以合人情。三者備矣。世俗不知道。但喜合其情。故俗箏三絃有應而無和也。至於武人之治。則本不知道。亦不問人情。一以法度驅迫之。故室町。作俗謡。無和無應。唯有鼓節耳。

承問箏和琴有譜乎否箏自有箏譜和琴自有和琴譜然其譜不可唱故以笙觱篥譜行之可也

承問樂中只箏笙備呂律乎否和琴五律觱篥箏七律笛八律笙九律琵琶十律而大氏樂曲所用不過於五律七律所謂宮商角徵羽變宮變徵也

承問十二調中何律本邦伶工家說一越調爲黃鐘斷金調爲太呂次第排布可知也不佞所見則不然黃鐘調爲黃鐘變爲磬調爲太呂次第排布至於応鐘調爲應鐘此求諸尺度及樂諸家說所得也而其所以誤之故則古時歌奏異調歌黃鐘則奏林鐘奏黃

鐘則歌中呂而伶工家不知歌止知奏故直以黃鐘爲林鐘中呂爲黃鐘耳

承問本邦亦有琴瑟乎否按源氏物語諸書古亦有琴五六百年來廢而不傳矣嘗訪諸狛近寬渠家有猗蘭琴譜借而覽之乃隋人作　桓武以前筆蹟其譜與明朝琴譜大異乃知古樂中華失傳而我邦有之按其譜而鼓琴亦容易耳所悲臺閣皆不學不能讀其書况伶工乎瑟本邦古書罕見矣

承問語助助語辭有何差別尹公之他註曰之語助辭此外更有何義乎譬如和人名有權助有權之助

耳

承問熊澤集書。不佞未見其書。曾聞其人太聰明。蓋百年來儒者巨擘。人才則熊澤。學問則仁齋。餘子碌碌。未足數也。

承問學則誠類煥圖送香洲序者也。是古文中李于鱗體耳。其實古文辭何必皆難讀。客歲墨子歸時所奉書。亦皆古文辭也。要觀其行文如何耳。吾聽猶彼言吾邦。視中國亦猶中國聽吾邦。以爲侏離鴂舌者比也。尚且象之。言中國無象。故以畫傳之。象者像也字書有此說。副墨之子。指和訓。洛誦之孫。指迴環顛

倒之讀句有須須者鬚也丁有尾出莊子借以言訓
點也兜昧夷狄之樂也
承問五解古樂府謂章爲解出樂府諸書

又

鄉辱尺牘併惠香蕈君子之言侑以大國之美野夫何德而勞遠情之頻繁也伏惟足下健食之狀婾快哉如不佞者一臥十有餘旬猶未起加以第宅之令下都人士爲是騷然則輿疾以徙西郊人事旬年琴書狼藉與湯液之具相仍乎湫隘之中焉本月初七日又值哭女之慼於是乎愳人壽之難永天命之不

遠約情節哀乃取平生所講論者著之篇曰硁硁乎與二三子唔咿相讎庶以裨補聖道之萬一而答皇天之寵靈者是不佞知命之急務也其所以報足下之緩者以此願恕其辠爲木足氏之子神童哉亦豈以不佞而傳邪然以有足下之言而思所以弁其卷者而未之有得也請少斯須之其書未報足下其致意投筆頭岑岑然不備

又 附别幅

辱華牘平安之報深可欣慰不佞亦劣劣依舊耳論語徵旋次修改亦必費一生之力也養姪爲嗣亦且

從國俗。何賀之有哉承問數件具別幅不既。

承問今所傳陵王破即蘭陵王也否是此方或稱羅陵王蘭羅音訛耳破慢也樂有急慢此方訛慢爲破如菩薩蠻此方亦謂之菩薩破可見蠻慢破皆一音訛轉耳

承問此方彈箏法即古彈瑟法者魏書載繼儒論彈瑟法正同故知其然也

承問笙九律千下二一管南呂十管舞射乙八二一管林鐘工言五一管姑洗美管應鐘一七二一管大簇行厶乙二一管黄鐘上凡二一管中呂比管夾鐘是十二律尚少蕤

賔夷則太呂故曰九律也觱篥第一孔清黃鍾第二孔南呂第三孔林鍾第四孔中呂第五孔姑洗第六孔太蔟第七孔黃鍾後孔與體中音皆舞射是有七律也橫笛干林鍾五南呂上舞射尺黃鍾中太蔟六中呂下姑洗工夾鍾是有八律也豈得有十二律乎

承問此方所傳五調者宮調也商調也角調也徵調也羽調也是調名也與曲中宮商角徵羽別矣如所謂隔一律隔二律則曲中宮商角徵羽也黃鍾爲宮隔八生林鍾爲徵又隔八生太蔟爲商又隔八生南呂爲羽又隔八生姑洗爲角又隔八生應鍾爲變宮

又隔八生蕤賓爲變徵。是相生之序也。以清濁高下爲序。則黃鐘隔一律爲太蔟。又隔一律爲姑洗。又隔一律爲蕤賓。次爲林鐘。又隔一律爲南呂。又隔一律爲應鐘。是也。假如五常樂譜。十舞射爲宮。下南呂爲變宮。十舞射爲宮。乙林鐘爲羽。工姑洗爲變徵。凡中呂爲徵。一太蔟爲角。是一曲之中。五音七律皆備也。此樂以乙終。爲林鐘。林鐘去黃鐘之徵。故爲徵調。然此以歌調言之。在樂調則林鐘爲商調。故本邦以平調爲商調者。爲是故也。向所謂歌黃鐘則奏林鐘者。以琴調知之。且本邦相傳一越爲黃鐘云云者。皆以樂調言之。故知其然耳。祇樂歌不傳。傳者辭耳。至其聲音。則不可得而知矣。惜哉。

承問半律與變律有異乎否。半律倍律。其聲實同。如黃鐘九寸。半之爲四寸五分。是半律也。倍之爲一尺八寸。是倍律也。如變徵變宮。是曲中名目。有虛位而無定名也。但律呂新書有變黃鐘。足下豈謂是耶。然此蔡西山不得筭法。故有此說耳。謬之大者也。

又

承問不佞嘗論陳平。君徽舉以語足下。而足下云云是學問大關鍵處。既承足下辱愛。豈容默默乎。不思所以啓發足下者乎。足下以爲讀史記不如讀經。是固然。然經皆爲宋儒所壞盡。今之讀經者。皆從宋儒注解。以求聖人之道。何以能得之哉。大氐宋儒之學。主言之。凡言之者。貴盡理。務明白其理。使人瞭然於其所言。庶足以服人而無敵。是其病根已。故其所謂某爲孰聖人。某爲生聖人。某爲亞聖。某爲大賢。某爲次賢者。皆從其意中想像其次第等級以出之。反求之六經。都無實據。可謂杜撰妄說也。加之不識古言。不識古文辭。是以其所解說言與理皆失之矣。祇史記不經宋儒之手。其時世又與三代相接。風俗氣習。

不甚相遠。故不使教人先讀史記者。亦欲其藉此以離宋儒一種惡習也。且苟不知其世。安足以知其人。且東京有清議。六朝有清談。隋唐以後有科舉之習。宋以後有好議論之弊。唯西京之時。衆疾未生。故前漢人物。大非後世所能及也。且古者論人物。皆擧其長而不言其短。古聖人之道爲爾。後世不識其意。乃以爲有長而無短。故其於三代人物也。見以爲不可企及者。却步顧視。莫有所感興爲。至於史記。則長短兼具。纖悉皆有。故學者覺其不甚遠於今人。而易於感發興起爲。是不使所以教人先讀史記之意也。足下之言曰用人之道與學殊是本於厚自責而薄責人焉然所謂厚自責而薄責人者本就與人交言之而非論用人之道與學矣夫聖人之道者平治天下之道也平治天下必須衆材而後成功學以成材材成而用之是皆成其所長豈有二哉故古稱人物必言其所長而不暴其短學問之道亦養其所長而不必責其短周禮六德孔門四科豈不然乎子路勇則孔子語之以勇曾子則孝子夏則君子儒小人儒子貢之言冉求之藝公西華之禮孔子未嘗抑黜之則古之學可知已宋儒則異於是焉徒求爲聖人而不

知從聖人之教。聖人之教。詩書禮樂。如時雨之化。大者大生。小者小生。苟能從其教以學之。則人各隨其性所殊。以成德也。夫聖人聰明叡知之德。禀諸天。豈可學而至哉。故古者無學而至聖人之說矣。今宋儒之說曰。聖人之心。渾然天理。人之性。其初皆與聖人一矣。但爲氣質人欲所害。則有知愚賢不肖之差。故必裁有餘。補不足。變化其氣質。以成中和之德。而復其初焉。夫聖人不自言其心。孰能知之。六經不言天理。唯樂記有之。亦曰人欲盛而天理滅。而未嘗求無人欲。求必無人欲者。自宋儒始。則宋儒所言。實與樂記殊爲故以天理論聖人者不信六經而信宋儒者也豈足謂之古聖人之道哉人之氣質與生俱生故古無變氣質之說觀書傳所載以大稱堯以知稱舜禹則恭儉不伐湯則寬文王則敬周公則多材多藝孔子則學是各有所長也有所長斯有所短皆氣質之所使也故必求變氣質者死而後已矣豈不妄之甚哉其所謂裁有餘補不足者吾未知其欲無長無短邪將求兼備衆長邪若以爲無長無短則碌碌庸人已若以爲兼備衆長則天下無此人矣論語曰君子不器謂能用器也辟諸椎鑿刀鋸器也良匠能用

之補瀉溫涼皆器也良醫能用之故君子不器猶之良匠與良鑿已不知者猶謂己必備衆器而後能用器果其說之是乎則舜必兼二十有二人之長而高祖併擅三傑之能故曰妄之甚者也夫高祖僅可將十萬是亦器也然不欲以器自見故能將將韓信項羽則否是器與不器之辨也故君子知道則雖器亦不器也求必備衆器則雖不器亦器耳故知道者能以人之長補己之短故仲弓問焉知賢才而舉之則孔子語以舉其所知宋儒乃以視觀察爲未足而補以居敬窮理足下以此二者對觀則其於古之道思

過半矣蓋宋儒所謂聖人亦唯萬德圓滿如來耳然成佛必歷無量劫則其說猶爲不窮矣乃以此爲極而使學者必求至於此可謂强人以其所不能者已足下其思之

又

承問律呂上下生之說大氐律管之制長短相敘以次而襃長者居上短者居下故其相生之數由長之短三分損一是謂下生由短之長三分益一是謂上生蓋因律管之形有長短而建之名稱本爲伶工家至膚淺之語而非別有奧妙之理也其實曰損者益

之亦可曰益者損之亦可損則半律益則倍律倍半之聲相飲不忒故上生下生可以移易耳後世儒者不習管中之音徒泥紙上之文苟有不通輒引陰陽東西等之義附會文飾以求其通逐末沿流愈精愈舛其說雖若可聽皆無當於聲音之道而祇足以增人惑可謂無用之贅論也已如三分損益之說其初亦大槩言之至其精微則定之以耳故伶工之言如斯而足矣儒者乃昧於聲音而求精其數布算益繁曼衍無窮然至於執刀截管則目力所及至分而止釐毫秒忽目力無及刀不可施故必欲求其至當者

决之於耳而已蔡元定輩不知其如此而固執三分損益之文遂妄立變黄鐘之目殊不知律之有十二本以其十二生而復其初也不則少之五律七律多之百律千律莫有窮極向何十二之有以此觀之其妄可知已又如古論律吕皆以管長短言之至於元定乃更定其圍數以求勝於古人亦不知音之失也又如隔八隔六其實隔六隔四耳伶工家併爲數聲以數之故云云祇求諸言語之道極爲不順然古來無人能論之者何邪是無它律吕諸説皆出樂工之家其文本不雅馴司馬遷班固輩亦不習其事是以不

察其如斯徒采其語著之篇耳凡此之類非足下所問而言及之者爲欲足下由此以得讀樂書之方故也足下其思諸

又

春鶯囀無所見疑是唐樂入破是樂中節目今詩餘有之賀殿無所見命名以倭胡飲酒唐有小飲酒此方伶工不識字如張胡子或作朝小子可見鳥唐有鳥歌萬歲樂迴盃樂唐有回波樂北庭樂無所見承和樂唐雅樂河水樂唐樂河水清菩薩破唐樂李白有菩薩蠻盞蠻慢破一音訛轉酒胡子無所見疑是

酒家胡之義凡曰子者多是唐樂武德樂六朝歷世有之皆擬武舞羅陵王卽蘭陵王北齊樂澁河鳥應是倭樂安樂鹽唐樂凡曰鹽曰䀋一音訛轉樂中節目十天樂未詳三臺鹽宋樂萬歲樂唐樂五常樂無所見疑是五行舞卽周太武漢謂之五行舞甘州唐樂又有最京州卽西京州胡渭州卽小伊州金麞無所見慶雲樂唐樂想夫憐南齊樂裏頭樂無所見夜半樂唐玄宗樂陪臚疑是伴侶北齊樂春楊柳疑是折楊柳唐以前有之扶南外國樂勇勝無所見老君子疑是郎君子唐樂小娘子唐樂雞德疑是景德唐

樂越天樂唐樂殿字爲是林歌作臨河爲是孔子琴操王昭君漢樂春庭樂一名和風樂唐有火鳳柳花苑未詳喜春樂唐有喜春鶯赤白桃李花唐樂安城樂安世爲是即漢唐山夫人所作周房中樂遺聲河南浦未詳央宮樂同上海青樂同上平蠻樂唐樂拾翠樂未詳青海波同上千秋樂唐樂蘇合香唐樂出外國鳥向樂疑是鳥臼出六朝宗明樂未詳採桑老應是娘字六朝樂輪臺唐樂岑參有歌白柱即白苧六朝樂竹林樂未詳劍氣褌脫氣或作器即張旭悟筆法者杜子美有歌行散手疑是三洲乃六朝樂傾

盃樂唐樂太平樂北齊樂打毬樂隋樂仙遊霞未詳
乾鼓褌脫未詳還京樂俗訛稱還城樂玄宗樂拔頭
唐樂一作鉢頭出自外國蘇芳菲唐樂長慶子同上
一團嬌同上一弄樂未詳感城樂未詳秋風樂漢樂
蘇莫者唐樂作蘇幕遮天人樂無所見賀皇恩宋樂
萬秋樂未詳頃者風火驟起家人荷擔而立書庫不
可開也祇記予所記耳

又

茲接琅函伏審足下平安之狀深慰鄙懷不佞劣劣
依舊鄉承名見伏謁殿上鴻臚特奏名益破格之遇

云遠近賀者人與書狼籍乎環堵之室不遑應酬大覺榮名之可厭也獨得足下書欣然披拆交誼所在喜溢翰墨亦堪感銘祗書中所云有不佞所不能當者竊以爲足下之言過矣昔孔子自衛反魯始見哀公當是時豈有動靜之可見哉況不佞陪臣也一蒙名見豈能言朝政得失乎夫君所不及臣且不言古之道爲爾況陪臣乎且吾邦數百年來一切武斷而文儒之職備顧問應對而已豈能言朝政得失乎朝臣尚爾況陪臣乎不佞乃一伏謁外廷已雖非常之榮乎亦陪臣之榮已豈足語進退乎吾聞之政府聊

以風海内文藝士云爾果爾是盖國家鼓舞之盛意也足下遠方之士殊未審其實邪聞君徽襲其世禄而解贊御之職東行杳乎無期頗以爲歉不佞亦爲之悵然雖然不佞則謂肥雖大國乎亦六十州之一可不謂一彈丸地乎乃有足下有君徽有水生三人著相顧而笑莫逆於心莊周所言非邪山水爲之增重亦足爲多已關以西唯洛有二于周南縣生拮据雖勤斅而未音豈若肥之富是可以自慰已大寧上人惠山看一篋山志及足下書見乞龜山記不佞之所未目安能口之且志所謂某某不佞生長東國未

習其蹟。驟視以爲一草賊耳。豈能爲楚漢鴻溝想乎。伏請爲不佞善致意上人。餘未旣。

徂徠集卷之二十三

徂徠集卷之二十四

物茂卿著

書牘一十五首

與墨君徽

足下臨别所留著二體耶。其擬七子詩。則足下從五馬西征在途登眺。以及造其邦。宴筵之渥。侍從之盛。王劉應徐。即其人哉。惟其有之。是以似之。是之謂已。然非不佞野人所能屬和著焉。易水一歌。誦之殆乎不能爲懷也。歔欷不終曲而輟者數矣。夫誦尚不能何況和乎。故惟敢和其三絕句。渢渢之響。亦唐高李之流亞歟。足下僻生海西。所之師友。意其何從而得之。益肥距宰府不遠。豈古昔名公鉅卿所播遷以徜徉之。其流風遺韻。以被及今日者然歟。君徽足下。善自勉之哉。念益昌大其令圖。庶有以副阿蘇菊磚之勝已。別後生拮据滕生後事甚苦。書是以緩也。數君書。豈君詩卷附緘中。兾見達焉。豈君才亦美。足下戒其不讀宋詩。詩必進。餘不贅。時暑甚。千萬自愛

又

是歲春寒殊甚。暨二月梅始華。忽憶清容。則接足下

臘月書。得審平安狀矣承惠華製各色罨一一觧形模

雅甚。摩挲久之。殆不忍試其色也。聞購得十一經讀

之。夫文章經國大業。雖有作者莫不根柢詩書為足

下其勉諸。祇別後不得奉一詩。豈孔云之樂所奪耶

何迺金玉而音也。抑將所詠多玉臺之體不堪遠示

耶。又聞五馬之東在近。而足下復祇役扈從乃將因

覩清容。反憶梅花哉。萱君亦來哉。臘月作報震菴書。

無便未寄。賓諸椷中。伏乞致之。千萬自愛不備

又

足下果以明後日發耶。遂爾千里。如何可言。所示烏

樓曲以下十一首總是佳境往往入妙祇乏豈第溫籍氣象是自足下境地是以爲齊梁優而爲開天難耳思所以變之哉拙和一首聊攄衷曲硯銘黽勉塞責副啓封套合六附上作樣令兄所命拙字三紙及箏笛譜傍注指法亦有一二差誤處皆悉注改震菴書屏山書及詩卷序伏乞賚致時漸暄熱在路加餐食不備

又

得書如面玆知足下一路平安寶眷完聚深可欣慰此土無暑及秋乃酷亦足知各在天一隅也不佞雖

疾乎稍輕往年伏冀勿勞遠念德夫往增上寺前講書作生亦是過日了西歸後諸作琅琅可誦其可商者往其勞也不備

又

去冬以來辱足下書者二烟瓢紙匹種種嘉貺雜然在案何謬愛之至此邪方其時不佞乃有六諭衍義之役日趨執政者之庭腰腹如杯圈困頓之餘歸乃偃臥一室之中氣息厭厭焉是其所以書札廢絕獲罪故人也而足下不罪是問賀則從之益不佞嘗有所爭於執政者之前者亦刀筆末事草野常態耳迫

竢事畢拜賜殿上執法在座禮官行事亦國臣恒例耳而傳聞者乃謂干預經國大計恩意甚優賀聲四至深自慚恧足下亦豈以此邪夫賈玉者豈求速售哉若夫區區文墨之役豈賀云乎哉承示詩若干篇悉臻妙境初意足下才氣翩翩頗似不受聲律之拘及閱今作整栗莊嚴非復昔日之比所謂多病還於詩律細者其不竢不佞而後知者明矣秖林亭黃花作胡沙行未經鍛鍊亦自當了了也大氐吾黨之士東壁既歿詩唯服平二生與足下耳宇宙茫茫唯唐明與今而世不數人天之生才豈不艱乎唯足下自

愛不盡。

又

甚矣哉。俗事之困人也。所不得報君徽書者二焉。六閱月而始得一日之閑。君徽豈信之哉。君徽足下。風氣日上。萬千自愛。不佞劣劣無它疾。歌行二篇悉之。不備。

又

日者承問。建安七子出何書。按從軍唯子建一首。餘子皆弗傳。而公讌無偉長。未審靈運時別有所見否也。于鱗實擬議成變化。益取諸懷抱與古人合契耳。

以余觀之。于鱗不讓子建。謝客自謝客。何干建安。足下宜識此意。要不爲英雄欺可也。

答中文山

客歲辱雲牋。兼以貴邦物產二件。眞縞紵之惠也。以鄙作之不文。適足玷名園。而致此腆渥。深增慚赧。盍足下書。致自依氏之所。而依氏病故。遂以稽滯。又值本藩獻前朝實録。不佞祇役刀筆者。以至今年焉。力疾供事。凡百皆廢。是其所以久不報德音故也。頃者因藪君見訪。而譚及足下之事。乃悟不佞負足下者罪亦大矣哉。僅過半百。精神恍忽。不復人理。不佞可

謂天下集物矣急修短𣂪托諸藪君以申負荊之義
也惟足下宥恕

又

方今弟之東也辱惠尺一兼有不𦘔之贈遠情之殷懃也未知不佞以何得之足下已令弟風氣日上嘯咏不乏加之二王之迹奄有之益以知足下之賢哉所恨不佞移居西郊迺與大國之邸愈益遠矣以故不能數見令弟是已令弟傳足下之意丐不佞之字扁其亭貴野鶩而賤家鷄者足下何以復犯之也以疾故不悉

又

承賜珍牘兼惠詩箋千里之情一何繾綣如是也令弟在東時或過從聰慧非凡才情清麗加之耽志典籍風流醞藉雖都下人文所萃亦所希覯是蓋名家世德鳳産丹穴實信然哉乃以切磋枉蒙相推爲之汗顔不知所言鄉者承托扁字不佞素昧八法時或酣餘秉興弄筆偶有狂態遂惹虛名傳播遐邇以故執志拒絶殊不作字但以令弟欵好不違所求耳是自餘事豈謝云乎哉鴻信路遥暑往寒來伏惟自重餘未既

復西肥菅野生

聞足下奉先侯櫬煢煢乎西歸矣以論邦喪之悲方
諸閤極乃跋山涉海殆將三千里是其荼蓼何可言
乎當斯忩遽之際辱弗遐棄賜以尺牘娓娓相屬辭
義駢摯何其有意於斯文者一至于此哉蓋肥者西
九州奧區也自阿蘇寒火赫奕乎洪荒之世而白河
名媛宇土狂夫葉國風者所口實近世清正行長諸
公遺壘荒壁往往乎有之五霞幽邃不啻桃源而貴
邦士人水閒者爲不佞姑之女之子則土風民俗山
川草木諸詭偉瓌奇之跡素嘗得聞梗槩乎其家焉

以故不佞雖僻在東海。亦或時時夢游乎其中者。不復一日矣。足下官暇。倘能徜徉於巒壑名勝之地。諷詠所至。斐然成章。遠以相示。則不佞雖不敏。安能不揚扢其一二。以酬來美也。況乎義空。鄉已具言足下鄉往不佞者狀。而申以此殷懃。深堪感銘。聊此布衷。惟足下鑒察。時下春寒。自重。不備。頓首

復肥文學木屛山

去歲辱接華緘。茲奉德音。伏惟足下。經明行修。膺選雄藩。木鐸一邦。垂範後進。加之令郎岐嶷。詩禮承訓。蘭玉發祥。克迓茂昌。祇以海山夐闊。瞻望難及。而況

僻處自分阻交大方。一時譽髦。昧其平生。豈不聾瞶

愈[illegible]哉。忽蒙不鄙。千里修問。傾心瀝膽。假之褒奬。弁

言之役。特見委囑。轉增赧汗。內省則疚。時值宿痾。輒

發不即奉答。罪譴維多。有負遠誠。經夏涉冬。病少得

差。黽勉翰墨。聊酬來意。寧能萬一。卜衛庶幾。皇甫亦

惟蒹葭玉樹。足覽形穢耳。伏冀亮察。不盡所言。

又

辱惠華翰。併以佳茗。感謝何已。伏知橋梓無恙。教授

弟勸。深堪忻慰。鄉呈鄙序。病餘所裁。醜陋殊甚。乃承

見謝。極其推服。倍加愧赧。吁千里渺茫。良覿何日。臨

書悵然謹且裁復不備

復木神童 附別幅

數年前韓使之役得見足下所稱詩尊公書中業已奇之尚謂博士家髫年試業故自爾爾玆辱尺一方信足下爲海内豪杰也夫其鄉往之殷推服之深初疑以吾一日長乎爾而它邦之人莫有相識之雅飾言修交禮豈得已乎哉徐而察其措辭之際文章所榘矱精神所渙發蘇山降靈亦何瑰奇麗特若是其尤乎予不佞倡學東方殆且二十年妄不自揣揭天下爲之先則同志君子相共翔集六藝之林步步驟

驟固竭吾思而克肖焉者何尠矣足下迺從數千里之外窺諸一二簡牘之末僅出一旦之力輒便肖之自非穎悟天授則精誠所格神其通之來書所謂師襄之琴羹墻之喻豈虛言哉義有攸夐足言其志仲尼不爲僭文王不可謙明大將軍戚子曰豪杰士開口見肝膽者毋乃足下之謂歟伏惟世際昇平融朗之化洋溢寰區元氣所蒸茲生麟鳳維帝之力于我何有哉四海無外列國兄弟何況千里比肩存乎其人豈彼此之足言哉祇君子所貴於道者學也非材也自今以往其務博學無方資友有類虛以容之黙

以養之循循勿遽期於晚成春秋之富如岳如川令聞日興滚滚其來是區區老耄之言所以酬來意者爲爾既見其心遠謂之何未覯其面豈以爲邇彼美西方佇立以望若夫承問件件布諸别幅不備

承問詩書禮樂易春秋謂之六經又謂之六蓺盍昉於七十子以後也左傳曰詩書義之府也禮樂德之則也王制曰樂正崇四術立四教順先王詩書禮樂以造士是孔子以前士子所學止於四者若夫易與春秋則韓宣子適魯始得見之它邦所無而自孔氏以後乃學士得通習者審矣故其稱經稱蓺皆

後世之事已但觀三年視離經則經之名古有之指本業言之凡經之言簡衆義所條塞循經持緯迺以經常解之非矣詩大序小序一篇之文也析而二之亦非矣且序者詩傳也蓋詩緣人情或出田畯紅女之口豈須訓詁且無義理可言故解詩者序其事由而足是所以謂之序也後世操觚之家有序記贊銘種種之體人狃其所見乃謂序非傳也詩當別有傳也今所傳大小序七十子以後儒者所爲未可識其爲誰某其源或出於子夏亦未可知要之亦不無傳會焉至於書序則膚淺乃下詩序一等足下所見可

謂晰矣。祇尚書之名，古無它書，故得專書之名。迨於
戰國時，大學引楚書，晏子引紀有書，惠子多方五車，
寔繁，故加尚字別之耳。家語亦出孔門，但載筆有工
拙，故比諸論語，殊覺其劣。弟子本姓類，豈王肅嫌其
少，附以它書歟？春秋三傳，其說甚長，略而言之：左傳
卽魯春秋是已。丘明魯史，故春秋存於其家，孔子作
經，猶史記有年表，資治通鑑有目錄，是自聖人特筆，
然亦必與左傳相須而行者也。故左氏謂之春秋，而
不謂之傳，可以見已。或一二有解經之文，亦後世所
加耳。公穀二家相傳出自子夏、子貢，是或然也。然古

人說經必施諸政事可行當世故不必守經文衍縮隨意觀於易十翼韓詩外傳及論語戴記引詩書者可知已故公穀亦非注經者迺戰國時以春秋說於人者之言耳漢儒隱栝遂爲傳註降至宋明儒者皆經生安知孔氏之學哉適莫訓親疎亦漢儒相傳之義也其實適訓主莫訓定無適者無所專主也無莫者無所一定也以爲無親疎者自比字生比者親也故三國志亦以爲無所親疎之義墨生所傳說不的所以致足下之疑也大氐學經所以求知道也道之大端二一曰禮曰義禮聖人所立也義亦聖人所立也

故學道者求知義焉苟能知義則治天下國家其如示諸掌乎後世古言不明認理爲義由是而儒者之言曼衍自恣無所不至焉是予不佞所以悲也千歲邈矣六經闕焉其時與事安能一一知乎故世之治經者字爲之詁句爲之解皆務求颺諸口舌使人聽信者也非欲施諸政事平治國家者也穿鑿附會宜哉足下患諸方今國家崇道文學大興予不佞傀矣莫有進取之志妙年英才往其勗哉

又 附答問

墨君徽致足下書篚實將之深荷遠忱大邦君子其

何弗忩區區之至此也數年前不佞旣已識足下於幼年之日今再接書果爾規摹宏遠大非海內諸名家所能及矣不佞六十之年閱才多矣而未有足下者殆使不佞讀之不覺疲焉是雖不佞言則有中乎亦草木臭味耳足下之推不佞亦爾則豈必徒爲之謙讓不敢當以學世中行之士邪嘐嘐思古雖仲尼之時尚且難其人况今日乎世代久遠載籍湮沒黜乎它無所見琴張原憲乃能作論語以明聖人之德於萬世而六經七矣其功豈必游夏丘明之下哉足下善自愛愈益積學廓大以俾老耄之言有徵乎則

不佞所望也雖然足下之才得諸國家昌運與大邦山川之精爽豈容不佞言乎夫士之生世也無所用於今亦虛生耳然苟不通古必不能知今後世君子負當世之志而才不蔽志者皆不通古之愆也才雖禀諸天乎亦必成於學故曰通古知今志之善言也古今邈矣能一之者其唯豪杰之士乎仲尼之所以思狂者是已足下其繹之足下詩益肖太白但太白學樂府足下其察之承問數道以見足下之學既能得其大者焉亦好古之效也不佞之爲對盡心焉耳矣足下其覽之學問之道不佞與有一日之長也故

敢以酬足下盛意時暑盡秋深益見道路阻且脩哉

不備

承問先王之教不過詩書禮樂各成其德各達其材而後世經生文士之習與此相反治教異撰儒吏殊用此自足下卓見深慨鄙衷不佞中年始祛舊習足下妙齡既能言之何其有智無智相挍之至此也後生可畏豈不信乎不佞謂孔門四科亦有長政事者爲有善文學者爲人之材豈與後世殊哉各以性異是正所謂成德達材者而其學一在詩書禮樂是其與後世殊也葢古之學者皆以禮樂成其德均之君

子人也而其政事文章皆繇詩書出所以不悖聖人之道也秦漢而下以郡縣代封建以法律代禮樂其言吏治者亦孰不援經術而郡縣之治凡百制度不與古同而先王之道不可用故亦僅用以緣飾吏術云爾豈能法先王哉祇漢法尚疎闊吏多得便宜從事爲近古也隋脩宇文周之律唐宋明皆因之申韓之法至是始臻其極夫復雜者先王之道也律無之可以見已此後世吏治經術所以岐爲二途者昉於秦漢成於隋唐也文章亦然禮樂亾而言不君子漢承楚風辭賦始盛迨於五胡猾夏而古今之言遂判

佛老清談乘之士遂鄙經術而事辭藻階因之設科舉而下迨宋明士非此不得顯仕中閒雖韓愈倡古文程朱二公倡古學亦皆以今言視古言而郡縣法律科舉者時王之制也不可得而違焉人生其世耳目爲積習所錮則經術吏治文士武人至今不可得而合焉要之其德與材不從詩書禮樂來而經術政事文章皆與世推移滔滔乎莫能返故也士之生於今禮殘樂亾無如之何苟非聖人復生孰能制作故學者唯能涵濡于詩書與禮優游厭飫久而化之習以成性而德慧術知由此以出則其所見濯然習俗

淟涊之中。庶足以弗悖耳。傳曰。詩書者。義之府也。禮樂者。德之則也。不佞謂詩書辭也。禮樂事也。義存乎辭。禮在乎事。故學問之要。卑求諸辭與事。而不高求諸性命之微。議論之精。則有所憑據。可識後世紕繆所在。爲不爾。徒以己之心與理言之。泛然莫有底止耳。然世自好者。多謂古自古。今自今。何必學古。自以爲達。殊不知古有聖人。而今無聖人。則其人所爲。令誠弗誣。而其能弗悖聖人之道者。吾未之信。其人自以己之心斷之。謂是弗悖古聖人。則其人自以爲聖也。豈不妄乎。乃溺其所習。往往乎語之不能通。故不

佞未嘗爲人言之惡爭也今足下所見與不佞符故詳言之爾

承問禮樂古未必有書以樂正四術四教証之是亦卓見足破後世膠固之習不佞嘗謂四教云者詩則諷詠書則誦讀禮則節文度數樂則歌舞八音其爲教各别而大非後世專以挾策爲教者比後世乃專以讀書講理爲學故其於四者亦皆以讀書之法求之所以不得先王教法之妙也如以詩爲勸善懲惡之設以金聲玉振疑爲樂經殘簡者信如足下所指擿也如孔子以前則詩存人口禮樂皆以人傳之所

謂文武之道未墜地而在人是也是皆未嘗有書者審矣而禮之有書自孔門始其事見戴記今觀儀禮十七篇直録升降進退器數之詳而未嘗言義理逈異於後儒所見則所謂禮經者眞耳以此推之樂亦譜已祇古譜亾失故謂樂亾者不可謂非也詩亦至孔門始載諸簡策書則史官所録自古有之益古無它書書唯是已故得專書名論語易傳左氏戴記家語孟荀晏墨諸家所引詩書與今存者適同則其爲古經豈容疑乎足下紬詩爲琴歌紬書爲古史詩乃彈琴可歌書亦史官所録豈足以此病二一者邪至於

以書爲文字之學。則大不然矣。論語曰何必讀書。易傳曰書不盡言。言不盡意。然則聖人之意不可見乎。孟子曰盡信書。豈可以文字之學爲書哉。如易春秋。則觀韓宣子之言。乃魯國所傳。故孔門傳之。而其實非樂正四教廣被天下者比。故論語孟荀晏墨諸書。不多引用。其非士子通用者審矣。足下之疑莊子經解之言。亦與不佞符。周禮則周官。然禮之體統甚大。而凡先王所以經紀天下。全在此。而道之大禮盡之矣。左氏所稱是禮也之類。可以想焉。世儒泥五禮六樂之言。而止以吉凶軍賓嘉爲盡乎禮。殊不知五禮六樂乃大司徒所教之目，非盡乎禮也。此意考于戴記自明矣。以此觀之，周官之爲周禮，亦古言無疑。不佞之求古，必以事與辭，事則莫詳於三禮，故不佞以爲十三不過三禮，不足以爲好古也。

承問：左傳曾左史作，非丘明，明儒亦有此說。按丘明作左傳，其說尚矣。論語左丘明，亦同人，古來無異說，乃宋儒泥韓愈浮誇之言，而疑恥巧言令色者非其人。由此而後，異說紛如。蓋六經之外，文章之妙，無過左傳者。古之文章，乃先王禮樂之化所生，故其絢爛乃爾，如左傳、易傳、禮運、樂記是也。至今孟子時，禮樂之化漸漓其辭質勝是爲變調韓祖孟子務去陳言故貶左氏爲浮誇此文人競長常態豈足援以爲斷哉宋儒皆韓奴隸其所見正同以不佞觀之所謂巧言者乃變亂是非以惑聽者之謂吾未見左傳有之孟則有之大氐古來所傳丘明作左傳之類存之何害强辨其非古書皆廢適見拗戾已足下所引竊比於我老彭同類者誠然然又有我與汝有是哉願爲之宰之類竊比云我云尊崇甚至者自非丘明匹矣

承問律曆古法甚衎甚愜鄙衷不佞好樂由是推覈聲律之説頗得盡其蘊夏書曰詩言志歌永言聲依

永律和聲。是律本以人音爲準。後世乃以尺度累黍求之。所以失也。今本邦所傳黃鐘。乃古黃鐘。誠如足下之言。樂家有譜試唱之則知人口中之音最濁者爲黃鐘。何必紛紛。如三分損益。亦大槩言之。何則必以耳聽乃定也。如後世以尺度截律管必有毫忽之數。目不能睹。刀不能截。將何益乎。故古來大槩言之者及臻妙理也。如蔡西山變黃鐘亦妄說。何則律有十二者以隔八相生終而復始循環無端也。若以變黃鐘則其數至數十百千萬莫有底止。其以爲十二者。非自然之數矣。其誤起自不識圍數已。又如本邦一越最長則有說存矣古歌吹殊調歌黃鐘必吹一越故堂下樂以爲記號後人不識直以爲律名故爾樂家此類極多不足怪已既以一越和黃鐘則其管最長亦其所也曆不佞未之學然以聽道之古法必簡易觀於堯命羲和分處四方以親驗合不隨而改之不亦簡乎後世必求以法盡之然愈精愈舛者以其人所推驗不過三四十年之久耳必得數百千歲之壽日孶孶親見而後得其梗槩此乃世所無故堯典聖人之智乃爲至矣授時曆世所推崇然僅以三四十年之推驗者與它曆同是以不佞未之能信如歲

差古來未有定數以不佞思之日月有盈縮一年而
復初故曆家能言之如歲差安知其非天之盈乎自
堯至今日人見其盈而未見其縮安知數千歲之後
必不縮乎何則天地日月皆活物也又授時法已往
歲增一將來歲減一吾不知數千萬年之後算盡時
何如也大氐不知其始不知其終吾處其中間以蜉
蝣之年量之其愈精愈舛者以此
承問書數一技誠民用之大者如足下之言但六埶
之書識字形與音耳豈後世書學者流比哉然禮樂
主觀美考工記所載鍾虡諸器亦欲精工則字形纖

惡古亦當論之定其工拙是常情也不佞觀博古圖所載鼎彝古文其古雅不可言較諸後世名書家篆籀逈别譬諸近體李杜詩與三百篇非不美矣只好尚不同耳如字學者流不佞所惡也其辨正偏覈偏傍甚拘矣甚者如正字通諸書乃至於止注譌字而不注爲何譌字字音轉者亦以己心掃而去之是安在其爲字書乎魏校六書精緼以點畫說性命之理鑿哉是皆不識六書本旨者其陋可醜數學亦不佞末之學然觀於今數學者流設種種奇巧以誇其精微其實無用於世故知古法必簡也且如圓率乃積

方以測之。雖積至數萬亦有數萬微塵弧不入筭。豈
足爲圓率哉。往歲清人獻朱載堉樂書。朝廷俾不佞
考閱中有圓率本諸周禮周髀。其法如可據。然未審
其如何。
承問孔孟之稱。是宋儒所刱也。韓愈始尊孟子。然尚
猶以荀楊並稱。至於宋儒。躋其人於孔子。媲其書於
論語。而孔孟論孟爲儒者常言。昉于此也。其說益本
諸道統。而道統之言。古無之。毋乃倣浮屠乎。夫子路
者。曾子所畏也。後世躋曾子四配。而坐子路廊廡。鄉
黨尚齒。學校序齒。曾子之神。其享諸後儒乃以己之

心。默陟古人。不佞則謂之僭妄已

徂徠集卷之二十四

徂徠集卷之二十五

物茂卿著

書牘二十三首

與朽土州

嚮承見招忝溫舊盟情禮之摯肝鬲爲吐在閣下則平仲善交可謂復見於今日也在不佞則狂奴故態不啻貽笑於當年也辟諸美玉之與石其品固定而堅之性迺皆弗渝矣是它山之所以取於頑質也邪夫不佞斥跪之士本非世君子類中物始蒙吹噓毛

翼頓生亦嘗感閣下之爲曹丘生矣。一行作吏，游道益塞，蓋非世君子之絶我也，而我之絶世君子也。賴有天幸，遭逢鼎革，緤絆雖存，樊籠忽脱。不佞之所以强顔復出，消摇市中者，爲故吾尚在也。但以摧抑之餘，六翮皆鎩，不鳴不蜚，五過三年，是豈有所能復爲乎。獨塊然自信已，何意閣下依然比諸席上珍也。歸後茫然，莫知取措。茲因瀧生往，聊布衷悃。渠亦不佞所爲同病相憐者也，伏乞憫之。不宣。

與井可觀

久飫令問，淹想雅型。豈料寵招，忽辱盛款，佳茗美肴，品品而適。微言善謔。往往乎出。散帙賞心。引杯成趣。傾蓋如故。庸何加旃。況值梅雨乍輟。槐夏尚淺。庭柯葱蒨。借涼軒檻。籠禽嚶鳴。侑歌尊俎。盈坐穆風。餘清在袂。歸途淡月。遙標照人。興之至此。感曷能戢。理當再圖摳赴。躬謝殷懃。特以不佞嬾甚叔夜。病類士安。種種不堪。僕僕非長。此自岡山二生。素所諳知。而乃汪洋千頃。必見涵恕也。昨承緒論。深察遠志。大雅君子之道。文章不朽之業。則知謬垂延接。不棄菅蒯者。意亦在此焉。向因下問。頗見愚衷。其所未罄。附具是矣。蓋讀書之與修辭。其原相爲流通。其用判然彼此。

一則有如貨殖日積其富一則辟諸橐籥愈動不屈是以子產博物唯資潤色莊周絶學乃擅神奇自古如斯厥後皆爾應對記述宦殊其掌儒林文苑史不同傳何則不但禀質有近亦緣肄業攸分也而足下獨嗜挾筴不務弄翰以此所爲求彼所欲緣木求魚誠不虛耳大氐天下之事在習斯成不爲何遂習此此熟爲彼彼通故厚積薄發實爲救弊格言思隨筆生迺是摛藻眞境天機忽發人籟自從心匠所運物材唯取雖然豈謂不持寸鐵空拳無敵亦曰何必讀破萬卷下筆有神要之水陸並進掎角功易讀作雙

修。動靜資深仙為足下謙冲秉性自視欲然矜持太深欲發輒輟遂致典籍之淵既涉九重述作之林未攀一枝豈不惜乎不佞忝交雖淺執契是深妄獻狂瞽敢擬切磋伏惟蒐納時下溽濕起居福祉不備

與池一峰

嚮者使印材二敢煩郢斤玄上人陸續携至圭瑁忽合恍獲驪珠而後僕之喜可知矣審厥刀法章法字法具究精妙愧所奉弁言迺有未悉也秪海內無兩自詫不失言耳又承印譜近入乙夜御覽不意蠅附千里深托洪庇因知翁所為寵靈不啻毛楮輩與有

輝光而已。理當面謝。會有新憂。徃前不果。日復一日。迫臘參半。此因上人過訪。聊附致訊。時下沍烈。千萬自嗇。嗣族改歲載陽。乃謀負荊。以鳴僭皋之罪。不備。丹侯章未至。彼人好學。非尋常貴人。態深祈翁以為意。即於僕如再捧天球矣。

又

是日玄上人袖印二來。謂曰。向者丹侯所乞池老人所鐫者也。循而眡焉。粲然如髮。眴然如畫。厥美也美似余向所獲者矣。向者余業已以丹侯之命。致諸老人。而後迺聞諸或人之言。老人未嘗為侯伯大夫有

◎

誥爵者而鐫其肘後所繫者是益慕文衡山氏之義也。而有加焉。予於是乎益高老人之義。内自愧恧。以謂其爲予誰人哉。雖然丹侯不以有所挾而交予者也。上人其以此意而傳焉耶。予豈以其有爵官而爲之丐焉哉。況上人紹介之乎。以是自慰焉。又以是而旦夕望其破格有爲焉。及今獲眡其成也。予喜而後可知耳。丹侯方在國。明日謹致諸其邸。則丹侯之喜亦可知耳。邸大夫急遽以致諸國。豈啻喜獲其所鐫之美而已哉。亦喜其不以貴人而視之也。予亦喜其不以爲貴人之徒也。記春月訪老人市中。而値其不

在悵悵然歸也以予之多疾而不獲旦夕繼見也聊述予之以喜者以謝之其所不能悉者則上人道之耳時霖雨未已溽暑病人萬惟自重不備

與樗僊

向聞足下近來好畫畫訖便壞不復示人真好哉真好哉古人唯有龍門子作文章必欲藏名山還造化也足下之還造化久矣知其與造化徒也予之求足下此耳欣然見肎可謂不唯子期知伯牙伯牙亦知子期開幅竹一菊一蘭一瀟灑三徑九畹中物矣大抵時工輩胸中未嘗着丘壑何有三友哉覺足下樗

僊之號不虛耳。五大夫久爲參乎之熟變色。嗣後或獲還舊時之青。敬謝三友獲主人。則亦當不落莫。是乃誒足下謝耳。一粲。

答崎陽田邊生

舊臘書。今春從石生所致之。披焉情義懇惻。映徹乎行墨間。以三千里之遠。一面之素。而垂念至此。不知病拙以何得之足下也。所示詩若干首。想皆高先生所刪定。何容於言哉。雖然。以三千里之遠。一面之素。而垂念之至此。又何容於默哉。因一二述吾黨學詩法。以酬來意。料亦無益於吾黨外耳。夫詩情語也。喜怒哀樂鬱乎中而發乎外。雖累百千語其氣不能平。於是不得已而咨嗟之。咏嘆之。歌乎口。舞乎手。片言隻語其氣乃洩吾情可以暢。故詩之至長者。纔與文之至短者相抵。而二者並行于古今間莫有優劣。漢代兩司馬。唐工部昌黎互有偏長。而各不相下。是無它故也。詩情語也。文意語也。所主殊也。詩原三百篇三百篇首風。風首關雎。而其所言不過夫婦閒相思相慕之情。別無若干意思曲折。辟如春風吹物。草木燁然著花。方是時。黃鳥之聲嚶嚶。雖極粗俗人莫有不愛聽之者。而細繹其嚶嚶之聲。文何有幾多巧妙之意可說可言者哉。乃至鸚鵡猩猩則語語有音聲。聲有義。然終不能勝嚶嚶之聲而上之也。此詩之所以主情而不與文章同科者爾。六朝至唐。皆其流風。獨宋時學問大闡。人人皆尚聰明。以自高。因厭主情者之似癡。遂更爲伶利語。雖詩實文也。蘇公輩爲其魁首。餘波所及。明袁中郎錢蒙叟以之。胡元瑞所謂詩之衰莫衰乎宋者是也。是又無它故也。主意故也。今觀此方之詩。多多類宋者。亦主意故也。夫以和訓讀書。所讀雖中華書。必顛倒其上下以從和語。究是和語。夫和與華。同在意而異在語。故以和訓讀書。唯得其意不得其語。味者則見以爲語載意。意得而語從。殊不知均一意也。而有古今雅俗種種語。其於詩亦然。均一意也。而有三百篇語。有漢魏六朝語。初盛中晚唐宋元是語以代異也。古風近體律絶長短五七言。是語以體異也。以此觀之。得意而不得語者之不能盡夫詩也審矣。且夫情唯喜怒哀樂愛惡欲。而意之曲折萬變。然意之曲折萬變。可言而盡。無復餘蘊。至於情。其名雖七。而態度種種。不可言而盡。唯語之氣格風調色澤神理。庶幾可以發而出之。以此觀之。得意而不得語者之不能盡夫情也亦審矣。故予斷以爲學詩之法必主情而求之語是已此方之人得意而不得語其於唐詩也茫不見趣於宋詩也余心覺有味不亦宜乎今觀足下詩亦多類宋者雖高先生詩亦爾夫能解中華語者宜莫崎陽若焉則何至於以和訓而讀之哉吾聞之高先生學原僧獨立獨立禪禪家偈頌語錄皆出宋世淵源所自意或以此足下若以蘇黄勝李杜宋勝唐則已不則學唐學李杜之道乃是已足下能以三千里之遠一面之素而寄詩相示情義懇惻映徹乎行墨間則其意若不足一先生之言者故以此告之孔子曰後世可畏足下其

曷諸不備。六月十五日。

與佐子嚴

不佞茂卿。自少小修文章之業。慨然有志乎復古。於是昭曠遠覽乎千歲。唯明李于鱗先生。王元美先生。則殆庶乎哉。迺日夜心儀其所撰述。以至於想見其爲人何如。丰采何所似也。精思所至。恍乎時或一交臂而倏失之。忽忽乎若有所喪焉。因謂今距二先生世。僅將過百年。海內之廣。豈莫有所謂心畫者耶。安所從得其碎錦片玉者。以𩕳然相對于几案間。旦暮而遇其人哉。而不可得已。客歲富春山人寄示鳳洲臨跡。猶爾葉公之好哉。山人止言與有真者。而不謂其爲足下也。心甚悳欲之。曁乎朴上人來訪譚松島之勝。以撩我思。而我不能往。則匇及足下妙乎丹青伎也。又妄意欲足下一借其出者以臥吾之游焉。而又不可得已。會春月鄙壽。徵詩山人。書中偶爾及之。亦自鳴我心耳。豈必得之乎。本月二日。忽接貴宗人致足下書嚴廬。破緘讀之。以論其辭義兼摯。皆肝鬲語也。果然乎吾游可臥。真龍猝至。譬如自天錯愕莫措。徐而察之。足下之割其愛也。不恡何德之修。以得此于足下哉。加之壽詩一章。宛然大雅之風。土物篚之坐享遠方之味甚盛惠矣乃者足下與山人相善而推山人之愛于不佞者可謂君子之義哉不佞雖僻惰乎亦何敢辭敬裁四絶以答徽音併布區區之忱忱不可盡矣惜尺牘之埀盡也臨風長吁承矢弗諼蕖五臺一軸附上聊供足下風流之賞非酬也餘心照不備

又

香師至得足下書審足下所以善眠食者狀足慰遠懷不佞劣劣依舊秖日日爲一二三少年所嬲擾絲弄竹闘笑過日時憶所以與足下約也適見臺奪中廢

遂已忽承見責愧汗殊甚必當與意勉强償食言之債足下其斯須之哉詩一首奉贈不備

又

頻承書諭不時相報深可愧汗矣香上人書來亦及足下健食之狀堪慰遥懷不佞近歲漸衰不及與足下相見時也且賴酒力消遣則去秋患咯血殆死偶有幸獲神鑒以愈後比前時體中稍佳然怯酒不復飲以故精神轉萎荼已詩選一事嚮已與足下相約爾後時頗留意商確然其中有一二不易旌者是以數歲未成耳伏冀勿怪壺碑日前與滕廣澤話及足

下事。渠亦莫閒必當上梓以酬足下好古之志也。豐
侯豫侯墨蹟各一紙奉上。豐侯矜持不妄書。近懇其
侍史所得是已。豫侯則足下未嘗見。然其人善詩善
文。書亦遒上。好客下士。原嘗不啻也。求諸開國來諸
侯中所無。則亦開闢來所無。可謂今子建矣。足下其
寶諸。餘未既。

又

朴道上人西歸時承惠書。書過而上人不見過。爲之
悵然。及夏又附書香老筒中。以疾而不即報矣。疾今
稍稍愈。魯人之所以皋。豈翅魯之罪哉。不佞因疾而

知哀乃力疾書因是而又樂以忘憂詳諸富春書中足下亦非外人宜就叟而觀之愼勿語之外人哉不佞又選唐後詩漢後文若干卷其唐後詩庾集辛集既付剞劂鶯與足下所謀畫者嗣當寫呈足下其紙筆以竢之其淹五六年亦曰吾人之皐哉若壺碑廣澤佐其功不佞乃得稅駕遂不受足下督責可謂幸已仙島之勝足下每口之不置如不佞神飛何不佞爲司空之令所驅移居西郊去爽塏而就湫隘亦不能詩酒高會絲竹嗚嗚若曩日矣然幽僻可人意愈益想仙島之勝已不備

復松默軒

玆接天一兼貺詩章。獎譽過當。深可悚愧。緬惟足下。韜略名家。早籍雄藩。是自海南明珠。價高連城。其非燕石所能伍者可知也已。不佞老廢。不能修禮樽俎。切恐相鼠之譏。貽累弊邦。是以一切謝絶。賓客養痾郭外。世之所皆知也。祇一二同志者。不無慕羶。迺其堪敖惰相視。而共把苦竹林中。醉後嗚嗚之聲時聞於外。遂致世君子謬謂可與共交焉者。是足下之所以見求邪。雖然草木之區臭味自殊。豈可以勉强爲乎。亦不思之甚也。時值寒甚。手顫嬾于削牘。荏苒逾

月轉增罪戾併祈高明恕之不備

復松崎生

接書審平安曷勝欣然承喻貴邑某寺設有八景乃欲命不佞爲記忝蒙不鄙屬以文筆之役此誠盛事也不佞僻惰一病夫奈近年人傳浮譽多以文章相推而其一二可黽勉從事者間或有之然至於紀勝一事槩不奉命何者山川草木各以地殊苟不足躡其境眼熟其勝烏能勝其任媮快乎若或漫然剿襲古語敷衍成篇是世俗常套語無係著浮游不定此記可以爲彼序換其頭革其面那甲移乙唯言所欲

千篇雷同齊出一轍不佞所甚厭是其由也然人殊學術世之習宋文者或以爲當然則不佞所不知也祇問諸不佞譬則投獸湖海求其浮泳放之雲霄欲其飛翔何異也獸之不能不無鳥魚伏請足下它求可也餘期面晤照鑒

復三浦峯庵

嚮因書肆人寄示劄記一紙時偶乘醉傍注數語旣而醒矣深恐觸忤高明也何意不以爲過惠以華緘辭語懇懇謙冲自處雖未接儀型而足以見其所蘊已不佞也故業以尊命以紹聲實無所得故更事筆硯而

今言醫寧能免大方馮婦之誚哉且隨筆一書本出一時遺興絶無意于問世誤落剞劂之手廣布海内高明君子若足下者競起相尤海内固當滔滔不佞亦何怪之但人各有見我以我所見足下以足下所見各執所見則何能一也若或足下有意乎不佞則當就不佞問之不佞有意乎足下則亦當就足下問之今則不然徒以書牘相挑是好爭也夫好爭者君子不爲也不佞始未嘗知有足下而觀足下所言皆汪機張介賓等常言無足怪者不佞雖固陋亦嘗一一涉目是不佞無意乎足下者審矣獨怪足下之書

似有意乎不佞而徒以書牘闡理是恐非君子所爲也不佞不敢置對且書中以大極爲元氣則足下必浸淫乎仁齋之學者論語曰道不同不相爲謀則假使足下有意乎不佞其說甚長豈尺一之札所能盡也且海內諸君子其學雖富其知雖崇而率皆未閑文字之業顚倒錯置語非其意今讀足下之書亦有一二不可解其意者存矣叚使不佞置對足下亦當然爾則書牘如織何益乎學呶呶喧豗徒傷其德禮德必反因辱惠書故聊布衷自此之後敢請金玉其音

復超諸公子

不佞僻惰一病夫也。未嘗諳人間事。何况求聞達於諸侯之邦乎。忽承華簡恍如天降。重以嘉貺紙布二端大邦勝槩和歌一冊。儼然至前。而不知其所以繇來也。爲之茫然莫措。問之致書者。而後始知足下者大邦貴介公子也。捧以讀之。而後始知足下雖昧其平生乎。亦有意於不佞者也。因思足下者大邦貴介公子也。豈有所求於不佞哉。不佞僻惰一病夫也。亦豈有所求於足下哉。且君子無竟外之交。唯孔子問禮於老聃是已。是足下亦有所求於先王孔子之道已夫海內諸侯之邦莫大於此邦焉而大邦之多君子也其修先王孔子之道者何限乃不遠千里辱及不佞是足下有所求於先王孔子之道者亦可謂至已然後北向再拜以受之雖然千里亦遠矣哉不佞終莫有所裨益於足下已是雖受其貺乎不佞之心亦竟莫有所釋然已有弊扇一柄華人之製也不佞藏之也久矣北嚮再拜敬獻之足下足下其以之敷揚仁風而輔大邦之化於無窮哉是亦不佞之所以有意於足下也豈以爲酬之乎不備。

又

再娘吳札。捧而讀之。亹亹數十百言。能推赤心人腹中。始信足下非人間世人也。世道益岐。本質皆喪。獨喜大邦之人。多有淳古風。爲仙城之名。豈不信哉。而足下乃質直不飾。謙虛忘己。雖曰未學。吾必謂之學矣。承索下里之辭。既已定交。豈敢媿其陋以自掩哉。祇如大邦名山大川。目足所不及。烏能言之乎。且集中所載。皆是天朝名公卿所爲題咏。豈容韋素廁其間哉。雖足下教之。禮不敢奉命矣。伏乞勿怪。春日載陽。鳥嚶其鳴。野人暴背。寧必無一二呻吟之聲可托諸毛穎者乎。嗣當寫瀆。不備。

又

地接蓬瀛。迎春當先天下。人肖姑射。亨祥豈比人間。伏惟足下。福履綏之。遥枉華牋。兼貺盛儀。寵賚兹多。感謝不尠。謹此裁荅不備

復柳川内山生

不佞嘗在藤豫侯坐。見柳川紙。潔白如雪。頗似華牋。因思是必水土之美。乃產尤物。物既若斯。其人可知。然生平寡交。未能見其人。以爲憾也者久矣。是日忽辱足下書。捧而讀之。謙恭之至。趨向之盛。是豈鄉者所欲見其人者非耶。大氐世儒者。固守其家學。敝帚

亭之千金。是其自是之見。乃舊習所錮。其陋可知。問
或自知其不足。然浮夸衒世之心盛。而不能自卑以
求人。亦厚嗜世味。汩沒流俗。其不可以入于聖人之
道者矣。今足下能祛二者之蔽。謙恭之至。潔白若斯
夫。至若見推之盛。則自足下慕華風之深。草木臭味。
宜矣。予不佞得足下書。而信貴邦所産。寔是有其人。如
足下者。是以酬夙心。不亦喜乎。雖然。凡海內之士。求
交于不佞者。不佞未嘗不竭其一得之愚。以進爲者
是茂卿也。今廣潔白之義。以爲足下之報。請勿忽諸
夫。曾子有曰。江漢秋陽。皜皜乎不可以尚焉者。故潔

白之至。但孔子爲爾。後世儒者。誰不宗孔子。然皆溺其所習。或朱或陸。固守不化。不佞前年所著蘐園隨筆。亦猶是耳。則足下所以見稚者。豈盡能免之乎。夫六經者文也。故欲學孔子者。必自文章始。文章之道。論世爲先。故善爲而後六經明。孔子之道可得矣。古博學之。故學之道。莫博若也。足下其博學以識所謂古文辭者。而後潔白之義。可得而廣也。不爾。固守其所習。是朱陸耳。曷足以爲孔子乎。若或取諸己心以爲道。是己之道耳。豈古耶。且三代而後。雖中華亦戎狄猾之。非古中華也。故徒慕中華之名者。亦非也。足

下其思之不佞所以報足下者止是書不盡言爲之望風悵然不備

與佐生

辱惠書知足下旅況平安也聞從東厓氏游古云博學無方朋黨相軋非君子之道矣況海内寧復有踰伊氏者哉足下其勉之適病肺臥蓐作報草草

答島謙叔

足下處西海不佞處東海中間相距二千里眞古人所謂風馬牛不及者豈不遼遠乎迺接翰札懇懇教之不知不佞有何德而辱勞遠方君子至于斯也伏

讀其辭剴切深至傾心見推雖未能奉顔色承謦欬亦足以想其爲人焉不佞已從竹先生游則宿學耆德恂恂乎洙泗之風哉又與其高第弟子稻君相識得其詩誦之則翩翩之才後進領袖矣若足下則亦質直好義過於人焉深山大澤龍蛇所生而今而後信乎筑之爲大邦哉不佞謏聞寡陋未足以動衆而辱大邦君子之知若是其盛者可謂幸已承喻護園隨筆一書不佞一時惡伊氏務張皇門庭所著當其時實未聞道以今觀之華辯傷德尠識害道深可惶恧譯筌迺村夫子敎小兒號嗄語何足以掛大方齒

牙哉併蒙將以喻愧汗浹背蓋古聖人之教不出於詩書禮樂四術學者優游乎其中務以成其德德成而後所見自殊矣豈有嘵嘵之辯乎後儒好辯自孟子始孟子書莫非闢楊墨尊孔氏者是其著書本旨洎後世餘弊轉滋迺以明理爲儒者本務殊不知德之未成理由何明也不佞昔年亦坐是弊心實惡黨黨由是立辟諸惡影日中走豈不悔乎近來唯與竹先生及一二同志言之耳知足下亦有意於不佞者也故聊布區區書不盡言萬惟亮察不備頓首

與肥大夫蘭岩

逖哉西土雖以足下之賢世爲大藩毗輔而樹風猷於一方也五六年前僅得聞諸大潮師之言私心竊鄉慕焉已亦唯風馬牛不相及矣不佞汗豈求欲納交於上國名大夫以爲文苑重哉近者因大潮師而又得識寂通師者徐而問之乃足下之令子也足下業已捨其子於釋氏弟子之釋氏之道父不得子之則弟子之俾其頭陀爲行鉢盂爲生徒跣千里之外樹下亦不三宿而弗顧也嗚乎足下豈恝然父子之愛者哉其意謂道如是矣是非古之能約情合道者烏能與于斯則愈益識足下之賢已益寂通師有慮

於文章之道乃從不佞遊觀其爲人聰慧精敏古明教覺範之流亞也叚使博之以典籍假之以衣食優游以厭飫之交友以切磋之不出五年必能成其志者矣乃其頭陀爲行鉢盂爲生徒跣千里之外樹下亦不三宿也是何以能成其志豈不可惜乎釋氏之陋者乃謂何以此糟魄爲夫茍以糟魄乎則棒喝偈頌何殊焉且衆生皆有機宜是以香嚴以香妙音以音龍樹以外道豈必一途哉況瞿曇稱文中王而今之海内獨文章寥寥於釋氏者何耶足下盍小與之衣食典籍之資俾周旋東都搢紳之間以成其所志

則明教覺範復見於今日者豈非足下捨其子釋氏之至願邪不佞儒者也非奉釋氏之道者也然天下之善一矣故既聞足下之賢而信之又識寂通師之志與材而惜之是以不顧唐突之罪千里修書於足下者如此伏惟鑒察不備

答和君實

次公此來語足下不已及見其詩乃知次公不私其黨也足下蓋海内才哉少頃出足下書見授捧讀之後益信之矣琢玉之喻古人不恃美質爲爾足下唯思之辱足下高義且六十老翁心急甚不欲金玉其

言伏冀足下唯思之生質之美加以學問博大高明何所不至不佞所願聞也不備。

復子華

承尺一之貺副以瓷杯二事披閱辭義懇惻深挹盛意近作若干篇足快人意始見文章一長兼之何其優也伏惟足下寔富春秋苟能黽勉千秋之業亦易易耳時下秋霖涉旬寂寥殊甚次公以促裝故亦久不來試扣足下所惠物鏗爾作哀玉響恐玷遂已何日得聞足下長嘯聲意亦爾爾臨風悵然不備。

復谷大雅

寥寥乎大雅足下。茲接尺一。知足下平安之狀。喜慰何加。二三復來。美恍如握臂邸中時。覺鄙吝去體焉。益不堪寥寥之憾。已書中所言。乃近觀不佞學則附錄中語。拮摭一二三。欲以觀不佞答辭。然此事不佞不欲辨。何則。人各有所見。何必能同。所見雖異。足下不能外孝悌忠信。別爲道。不佞亦然。則均是孔門之徒也。何必爭其異同。且孔子時。書無定義。各從其人所見。故如引詩書。其義處處皆殊。請舉一二。如於緝熙敬止。在詩止爲語助辭。大學則止於至善之至也。如上天之載。無聲無臭。在詩本言上天不可法。故法文王

而中庸乃言至德之作不動聲色此類不遑枚舉可
見其無定義也孔子時學問皆如是故不佞謂苟能
以孝悌忠信爲道何必爭其異同且前年與足下數
相見時言談之餘時或有所觸發然足下不以爲意
漫弗之省是足下善於宋儒之學心深好之故不佞
之言不入耳其後既歷數年足下好學益博讀書然
所讀皆宋後書大氐宋以後不啻經術至於文章經
濟旁及醫卜諸雜書亦皆程朱流風所浸淫故所讀
益博理學之蔽益牢不復自覺已不佞則殊於此因
學古文辭日熟古書目不涉宋後者十有餘年稍稍

知有古言而不與後世之言同也以古言讀之宋儒之解。無一合者如彼附録中所載乃僅僅萬分之一矣是豈得一一傾倒以語足下使無疑乎要之樵子問山漁夫答水柄鑿不入果何益乎以不佞觀之程朱亦豪傑絶倫之士豈不敬畏祇其解不與古言合則非孔門之舊别立一種宗門不佞譾劣豈能知聖人之心乎亦豈知宋儒果非而不佞果是乎然吾所謂古言推諸古書一一脗合例證甚明夫宋儒縱聖不知古言而得古聖人之心萬萬無此理。故不佞終不能弃己所見以強從宋儒耳觀足下所引諸文皆用宋儒之解。是足下滿腔皆宋學。更無它物。不佞雖辨。豈能使足下了然無疑乎。足下既以不佞爲非。則斥不佞之說不用。是無憾矣。萬一或以爲有理則伏請自今已往。絕目不視宋儒書。一熟讀漢以前書。則足下聰敏。年尚少。數年間必知有所謂古言者。夫然後宋儒之解。罅漏百出。不復竢不佞之辨矣。不佞所以答足下盛意者止於是。若欲口舌爭之。水火氷炭之不相入。轉增紛呶耳。惟足下亮察。不備。十二月二十五日。

不佞從季秋深病。荏苒以至今日。尚未全愈。祇近來藥餌有靈。頗覺痊理。且啖食精神。不減平日。是無憂耳。謹此附告。

徂徠集卷之二十五

徂徠集卷之二十六

物茂卿著

書牘一十二首

與江若水

昨日惠書。偶俗冗不在舍。夜深迺歸。是以答音遲遲乎爾。知足下罹癨疾。聞其困君子也。未聞困逸人也。癨之得稱。俞見其當哉。冠玉之事。承見敦督。不佞茂卿之有枕癖也。得意之作。必成於黑甜之餘。李邑迺露。獨奈數日來官事如雨。華胥路阻。若以職厠文儒雖沒把毫倚馬之敏亦所不辭也然是自仕官上事官樣文章奚益足下哉遲數日護養氣體稍佳時便好上道文亦或成邪是雖未可必乎天旣借我良緣傾葢若舊湊巧兩便何謂之必無也來書曰午後少差來見竢之竢之

又

書至知翁益健也蒙惠古文孝經一部未審此書何歲上木也此閒希覯誠足珍矣承令嗣將有三加祝以字說見委千里之需難乎謝不敏而其臯緩見于辭焉它近作文一篇詩若干首附貢其爲吾藏拙可

也。若夫所需官樣文章。迺吾生平所大不滿意者。辟則有韞玉與武夫櫝中。雖人或索武夫乎。何必迺薦其不貴重者哉。要之皆非玉耳。亦各言其志也。東行吟留之日久矣。近者　憲廟卽世。遂爾放閒而後方治得受讀卒業。從事丹鉛。已謹呈案上之玩。何許之有。亦各言其志也。烟譜更須考索。迺成。惟自愛。話心何日。不堪悵然。

又

足下惠書二次。屬和之什。烟火之草。加以獨麟來鳳及伏陽貫隆炎。屢爲稱道其意者。何其厪乎。余所不即報者昔仲尼在齊聞韶學之不知肉味不佞茂卿葢亦其徒云問笙浮屠說頌瑟師湊氏則參差之翼秋秋之鳴女媧之所像嶰谷之所寫箾武美善漢祖示不相襲與夫明妃之嘆陌桑之唱唐代佚傳清平三調扶南天竺高句驪胡笳羌笛之音宛乎有存焉反求之生平所睹記載籍中者論倫皆合有味哉其節族之間硜諸趙簡子享帝臺也鈞天七日何啻人間世三月哉殆乎不知日出月入如狂如癡一切皆忘嚮壁詹詹悉中宮商侍史從旁操簡錄其言稍稍成緒者亡慮十卷然後大樂易簡之旨律閒聲氣之

元。人受櫜籥。八風投會。華夏舊音。洋洋和雅之度。旋宮十二失。諸繁蕪。曲譜制器疇人所守。以及綮矩候璣暈衡生準諸安。宋明諸薦紳先生。世以知積芭塞猶鬱者。聚訟未讞者。邑然犁然具是矣。既寤後自誦自賞。不自知其從何得之也。是其所由以發聞問之由。雖然。篇帙浩博。未足以郵致足下前。祇以自解嬉嬾之嘲乎。足下居距天王寺。想當不甚遠。不知制氏輩亦有能言其義出於聲容之外者否也。鶴殿蘆葦。有所爲韶子者否也。安所得足下詩被之匏竹者哉。春風初動。黃鳥侑酒。酒頗不佳。輒思足下所自詑。汲奠木釀成者如何已。若夫所徵駁隱元碑銘者予實無此事。足下或得之傳聞之誤邪。朝野塤篪集予陪臣不敢當其朝宇。塤篪終非伯仲。故不再和。其思諸不乙。

又

本月十日夜歸、燭下得足下書。急破緘展睇、則足下與韓使相酬和詩。及館禁嚴不得入者狀、宛乎在目。想足下其時作何態。遂至失笑也。好事癖、一至于此邪、足下憧憧爲利往來。嗚呼當今、世不可無足下矣。夫三韓獷、悍。見稱于陪史。而不能與吾儔面上爭勝也後來迺欲以文勝之則輒拔八道之萃從轉使東來猶且不能勝足下而上之矣往昔唯新羅女王一篇收諸品彙中今則其南姓者稍爲彼善於此耳去年來一國人如狂吾不知其何爲而然也晁卿之雄與謫仙摩詰相頡頏距未千歲迺至憚此輩爲何其衰也使人嘆息泣下獨恠馬島雨生猶能識吾縣生吾又不知其從何處得此眸子來也足下以爲奇事不亦宜乎予今買三頃許地于牛門西爲客星橫足處偃蹇其中且朝且暮聞足下誒明歲東游則相對剥芋瀹葱同眠松風敢請勿以言實其臆夏初得所

惠鵝殿蘆數十莖上有詩詩佳甚祇以其謂寄善篪栗人而予不善故不敢和其蘆以作踻子畀善者使吹其聲適佳似詩其時書以苦暑故不報足下猶爾不見嗔遂使予不得不有此答嗚呼好事癖一至于此邪此復

又

吳服街送致足下書因審足下安穩大足欣慰不佞病懶依舊亦無它異事勿勞遠想所諭譯筌一事已屬香洲儘力承當乃不容從旁掣肘但瀨尾者千里來索其誠心何可拒卻理當與香洲一商量而香洲

昨夜飄然奥州去也奈何奈何詩俗語等諸筌蹄不留藁本何以塞來意雖然是皆我胸中所出藁本雖失舌尚在矣倘或得一二後生心慧筆敏堪受寫者不過一二月藁本失者不追而得也不佞不敏學乃日覺少進則再成之藁夫必不勝舊日者矣獨苦此方近來却少聰慧堪筆受者已煥圖没工夫亦不能寫文罫作足下人情也聞或人誚予序中有顛倒處此自下等人說話無足怪者就此一語尤見其未到田地字義誠多事至於語理本有天生自然之則一得其窾欲違不能任口隨筆縱横皆眞何擬議安排

之有。其根本分岐處。在以和語推漢語。與以漢語會漢語也。或人所派。是近世精細學問。其於讀書法亦搜抉無遺。但其所未達一間者。亦在由和訓而入焉。是以究未離和語境界也。蓋其作文字。一字一句。皆將古人文字來。爲例爲格。依樣畫葫蘆也。夫古人書不可査盡。今日事亦無窮極。畢竟學未到放手處。安得語語無差耶。吾黨則異是。其法亦只以漢語會漢語。未嘗將和語來推漢語。故不但把筆始無誤。平常與同人輩。胡講亂說。語語皆漢語。莫有一字顛倒差誤者。侍史從旁録之。燦然文章。忽成卷軸。設使或人輩視之則當愧死耳。吾黨學者雖睡中寱語亦不顛倒。而或人輩見以爲大小大事。豈不憫笑乎。然吾於文戒中必諄諄乎此者。此乃受學之基址。故設以爲入門蒙生第一關。透得此關。纔得爲庶學識不會文章的華人耳。如年年來長崎張二官李三官輩商客何足尚爲。若夫一派學問雖高基址不立。如陂陀地上建九層浮圖。緣何不歪倒乎。嗚呼吾豈但憫笑夫輩已哉。昇平百年。海内文章。當興、不興。此吾所深憂也。足下其爲洛下留心學問者。致是意可也。和韓唱酬録未出。故未審雨森何所道。別楮承慰。多謝。日下。

暑甚。自愛不備

又

近因喜兵歸。修報書。及拙和一章。護園隨筆二本附上。想當達矣。吳服街。又致足下書。悉足下家內大小平安。可慰。迂拙如舊。請勿勞遠念。縣滕二子詩。既以付梓。梓成。亦要足下揄揚廣布。以不致剞劂吃虧。是祈。承問東郭瑕疵處。畸賞中略略道之。見自當委悉。此不欲更勞毛穎。芳氏二火辨妄三本。遠示相及。以丐評訂。是誠君子不恥下問之意。理當細加商量。酬其來意。道理言辭。固是二端。然欲修辭。須先問其理。

予未得芳氏所言之理則茫難下手也。大氐素問説運氣處。本自它書攙入。細玩文辭。迥然不同。況素問雖祖述聖人。其書出戰國時。採綴緝成。有如百家衣體者。其理有不合造化處。語亦非如六經精粹者。今外六經而欲一據素靈以斷造化。是難矣哉。如火有君相易範所不言。而方技家自有深意。但措語不瑩。竟掐紛紜。不知芳氏於其本原處。無少疑否。是其大本處。又觀芳氏所論辨。語意大欠醞藉。近年闇齋仁齋講學洛下。此風浹人肝髓。夫心淺者氣躁。見狹者語激。理固要明白。論固要正核。而不可如是訐議相尚也。予每愛薛立齋。其與丹溪治法大殊。而其十六種中。未嘗一毫肆謗。可謂方技中君子也。今芳氏所著。卷帙浩博。非草率所能了。且予心所未信。而勉强爲其人潤色華語。此以予爲譯胥也。予雖不敏。所不敢矣。且非極惡口。則不慊芳氏之心。此予筆頭作此無賴事也。亦予所不敢矣。足下宜將此語芳氏。是可也。又承拙椷頗成軸。中有二通國字書。爲憾可見足下好事之至也。然足下所問瑣細。不答則負足下之意。答則恐少年窺人。故不得已特作國字書者。此政欲其不傳爾。如嚮答論或人事者。醉中作書。發後噬臍矣。此後事及細屑依舊國字書。足下勿憾哉。文海披沙。予所不經見。倘一借示。何幸過諸。芝軒集序。謾弃拙斧。請予細。鳳洲果來見。誠是有意。但下根下機。無自立處。守人說話。要無成就之期。已譯筌題言十則。是予無隱乎爾處。遏密中。嘯歌皆廢。時下漸寒。自嗇不悉。

又

憶新年對梅花。輙思浪華間有高人。正爾欝陶。則足下緘至。所惠墨。急取磨之。異馥與梅花相發。眞豐山香哉。雖然非高人贈。何迺爾爾也。杜鵑報夏。則足下詩至侑以足下臘釀輒又覺與南風之薰相發猶爾作梅花氣也愈益鬱陶弗已足下其以何日東下邪嚮在書肆忿忿作書以畸賞三十部相托不知都識閒有能讀者乎隨筆何日脫木芳子書情義俱至洞簫雅甚名工所斵眞寶玩哉欲作書相報未知其別號謂何也伏乞後便見教予今修　憲廟實録芼藩命之以故矻矻刀筆閒譯箋二火辨妄工夫皆爲其所奪也時漸熱瘟瘧並行千里外不知何如萬惟自重不乙

又

舊臘辱書知足下亾恙者狀時方歲事倥偬未暇裁答。新年來春和早回花鳥爭媚因有懷足下作探郵馳報。頃因鳳洲來訪從旁窺見足下書乃知足下激甚也爽然久之。足下何以有是言。徐而思之。夫不激。何以得爲足下哉。雖然不佞獻評原爲千秋謀古人曰。汚不阿其所好。是何故也。文章天下公器。董狐筆豈輕高下其手乎。叚使獲慍足下。亦所不悔。且夫中唐亦非易易。昔者錢起與王維輩相酬和也。尚且不欲立盛唐諸公下風。於是乎新調遂起。可謂豪杰士矣。弇州晚年。批藉長慶。而謝茂秦在七子中。獨稱異。

族則足下亦何恨也。足下所師。非鳥鳴春邪。鳴春晚唐宗匠。雖孟賈所不及也。足下乃以中唐自鳴大氐海內言詩者。不超宋元而上之矣。間有一二唐語。其調錯雜不足稱述也。獨鳴春先生。勵濯自振克成一家。足下青藍。不循故步。故予嘗謂京畿間。孰能過此二子。烏紗青天。吾其誰欺。若或以盛晚相猜。殆非知詩者。盖詩以格爲別。高華雄渾古雅悲壯。是盛唐所尚也。而足下詩有此邪。流暢圓美。宛切動人。是中唐所長也。足下則背之。新奇尖巧。刮目快心。是晚唐所擅。而非鳴春不足以當之也。足下以此自印。自當得之已又承足下於不佞詩來得其意味所在此一語所以墮中晚也夫盛唐主格中唐主情晚唐主意古人曰在可解不可解之閒可見情意二者非最上乘焉吾東方學者以和訓讀華書故其病多得意而不得語吾於崎陽邊生書具道之今謹附上伏請賜覽足下或欲因此一激遂望最上乘則一二年閒東來目擊道存似難非難似易非易要在棒喝下一汗而非言語文字所能傳也雖然足下或能以滄浪詩話廷禮品彙于鱗詩刪弇州巵言元瑞詩藪朝夕把玩詩亦在阿堵中何必待不佞也吁不備

盛唐詩。亦非無意味。然以意味求之。終沒交涉。所以謂僧瑞下根下機者。平常袖詩來求改竄。極力改竄。何得盛唐辟。如牛與馬。戴角馬頭圓。其牛蹄。牛自牛。馬自馬。豈容强合。故學盛唐者。要有轉身處。一託胎天女腹中。咳唾皆非人間語。記伏陽貫隆甫來以詩見。予當其時。五來五呵。十來十擯。然後彼喀然有會。但以欠修力。尚不得爲開天人。可惜。足下無已乎。其皇甫子循乎。以六朝語爲中唐調。萬世奇絶。足下豈無意邪。

蘐園蘐字。予未嘗用萱字。喚牛喚馬。一任世俗。何

必改作大氐求世人遍知是學者大病

芳子辨妄予尚留在几上此非無意者也但非彼人裁書自請決不能下雌黄矣何者其人盡畢生力作是書豈可容易改竄正慮後禍也

又

郵筒麤至報以一束無乃憾嬾夫之益嬾乎伏枕三月紙筆悉荒時維南風之薰足解吾愠蹶然而興取足下所贈數篇而誦之怳若游乎難波之浦與蘆蒲中人語矣欲和其一觸喉而止都下苦哉愈益思足下耳䕶園隨筆今已布寰宇揚人醜者足下其張本

邪。雖然，藏諸名山，後世必有子雲者，亦何憾也？滄溟

集一本附上。

前書言，足下欲以譯筌上仙洞，是乃家塾中教

童子語，何以上干天威，而能無惶恐邪？不佞向輯

樂書，所爲娓娓弗已者，實爲周漢之音存於吾東

方故也。足下試一方便，如何如何？

又

舊臘越中書，自彼邸致之，紀行若干首，誦之，恍若身

在瀚海上，與足下把臂乎，對夫北陸山川之勝，引滿

以賞眺者狀也。即和一篇，奉酬。滄溟集亦已至，皆裁

答附郵使想未達邪。爾後杳無音徽。深以悵惋。是日忽得足下一書三詩。眞慰調飢之念矣。因審足下生理日倍蕭條。詩興日倍鬱跂。是則足下哉。非足下其安得如此邪。雨芳洲果來訪。劇談三日。偉丈夫矣。其子顯允。拜予爲師。留門下者三月。將西歸。亦偉丈夫子矣。必不墜家聲者。余皆作序送之。芳洲更有丈夫子二人。皆幼善詩。渠不啻偉丈夫矣。亦可謂福人也。足下所相善。故及之。譯筌後編。必當授子夏梓。旣已分付澤田。彼不可更有言。西都留臺有醫東伯通者。予門人也。其大夫松本者。亦問業于予。萬一梗阻。

當謀諸二人者耳。本月十六，予不佞五十矣。同社諸君子，詩文見賀，而本藩子侯及下館豐侯、渚豫侯、橡城隅侯與焉。予欲裝潢成一鉅軸，以教後人識諸君子所以愛我者。足下其無意哉。秋風何日起，竢足下東下。不則後編終不成。已不備。

又

足下不寄書者一年邪，何迺金玉爾音也。忽披雲牋，宛然吳門之面哉。聞苦湯液，若不佞則子然一身，足下猶愈。不佞已承寄絹書、夜猿詩，併求文，罫文變二書，失藁，詩草亦散落，殆不可搜矣。作二絶，題其絹，雖非夜猿亦不佞詩耳。九大家詩選奉返。唐後詩脱藁。足下與有力哉。與潮上人書。伏乞轉致。草草。

復芳幼仙 附别幅

嚮因江子徹。以二火辨妄一書。遠見質問。尋承手札。兼惠洞簫詞。恭意懇。以江山遥隔。未接清容。而其肫然之情。一若交臂以談者狀。况加以嘉貺名工所製。珍玩如玉。不佞之於足下。其修何以答此盛意乎。及披其所撰述而卒業也。則擊節以嘆足下博物精思。世尠其倫哉。不佞雖亦醫人之子乎。幼讀其書。壯廢其學。略窺大意。未達奥微。是卒莫有以裨補於足下者之求也。雖然。京師人文所藪。澤碩儒耆德。世不乏其人。麗習切劘。弗精弗措。尚且不自是。而芻蕘之及。豈所謂好學之士是其人乎。憶不佞嘗修書伊仁齋。而仁齋不報。予至于今薄其爲人矣。今而不畢罄其愚陋。以酬足下。則足下其亦謂之何也。祇以去歲而還。舊朝諸公。修　憲廟實録。屬予起草。刀筆紛拏。日不遑給。而高東閣上。莫由紬繹。深嘆其負千里外曼領之望已。是日偶値史事稍暇。則輙從事丹鉛。其辭語之或可議者。就注於行間。若或義理之所未信者。則條列別幅。夫學術不同。所見自殊。是何足怪也。雖則是何足恠也。亦未必無起予之益者。乃以報足下爾。獨憾鬧忙之際。作字鹵莽。卒看不易讀。遠慚涑水近愧足下也。時下梅雨。病人萬惟自重。予徹書謂春令愛患痘。今全愈。不頗無痛。不。不備。

以心包絡三焦。定爲有名而無形。以相火。定爲非龍雷之火。此自足下卓見。深堪敬服。但心包絡爲裏心脂膜。古來相傳之說。似不可廢矣。何者。舉人一身總名三焦。則膻中亦爲三焦。全無藏府表裏之別。夫藏神曰藏。盛物爲府。則心包絡。要當於膻中別有所指。且包絡之名。非脂膜不可也。豈得徒指膻中哉。脂膜已非它藏有實形者比。則其與無形之說。有何窒碍。也。至於六氣相火之說。不可以一言盡之。大氐君火相火。乃醫家所獨言。而儒者不言也。此必古昔神醫就人身上立此名色。其實不可推諸天地。而天地本無二火也。天之六氣。本止就陰陽之流行。而以其始中終立爲節者。而不可配以五行也。蓋古今之言數者三家。一曰五。是天地之實數也。何則一二三四五六七八九十。可以包括萬彙。無欠無餘。如儒家五常醫家五藏。以及五色五聲五臭五味五志之類。皆鑿鑿乎有明驗實兆。而非徒有所牽強配屬而言之矣。

但五行之名取於五氣之流行於三才者。而非特指地上有形者以言之。世人多惑於天六氣地五運之語。而以爲指地上有形者。則火生土。金生水。其說窒碍不可通矣。且五運亦以運行言之。豈可爲有形之五物哉。二曰二四八。是所以向背從違之幾也。孟子義利。程朱天理人欲。易卜吉凶之類。皆其權在人。而不在天。而所謂四象八卦六十四卦。皆假借虛設之象。天下豈實有此物哉。三曰三六九。是所以進退行止之節也。六氣十二支六十花甲。及揚雄太玄溫公潛虛蔡氏洪範之類。皆天道流行之度數。已皆可以竊天機占便宜者。而不可以知將來決從違也。凡括天下之數。要莫能出於此三者。而三者立數之源。本自判然不合。故五行自五行。四象自四象。六氣自六氣。不得混雜。六氣只當以三陰三陽爲言。不可更粘帶五行。而寒暑燥濕風。不容更添火爲六。焉不知者則以五行配六氣。配八卦。或以洪範太玄占吉凶。或慣聞四象八卦之爲假借虛設。而謂五行亦可以牽强分配者。皆非也。且如十二支以方位言則土居其位。十二經在人身。則反多其火。可見牽强之有所不通也。如謂君火在天爲日。則有月與辰星在。何得謂

◎

火唯有二哉如謂火之爲物隨觸而發無處不在則水液亦爾氣聚爲水呵氣成液何往無之因旁考左傳醫和六淫不與靈素合而素雖中言六氣之脉者亦有但以陰陽微甚爲象而不關寒暑燥濕者則天有二火者必非古昔神醫之言爲嘗玩靈素其辭不越周而上而以難經金匱並觀反覺不古奧且純駁參差似出數人之手者而古書所援醫經亦有不載者則晉宋閒攙入著益爲不尠哉至人眞人義原老莊辟疫想日有類抱朴是固亾論乃若五運六氣參錯相侵其在四時以何爲準司天在泉杳無効驗是

蓋古人設此榜樣，以使學者略識陰陽五行相倍蓰相什佰者狀已。春秋戰國諸子之學皆反切實，不似此空疎。何況岐伯、扁鵲諸神醫之言乎？若夫所以謂二火，就人身而言者。舉天地之間，除日與火之外，唯人物爲溫煖之物。故五氣之在人身，唯火分數所占最多矣。不但心火，其它五藏六府皆溫煖物，動作輒皆生火也。及其感傷外邪，則寒暑燥濕風亦皆能變爲火。以人身相火鬱蒸而成故也。此素靈等書所以謂寒、暑、燥、濕、風、火爲天之六氣者，其實非天有此六者爲感諸人而後有火也。然其病非由內傷乃本外感則併歸諸天謂之天六氣而與三陰三陽本自不干予不然素靈醫書耳非陰陽歷術及說天地造化書也但就人身上起論向醫藥上受用者而何故更旁廣論天地之理乎後來醫者妄誇以爲黄軒聖人書又妄推尊以爲經遂謂與周易論造化者鼎峙而並行者殊不知農黄皆吾儒所稱聖人而豈容不與述疇贊易之聖人一其揆也乎或謂人與天地肖相火天地所無而人豈有之哉此又不知天人之大分者也夫天氣也以地爲其質地質也以天爲其氣氣質合而生人是謂之冲和冲和也者氣質渾融之名

也生也者。氣質合媾之中。忽然生此氣質渾融之物也。非直湊合天地之氣。以造作此人也。唯其本諸天地。是以肖也。唯其非湊彼造此。是以雖肖實異也。故天能生。而不能成。地能成。而不能生。以其純氣不質純質不氣也。人能裁成輔相而不能生成。以其冲和與天地之純氣純質殊也。不但此已。人頭肖天。足肖地而特成一箇大字象。未嘗如天地雞卵之形。兩目肖日月。何不一外景一内景乎。人之五藏六府。在天地有之乎。天地之無心。有人之靈慧乎。亦有血肉之軀乎。以此觀之。天地所無。人亦有之。天地所有。人或無之而乃一一印定謂人全不與天地異可乎。故予斷以爲相火天地所無唯人有之也。又如相火爲水中之火。則先醫亦以人身言之。至於旁引龍雷火。則立論之未美。其實天地所無。而人身有之也。先儒曰天地之初唯有水火二者。又曰水火者天地之精也天地以此精交媾化生人物。人物之生。皆濕熱薰蒸而出。觀於虫蛆可見也。濕爲水。熱爲火。是以人生之初唯有水火二者而先生腎。故腎中自元陽相火也。夫三焦之爲相火。流行乎一身。雖流行乎一身。亦必以腎間動氣爲其根本。豈非水中有火乎。足下所疑者。蓋非以其在天地者水火不相容乎。此特地上有形質之水火耳。若水火之氣。豈不相容乎。况人爲陰陽五行妙合冲和之成。則亦異於是耳。驗諸醫方桂附腎氣類補腎中火者。爲不尠焉。嗚呼足下老於醫者。豈不知此乎。意者聰敏靈慧。有能看破先醫之謬誤者。則不堪技癢。欲悉拂而去之。以一歸諸靈素。間或能見靈素之錯誤可疑者。而捨此別無可以爲宗祖。則遷移回互以成其是。此見一立。亦不自覺其非邪。夫一涉回護。其論不公。欲以不公之論。而號令天下後世。則必有起而議於其後者矣。且足下之過在以醫爲大道故以靈素爲聖經以仲景叔和爲聖人明其宗旨以爲道統此何異於夜郎王邪周之衰管晏老莊申韓爭稱大道雖爲異端尚欲以是治平天下則吳楚僭王之類耳如醫者實技也非道也本非有治平天下之術其除病祛害裨益雖大亦猶如耕織工賈爲生民之大業者已耳而以此比諸聖王之道則夜郎王之喻不重誣爲雖然古之醫者固有爲此言者但博學聰敏如足下者而蹈其覆轍不佞竊惜之古君子仕則祿隱則耕以代祿隱而無田者尚或爲工商而不以爲羞如太公望是也仕而立於聖

人之朝尚有以其所長降爲技藝之事者后夔是也足下苟以君子自處則以醫爲生或發明醫書以袪生民之疾皆不害於其爲君子矣祇以此爲大道爲聖學不亦小乎坐其小故回護靈素不忍斥其誤者深爲足下惜之嗚呼予所見如此不知足下以爲何如爲交淺言深古人所譏雖然足下業已枉書千里不恥下問予豈容默默不言自養其高哉且予棄醫者久矣今而爲此馮婦之舉大方君子必將壺盧兒架上不蓄一卷醫書所引所據必非其語妄取諸其胸中任筆云云不知足下壺盧者更甚焉夫吾之所

言未必是足下之所言未必非古人云不有益於彼則必有益於我故具言之爾高明其裁之不備

徂徠集卷之二十六

徂徠集卷之二十六

[illegible]

則必有益於教哉其言之爾高明其義之不精

徂徠集卷之二十七

物茂卿著

書牘一十八首

與左沕真

自不佞之髫齔侍先大夫膝下。聞尊府君讀書大醫塾中時事也。中夜壁外。尚琅琅吾伊響來。遶夢寐。三匝起伺之。篝燈熒然。射隙孔。益危坐挾書策達曙者。三年一日云。先大夫居常口娓娓道之弗置。卽不佞雖弱植哉。心恒羨之。何世無古人也。已又聞其以經術文章褎然藩中。則心逾慕說之弗衰也。迨不佞兄弟。脩飾鄒魯家言。雖黽勉就列。慫恿之者衆。而要之其中心所藏自幼時爲然者。謂聞尊府君之風興起可也。迨縣生來謁。語及其鄉諸先生。則始識有老兄也。通家弗替。古人誦義無窮時。豈容當吾世而失老兄哉。昔在明代嘉隆五子輩。離合悲驩。則輒稱道吾二三兄弟。白首弗渝。是何其古道迺爾。時則有若歷下瑯邪。方嶽雙峙。遞爲桓文。一時濟濟。軼漢陵唐。文章與世運比隆。復古之力。於是爲烈。千載之下。誦其詩。讀其書。恍然想見其爲人。豈儒俠之節。其用精者弘邪。一唱三歎、毛髮皆立。背上灑灑然寒、也與、至神遇。其眉睫之間歷歷乎可數也。雖然。是獨其日月至焉耳。安所取不朽其文章外哉。世何莫有辭客韻士妙于繪事者。若王輞川文衡山其人哉。則所謂結爲大年者。何其無涯之知獨爾哉。則縣生又謂老兄之於詩。能闖其宮商。傅之丹青以發之縑素閒炳如也不啻若自其口出也。使之致意左右。則老兄迺唯唯然莫逆也。嗚嘑不佞之心醉二子。大方之家故當比羊棗之嗜。方今右文之化。昭融無外。踰嘉隆者萬萬筑之東。奧之西。延袤將五千里。安知一時同吾臭味者。不躍然以起邪。況乎輞川衡山。業已復生通家間則後世子雲。何必莫有乎爾是難與世齪齪者道。故獨爲老兄道之。雖然老兄其勿謂不佞俠哉世君子所側目也。若夫通家之誼。將終身弗忘也。豈特繪事之謝云哉。它想已縣生悉之。故言止于是所憾道三橋一衣帶水。匹如弱海萬里。顏面何日。噫。

又

嚮承答書。字字懇到。企望逾切。一日外歸。則復得椷二。燈火前華山三峰忽然從天下也。椷中瑞鷓鴣一閟。益謂以之供不佞重九登高遊。云爾愛我哉。知我哉。王宰供奉輩。尚且五日石。十日水。叚使貴游子弟相促迫。其謂解衣盤礴者。不受何卮言載。陸叔平不強亦畫。強輙不畫。此自節癖狂態。足下何必學其拗也耶。知我之急卧游也。因憶客歲乘軺西走峽中也。揚觶篠簵之顛。南眺士峰。一朶玉芙蓉。白雪與初日之相媚。清泠沁心脾。使人至今結碧痞。方彼其時。迺不覺狂語衝口。連叫希有未曾有者二。是自君恩矣。豈圖一天外復見一天也。知我哉。愛我哉。毋論僊掌流瀣。非墻東所過者比。而千丈蓮使籬鞠失顏色。即海東少陽洞天。亦孰若白帝宮嶒崚乎壯秋之色哉。

不妨再叫未曾有也所憾者少文室中琴猶未成乎聲也石鼓五舌筆何從欲皆響邪芙蓉能徵吾詩而吾迺負華山矣雖然仲故知叔牙之不吾罪也是可以不稱足下哉然且由此言以憶鮑山由鮑山以倍憶于鱗于鱗亦元美之叔牙也岱山不至風雨如晦于將其不夜悲鳴匣中哉叔牙故知仲之貧其勿謂得隴望蜀哉時下漸冷伏惟老兄足下萬玉自愛所爲不即報而必過重九迺報者足下志也非魯人臯也不宣

又

岱嶽帶五朶雲飛來也。不佞何幸旬日間左右得挾兩嶽成逍遥游也。洪恩將與五尺軀俱矣。不佞偶有官事。在同僚商議。不得輒歸。囑家僕敎盛价先還。另奉書申謝。家僕勝似君實秀才好。一僕遠甚。一時誤聽留盛价。淹滯移晷。以故不得弗即報。報亦不得仔細書法粗鹵。情意欠懇。萬賜海涵。若夫丹青之妙。則當竢細覽之後。廼得其詳。故不敢遽置喙。敬之至也。尋當啓稟。時冷自重。不乙。

又

不佞何幸旬日間。驟得左右挾岱華成逍遥游哉。洪

恩將與五尺軀俱矣。此昨日忽忙中所爲報足下語
也歟。使還後稍閒。則輙釘壁上。擁衾匡坐。嗒然相對
身雖若槁木乎。心安能若死灰哉。呂道士有言。朝遊
北海暮蒼梧。何其遲遲爾。一瞬千里。一舉萬仞。神
氣怳往。境景紛來。心目應酬之弗暇。蓋業已成逍遥
遊也。方是時。夢歟覺歟。忽忽乎寢與食是忘。亦安能
更作一語以報足下也。嗚呼縣生固謂足下之於詩
能闕其宮商。以傳之丹青。發之縑素閒炳如也。是其
盡矣。吾迺何言。大底本邦之畫。巨勢氏爲最古。迺其
所爲畫趣。蓋取諸和歌者流也。婉縟麗爾。以供閨閤

中觀惜乎王風之衰也次之僧雪舟氏猶之宋詩之遺乎稜稜蒼骨冷然乎墨戲禪也迨狩野氏之時冠裳久褫短後急裝世士所用以爲趣者宗祇利休輩三昧也故其畫爲趣莫有能超乘上焉者况足不踰函嶺而西目未睹培塿群然舐筆五侯七貴門而蹬慕羶者已莫怪彼其胸中莫有丘壑而雅色古氣殆乎澌盡是畫之與世運遞降也所賴者百年昇平五星輝奎不佞之志斯文盖亦嘗已言之輞川衡山生通家聞者否歟詩不云乎唯其有之是以似之是或可爲足下誦之哉若其所爲謝於足下者亦唯諄諄

然以謂句日間驟得左右掖岱華成逍遥遊週足下洪恩之與五尺軀俱也云爾。獨冀把臂之日。庶幾乎足以語文畫之相爲趣哉。毛邊一束。聊供文房之用也。非酧也。不宣。

與縣雲洞

一别之後彼是茫然。以吾嬾而知先生之畏筆札哉同病相憐諴爾。雖然。以文孺之在側庶乎心獲安也。文孺千里駒也。今歸矣。意者先生老悆樂之時也。吁宇宙若是其大矣。聰明若文孺者亦何限。非獲先生爲父。未有能至于斯爲。先生亦非文孺爲子。猶其有餘憾乎人間之樂唯是爲最難哉不佞雖少先生二十年乎唯二一女在髮已種種奈之何以是而羨先生之樂矣哉聆巖邑又有都夫子者爲先生友也吾雖未嘗識其人亦久飽其德周何其多士乎敢因先生寄一柬冀其爲之先容哉事事文孺當自言之伏惟自愛

又

去夏辱尺牘亹亹數十百言大氐稱引國風伐檀弗素餐之義其自道誰人辭意儷至周循秉禮有足下而後可得徵焉已僕至贛愚少小親聞先大夫義方

之訓私心竊慕誦其詩弗衰者四十年一日也而弗能徹酬其志每承誨言不啻其顙有泚焉嘗以吾東方由帝降而王控弦成俗士大夫之閒業自有一道以世相沿承是傳雖不𠃔引經術脩飭其行事頗能明信昭義斷斷乎可以維人倫爲法其家庭至於政事一切武斷悉益莫不謂漢家法雜五霸有之猶何取諸彼異代殊俗之人其胄久朽之言爲也哉當是時雖有聖哲孰以易之逢掖之子果奚爲贅旒於世加以夙罹家難出處鰲心一行爲吏萬事掣肘遂歷選前脩三不朽之說斷然獨執其下焉者唯是可

以古爲徒矣。唯是可以百世竢聖人而弗貳矣。唯是可以弗素餐乎天地閒矣。此其心所期或異於足下者之撰邪。若夫所爲食於官僕僕之勞。適與五斗米相敝。而况世以史眎儒。儒又何能爲毫髮於史之外哉。刀筆瑣瑣。其諸謂之弗素餐其主也已。有如聚其徒一堂之上。喣濡相濕。所能高眎徐趨語聖稱天。使西河之民疑夫子。如洛中某甲氏之賤儒者。僕所深恥也。迺何有乎橫經五侯七貴之門。强聒其所不欲聽。遽窺其顏色騂騂然者矣。雖然。此其心又豈不欲爲之可爲之日者。故其言未足以聞於世君子。而特聞於足下焉乎爾偶因寂寥。藉匏竹以寫其憂。則有獲昔人所謂黃鐘聲氣之元。與古樂易簡之道。著樂書十卷。旁羅百氏。言甚勤。忘食與憂。暑徂涼變。有如一日。僭答之罪。職此之由。唯長者恕。諸方今條風黄鳥嚶嚶。足下矍鑠健飰。令子輩適上。課業膝下。經術相難。諷咏共娱。可想其樂也。不備。

與都三近

縣長伯之子文孺。學成西歸。謹脩尺牘。介長伯致之足下。始自不佞茂卿幼讀書海上。鹽戶鹺丁之錯處。雖有疑義。其孰從問决焉。迨乎得先生所爲諸標註者以讀之迺曰吁是惠人哉二十五六時還都教授諸生貧窶者其所旁引它經史子集及稗官諸小說率粲然可聽退省其私亦皆資諸先生所爲云不佞嘗論說先正夫子有大功德於斯文者而言曰昔在邃古吾東方之國泯泯乎罔知覺有王仁氏而後民始識字有黃備氏而後經藝始傳有菅原氏而後文史可誦有惺窩氏而後人人言則稱天語聖斯四君子者雖世尸祝乎學宮可也今併先生而五矣或曰德行事業文章唯是不朽若彼標註者瑣瑣焉援事徵言亡當乎斯三者固也雖然吾所爲稱四君子者

亦唯副墨之子。洛誦之孫。譯是用訓被之華風庶幾
乎聖人之置郵云爾今援其事。徵其言。古人文可讀
不費十金中人產。而四部書。其要與玄可鈞而致之
是豈不先生所惠及窮邑子弟者廣耶。古時州縣各
有童子師。而今先生所爲諸標註者。獨布在海內。是
先生一人之身兼之邪。是足不涉天下。而天下皆賴
之。吾不佞之言。豈非是哉。顧世人多陰食其惠而陽
擠排之。不佞之所恥也。不佞茂卿。亦嘗染指一臠是
當其世而可失其人哉。因文獮以知其父之有舊也。
唯甲之與周。風馬牛弗相及。雖有其物。無以將之況

碎壤無何有。是故區區之言。迺布胸臆。以使其識童子時遥藉先生寵靈者。茂卿亦其人焉耳。若夫先生文章之所造詣焉。吾未嘗目及一篇。故不能贊其一辭。後學之於先輩長者。是禮所當愼也。冀先生亾怪哉。茂卿頓首。

與伊仁齋

鄉憑子固通殷勤于左右。辱蒙弗外。允致寒暄于左右。幸甚曷加。始不佞少在南總。則已聆洛下諸先生。亾踰先生者也。心誠鄉焉。後值赦東歸。則會一友生新自洛來。語先生長者狀。娓娓弗置也。而益慕焉。迨見先生大學定本語孟字義一書則擊節而與以謂先生眞踰時流萬萬居一二歲入仕本衙乃獲與子固友也則觀其爲人忠信可愛歲壬午來同局共事最熟而益想先生教誨之有在焉子固亦時時與不佞討論上下語孟諸書則驚歎以謂何與吾先生之言肖也而一二有所聞於子固者不佞斯未能全信焉雖然不佞豈敢自信亦思所以質於先生者耳烏虖茫茫海內豪杰幾何一亾當於心而獨鄉於先生否則求諸古人中已亦曰不佞不自揣之甚也先生或能思其情豈不大哀憫乎此不佞所以神飛左右

之久也。山川千里。所賴斯文。氣脉流通。惟先生恕其
狂妄。而待以子固之友人。幸甚。伏惟冰鑒。時下漸
寒。千萬自重。不宣。

與松霞沼

茂卿數年前。嘗已聞西別州有霞沼先生者。其爲賦
詩。渢渢乎悉中大國之音。又有兩森夫子者。皆超乘
才也。府中多暇。諷咏相屬。與偕切劘此事。驩然相得。
不啻應徐之在鄴中也。私心竊自鄉往者久之。而猶
疑世人耳食。滔滔者皆是。其所傳稱。豈足盡信乎。已
又懮然以謂海西之於華夏。中間一木道。北走齊魯。

南走吳千里旦暮實爲比鄰一則文學是自天性一則人文所藪澤流風漸被豈無有一二聞而知之者是其言庶或可以徵耳則何所從得二君片言隻辭以迣覩其大雅之致文章所造詣者如何哉去月忽得津南人書有云獲識兩君兩君盛稱周南縣孝孺至於目之以海西無雙也昨日岡生來訪話及韓館事迺謂足下亦稱此來唯一孝孺足爲吾扶桑吐氣館中每値抱藝來見者則輒說孝孺英才英才而及聞其及弊門則又求一識不使之面迺至醉中作書數十百言擬憑岡生見寄會名芋手顫不勝筆研中

廢遂已不佞於是乎始識嚮者所傳聞不妄又識足下二三君者實同臭味吾黨矣夫西別距東都水陸三千里道涂所經由雄藩大府何翅數十其中文學士又何翅數百而唯一孝孺足爲吾扶桑吐氣也談何容易叚使二三君者善揚人善則何唯一孝孺此其中非有所深喜焉者而能齒類之不惜若是乎不佞固陋少小脩文章之業輒不自揣妄意以謂詩不下開天而文則西京以上務自出杼軸不循人牆下而走唐唯韓柳明唯王李自此以外雖歐蘇諸名家亦所不屑爲何況輓近乎何況吾東方乎東方唯詩一晁

衡。上下數千年。雖無文章可也。嘗持是說。以求諸海內。卒未見一人之能合爲則。愴然以自悲。悲而不可已。則上求之古人。下竢子雲于將來。古人骨已朽。今子雲骨亦朽于將來。是豈不愈益可悲也乎。當是時。間或得孝孺一二輩。孺子可教。則躍然欲狂不勝其喜。四海比肩。覺此生之不孤矣。其喜不亦宜乎。儻使其求時而易得。則何喜若是其甚也。由是觀之。世豈唯不可無子期也乎。其不可無伯牙者。亦已審矣。何者。子期之心。非是不樂也。此足下二君所以口孝孺不已者。而不佞謂之草木臭味。良不誣耳。是何必獲其片言隻辭以讀之而後識其致與所造詣之奧也乎所恨者韓使迫欲西五馬之行不可留也不佞病矣不得捧盤牛血就館所築壇載書而講御盟之事是已雖然四海比肩有神交在又何必聚首執臂一堂中而後稱相知心也乎岡生往謹奉尺素以布衷曲併致意兩君路過長門再見孝孺亦煩以此見告時維一之日觱發萬惟自重不備十一月十三日

與竹春庵

承足下謬採輿論俾不佞是正其所為文章好學之誠不恥下問世所希有也所謂其成與否非可豫論

豈容以老而廢其志乎。則足下過孟賁遠矣。不佞雖謙乎。亦何不思所以忠足下哉。然文章之道多端。不佞未審足下所志何如耳。葢世人多謂苟能洗東方侏儒之習斯足矣。是其執志卑劣。豈足以爲文章哉。且足下所優爲。迺何苦求諸不佞哉。韓柳八家之文。世所欣慕。然其文有篇無句。理勝而辭病。長議論而短敘事。何況風雅乎。是文之偏者已。故不佞不屑爲之。且其人皆豪雋之才。不修辭。不師古。率以今言行其英特之氣。甚口喜辯。隨意所至。斐然成章。是皆以才氣勝者。烏可學哉。大氐人之所學。多得其性所近。

今觀足下爲人。溫恭謙冲。恂恂似不能言者。洵洙泗之遺哉。迺以是其爲人而學。彼譬諸適燕南其轅也。愈益遠焉耳。且不佞安能以其所不屑爲者。裨益於足下哉。若以不佞素所媚習歟。則莫若師古。已上焉六經。中爲先秦西京。下爲明李王汪三家。亦師古者。其文主乎辭。而道在焉。五采外章。衆妙內蘊。篇章句字。孰非矩矱。以議論。則孟荀晁賈。以敘事。則左國史漢。以風雅。則屈宋揚馬。輔以老莊韓非呂覽淮南昭明之選。何求不獲焉。明則滄溟鳳騫。弇州龍變。之二者。恐非足下資性所近。無已乎。則汪公已。其文不尚奇。不喜辨。不詭隨。不激昂。舂容郁雅。要以法勝。辟諸兵家節制之師焉。足下其能學諸。然古善牧馬者。必先去其害馬者。文章之道亦爾。夫害文章者。則宋儒傳注是其尤矣。足下益守益軒先生之教。服膺濂洛。聞不佞是言。必將吐舌。然不佞亦昔年尸祝程朱。迺覩明人多厭舉子業。忽然有省。遂廢其學者三年。而後文始成矣。何者。程朱之言。主明理以喻人。人之未喻。益詳其說。必究於俚言。然自幼習讀尊信之。至猶且以文章視之。間或覺之。其宂腐之氣。既已浹於腎腸。不可得而洗焉。亦不自知其與之俱化矣。是所以害文章之故也要之歐蘇程朱皆宋人也一則奇其思盛其氣變幻百出爲議論之文一則平正詳實斂其鋒鍔務就規矩爲傳注之言辟則水焉忽然遇風波瀾可觀歐蘇是也風息則尋常水耳程朱是也均之水矣水無色焉無風不成文故宋人之病皆在不修辭辭猶色邪苟修其辭瑶池瓊泉不假淪漪何須風水故十翼爾雅公穀戴記皆文之至者傳注豈病文乎故歐蘇非文之至者而程朱之言害乎文也足下苟能學古修辭則文與道豈必裂爲哉洙泗斷斷是其宜乎唯足下思諸餘未旣

又

頃因下問獻一得之愚於左右再辱教示則知貝夫子有大疑録之作也是益先獲吾心者不佞同其世而不能一當之豈不憾哉然尚有足下在爲雖貝夫子死而不亾可也且足下以其所闕於世者而不闕諸不佞不佞亦何隱乎足下矣若其所不及者足下教之哉足下之言謂傳注以譯古何必廢焉是其心以爲不譯古不可通而不能割愛於程朱矣乃亦自幼受讀之習氣已欲祛習氣莫若廢之且必竢譯而通古邪則卒未免爲今人也昔有亾命奔於華者居

三月而悉晰乎華言方諸此中學華言曠歲月不成者不啻天壤焉何必譯哉且程朱昧乎古言必假其譯邪猶如求華言於朝鮮已不亦迂乎不佞十年前所見與足下不殊矣後因學古文辭目無漢後書乃稍稍識所謂古言者蓋廢倭訓而後華言可通焉廢傳注而後古言可識焉是不佞身嘗所經試故敢薦諸足下夫太極道器繼善成性元亨利貞明德新民格物致知克己復禮之數者非程朱所倡理學大綱領邪而其解胥失之尚何問其明道乎故足下所謂教非古文非古而古者有在則不佞未之或信矣且

以程朱不盭乎聖人者將何以定之葢程朱之後無聖人也徇世尊信之則流俗之見已必以己心定之乎乃身處聖人者也故之二者不佞所不敢唯求諸古言而後可得徵焉耳矣且足下所喜於程朱者豈非以其明且盡邪是務求人知者也夫言也者固喻人者也然古之善言不必喻人而人自喻焉先王之道爲爾是何故葢古之教者施於信我者也彼乃思而得之不爾不足以知之矣是言有益於學者也故務求人知者惟訟者之辭爲爾是其故求見知於不信我者也夫學古者必竢千歲之子雲不疑若人人

而求見知昇之至也雖曰無利心不佞不信足下之言又曰均之傳注之文也以今視之爾雅十翼爲古文是以時世言之者也必以時世則羲農愈於堯舜遠矣不佞所以爲古者不爾蓋先王之教禮樂成俗天下禮樂煥乎故文辭煥乎先秦西京之際諸子百家其言雖人人殊斐然者其遺乎迨五胡猾夏浮屠乘之夷狄質陋之風被諸天下古言澌盡而後韓愈出焉是文之所以別古今也明王李距今僅百有餘年而不失其爲古者所學殊也故時世之論興而聖人之道無所用於今世焉何在其爲萬世之教哉足

下其思諸且古者本也今者末也滯乎流者何識其源後世載籍如海汩沒其中莫能爲也孔子登泰山而小天下有味乎其言之也足下其思諸書曰習與性成孔子曰學而時習之又曰性相近也習相遠也故學之道在習而已矣習之久而後知至焉身不習其事而欲知其理不習其辭而欲得其意難矣哉足下以爲如何不備

又

遠書久不報罪誠莫甚焉所恃君子弘恕不吾棄耳別後如隔世然每飯其心未嘗不在西日下也子善

時時見訪輒知足下善食狀是可慰不佞劣劣近況子善歸當悉何必颺諸筆墨鄉者辱借大和律二卷讀之益想盛世文物因益歎今之衰哉緣何變更殆盡以至於咸貞倭奴豈不悲乎俾二三子謄寫藏於家護以原本璧上近又獲應永十八年曆儼然中華物殊非今世作蚯蚓樣者比矣乃知彼其時民間亦識字不翅星官則室町氏之禍甚秦火也申君行紀跋後覺形穢已時漸暄熱伏惟爲道自愛子善逼歸草草四月十九日

又

見返滄溟一本又以一本附上茲審足下清勝可欣慰矣雨浹旬斗大之室上漏下濕亦不得衝泥濘出游鬱悶殊甚二三日僅晴而後不佞之喜可知已不知足下何似也餅生無恙否近有肥人藪生來見武人也習宋人之文焉視其所結撰不出於東厓觀瀾之下古曰深山大澤實生龍蛇信哉不佞之於餅生止見其面而未見其文想其文當不讓於肥藪生也何似

又

承喩知足下安穩大慰鄙懷滄溟集一本換上稻君

五絕見寄披吟英氣勃勃溢毫楮間果知深山大澤實生龍蛇苟充其才豈藪生所能望乎祇似未曉格調者孔子曰性相近也習相遠也學問之道習是爲上習以成性不覺其化然孔子曰學而時習之是學先而習後也學詩之方當學其辭矣才高者多忽諸足下其以此報稻君把毫際忽聞司烜氏之鼓草草亮鑒不備

又

伏讀高諭深知足下眞君子人哉嘗聞貝先生關西夫子也吁先生不可得而見之矣得見足下斯以知

先生之教焉耳不爾謙恭自損何其至于斯也敬服
敬服夫四海之內皆兄弟已不佞亦何自外乎示及
雄文三復之後謹當罄愚衷矣稻君惠書及詩不能
卽答伏乞以此意見告是幸滄溟集一本換上不備

答稻子善

鄉辱枉顧又接雲牋行己之謙執禮之恭魯無君子
斯焉取斯而其英特之資靈慧之思學之弗措假以
歲月西州壇坫終當屬之足下耳孔子曰後生可畏
豈不信然乎不佞雖懶也何敢不少罄所知以裨益
足下之萬一乎所示詩前五首益足下讀滄溟集後

作也後二首迺未讀時言耳一讀便變以此而知其靈慧不易及豈詇足下哉五首者得乎格而失乎調三首者調孅而格未適大氐格猶人之品也故貴高調猶人之儀也故貴稱閬風蒸霞峨嵋積雪非格乎五聲相和五色相章非調乎故格得而調不得譬諸千里之齧蹮焉徒取其調耳則駑善馴者也世人作詩者往往絕先三四律先中聯是以首尾衡決一篇之內不甚鎔合比比皆是此所以不得乎調故也其患在欲速人皆知盛唐之可尚而苦其取途之狹旁求中晚爲其所移中唐情婉易感晚唐辭巧易眩此

所以失乎格故也。其患在好廣意者。足下亦坐此病邪。要之盛唐自有盛唐語。中晚自有中晚語。古詩自有古詩語。歌行律絶各自有其語。不可强合。苟學其語。習之熟。而格調自至。不爾。必有錯出不倫之失。故不佞嘗曰。學之在辭。且如足下。況天才也。養非才。是歌行中俊語。置諸絶句中。終非當行。且改不才爲非才。以協平仄。亦失乎强也。千里大江。容細流。語涉議論。新興文運。斗牛間。未免宋調。合而觀之。三四句皆超。而起承不稱。至於陽關萬里。畫橋西過。乎尖巧。六軍汗馬。鷫鸘裘。費乎粧點。此其大者。其它則思過半矣又足下之言曰嘗讀諸名家之選夫選唐詩者莫逾於李鍾唐三氏滄溟主雄渾尚格調故也伯敬主森秀尚奇趣故也仲言主神理略驪牝故也蓋滄溟至矣後之君子乃欲勝而上之故不自知其流毒後人悲夫是亦其大者足下苟能立其大者而後優柔之厭飫之過此而往末之或知吾黨作者周南縣生東野滕生吾藩服生信陽太宰生金華平生貴游則河內豫侯大醫越君瑞武文安羽林孤兒石叔潭皆彬彬乎有成至其合作頗不媿古人足下或能游其間乎薰陶所益必有不知其進者若徒取改竄以爲

足乎豈能一一而盡之哉足下惟亮鑒

答屈景山

東都物茂卿謹復書西京屈君足下七月中元日李陰菅君致足下所賜書拆封讀之具言欲一造艸廬相見而藩法嚴不能者狀縷縷幾乎千有餘言其降挹之恭傾倒之懇優渥特至誦其辭則雄渾雅健不乏采縟不覺令人起敬嘆唶弗已余不佞曩年時聞之先大夫昔洛有惺窩先生者焉其高第弟子若羅山活所諸公者五人名聞海內皆務以辯博相高而屈先生者獨爲溫厚長者乃詘然於四人之間退讓

自將。不求名高。其來東都。先大夫亦嘗一二接見云

夫儒者齗齗自古爲然。而乃能爾者。千百人中一人

耳。安得從其徒若子孫戚屬。以聞其行誼之詳耶。藏

諸中心。時時憶之。弗忘。及乎管童子西游也。聞足下

周旋甚勤。李陰君喜以見諗。且言足下亦有意於不

佞焉。因扣之。以識其爲屈先生之裔。則予不佞亦喜

甚。及聞足下從五馬東下也。懸榻以俟者久之。詎意

竟外之交。足下不得斯須以請乎。是日乃得接尺一。

愈益信遺範之弗泯。而幸素願之有愜哉。書中又言

文章好尚之異。而欲聞不佞之一言。乃以無爭心見

告。亦何詳悉顧慮之至于此也。夫人心如面。好尚各殊。雖然徒自信而不問。將何以知其未知而廣己之見乎。故學之道。問爲大焉。問者弟子之事也。發難相切磋者。朋友之事也。故非有師友之素。而輒相問難者。爭之道也。臣諫君子諍父者。榮辱休戚之相關也。故非有君臣之義。父子之親。其心如秦越人相視肥瘠。而諫其不是者。亦爭之道也。爭者訟之事也。訟者陳己之是於不信己者之前。以求其信己者也。吁亦難矣哉。雖然有官臨之。庶乎足以斷己。今學問而用訟者之道。乃無聖人之臨上。將孰聽而孰斷之乎。若或欲以天下之所同是而斷之邪。則播諸衆而欲訟己之是。欲訟己之是。則暴人之非。亦不情之甚也。況獨得之見。有衆所不及知者乎。夫學問者君子之事也。君子無所爭。爭斯害乎德。問者。弟子之事也。衆弟子之禮而用訟者之鬩。鬩斯害乎禮。害乎德與禮者。君子不由也。自孟子好辨。闢楊墨。雖其時之不得已乎。亦非古之道也。不佞竊惜焉。爾後稷下市學。田巴一日服千人。流風所扇。是非蠭涌紛呶乎百世。悲哉。若彼浮屠有勘辨。則亦聽訟者之道也。儒之黠者陰操其術。以寃人而自憙。乃名教之罪人也。不佞懲其若是。凡每值非有師友之素。而來相問難者。一切不置對。是不佞之常也。不佞往歲作蘐園隨筆。其時識見未定。爭心未消。然隨筆之作。自書以自翫。聊以消閒。初非以示人也。獨奈誤墮剞劂之手。遂公諸海內。海內諸君子。因謂不佞好辯者。非不佞之心也。今觀來喻。亦在不置對之例。雖然足下旣以無爭心見告。而君家先生。乃不佞自髫年時。私心所鄉往。則何必恝然乎。亦唯人心如面。不佞豈能喻諸足下哉。但言不佞所以取李王之故。以酬來意。如其取舍。乃在足下。唯足下擇之。夫六經辭也。而法具在焉。孔門而後先秦西漢諸公。皆以此其選也。降至六朝。辭弊而法病。韓柳二公。倡古文。一取法於古。其紬辭者。矯六朝之習也。然非文章之道本然。故二公亦有時乎修辭。如韓進學解。毛穎傳。諸碑銘。柳天對。段太尉逸事。永州諸記。何其絢爛乎。乃爾宋歐蘇學韓柳者也。但不求諸古。而求諸韓柳。所以衰也。其文以理勝。不必法。而其紬辭者自若。夫文以道意。豈患無理。西漢以上。深矣。俾人思而得之。宋人乃欲瞭然乎目下。是以淺矣。蹊逕皆露。其所長議論耳。縱橫馳騁。肆心所之。故惡法之束也。況辭乎。紬辭。故不能敘事。夫明鬯是務。

欲瞭然乎目下者。注疏之文非邪。是以末流之弊語
録不啻也。明李王二公。倡古文辭。亦取法於古。其謂
之古文辭者。尚辭也。主敘事。不喜議論。亦矯宋弊也。
夫後世文章之士。能卓然法古者。唯韓柳李王四公。
故不佞嘗作爲四大家雋。以誨門人。而其尤推李王
者。尚辭也。雖然。不佞所以推二公者。不特此耳。夫學
問之道。本古焉。六經論語左國史漢古書也。人孰不
讀。然人苦其難通。古今言之殊也。故必須傳注以通
之。猶之假倭訓以讀華文邪。尚隔一層髣髴已矣。且
傳注之作。出於後世。古今言之殊。彼亦猶我也。彼且

◎

以理求諸心而不求諸事與辭故其紕謬不可勝道且如明德異端其解豈不美乎然至於詩左傳家語有不合者爲里仁者居仁也主皮非貫革也何有於我哉謂謙辭也者其說至於康衢之謠而窮焉君子人與君子人也作問答解亦至於戴記而悖焉夷狄之有君素以爲絢兮皆枉辭以從己之見焉凡如此類更僕何罄不佞從幼守宋儒傳注崇奉有年積習所錮亦不自覺其非矣藉天之寵靈暨中年得二公之業以讀之其初亦苦難入焉蓋二公之文資諸古辭故不熟古書者不能以讀之古書之辭傳注不能

解者。二公發諸行文之際渙如也不復須訓詁蓋古文辭之學。豈徒讀已邪。亦必求出諸其手指焉能出諸其手指而古書猶吾之口自出焉夫然後直與古人相揖於一堂上不用紹介焉豈如鄉者徘徊乎門墻之外仰人鼻息以進退者邪。豈不愉快哉且二公之文主敘事而于辭則援古辭以證今事故不諳明事制者雖熟古書亦不能讀焉夫六經皆事也皆辭也苟嫺辭與事。古今其如眎諸掌乎。於是回首以讀後世之書萬卷雖夥乎。如破竹然辟諸良工必先攻堅木焉吾之刃試諸盤根錯節而其餘脆材柔木易易耳。世人乃擇其易者讀之，習以爲常。古書則束之高閣，辟諸古鼎彝之可貴重而不可狎用也。任齋之言，豈不然乎？夫學者載籍極博，然其出於宋以後者，十八九。故愈讀愈憚古書之難，習之罪也。其謂典謨論語爲易讀者，乃緣自幼習讀傳注之久，是以覺其易耳。假使無傳注而驟視之，豈易乎？如二公之業，俾不習者驟讀之，亦必假訓詁粗通其指，其以謂故爲難讀者，不亦宜乎？宋儒傳注，唯求理於其心以言之。夫理者無定準者也。聖人之心，不可得而測矣。唯聖識聖，宋儒之所爲，豈不倨乎？不佞則不敢。夫道則高矣美矣。譾劣之資。不可企及。故舁舁焉求諸事與辭。其心。謂儒者之業。唯守古聖人之書。以詔後世。其斯可也。後賢之說。雖高妙乎。其於事辭有不合也。何以知其於聖人之心與道必合哉。君子於其所不知。蓋闕如焉。且聖人之教。被諸天下。天下之人。愚與不肖亦夥哉。故舁舁爲者。何必盭於聖人之指。是不佞之心也。如陽明仁齋。亦排宋儒者也。然唯以其心言之。而不知求諸辭與事。亦宋人之類耳。故不佞不取爲李王二公沒世用其力於文章之業。而不遑及經術。然不佞藉其學。以得窺經術之一斑焉。是不佞所以俾從游之士。學二公之業者。亦以其所驗於己者教之也。豈有它意乎。足下既以文章見怪。不佞乃旁引經術以復之。是足下之怪且尤我者。將愈益甚已。亦唯人心如面。各陳所見耳。初未嘗與足下爭。亦豈必求俾足下信邪。且古言簡而文。今言質而冗。雅言之於俚言也。華言之於倭言也。亦猶如是歟。夫華言之可譯者意耳。意之可言者理耳。其文采粲然者。不可得而譯矣。故宋文之與俚言。倭言。其冗長脆弱之相肖。亦必從事古文辭。而後可醫倭人之疾。是來喻所云。適與不佞意同也。來喻又以二公爲淺易。亦唯人心如面非不佞所知也不佞以爲深足下以爲淺其足下之以爲深者不佞則謂淺豈不氷炭之相反乎亦習異耳來喻又似謂文不必學者孔子固曰有德者有言然又曰言以足志文以足言修辭尚辭於傳有之文學之科其謂之何故舉一而廢百孟子所惡然非必足下之言焉世稱道學先生者多藉此文其陋足下過取耳來喻又以摸擬剽竊病二公以古自古今自今立論是乃當二公之時妒忌者之言也非足下之言也明以經義策士必以朱注非此則不得第進士其文必以八股非此則亦不得第進士是時

王之制也以時王之制故謂之今文非專指韓歐也
韓歐亦自稱古文其謂之今文者自我言之也足下
何不深考乎夫士之生其世非此則不能出行其道
策功立名以顯其父母雖無千秋之志是亦可恕已
二公之倡古文辭皆在第進士之後而二公之興從
游過於時師所以來時師之妒也然二公不能勝朝
廷之功令亦不能勝人人功名之心故人之非笑之
猶如韓公而二公不顧人非笑寧不見知於世藉此
得禍而竢千歲之鍾期者亦猶如韓公是其心獨何
邪學問之道本諸古也夫立志如此豈摸擬剽竊是

爲乎。以此觀之。非妒口而何。且學之道。倣傚爲本。故孟子曰。服堯之服。誦堯之言。行堯之行。是堯而已矣。而不問其心與德何如者。學之道爲爾。禮樂之教。左則左。右則右。宮則宮。商則商。必如其師。而不敢違以分。故孔子拱尚右。則門人亦拱尚右。孔子謂之嗜學。可以見已。習書者。必摸蘭亭黄庭。豈求爲贋乎。學之道爲爾。謂吾既得其心。吾既得其理。不必拘其似不似者。莊禪之遺也。故方其始學也。謂之剽竊摸擬亦可耳。久而化之。習慣如天性。雖自外來。與我爲一。故子思曰。合内外之道也。故病摸擬者。不知學之道者也況吾邦之學華文叚使學韓歐非摸擬而何其必惡摸擬乎國字之文可耳且此方之儒不與國家之政終身不遷官如贅旒然豈有立功策名顯其父母之願哉治經爲文各從其心所欲爲而官不爲之制豈復有利害之切於己如鄉者所言明人哉豈復有所謂今文者哉而猶且以古今立說者吾未知其何故耳豈以媚時師歟豪杰之士決不爾不佞雖寡交乎然以其所嗜頗得窺今世作者洛有伊原臧海西有雨伯陽關以東則有室師禮未聞有足下知有足下著自此書始是足下之篠先自晦不競譽于時何

其家風之未衰也。是豈有阿時之心乎。祇人安其所習。其所不習者。怪而尤之。亦常情爲爾。則足下以非其所習。而怪尤之先存乎中。是以驟見妒者之言以爲當理而取之耳。且足下所稱佛骨爭臣本論朋黨諸篇皆爭論之言也。足下既以無爭心見告。而其所愛乃爾者。不佞亦未知其何故也。然其無爭心者。豈誑我乎。意者足下之所貴在氣。故不自覺其言之如是已。且何得已云者。孟子闢楊墨之言也。而足下之爲此言。其崇信韓歐。比諸聖人之道。亦何甚也。亦不擇言之過也。世儒崇信程朱。過於孔子。猶之今佛氏崇信法然日遵。過於釋迦。豈不類乎。足下思之。不佞辯悟一病夫。與世相遠。所朝夕唯一二從游之士。未嘗以勸人教人爲事。况與人爭哉。而足下乃謂海內從風而靡者。雖不佞亦怪焉。豈耳食之士。初未識不佞之所爲學者。傳響雷同歟。不爾亦時運之使然也。豈不佞之所能知哉。亦惟人心如面。陳所見以酬來意耳。如其取舍。足下裁之。時暑凉雜至。伏惟自重。即月二十一日。

又

再奉手書。乃知太孺人違養。申以鼓盆之慼。大喪荐至胡昊天之弗弔也況在宦邸但以千里醫藥弗親斂殯弗誠百事莫與終天永訣其謂之何中饋無主藐諸孤尚幼足下雖大丈夫哉其何以能爲心乎雖然國制有限非莫之禁而弗爲者也伏惟黽勉節哀以逭簿書之責茂卿頓首

足下儼然在心喪之中邪書中猶爾中前言弗已雖或借此消憂乎亦可以見其所好之素也已不佞亦欲借此以當慰藉之一端而不佞所能言者前書盡之矣無已乎則古今之辨歟夫古今夐矣今人之不能爲古人也審焉然昔人有言曰通古知今益古者

本也。今者末也。故天下未有能置古而爲今者也。故亦未有不能通古而能知今者也。夫今人之不能爲古人者，姑置諸。且言其能爲今人者邪？天下未有能置古而爲今者也。苟不通古，亦不能爲今人矣。故學問之道，必貴古焉。顧古人之骨已朽，惟書存也。書之可識者，事與辭耳。今舍事與辭，而以理與己之心言之，何以見其與古人能合乎？故今之援經立論者，皆非經之本旨也，皆以己之心言之也。苟非經之本旨，則其以爲道者皆差矣，將何以爲斷乎？且其以己之心言之者，自聖者也。故不佞曰：偶若或以世人所是

而已亦是之是其心無所見者也其心實無所見而
且以世人所是其於經術執程朱於政事執陸蘇於
文章執韓歐以古自古今自今立論者要之皆以古
聖人爲有所未足者也故不佞以信法然日蓮爲喻
然今人率不習事與辭而以傳注解經乃曰古之道
吾豈不知乎殊不知經者古也傳注者今也以傳注
解經者以今視古者也非通古者也故不佞喻諸假
倭訓以求通華言焉夫善學華言者不假倭訓直學
華言華言明而倭訓之謬自見矣古今之辨亦猶如
是然是特吾之所見耳以吾之所見與其人之未見

爭也何以能俾其人信乎。故不佞曰陳己之見於不信己者之前。以求其信己者。訟之道也。夫人心如面。然必有同然者。爲何以其所見獨殊也。以習故也。凡人能知其所習。而不能知其所未習。辟諸夏蟲不知氷。不重誣已。夫人心如面者。性也。亦習也。性之與習不可得而別者久矣。故曰習成性。倭之孩移諸華。迨其長也。性氣知識言語嗜好皆華也。其見倭人則唾而罵之曰夷。措華之孩於倭。亦然。迨其長也。見華人則亦唾而罵之曰化外人。今人之不能爲古人。亦猶華倭邪。不知者謂之性。然唯習可以移之。是聖人之所以貴學也故孔子曰性相近也習相遠也而論語首時習爲是故也故不佞曰習殊耳是不佞之所以不貴爭辨之故也觀足下所言其無爭心者益明矣屈先生之流風有在者益見矣故不佞極其言以至于是矣雖然不佞之所能言者終止于是矣唯足下思之求喩又以魁星詩求和因獲見足下及身之君之作諷咏味之可謂當世作者已然祀星私室不佞於經無稽且和韻昉自元白和之又和宋人所長宋詩不佞未之學也雖太孺人遺愛所在乎以不佞之無稽而未學不敢奉命惟足下恕之如其高作併書

法妙甚。留鎮蓬篳。又因訪字號。併及貴族出自。且承問賤姓亦何見愛乃爾。昔源濃州甲賀之役。諸子皆殲。有孽孫物季任者匿之。遂冒其姓。是爲荻生始祖。建武時。有從役南朝者。頗以物部見録。故子孫有稱源者。稱物部者。而荻生城在三河。國家之興。迫本于勢。依比氏以南朝之暱也。其城爲宗室所有。亦有稱荻生者。今閣老有之。不佞惡其或混也。故稱物部家乘所載。大槩如此。然遥遥華胄。昔人所誚。况本邦中古以來。貫韓之陋。往往有之。孰能覈其姓也。其可假者。今幷勢之後。五世于今。是已。藝禹祠承旁論藩中諸君子。謝謝。是歲相之酒句。有治水者。亦建禹祠不佞奉敎刪潤其碑文既退有對問一篇附上。賜覽。餘未既。八月初九。

徂徠集卷之二十七

徂徠集卷之二十八

物茂卿著

書牘八首

復安澹泊

不佞茂卿自少小仄聞大邦之風私心鄉往者尚矣恭惟西山先侯以親藩之尊爲柱石斯文天縱之資追蹤異代乃間平不啻已其好士下賢之盛焜燁一世則先明遺民有若朱舜水先生暨僧東皐之屬遙覽德輝翩然來集自餘文學之士從游如雲亦皆粱

苑之選也迨壯筮仕小邦竊祿手簡則從舊寅藤廣澤聞足下之緒餘方其之時先侯業已即世一時鄒枚之輩寥落殆盡而足下獨以朱先生高第弟子歸然以存有如靈光即欲鞭弭相遇以訪典刑於老成而拾鄴下之菁華也獨奈賤職羈絆弗果所願尋因痾廢屏居都門之外轍迹不至交道益荒遂至與海内諸君子曠若隔世秖時時東鄉以望常山之紫氣耿耿于夢寐間耳近因平野生忽接手札頓酬素願盥漱拆緘朗誦屢次殊不知不佞何人而便得大藩耆德折節自卑虛懷相推之至于此也及讀至於鄙

名轟海內者愈益爲之赧汗弟已是自緣去歲奉教譯六諭一書而小技之名播人牙頰亦爲君子成人之美故偶被齒録也何足道哉何足道哉祇緣書中又承以貴第七覽之作見徵且謂鄉者使平野生問鄙意如何爲是惘然自失者久之蓋人有能有不能焉如題勝一事則不佞所不能也是以凡有徵求不問貴賤親疎一槩謝絶是平野生之所諳也豈彼此因醉一時不省妄允歟是殆不可知也於是勉强案其題目則命意險絶亦非機線椘之所能辦也且不佞從幼匏繫以至耆年如井中蛙數百里之外輒足

迹不至。以故每值陳山川風景土俗之異尚。淡若嚼蠟。茫然罔措。是何足以能紀述名勝。而供史氏之采録者乎。今以境則常土之末。習如閬苑之邈乎不可聽度也。以題則宋詩之末學。如蜀棧之巇乎不可企升也。夫以見聞之窄。加之才思之短。叚使强顔供應。徒爾拙累滿紙。祇足以貽笑文苑。辜負知己者之求焉。況書中所云。博求西京東都諸名公之作。是乃位銜之崇庳。旣非其倫。聲名之隆汚。亦乖其匹。豈容以幺麽姓名。慭廁其間者乎。所慮高明有求。卻之者似不恭也。雖然。所恃者通方君子。亦不强其所不能也。

是以敢言所欲言耳若夫自斯已往雁魚來往不以小嫌而終輟者不佞之所願具如前言統祈亮炤爲幸不備八月十四日

又

再辱手札伏而讀之亹亹數十百言相推之殷有加而見徵之切愈酣不佞竊恠之前書既言所以不敢奉命之由而足下乃似漫弗之省者何也豈不佞拙楷喜作草書破體欹歪不可得而讀耶何以强其所不能者之至于斯也故今特勉强正書再敘所以夫足下所命亭者黄太史詩耶宋詩之衰太史爲之魁

是不佞平日所拋而棄者也。且碧於者。歇後語也。凡
歇後語。詩固時或一用之。且如友于貽厥。皆出六經。
六經士子所誦習。可望而識之。故漢魏以來沿襲用
之。遂爲常言。至於碧於二字者。乃異於是。大氐五山
禿子。崇尚蘇黃。過於詩書。片言隻字。援爲典常。流風
所被。滔滔至今。是陋習也。夫唐以來詩中碧於字何
限。今突然揭諸亭扁。將何以能識其爲太史語乎。其
識而不眩者。唯五山陋習爲爾。事屬奇僻。語涉險譎。
以此相尚。亦不佞平日所唾而罵者也。且文章尚體。
記者記其事也。今此亭者。足下之亭也。而在常州故

欲爲之記者。必取諸亭之制。亭之制不可得。則必取諸常之山川景物所映帶。庶乎足以爲此亭記耳。若或常之山川景物不可得。則亦必取諸足下。庶乎足以爲足下亭記耳。不爾可以爲此亭記。亦可以爲彼堂齋樓榭記。故文章法必謹。諸若無所得。一于此而漫然議論。亭所以名。敷衍以爲記者。宋文之弊也。故永叔之晝錦堂記。非記也。東坡之赤壁賦。非賦也。韓文公廟碑。非碑也。皆論也。論而妄命之。曰記若賦碑。是謂之不識體。是又不佞平日所黜不取者也。今儻强爲足下爲記。邪亭之制。與常之山川風土。皆旣不可得而不佞之於足下。僅一通書而已。但識其爲大藩耆宿碩儒而已。是何以能取諸足下乎。所載黄太史語者。演雅邪。太史之爲演雅。乃以不得志於時。而托此以遣懷者也。聞足下嘗由文學侍從臣擢爲百夫長。儼乎一藩之望。是其得志。固非太史之比。而士之抱器適時。其自以爲遇不遇。亦有未可以一槩言者。則安知足下之必非太史比哉。然是特知音士之所知。豈不佞之所能知。要之傾蓋之猶未。而僅僅乎一接書。皆無所得于鄉數者。則不能不從宋人舊套。而强爲其平日所不屑爲者。是不佞所以不敢奉命故也。故前書所謂所不能者。實其所不爲也。夫不能者與不爲者之狀。孟軻氏嘗言之。足下之所疑。豈在此耶。然又曰。不爲其所不爲。是所不爲者之甚於所不能。君子之道爲爾。夫文章者。經國大業。不朽盛事。豈君子而苟爲之乎。而前書謂之所不能者。乃初接書之際。稍柔其辭。以微見其意云爾。亦禮也。何乃足下不見察之甚也。雖然。是自不佞之所爲道與足下異耳。豈必自以爲是而咎人乎。如足下。則當别有所爲道。豈不佞之所能與知乎。但以解其所不奉命之故耳。若夫足下書中。愈不佞以爲記之方者。或犯孟

軻氏至人之譏然一時偶然之失何必深責之不佞亦當有未免唐突之罪者伏惟足下其恕之餘未既

又

岡君致足下前月書捧讀知其矍鑠者狀欣慰曷勝書中又言及文章之業諄諄弗已下問數事何其謙虛之至于此也夫文章者經國大業不朽盛事抗顏爲師豈謂劣如不佞者之所企及乎前承以貴亭記見徵欲勉强塞命而有所不能故敢陳已見以明其所以不能之由然文章之道亦多端爲人各有所好豈容强乎故曰非以爲它人作文之法云爾足下盍

察諸如護園隨筆者。不佞昔年。消暑漫書。聊以自娛。本非以公諸大方君子。誤墜剞劂。遂背本心。且其時。舊習未祛見識未定。客氣未消。自今觀之。懊悔殊甚。忽承獎借。不啻泚顙。益不佞少小時。已覺宋儒之說於六經有不合者。然已業儒。非此則無以施時。故任口任意。左支右吾。中宵自省。心甚不安。焉隨筆所云。乃其左支右吾之言。何足論哉。何足論哉。中年得李于鱗王元美集。以讀之。率多古語。不可得而讀之。於是發憤以讀古書。其誓目不涉東漢以下。亦如于鱗氏之教者。益有年矣。始自六經。終于西漢。終而復始。

循環無端久而熟之不啻若自其口出其文意互相發而不復須注解然後二家集甘如噉蔗於是回首以觀後儒之解紕繆悉見祇李王心在良史而不遑及六經不佞乃用諸六經爲有異耳然六經殘缺其不可得而識者亦復不鮮君子於其所不知蓋闕如也豈足以爲恥乎而宋儒句爲之解字爲之詁是强其所不知以爲知者也其謬不亦宜乎不佞則以爲道之大豈庸劣之所能知乎聖人之心唯聖人而後知之亦非今人所能知也故其可得而推者事與辭耳事與辭雖卑卑焉儒者之業唯守章句傳諸後世

陳力就列。唯是其分。若其道。則以俟後聖人。是不佞之志也。大氐漢儒注。雖亦有紕繆。距孔子時未甚遠。其說皆出於七十子門人相傳授者。如宋儒之時。則歷世彌久。且自昌黎去陳言。而古辭之不傳於世者久矣。皆以今言視古言。且不識古文體勢。是以穿鑿甚多。又疎於禮。如濮議。諸儒聚訟。雖程朱二公。莫有明辨。今求諸儀禮。不俟多言。本自了了。又如家禮神主制。長尺有二寸。象十二月。凡禮用十二。唯天子爲然。祭四代。唯諸侯爲然。伊川乃用諸庶人。豈非僭邪。大氐孔子時學問。專用力於禮。而宋儒不爾。其所主張理氣之說。六經無之。唯易有形而上下之言。然所謂器者。亦制器尚器藏器之器。本文可證。豈氣之謂乎。天理人欲。出於樂記。而不言去人欲以盡之。夫人欲淨盡。豈人之所能爲乎。克己之己爲己私。然六經無此例。且下文由己。乃人己之己。孔子一時之言。豈若是乖張乎。解格物爲窮到於事物之理。是加窮理二字。其義始成。殊覺牽强。且窮理本贊聖人作易之言。豈可望之學者乎。且天下之理。豈可窮盡哉。明德之解雖美乎。至於詩左傳而有不合者焉。且使天下之人皆有以明其明德。雖堯舜之世。豈有此事哉。本然之性氣質之性本爲苦孔孟之言不合而設爲然胚胎之始氣質在焉故古無此言而孟子性善亦大槩言之耳舜何人也吾何人也本言循聖人之教以行道於天下則聖人之治不難也而宋儒乃求身爲聖人然程朱既不能爲聖人而孔子之後無復有聖人則是懸空言以強人所不能也至於變化氣質亦經無此言氣質天之所賦豈可變乎人各隨資禀以達材成德用諸國家辟諸刀鋸椎鑿各殊其用以成大廈雖三代亦然豈必須變乎如禮者經所言皆禮樂之禮程朱以爲性仁齋以爲德豈非強乎六經之

言。本、自平穩。故聖人之道。萬世可行。至於宋儒。則務爲新奇之說。以强人之所不能爲。要之昌黎好議論。務言理。其風至宋益盛。程朱二公生于其世。習以爲常。不知求諸事與辭。亦不自覺其與古背馳耳。上之所言。皆宋儒之說。且舉其綱要者。亦萬分之一。其它紕繆。不可枚舉。爲不佞直據經文。以事與辭証之。不復須訓注。故其所見與隨筆時大有逕庭也。夫不佞以宋儒爲新奇。而足下少服文恭先生之教。意者必習於宋說者。則必以不佞爲異端邪說。唾而罵之。是以不佞之爲此書。握筆踟蹰者久之。然是而不言。足下必以隨筆爲不佞終身之見耳。匿其縕以阿人者。不佞於交義恥之。故敢陳之。乃以此而獲罪於足下。亦所不辭也。惟足下亮之。如處佛氏之說。不佞近有對問一篇。附覽。又如譯筌一書。不佞二十四五時。從學之士。錄不佞口語。其後十年許。頗有增損。現今印行。若夫寫本則舊稿耳。要皆免園冊子。豈足掛齒牙乎。又承問雖字法。及猶尚尚猶。不祥莫大焉無不祥大爲。不佞竊意其義全同。但語勢異耳。凡學文章要識體。故學左氏文。則用左氏法。學孟子文。則用孟子法。若混而用之。則緝錦以布者類也。柳儀曹論石鍾乳。其與左氏異同亦如此。隨筆中西京乃指西漢。大體謂治道大體也。時殘暑尚在。伏以自愛。不備。八月十三日。

又

接書。茲知足下患眼之狀。已而復初。聰明亡恙。吉人天祐。何慶加之。不佞發書之後。頗亦自悔。剴直之言。或獲罪大藩君子也。及得賜答。我心降矣。若夫辭義優厚。益謙益恭。不啻前書之比者。愈以見西山先侯。及朱先生流風有在哉。祇不佞前書所言。亦自言所見耳。豈足以爲它人作文之法乎。大氏文章皆有所祖述亦各爲其所學。而乃以己律人。大非不佞之心也。足下其亮之。不佞僻惰一病夫。無意聞達。與世相阻。幸承弗捐。音問不已。伏察足下之心。亦古所謂君子愛人者。豈不敬服。故聊罄所蘊。以俾知不佞之所以爲不佞。則庶乎足以遂久交弗替之義。已不則不佞悻悻小人。終不能隱忍自枉。以承徼寵靈於足下。是不佞前書所以深體足下之盛意也。豈自以爲是哉。何况以爲它人作文之法哉。伏惟鑒察。時暑甚。其慎起居。以承崇一藩之望。不佞劣劣依舊。幸勿紆高慮。不備頓首。六月望。

又

接十一月望日書。茲審足下起居納祉。是大慶也。不佞劣劣依舊。前書妄陳愚管。切慮見怪。乃言文恭先生亦有所不滿於程朱者。往往逗漏筆札之間。因憾不得聞其說之詳也。又言西山先侯首輩儒者陋習。且曰。有民人焉。有社稷焉。寡人亦儒者也。是自非常之君所見。逈踰流俗萬萬。因又憾時相及而遇不及。恍如異代。徒爲之悵望已。不佞經術。亦由聖人之道。即人君之道。起見。是其根本也。雖宋儒豈不然哉。祇爲其貴精賤粗。重內輕外。故所主在彼而不在此。遂致類佛老耳。嚮者所論神主制。承問其詳。是在經傳本無明文。雖不佞。豈能鑿空爲之說乎。唯漢志載天子主尺有二寸。六孔相通。不題識其面而背有題識。其圓首處不與伊川同。是已。是雖漢制。亦古來沿襲所傳。何以言之。古者士大夫皆有廟。漢以來乃不世祿。則無廟。是以其主制不傳。但傳天子之制也。又載荀氏神牌之制。題識其面而無通孔等制。亦無趺。是溫公所據也。伊川主制尺有二寸。圓首通孔。微變其制。而題識其面。陷中判合。乃其所特刱也。蓋主者所以棲神。故六孔相通。一廟一主。無廟無主。旣有其廟。

不須題識號謚自明而題識其背者守者之所識別也後世士大夫其在官猶逆旅故祀於其鄉鄉者庶人所家焉庶人之制祀四代於一室神位叢然不可得而別故設牌以別之牌者所以表其位也故題識其面非所以棲神也故不通孔是主牌之所以不同也宋儒不習禮不能睹其制以識其義所在遂混主牌以一之豈足以爲知禮邪夫稱主則棲神棲神則神常在焉不可以不尊嚴之故古必立廟以肅之門堂房室廊廡悉備必有官以守之必有巫祝以奉之必割牲脩彝以祭之皆所以尊嚴之道也今祀四代

於一室尊嚴之道不足豈神所常在處乎無官守無
巫祝不割牲不佾舞豈得稱祭乎庶人之薦已掃一
室以設一日之位薦訖卽撤故荀氏溫公爲合禮夫
牌以表位焉耳矣有趺亦可無趺釘壁亦可木牌亦
可紙牌亦可蹔以表位豈有定制哉稱祭則四代爲
僭稱主則尺有二寸爲僭是不佞之說也後世儒者
徒好標異於世俗以自矜而其意以爲實無鬼神故
率沿伊川制以爲儒者之禮當然而不知所以尊嚴
之道則先王敬鬼神之意荒矣明朝之制稱神牌而
不用伊川其陋不慊於人意者可以見爲然其士大

夫六年一省親十年一省祭尚得歸鄉以從事庶人之薦而此方儒者乃勸諸侯大夫用伊川制何其謬哉士人雖有采邑而不居皆館于城中屋舍猥陋百事苟且冗迫無暇日齋且不能況祭薦乎尚何問圭牌異同乎與其祀而褻瀆孰若且從世俗所爲薦於僧寺之爲祖先所安享也悲哉聞貴邦制度西山先侯頗有更張意者必有禮俗可觀不知得與聞乎否餘未既

又 附别幅

春月賜書時因陰沴殢人夙疾婁動體中不佳頗厭

筆研茌苒過月。呻吟之間。忽蒙名見。執謁殿上。則賀者踵門。無復虚日。書牘紛沓。令人眩嘔。殆復踰月。夫天違顔咫尺。陪臣之節。榮莫甚焉。而麋鹿之性。遂乃落落。於是撫躬自省。轉堪愧歎。近以少閒。稍稍探篋。誦繹來美。深挹盛意。如不安所辨神主制度。乃承以西山先儒及文恭先生遺事見教。亦足以証鄙見不悖大雅也。竊以爲幸。已至於以處舊主之方見訊。則何足下至性。乃爾懇見。具別幅。又近考究歷代度量制。因讀朱氏談綺。載文恭先生論明三種尺。前後說頗相牴牾。豈記者失邪。其書係足下所録。必當識其由。又此方以三十六町爲一里。令文所不載。未審其昉何時。又毗尼僧家相傳唐一升。以弘安時升校之。當六合五勺。未審弘安時用何升。大氐建武時。王室南遷。凡百制度。由此以淪。弘安乃在建武前。則是必官家制也。毗尼僧深戒妄語。其說如可據。貴藩修大日本史。亦足下所與裁。意必於是二者有所考覈。伏請見教。幸甚。岡孝先者。亡荊從侄也。頗穎敏。嗜讀書。一二年前。收錄在貴藩。聞近移史局於國中。則渠亦從遷。行將朝夕儀範。日飫玄誨。愚不佞深爲渠幸之。渠亦幸甚。時下暑壯。伏惟自重。

承問今世頗有據家禮修祭祀者段使知其非禮之正未必能卒然易以牌子縱易之將處舊主於何地乎瘞之焚之皆非所宜此非順非襲故之謂而爲人子者其心實有所不安也愚按有制禮爲者有傳禮爲者有行禮爲者三者自別不可槩論何也制禮爲者三代聖人是也虞夏讓商周繼所因雖同其文質損益豈凡人所能與知哉傳禮爲者仲尼之徒是也杞宋無徵故獨取周禮誦以傳之夏殷雖善奈其亡滅周禮雖備奈其散軼聖人之智不可測而散軼之多不得類推以識之故恪守殘經不敢厠以私見是

今日儒者所務如不佞鄉論神主之制是已。皆所以尊聖人也。至於行禮焉者。乃有古今華夷之分焉。古之時。夏之禮不得行諸殷。殷之禮不得行諸周。周以後皆然。異代之禮。悖時王之制。臣子所不得爲也。故繁文末節之至瑣屑。或如可不必拘者。雖仲尼之聖。亦皆詳問而固守之。凡戴記諸書所載。所以欽時王之制也。是古之行禮焉者爲爾。後世則殊。是蓋三代聖人之智周物。物爲之制。曲爲之防。故世之行禮者。莫有所不足爾。後世之制禮。其人非聖人。不達禮樂之原。一切苟且。徒爲觀美。顧其智不周物。而禮始有所不足。故世之行禮者。於其無時王之制者則不得已。遥取先王之禮。以己意斟酌以行之。如温公朱子是也。既已斟酌。豈責其必合先王之禮乎。況吾邦先王不制喪祭之禮。是以世之人莫有所遵守。則又若於三代先王之禮。難讀乃近取朱子家禮。而代殊土殊俗殊。故亦不得一一遵守以行之。則又必以己意斟酌其所宜。而後始得行之。不者。終不可得以行之矣。夫斟酌者何。求合人情也。傳曰。非從天降也。非從地出也。人情而已矣。則聖人之制禮本於人情矣。故今行禮而求合人情。可謂弗悖已。仲尼又曰。延陵季子之於禮也其合矣乎子游曰將軍文氏之子其庶幾乎亾於禮者之禮也其動也中故今求行禮亾於禮者之邪亦唯是已豈責其盡合先王之禮乎昔者宰我欲短喪仲尼曰女安則爲之是雖責辭乎然其所期在心之安已今足下以心之安不安爲說可謂知禮之意已不佞乃謂程朱之禮使其自行之而已亦何不可也辟諸伊尹夷惠均皆學聖人之道乃夷攷其行則清和與任之異撰而仲尼未嘗少貶之皆稱以爲古聖賢可以見已然愚不佞所惡於宋儒者乃世人尊信程朱過於先王仲尼恪守其家禮而

謂是儒者之禮也而不復問其與先王仲尼所傳之禮何如嗚呼禮也者被之天下者也豈有所謂儒者之禮乎此說一盛聖人之道不可行於天下一與毗尼清規相似者不亦小乎究其心不過務自標異於世俗耳其小宜哉是雖末流之弊然推其原程朱亦有不能辭其責者何則禮者古聖人之所制也宋儒乃曰仁義禮智之性又曰性卽理也於是遂取理其胷臆建以爲禮之本眞故其論成王賜伯禽祭周公以天子禮樂爲非禮夫成康之時非周之隆乎此而非禮則周終無禮也豈先王以禮樂爲教之意哉是

其理障所錮。執拗自是封己太高。逞私見以非擿萬古。遂使西河之民疑女於夫子。則末流之弊。作俑者誰歟。不佞曰。以制禮言之。程朱之擬聖人。非也。以傳禮言之。程朱之亂古制。非也。若以行禮言之。程朱之禮亦可。世俗之禮亦可。特以己心斟酌先王之禮亦可。夫先王之禮。既不可全行於今。則人人以己心所安斷之可也。人異性。心如面。其心所安。人人而異。庸何傷乎。祇人安於習。故習於世俗之禮者。不以程朱所定爲安。亦猶足下以程朱之制爲安也。是亦不可不知。如此。謹對。

答松子錦問神主制度

吾邦俗間所爲牌子多雲首者尺寸大小不一從人所好皆謂浮屠法然浮屠但奉佛天不奉祖先佛天皆塑像豈有之乎今審其制迺神版又謂之神位非神主也皆中華所流傳雲首予嘗言出會典會典誠無之一時見諸他書而誤記耳世儒者恪守考亭法而謂爲先王之禮遂黜俗間所用者爲浮屠法雖熊澤伊藤二先生力排宋儒亦一切遵用考亭法弗敢違皆無替之失也此方浮屠所杜撰唯題梵文及戒名者耳然世俗無字謚其官爵花名皆世襲不可得

而識別則不得無戒名亦勢所必至也今儒者旣黜戒名迺題諱以別之豈敬神之道乎其過遞相等所爭止神主制然所守者未必先王禮所黜者未必非禮夫吾邦　先王不定喪祭禮今國家復無定制君子之生於斯邦也亦行己之志以竢後聖人苟其中禮可以爲王者師如之何其可也茂卿謹按主與版意謂自別主者廟之主也有廟有主無廟無主毀廟藏焉瘞焉所以寓神也故六孔相通神集於虛初喪無主則設魂帛師行載毀廟主無毀廟主則以幣及圭祭之奉而出以代之是豈有題識乎一廟二主其

配微短其尊既專可望而識之可無題署題其背者有司之守也版者所以表識其位也非以寓神故無孔其形挺長題其面蓋秦漢以後臣不世祿則無邑無廟祀數世於一室神位叢然不可望而識之故以表其位是主版之所以殊也許慎五經異義所以言卿大夫士無主者戰國以來世多游宦觀韓魏先秦郡縣其國則臣亦多廩奉夫無采邑則無廟無廟則無主是以其制弗傳耳然左傳孔悝反祏公羊攝主而往士喪禮有重重主道也則士大夫豈無主乎唐制天子尺有二寸三品以上一尺用古諸侯禮四品

以下無主。據許氏之義也。晉安昌公荀氏神版長尺有一寸。既非主。故不以近僭爲嫌。其祠在鄉。父爲三公。子爲庶人。猶尚得以奉之者。秦以後爲然。故無復貴賤之等。宜矣。唐四品以下。蓋用此制歟。至於伊川考亭。法則長尺有二寸。謂之主則僭矣。挺長其形。旁通二孔。題署其面。是混主與版而一之。曰趺方四寸。象歲之四時。高尺有二寸。象十二月。身博三十分。象月之日。厚十二分。象日之辰。是其意謂自天子以至庶人。皆可以用之。不然。尺寸之度。所法象何倨也。人無貴賤。稟性於天。厥生之初。皆聖人無殊。是其家言故其意謂死歸於天天子庶人何別亦佛氏法身如來遺意夫禮者所以定分也制禮無等豈禮乎哉故伊川考亭可謂無知妄作已當時司馬溫公儀用牌子非二子所能及也降及明代率皆神版而會典不言尺寸高祖謚曰太祖開天行道肇紀立極大聖至神仁文義武俊德成功高皇帝后曰孝慈貞化哲順仁徽成天育聖至德高皇后他帝與后謚亦皆不下二十字則版長當近三尺臣下牌假如文淵閣大學士太子少保兼禮部尚書榮祿大夫襄敏公神位上加顯祖考豈尺有二寸所能容哉又載大社石主高

五尺。神牌高一尺八寸。朱漆質金書。府州縣社石主
長二尺五寸。神牌亦當短而高二尺二寸。朱漆青字。
迺爲太社止書帝社之神。府州縣社上加某府等字。
故反高耳。清會典載親王郡王牌位高二尺。明清相
沿意者明制亦爾。則知題署其面自當牌子。其長短
亦隨字數多少。觀望所在金字塡青。亦其所也。今好
學之士欲守古禮。其有采邑者建廟于邑。則當設主。
依唐制諸侯減一等。則大夫又減一等。則士尺寸自
見。不然東茅結蔽。有文可據。其無采邑者城中第宅
變遷不定。何況邸中舍偪促。豈得立家廟。則當依荀

氏神版制。是既非古禮。其尺寸及圓首雲首或趺或

懸或紙牌。祭畢焚之。皆從便可也。要之主以寓神。有

廟有主則必有人守之。水火不虞。奉之以出。版以表

神位。雖毀棄之。亡害。至於題署。愚不佞竊謂其有别

號者書别號。無者以歿月日支干配以伯仲。庶或不

失古意矣。禮字殤則因其諱爲之字。亦不爲無據。主

版制列于左。

杜氏通典卷四十八曰。主之制。四方。穿中央通四方。

天子長尺二寸。諸侯一尺。皆刻謚於背。

此周制

又曰。晉武帝太康中制。太廟神主尺二寸。后主一尺與尺二寸中間。

此其配稍短之證。

又曰。大唐之制。長尺二寸。上頂徑一寸八分。四廂各剡一寸二分。上下四方通孔徑九分。玄漆匱。玄漆趺。其匱底蓋俱方。底自下而上。蓋從上而與底齊。趺方一尺。厚三寸。皆用古尺。以光漆題謚號於背。

卷一百三十九三品以上虞祭曰。先造虞主。以烏漆匱。匱之。盈於廂。烏漆趺一。皆置於别所。註虞主用桑主。皆長一尺。方四寸。上頂圓徑一寸八分。四廂各刻。

一寸一分。又上下四方通孔。徑九分。其匱底蓋俱方。底自下而上。蓋從上而下。與底齊。其趺方一尺。厚三寸。四品以下無。

此天子主尺有二寸。三品以上主一尺。爲異耳。其它皆同。則上文脫方四寸三字。一寸二分。迺一寸一分之誤。蓋方四寸。除一寸一分者二。其餘適當圓徑一寸八分。

卷四十八曰。安昌公荀氏祠制。神板皆正長尺一寸。博四寸五分。厚五寸。八分大書某某祖考某封之神座。夫人某氏之神座。以下皆然。書訖。蠟油炙令入理。刮栻之。藏以帛囊白縑裏盛。如婚禮囊板。板與囊合於竹廂中。以帛緘之。檢封曰祭板。

此神版制也。厚五寸。恐當五分。而八分大書連讀。應是八分字。後人不解。遂改五分爲五寸耳。不然豈得謂之神板乎。

享保癸卯九月二十二日燈下書

答東玄意問

問曰夫子曰參乎吾道一以貫之曾子對其門人以忠恕而已矣則忠恕者其行道之霸柄乎夫子又對子貢以其恕乎子思曰忠恕違道不遠孟子曰强恕

以行求道莫近焉按此數語則知忠恕者爲仁之術
而不曰仁而曰一如何答曰吾道者孔子所道也孔
子所道卽先王安天下之道也故孔子每使學者用
力於仁焉忠恕者爲仁之術也故曾子曰忠恕而已
矣然孔子所以不言仁而曰一以貫之者古人學貴
乎實焉學者眞能用力以得夫所謂一以貫之者則
仁在焉若不能得夫所謂一以貫之者則仁徒爲名
目耳且人之材有至有不至故仁不足以盡之而有
信義智勇種種名目焉今學者不知孔子之道卽先
王之道徒求諸論孟而不知求諸六經其於仁也徒

泥惻隱之言而不知歸重安天下其於道也或謂當行之理或謂往來之道或謂倫常之道而不知禮樂之爲道其究至於徒以講說爲明道其何以能與知夫一貫之旨哉曾子學六經者也然後孔子語此以一貫耳

問曰孟子養浩然之氣與子思所謂勇同乎別乎答曰孟子書主闢楊墨張儒家養浩然之言主加齊卿相不動心皆勸人歸我之言孔子之言則異於是矣曰仁者必勇學者欲勇莫若學孔子大氐孔子之道先王安天下之道也中庸孟子皆爲老莊之徒謂先

王之道爲僞而設焉。故其言與諸子爭衡。自此而後降爲儒家者流。其言曰率性之謂道。曰誠者天之道也。曰性善。是皆務明聖人之道非僞耳。主意所在可知矣。後世學者不知古文辭。故不能讀六經。又不知中庸孟子主意。徒見其易讀。遂以爲六經階梯。或以孟子解論語。殊不知二書皆與外人相抗者。則其言有所偏主也。其言有所偏主。則其於聖人之道。得於此而失於彼焉。其言但堪使人尊聖人之道。而不能使得聖人之道焉。故中庸孟子者。議論之雄也。

問曰。知即行的。行即知的。悲而泣。喜而笑。其間不容髮而聖人教先行敏事蓋行當勉至知不假修爲乎答曰。知卽行的。行卽知的。誠爾。但未知所謂知者知何。行者行何也。徒知孝悌忠信仁義道德字面。未足以爲知之。大學格物致知。宋儒引窮理解之。不識古文辭者也。詩書禮樂。古先聖王教人之術也。故謂之四術。人在聖人術中。自然有以知之。何者。聖人以此易其耳目。換其心腸。此術也。譬諸都人所笑田舍人。不見其可笑。其人來居都下者三年。自然見其可笑。此所謂術也。近時洛陽學者。徒讀論孟。僅知其孝悌忠信等字面。而不知從事六經。是猶田舍人之於都

人也故不知從事聖人之教之術妄謂悲而泣喜而笑者陽明象山之學也

問曰規矩者方圓之至也由吾之所制有毫釐之不直一見便見若仁義吾以爲仁吾以爲義而所謂依仁由義者猶方圓由規矩乎如何答曰以依仁由義爲規矩此近世洛陽主張孟子者之說也孔門專用力於仁至孟子時迺有墨氏則單言仁者混矣子思言中庸至孟子時迺有子莫則專言中者謬矣故孟子並言仁義此與外人爭者也與外人爭者徒擧其名而已矣徒擧其名而不得其物則何以知而行之

哉。古曰。禮樂者德之則也。故捨禮樂而語規矩者。無寸之尺。無星之秤耳。

問曰。自士大夫至舟子車夫。有不受爾汝之辱殺身致身者。當是羞惡之心義之端也。而於惻隱不忍之地。則能致其身者。千萬人中一二人而已。蓋風俗之所習乎。抑東方地氣之使然乎。答曰。此亦近世主張孟子之說也。孟子書。爲老莊謂聖人之道爲僞而設焉。故謂性善。又以仁義推本諸人心之自然。而明仁義之非僞也。然孟子時。風流猶存。名義不差。故曰。仁之端也。義之端也。蓋惻隱何以盡仁哉。羞惡未必義

矣所謂殺身成仁者在從容就義者也一時感激以殺身者匹夫匹婦類耳大氐義而非仁者所謂不義之義也何足以爲義乎

問曰以利害爲心凡人之情也聖人設爻象乃從陰陽逆順說吉凶悔吝以去利害之心則自化爲道如何答曰近世儒者誤讀孟子首章故義利之辨太過爲大氐義利豈判然二物哉避害就利凡人之心皆爾凡人之心卽聖人之心也義之至利必隨之如孟子以利天下爲心惠王迺欲利其國故孟子曰何必曰利但孟子語意激甚是其所以有弊也子罕言利

蓋爲世幽大心者故也。它日孔子對仲弓曰。勿見小
利者。可見焉。又觀舜九功。六府三事。利用厚生。正德。
果若近世儒者之說。則唯正德可也。何必有利用厚
生乎。又如卜筮。聖人以神道設教。奉天命以行之。不
止卜筮。凡禮樂刑政皆爾。此仁術也。今學者不讀六
經。其所見與孔子時學問敻別。故其所言皆臆度妄
想爾。

問曰。平治天下國家者。非道德之君則不可也。道德
之君必有先知之明。所謂聰明睿智者。據德而聰。而
明而睿而智。所謂先智者。履霜堅氷至之義也。不取

諸始爭得權事於未然哉自家日用瑣細得失是非尚係于此抑天下之廣大不亦可如斯乎如何答曰開國之君制作禮樂陶鑄一代是聰明睿智聖人之德也非學而可至者矣守成之君奉祖宗之法以行之苟非其人道不虛行其人者仁人之謂也學而可至者矣故孔子教人以仁若夫據德者學者之事也德者性之德人隨其性所近各有其德萬殊不齊據而不失皆可以至於道爲先王之教詩書禮樂所以養其性而成其德也孔門之教人各因其材而成之不强其材所不能可見焉近世學者乃謂學問之道

所以補偏救弊。果若其言。則斷鶴脚續鳧脛。人人欲爲聖人。可謂謬矣。

問曰道有正有不正志其正謂之志道乎君而有君之分臣而有臣之分據德猶據城之據乎所行有仁有不仁擇其仁而依之禮樂六藝者輔翼道德故曰游於藝乎如何答曰。志道者。志於先王之道也。道者統名也。其所指甚大。而無下手處。故止言志耳。凡單言道者。皆指先王之道焉。如道有正有不正。則大非孔子時語意。後世儒者。皆汩沒是非。海裡故有是等說。不可從矣。據德者。人人各據其性之德而不失之。

皆可以至於道也依仁者孔門教人要緊處苟能依
仁則其德萬殊不齊皆不畔於道矣若謂擇其仁而
依之則不識仁者言耳六藝亦仁之術也但仁者道
也故可常依不離六藝有事故時游之耳
問曰治亂興廢窮達行藏有時有命有分有位不可
如之何而已然則貧賤何憂凍餒何憂曾點風詠於
舞雩蕩蕩乎夐出於三子之上故夫子特賞歎而與
之乎如何答曰以知命安分而語曾點皆不曉一章
文勢不知聖人之道者也孔子嘗曰用則行之舍則
藏之曾點志于斯故孔子與焉世多以知命安分語

用舍行藏。果其言之是。則釋迦老子之學何擇爲乎。要之有道存乎爾。行者行是道也。藏者卷而懷之也。冉有季路公西華。莫非道矣。然其志欲小用之。而曾點志大。不欲小用之。故云爾。史記謂曾點有志禮樂之治。是必有所傳授也。不爾。不與章首孔子發問語相應。

徂徠集卷之二十八

徂徠集卷之二十九

物茂卿著

書牘二十五首

與悅峯和尚

昨扣梵僑。始接慈手。種種眇譚。如響應鐘。大則舂容。小則吁喁。筆飛生風。墨落成花。意者自性玅明。月照萬川。隨遇爲形。靡觸弗通。不然。大方之士。纖細弗遺。如和尚孰能信之哉。加以諄諄善誨。和氣可掬。歸後恍然。幾乎心醉。盍嘗歷撰世所謂善知識者。或孤峻絶物或町畛立防要之陂量洋洋獨於和尚見之耳昔大函氏評王李二家有曰峨眉天際白雪孰若滄海迴瀾盎言高不兼大而大迺能高也雖曰弗類亦近取譬汙不阿好何其獻媚所憾者碎錦片璣悉歸公上徵言緒論不留底案譬諸貧子夢入龍藏綦富瓌寶黃粱一熟依然空手但覺甘露堂中醍醐味猶且着齒頬閒漱口不去也伏願甘露味三字禪暇重勞巨筆掛在蝸廬則和尚夙緣一語永爲不朽矣敝友煥圖一律亦要高和切慮和尚或倦削牘故渠不敢另啓憑僕致意勿曰失敬伏乞允容香比丘深感

盛意口嘖嘖弗置諒鑒時下霜冽貴體何如不可風
之疾頗差也否萬惟爲法自玉不宣謹白
又
鄉者辱蒙特差柏侍者訪及敝舍賜以答柬加之妙
墨及手爐一事薰盥披讀情意深厚不覺三嘆嗚呼
和尚者五千里外人也諺云秦人視越人肥瘠是豈
非以水土不同氣習亦殊無鄉里之舊乏平生之交
故歟迺不佞何以獲此盛意於和尚也毋論不佞幼
耽典籍景慕華風卽和尚亦以不佞箇中人哉四海
爲一家天下皆弟兄名教中外將異將同況不佞蕭

然一在家頭陀省吾固已言之宜其臭味同也人或勸不佞參禪禪何可參或笑不佞不會禪禪何可會或謂不佞天生禪此猶作禪會者雖然這般說話不佞亦自嫌其似禪不佞與禪終是沒交涉是或所以與和尚相忘形骸外者歟重荷賜愛故聊及此公堂再面不佞當日名在世子左右不得遠離職句私自款語可恨可惜但憑甘露味三字遂如所欲曩昔半日之間迺得與此生相隨矣行及硯凍呵毫時倍當知和尚之愛我哉意法旆迫當西指秋色將盡芙蓉峯上雪寒色照人不識中華有此好孱顏否代仙華想

當相伯仲耳琵琶與西湖終何如忙中不要賜答回山之後或能以此二事相報幸甚路上善食自玉東州所出乾栗子一篋聊將菲意此物京洛所無故上粲入玆祈香洲煥圖各上書奉謝謹致不宣

又

青鳥報信後月之晦者以明微者以盈盈者殆乎復虧矣而不修一字於左右也不侫之罪莫甚焉維時風氣之不干常同僚多病告者省吾亦擢職祇命于左右而百充蝟毛獨集于不侫之身則不侫之不獲離局以執謁者爲是故也雖然猶且日日引領北望

以謂兾其有少暇乎。其或舊盟之可以尋也。以至於今而不能矣。是亦卒於不能焉耳。方客歲之别，則曰。以期來歲。歲來而不可期。天之慳良緣也。甘露堂中話終爲杳然。獨以省吾之在側，是以自安已。嗚呼。旣先之以椷教，又申之以盛意。庸何能謝。伏惟和尚榮膺寵錫，紫氣被身，德望日卲。聲譽日延。方此繁務鞅哉。令圖纔修尺牘，聊候起居。是亦不獲已也。古人曰十書不如一面。唯和尚賜照。外具菲物少將鄙意。勿卻是祈。

又

前奉書候起居且以謝怠慢之辠耳也豈意更辱答
教辭旨儷美情義兼殷何其見憶之深也捧誦三四
以至所謂游賞之地輙以少不佞爲恨也不覺憮然
久之嗒焉不勝神往矣而其後不佞奉役敝園歎掌
之間能獲偸閒於八十八境之勝則亦猶和尚今日
也此焉而想彼今爲而推後緣若是乎慳而神若是
乎邅也造物之弄我哉聆日朝城恩賚大腆可謂不
墜繩武也又聆讜言諤諤若其行也天下蒼生之福
也則和尚亦吾名教中人哉神道設教有以將之歟
豎儒輩足愧死爲敬服敬服所托一事早辱玅筆惠

之所及不但不佞也時維首夏杜鵑適鳴想回山之期將近嘗聞之君子贈人以言三教圖像一函國工狩野永眞畫日題鄙語于上雖非君子之言乎鈞之亦言也是足以爲贈謹奉左右惟祈神鑒不盡

書成適有賤冗未輒果上昨日迺蒙高徒石窻師捧腆貺二件儼然賁臨口致盛意綢繆之至感激不已切憾局事正急簿書塡委不能洗硯滌筆改布肝腸敢就楮尾聊添數字萬望海涵明日五十三亭山長水遠再面難期臨風於邑伏惟珍重自愛草草

袁了凡先生功過格。實爲勸懲設也。拙荊在世。譯作倭語。命工上梓。板共二枚。藏在丁家。今謹送上。葢士人藏板。人自不識求者甚尠。或付書舖。則爲射利之具。伏煩老和尚帶回本山。打若干本。廣施世上。利益無量矣。拙荊平生雖未克信因果。然其好善出自天性。故是幺麼聊以酬渠志願耳。鑒納爲幸。

又

岡生西歸。歸則直欲走宇縣上檗嶠謁和尚。然後就館劂人所也。來別不斐。以道之。故因裁數字附上。始

理師還時。亦嘗修木桃之敬。不知能無浮沈否。方今
金颸漸韻。玉瀣已纍。煩歊去體。凉爽披襟。想和尚解
跏離蒲。曳錫鳴笈。消搖乎山谷閒時也。眼界之所及
足迹之所涉。亦能有娱心陶情者耶。守縣古稱菟道。
有稚王者居之。方其與鷦鷯氏相讓天下也。讓而不
得。則死之以解天下之望。其大節固超泰伯伯夷而
上之矣。方其讓之時。民貿貿然莫知所之。貢賦委路
側。狼藉然。今其秋矣。收穫雖昇平乎。豈若彼其時欲
貢不得貢者比哉。和尚倘得其遺碑若祠於茂草荒
榛中。試一標榜之耶。不朽盛事也。其後數百年有喜

撰法師者盧于莵山頂神仙中人也善國風焉詞妙語着人齒頰中洗而弗去嗣後有左相藤頼通者作爲莵語瑣瑣卑矣今試聽岡生之霏霏談或能勝之矣其後則二位源頼政奉高王戰敗而死於平等精舍扇苔至今乎猶存矣十萬兵化爲熠燿夏月團團乎莵木上寃結不得解云亦在和尚一懺而已其後又數百年于兹播在口碑者率蝸爭事也岡生諳演史則頗言之和尚禪餘一聞其談亦堪消間也生頗爲諸貴介公子狎及其去也顯然誒其再東者不但數人而已渠則稱道和尚大恩不已更賜青盼感曷

能輟渠已改過自懲請厚遇之它在生之口不備

又

條風吹物衆竅皆響殊覺調調之刁刁莫不從東韻起矣山中草木想當出和雅音與造物相酬答亦東方之韶濩哉悵然作如是念者久之忽接赤牘兹知清福自如爲之喜躍寶笏七琰西嚮拜嘉秖不斐執心制者再朞未浹客歲陽九維嶽降殃土伯貙角觳觫婁驚上霾下溢庶覬桑田由是警惕頓企祖鞭自顧尪羸殆不勝衣奮激之至憖開晚輩雖然安樂尚違幃第唯影風人之趣久矣絶口颯颯大國寡乎亾

聞信手出世入世有鐵圍之阻也遂使子墨客卿日匆匆就役簿領中以不能步驟宮商五音之協宜其憾于新主人不似舊主人矣不啻負客卿亦負春風亦負腆貺何如何如將竢青牛過關想其臯累而忘首領之罷也所奉浼三事前教見允其亦何以獲是愛於方之外夫不知所謝二來一反勿討魯臯為幸萬惟不悉

又 附别幅

亢旱涉歲爞爞殊不堪也不知貴山氣候何似老和尚起居眠食何似闊荷疾津南徼靈焉山神女又不

知打摩竭報頗洗然乎否也顧春初賜書重以厚貺以採薪之憂故闕然不報也尋值國難法旆東下則不得趨謁請罪館所也特差理侍者下訪則又不得對侍者躬謝也不使茂卿之所以答頻繁之惠者唯省吾口吻是藉豈不慢失禮之甚哉老和尚猶且弗之罪矣適使省吾致其意者愈益惓惓爲猶記省吾所傳語勿讀書勿書字若畫若棋勿近火爐勿使腹胃受冷物是何其辱愛之渥一如兄弟親朋相爲休戚者言其然也夫老和尚五千里以西人也方之內與外交也而其愛之至此者感曷能已方今以　憲

廟郎天府公告老而不倦亦得以養痾城外市樓中
閒散自適也日偃臥風榻上咏哦為娛而精神漸蘇
稍稍乎復故吾矣緣此而益艷老和尚山中居哉吁
嗟嗟近又聞貴山初祖隱國師塔銘往歲南源禪師
屬商舶來往者從中華購致寔為大學士杜立德製
而中間事故不果立而及至老和尚方始上之石也
可謂甚大盛舉矣國師而有兒孫若是者可不謂孝
矣乎獨疑高國師亦列祖中有幹力者而不之克舉
以使老和尚得擅美於後焉豈事皆有因緣邪及覩
其文則鄙俚疎謬辭理皆乖殆贗作也豈世好事者

將欲以騰謗於老和尚而故以贋文傳播四方耶不則老和尚何迺不之察甚也伏惟老和尚塵外高致本不藉文章表見于世則其於是舉亦惟一味孝心爲之而其它不暇及耶雖然文章不朽之物要之非細事耳工拙猶可不論眞贋何可不察且也謂禪不以文章乎沒字碑以傲岱山封處物可也業已以之乎贋物庸詎足以爲世美觀也則知南高二老亦疑之不果立焉二老逝矣今國師兒孫能以雅道潤色祖猷若關之香國洛之月潭者何限老和尚何不試爲一訪及也大氐分尊者卑幼所難其言也最當慮

已卑聽務使盡其意爲夫在石者猶可鐫而除之在人口者不可漱而去之老和尚其再致思哉不使之於國師風馬牛何干而辱老和尚之愛者獨至則義不可不言也故敢言之耳若夫所以爲贋作者具諸别楮覲期季秋非近爲之悵望不乙

近得人所傳隱元國師塔銘以讀之而知其爲崎人贋作也故謹表出其贋最易曉者列諸左方請老和尚鑒照篇題曰勑賜黄檗開山隱元老和尚塔銘者是最不可曉矣勑賜謂清帝邪明朝邪將吾 大日本天皇所賜邪所賜者塔銘邪扁額邪黄檗之下係

以開山二字則必爲東黄檗也東黄檗扁額非中華所賜則是必謂塔銘賜自帝而杜奉勅撰也則最第一盛事而敘中不少及者何邪杜立德下無奉勅字者何邪若或爲吾　天皇所賜則中國未嘗以皇帝予我矣大學士堂堂中國大臣何至甘書勅賜哉勘斷至此其非華人少讀書者所作明矣况其於爲杜立德乎且老和尚三字是交際相稱呼語耳或和尚或老和尚或老大和尚皆隨時隨人低昂不一特對其人及書柬中用之者翰林詞臣作文章垂于不朽豈爲此人情語乎篇中又有酒井空印閣下語最可

笑之甚段使立德修信其人吾不知其能以此見稱乎否也。篇中又曰。上自皇朝宰相遠暨東國王臣者。以下文曰天子國王宰官觀之。則似並舉帝相者。而皇朝字實包括在朝者。則前後文大不相蒙矣。然是猶用字不瑩處。可置不論也。至於東國王臣四字。中國詞臣此筆作文。固當如此。而下有太上法皇詔問奏聞皇情御香宸翰及朝士京尹列州牧伯等字面者。何前後大不相應也。意者賈客來寓崎港者。或當作如此等語。而譯士不識皂白者。日常慣聞。遡謂是何妨也。殊不知段使商賈無知輩。在唐山作此等文章萬一發覺必坐以欺國之罪矣而况謂士人而作此哉又如下曰寬文戊戌曰延寶癸丑者其與萬曆順治並稱無別也皆中國士人所不敢爲或誘曰詞臣作文紀事要不失其實據實以書則亦當別有書法决不至如此混同矣又如曰三代楷模者似謂三世爲帝師矣而其三世者若不併舉中國東方則代數不足也然者是亦同一混同又曰曩因海氛梗塞兩國未通者兩國二字爲匹敵語中國本以無外無兩自居則朝臣决不出口之言也古昔中國分裂南北兩帝如六朝及宋遼金時講和通信詞命用之而

其時國中所自作文字，則無之矣。亦譯人慣聞賈客卑諂語，以爲理當然耳。又曰大明萬曆二十三年者。凡稱皇稱大，皆臣子尊當世之詞，豈有清代之臣而稱前代以大之理哉。又曰甫六歲，父客於楚云云。比壯，毋欲爲聘，堅執不從，惟以尋父爲念，於是足直抵豫章，至金陵，歷覓三載，杳無蹤跡者，亦非華人語也。何則。豫章固爲楚，而猶有湖廣一省數千里地在矣。金陵實爲吳地，不得謂之爲楚。上曰客於楚，則其未的識在江西與湖廣者可知也。及師尋之，止抵豫章，輒旁趨吳地者，豈非不情之甚邪。向讀高泉和尚釋門孝傳所言亦同豈其少年東來實未諳輿地耶況譯士以賣買事情爲第一要務者亦豈識禮制輿地爲何物哉且敘中曰此方行化銘中曰東來開化與福崇福不係州名皆崎人贋作不覺逗漏處其在東事迹獨詳而在中國者則甚疎略最可以証其非華人所作也若夫文辭鄙俚事理疎謬語意重複篇章無法凡如此類不一而足何遑枚舉想必崎中譯胥姦黠者所僞託以爲賺幣之計也不則何其口氣一似傳奇小說中語耶但傳奇小說迺爲俗人不學輩所樂聽以爲極妙文章者則使不佞枚舉而悉摘之

亦或當有疑而不信者爲故特摘其大紕繆失體而之甚者以呈左右冀老和尚更須廣與同門中學識者商議或就原稟脩飾或別謀更張以勿貽誚於有識士之藻鑒哉忽卒中急書以白言詞容無倫次伏乞海涵

又

敝友省吾奉使龍華新刹也不使茂卿敬寓書於老和尚下執事兹惟老和尚動止清嘉智福日升以應長者布金之請翩然来乎峽峽之氓實始獲睹上國之儀刑聆中州和雅之音也可謂目擊混沌之竅殆

且盡之矣而其吹無孔操無絃以使峽之詆若鳥魚百獸率胥蹌蹌爲者猶爾帝江氏之歌舞哉嚮因高徒來都下者惠然訪不佞於護洲之上獲一二其狀而西嚮欣然者久之顧客歲從省吾所拜椽筆之賜獻歲載陽又從書郵拜雲槧之賜辱愛之渥尚且闕然不報也殊覺赧汗更渥耳獨柰不佞茂卿近來傲骨漸蘇惰氣悆王日唯偃卧元龍百尺樓上而不干世間應酬之務者業已一年有餘其朝老藩也亦唯一月之間不過三四次稍暇則科頭箕踞于庭樹重陰之下白眼睥睨乎禮法之士時或酒酣耳熱擊秦

箏弄洛笙而伶工瞽師之與從也自謂此可以娛殘生之間而稱吏隱閒哉又自謂此可以與夫吹無孔操無絃者何殊哉可謂夜郎王之孰與漢大而野狐外道稱尊於無佛處也已論其陽春下里高卑調別誠知怪僻放慢之態不可以陳於藩所嚴事若老和尚其人前而筆硯荒落職此之由者是或不可以使不知其狀焉則聊以自解者乎爾雖然忽聆省吾之往則不得已於竿牘之末者甚矣哉宿習之難乎免矣時下霜露悽凄歸錫千里西風吹面伏惟自愛

又

日昨辱天侍者儼臨弊廬口語殷懃申以嘉貺感不容已獨憾老和尚此來三扣館門而三不接也歸期忽已明日而我心復隨五十三驛之長也嗟哉一路風霜戒之慎之書不盡言附貢時菓一籃聊將芹忱麾留是蘄

又

理端禪師奉法差東下弗遺葑菲辱接華牘感刻曷諼破泥細玩小楷成行手澤宛然方夫僧夏結制千指雲集叢林繁劇處宜莫過是時矣而其百般清規司存森備豈謂無有一二某某書記拱立左右受口占

輒成者非恭必勤想見其人老和尚眞不圻福人哉況其和氣傳楮睟容映墨游刃綽餘精神素全顧自今春法旆載藩別墅繫匏職守不獲趨謁而發軫而在途而回山以至今日唯聞平安未覩平安者數十百日而今而後迺知老和尚眞平安哉既不獲與老和尚相見會不斐震艮作祟閉門養痾頗屬閒寂留理端禪師清譚一日尚謂是老成人之典刑邪益恨不獲與老和尚眞相見哉噫甘露堂中甘露味爲何至今饞涎長三尺也時下鬱爞尚在萬惟自重不乙

與香國禪師

憶醉出門時則已近春矣輒蒼黃走上舟也飄覺心旌之愈益與波搖搖乎哉不佞嘗與諸善華語者石鼎菴鞍蘇山及所偕岡生相識則每擊節以爲希有未曾有矣而亦唯一鄉士耳及聽老和尚之譚雅哆隨口杭福惟意不知一莖蓮其大能幾許而迺得吞三吳吐八閩數百千里地者殆乎愕眙莫措也是何啻稱霸斯道焉耳誠所謂長廣舌相者非邪歸而困寐而夢夢而醒則其琅琅之遶耳乎猶疑日本橋在脂那川也何況瀟灑之標慧一塵而不着空洞之量容萬人以有餘不佞之惘然心醉以至今日也方知

嚮者從省吾所讀老和尚所著述以謂緇林麟鳳者
特其土苴已嗣欲脩謝會本府有慶事加以詹卜未
定鄙宂頗蝟皐緩迺爾伏乞恕涵所訂一事豪具附
上賜覽後即當見還欲據豪急寫往諭未知尊意謂
何也又嚮者在坐覩崎人高玄泰字意欲得其一二
幅而一時緣貪聽老和尚吾伊作金石響之所奪遂
爲忘言未審其人已還否也儻未則敢請一方便也
且要爲通賤名以便日後鳴謝則或添天涯一相識
者亦游道之益廣也統憑鼎力已塔銘一本謹璧時
下暑酷自玉不罄

又

去月對信作報卒卒不知爲何語也信回後尋繹雄製而後擊節三歎尊者眞末法富樓那哉雖然昔時富樓那但向舌端作活計未足以擬尊者已要之無中生有空中樓閣是自蓺文最上乘與予嚮稱毫端飛幻色者爲不安也大氐緇流建立沒字碑自詑不作世間業使睹尊者此序當自悟其未徹耳近日俗宂殊絆久缺聞問今特將㚃紙十張隨原稿送上暇日一揮心畫心聲普同流布信受奉行者不啻如白衣老人從耳根獲圓通者比矣新刻問槎畸賞一部

附覽時已夏五漸熱未審尊候何如好自金玉它不罄

又

昨在駒籠忽聽紫公游貴寺尋過省吾舍論文輒及吾禪師性靈之籟夜歸則得瑤椷燈下是日何日一日之間三及吾禪師乃始之羨之中之想之終之宛乎玄標也風月樓頭餘話勃勃乎衝口出矣者猶是紙墨上相見奈其把臂之不屢何哉井宅高作亦所謂風與水遇成文者失粘重犯庸何傷乎不佞當日止六句臨還妄續成一律大不滿意雖然平生能教

文字肎受我驅使是寸長耳曇陽子傳一半在字匠許謄寫未完嗣當取上其起意欲行世者乃增上寺一上人名覺玄法臈三十世臈與不佞相若白業暇餘留意風雅籍在一字班一字班在彼山二千衆中是其錚錚者與食官俸故皆多以尊宿自處而覺玄獨不然抱謙執冲廣詢周求誠爲難得與不佞相識二十餘年亦欲一執謁座下也嚮以吾禪師慨許意相報渠大歡喜若獲拱璧序成當相偕候謝其人實非俗僧故不佞敢聞座下已時炎溽殊困人爲禪自重不備

又

失候殘涼燠正爾奉憶忽接瑶函就審老和尚道候清享且以本月初五值六十華誕既蒙寵召且徵鄙言感荷曷已恭惟座下道尊宗門龍天呵衛享此榮壽理所當然自此以往彌高彌卲如昇如茂永爲緇素之瞻望者又何疑哉賀敘一篇敬貢左右獨奈石生昨日捧致而明日又值家忌歌哭不同日是自孔門遺範晚聞而早發不遑淨寫鹵莽欹斜體式多舛是寧足當盛筵上諸名彥觀玩哉但以酬平昔一段契誼耳伏乞藏拙禮俗所限不能登慶席親覩榮儀

悵悵不少。外具壽果一篋。併將菲意。不備頓首。十月四日。

又

日桃侍者儼臨。辱華翰之惠。副以大小書牋二十。書套十二。來麪五囊。伏審盛意。端以酬不佞前日以文字供養云爾。夫如來藏。閟深所有。種種微妙。無上莊嚴。其何人鳥天宮娑竭之府所能比擬。其富有哉。而況人間言語。段使窮美殫頌。辟諸指一粟于香海。多見其不知量也。唯是蠹魚後身。猶爾窟宅。衣食乎斷簡敗牘中。所知識唯結繩以來四目人之遺塵。塵乎以其腹中秒忽許墨滓爲可讀不可讀之語猶然亦唯其生平齧嘬斷簡敗牘者狀詰曲旋環伎倆止是躬自思忖此外莫有以可貢左右焉者則不免以此爲壽也已何意深中尊意乃至以獅强見比前身蠹魚我猶得知蠹魚之前爲獅子爲凡百生靈是自和上所見何干我事但所惠楮皮化生亦深中蠹魚之嗜當日桃侍者忽忽辭去不及作答今特此布謝不備。

又

青鳥一飛杳無消息曳領閬風之苑者何嘗日月爲

不覺釋衆穿葛烟梅青黄。未審道候輕利。眠食得勝否。弊廬距赤坂不甚遠。時時與井可觀把臂。莫不及于道標也。憶舊歲玄教兼腆貺疊賜其時因高价另幹欲急還。不及作字。口占奉報。一則高价見史。二則爲心所欲言。實非草卒可盡。另擬特裁覼縷故也。其冀岡生來訪。謂當不日奉扣。遂削槧託達。其後每面岡生。但及尊履。而此事之不問矣。雖屬孟浪。亦謂此繫木李木。不必再酬耳。何料渠不果往。以致陸沉我書。迺甚般豫章之不情也。近者偶值酒間因事言及。始得知之。不但責彼怠慢。亦自懷愧悳。切慮和尚以我爲誰人哉事非由己。仰冀海涵。因欲以本月念三、念四念七此三日之內。負荊躬謝。未知法暇定在何辰伏乞明示。肉袒之期萬當面訴。非可觀藤煥圖。亦欲偕謁同憑致意。菲物菓子五籍聊申芹私。不備。五月十六日。

又

舊臘辱蒙不遐棄。飄然見顧。得敘故懽。幸莫甚焉。轉眄間攝提回杓。歲事忽遽。不佞雖病乎。勉強風塵不遑寧處。迺不能脩一介之使。酬厚意。深可慚惶。茲惟老和尚道候。輕利動止無它。伏知東歸之期。行將相遥。夫品川一衣帶之水。尚且相見不繼。則五城樓頭之月。徒耿耿夢寐耳。豈不憾乎。敬卜初五初七初九再扳法駕。惠然光賁。鄙願也。秖今吾黨之上。頗耽聲樂。絲竹匏革叢然皆備。雖非道人之娛。亦豈無類伽之調哉。敢請擇一日相報。不佞敬當掃逕竦俟。萬惟鑒亮。

又

風暖草芳。鳥語娛人。房山之螺。品海之榖。想將獻笑於香臺也。伏惟尊者起居輕利。不佞抱痾斗室。不能一走驛道以候左右。深爲歉然。嚮奉回音。許以去月一十外數日。賁然來臨。掃榻奉詼者久之。然其言不驗。徒疲不佞。須領已。暮春之日。行將盡矣。東歸之期必在旦夕。不知尊者以何教不佞也。倘果能忙了半日於我草堂。則不佞幸甚。敬此啇人以候。伏冀惠然擇一日見報。懇懇。不旣。

又

師遂以明日發耶。不知所以留之也。徒悵然爾。前日草堂之會。眞千古哉。不佞疾作。不能詣別。可不謂大乎。詩一首。覽古辨一通。副以乾柿一篋。獻諸左右。寄富居士及佐容翁各一緘。滕東壁與富居士書。伏煩

高徒致之幸甚居士寔其尊者其留意諸不佞謀所以宥其罪也一二年若二三年必將有金鷄之報矣時維風雨不常千里之行尊者自愛草草不備

又

尊者之枉書者數矣而值不佞之疾也疾而不愈懼天命之不永也閉戶而修先王孔子之業爲呻吟之與吾佛雜然有聞於戶外外人則謂維摩示疾豈其然經夏涉秋及至冬月疾稍稍愈而所修之業亦成矣方其修之時沉淫之思有出萬古之上焉者恍乎三月不醒由是忘尊者之書未報矣罪其謂之何尊

者必將謂文字海猶如生死海亦其所也醒而取尊者書以讀之方外之義何其殷哉所命錦雞贊謹援筆題其上病餘手顫字拙甚聞彈正君者大邦之貴戚卿也貴人多諱忌想必不慽其意耳壺碑松島碑雙鉤書附便送上一山書跡子昂哉風流可掬如壺碑則將求之晉唐間也不佞藉尊者之神力而得寓目千里外之物幸莫甚焉時維玄冥令行伏惟尊者眠食輕利蒲團無恙富春洞岩書併付筒中煩沙彌致之餘未既

又

報尊者書一月許又得尊者書因知尊者無恙矣方此嚴寒北地愈當甚乃矍鑠若舊足以見其所養已聞頂浴神女之泉豈仙城故爾使人不老耶健羨健羨前呈錦雞贊出於病餘所搆神氣息喘十指如懸椎何能佳也扛承奬譽殆將愧死且以彈正君所贈織紙布五端推以及不佞細聆精緻不異繭中出者而潔白踰爲苟非姑射神人氷玉爲膚何能被服此物而神色不怯哉仙城之名信然雖甚厚惠轉壖泚額彈正君書承示及讀之頗有風雅致知尊者不誣語已數日前肥前君者突然寄書不佞併有所贈不

佞未諳其人亦未審何故雖連城璧哉按劒叱者非耶不佞乃勉强報之仙城人其所爲豈與人間殊耶因辱尊者知併及之餘未旣萬惟自重

又

正月下浣書以二月中浣乃得接讀此方新年五見雪寒至今猶甚病軀殆弗堪乃知尊者納福龍天護持使然欣慰欣慰茲審所敎人性不同若其面信哉言也雖不佞豈謂其必同乎祇嚮者所謂仙城人與人間殊者嘆辭乎爾何必譏誚之爲夫五城十二樓儼然與金華瀛洲之相映人生其間豈與人間同哉

固其所也蓋雖尊者猶未解不佞之意已不佞多病不堪人間事性愛閒而蠹魚結習未銷又嬾甚而深惡世俗之禮乃藉近歲一二舊知如尊者者揄揚之虛名播在世人牙齒間遂致耳食之徒相求不已甚乃至以書奴見待索其墨跡如蟻慕羶紛紛可厭應接之不暇大與吾性戾故不佞心生一計持先王之禮以拒絕之若有貴人見名則曰禮不往教也見訪則曰士無紹介不相見也或因紹介請見則曰病不堪也如舊歲肥藩欲見不佞請之吾甲侯而甲侯命之則不佞不得不往見之矣乃當其初見之時輙稟

以病不堪者狀而不復跡肥俟之門也於是乎不佞之廬無貴人之轍矣然後不佞乃得不爲俗物所嬈日鼓琴諷咏蕭然自高人間世之外以遂其病懶之性豈不媮快哉所憾晚有豐豫二使君者屈其五馬之尊前後三顧不佞之廬不佞雖敖乎不能不往答其禮也二使君者則輒倒屣相迎虛左延之握手爲布衣之歡俾我脫其禮服加其㡌冒食則對案書則捧硯善修先王之禮而不待我以世俗之禮則雖不佞亦莫如之何也已於是乎不佞之廬始有二使君之轍而不佞終不能全絶貴人以自高者豈不憾乎

大氐人間貴人皆爲不佞拒絶不得與不佞交而二使君者獨不中不佞之計則不佞嘆謂二使君者其所爲殆與人間殊邪今肥前君者雖未能修先王之禮然能千里致書幣求與不佞交不佞欲却之不恭也亦以在尊者之邦故不忍使其使徒返乃勉强報之若俾非仙城人不佞烏能破格待之夫千里之外未識不佞面而能得不佞之書殆非人間貴人所能爲故曰殊邪何必譏誚之爲雖然不佞亦欲其無繼也惟尊者亮之

文

人或傳師復南游者非邪與距此千里道暍兹鄭師之春秋高何以能堪此爔爔也師曩惠我尺一之緘詩五首文一篇金巨羅一副之暇日乃發其緘讀之以論揄揚具至亦惟空洞之腹尚何所不容乎細跡敘事如畫作字如蠅頭其詩與文健甚則雖師之春秋高是迺強壯者所不若亦足以卜其行履矣深慰鄙懷若不佞年僅踰艾衰相盡現師之所褒借種種迺不佞以之藏拙以之養病惟我知我豈不發長大息哉去秋不佞疾大作可死而不死愈則東壁疾作遂不愈以死四月十三日也渠平生不得其親戚之

力惟不佞是倚故當其疾與死不佞之百事皆廢是其所以久留不報師書之故也蓋昔者享師于草堂張樂乎東壁橫吹以倡之賦詩乎東壁曼聲以和之而師所賜金叵羅亦東壁能三酌以賞之今則亡矣哉渠久沐師垂青故以報知耳師留錫能幾月亦或能一惠肎否另扇頭詩一首聊以奉贈萬惟丙照不具

東壁平日所著不留稿死後諸友人百方搜求行將上棗師囊中或有所藏不拘詩與文冀以見致雖得一首亦足以酬諸友人之心已富春書松軒

書附上。倘有東奧信。願以置其郵筒中。千萬。

又

忽辱慈教。因知尊者齡陞七袠。弧辰將至。緬想仙城緇素。膜拜稱慶者。絡繹乎踵至。大年之門。何啻千百。深堪欣羡。以不佞辱在契末。迺徵一言。夫以不佞辱在契末。而雖微尊者之言。亦何忘也。祇病嬾已甚。其辭不腆。亦唯塞責焉耳矣。豈賀云哉。伏讀尊者作書蠅頭細字數千百言。機辨鋒起。春葩競秀。以此高年。精明不衰。則耄耋期頤。如承蜩矣。亦豈必賀云哉。又承以春間不佞奉答書中。欲其無繼云云。而慫慂具至極其抑揚何婆心親切如此其至也不佞素抱一箇嬾字應酬變化皆從箇中生有何道理乃爲尊者一勘鞫殆無處乎置身也嗚呼豈特一起諸公子巳乎卽雖豐豫二侯亦欲其無繼者是茂卿也嬾斯簡簡斯默雖默乎不學維摩何況王戎哉春叟金鷄亦終無繼矣是則非不佞所欲耳藤生一書一律想必稱賀尊者者則有稿存不勞寫示承罣尊懷謝何能言秋霖作沴彼此皆然闈奧中轉甚未審或損沓積乎否霜降氣發萬惟爲道自珍不旣

又

嚮者報書。未幾荐辱手教。益審尊者清嘉。深慰遠懷。千里之遥。往返如織。宛在近境。因知薩埵大慈悲心如是其切也。伏惟尊者重諾。深堪倚賴。奈犁衆生曷憂不解脫乎。不佞亦爲之安心帖意。萬莫有所狐疑已。承教。不佞書中。通曉明律。與以國字解相付此二句係緊要也。可謂庖丁解牛。中其肎綮。苟非尊者慧眼通徹。烏能若是乎。夫明律一書。盡海内儒者所難解也。而今渠以青年通曉其書者。是雖富春亦當疑其爲虛獎耳。故不佞明告以別有帳中祕也。大氐明律之難解者。不過此方學者不諳俗語。而崎陽譯士。

如焉之輩。尚不能通曉者。以其爲衙門中語也。辟如禪録雖俗語乎。然非悉法門中語者。終不能曉焉。秖佛道玄妙。法律明白。是其所以殊歟。不佞嘗讀明律。頗費工夫。後來廣搜群書。得通曉明代官府中事體。而後回頭以看。則律令之書明如指掌。是國字解之所以作也。伏請尊者以此意告之富春哉。萬惟玄鑒。頓首。

徂徠集卷之二十九

徂徠集卷之三十

物茂卿著

書牘二十一首

與寂仙上人

日昨辱蒙貴价來降。口述美意申以盛貺寵惠頻繁。不知攸謝不佞辱知以來。垂二十年。中間疏逖不能敬修尺牘以達殷勤也。迨乎法旆東臨亦不能躬造梵館以覯儀範也。所謂跅弛乎禮法之教者。殆乎不知其孰爲內與外矣。而迺慈海之滉洋乎。其罪之弗問一之長者之車轍於陋巷一之降天之賜賁於弊廬豈夫波瀾之廣覃其固有之邪雖然不佞何德以對膺是盛貺也雖然吾子與氏之書有之曰卻之爲不恭不恭何義以逡巡是美意也故嚮已對貴价勉强登嘉今又不獲所執謝敬子墨之命是重其辠也是重其辠也欽之其亦在慈海之滉洋也耳究中勿煩瓊瑤不備

與香律師

父父之親無所逃於天地之間從父者從乎父者也公之感焉中者可知矣問候缺然罪也何辭間者地

遽動，未審瓶鉢無恙否。是寧經中所謂堅牢神者，特出頭地中，爲公隨喜歟。彌勒佛此番托生尾學士家，何莫慮及此老也。公其呵之。淨菜聊助齋具，善飾不宜。

又

別後不修一字鴻信，殊愧闊節。忽捧珍牘，乃審舊臘一路草鞋亡恙。走勢抵洛，倚錫有地，大慰遐望。新歲暄和，條風有徵，意彼是皆爾。和上日倘徉東山烟霞間，轉爲可羨哉。近街頗有麋竺之災，殆將罹爲，有幸以免者二次。遥謝洪麻。其它一如客歲所見，莫煩慈念。三元彩毫一本。敬領遠惠。是雖幺麽乎。其於中原人才。思過半矣。不勝寥寥之嘆。已另札中勸刻鄙撰數種。是皆童蒙求我者。我迺莫有乎加損也。然剞劂氏輩亦將曰童蒙求我者衆。衆斯利。市三倍。則不啻益童蒙。亦能益剞劂氏輩。和尚濟物之慈。敢不唯命是從。叔達亡它。未有寧處。理候面當致尊意。不乙。

又

本月十一日。愚沙彌捧書至。具悉師行履無恙。可喜。聞奥中緇白頗有嚮信者。堪作蹔住計也。以師真望。故當爾爾。雖然。亦以見其美俗哉。承寄數種殊荷厚意。松島鹽竈圖未足當少文游。轉羨錫飛自在耳。壺碑似與羅山載小說中者稍不同意彼迺誤也八景詩不啻峽天目。大氐吾東方好山水。多爲惡詩辱。亦不翅輿中者矣。或待師一披拂歟不佞今夏頗勝暑。但未得半畝宅可藏嬾身者。尚在市樓中。作偸閒計也。峽中紀行。整理已完。將鍥問世。韓非子解亦成。譯筌未就緒。以故近來無它作不寄上。保壽禪師。承使愚沙彌致其意。荷荷。善當爲報。聞秏草草布字。此覆

答卓上人

雲牋飛墜。潔指披誦。玆審貴體安穩。于玆溽暑之候。

安在清涼。坐享極樂之福。誠可歆羡也。秖以貴幹不嘗見臨。不佞亦有賤冗。且寬日期。還屬湊巧。少足相慰耳。佳詩二章。似有進步處。爲可喜也。還字入先韻者。誠如所喻。秖如旋旆榮旋等。皆是返旋之義。不若改作旋字却可耳。納涼甚可人三字覺佳。它非面晤難得委悉也。佳酒美蔬。謹承寵錫。嗣當躬謝。

又

爾後杳乎動靜。深所渴望。忽捧手札。恍若天降。袈裟亡恙。深可欣慰。且審十八日韓客入都。而上人往觀。迺爲官家伍佰輩所擁碍。及夜得還。加以徒步泥濘中困憊委頓遂致翌日小集欠於見臨不佞則不然預已聞其路禁大嚴觀者必星出月歸竊自思惟病軀何能任此勞苦因兹斷念不復往觀至於翌日有鄰來至談及兹事與共暗笑上人及芝諸君狼狽著狀而自誇得計也今則果然果然若二十二日寛會期有鄰則竟不道及想渠一時貪趁話興因遂忘之耳明日當趨藩外邸取便奉訪所喻敬聽命華紙故佳但僕既已買辦二百張許藏在篋中更多無益敬謝煩尊慮念及此項事它在面晤

又

寡老君遽然捐館。邦中府中。若喪考妣。若不佞者。職備顧問。從容趨陪。葢亦尚矣。況在疾革。乃增廩祿。彌留之際。軫念所及。事佇遺命。謝恩未竟。五內忽裂。茲承槭教弔慰。轉倍哀慟。佳蔬數品。併荷慈貺。感愧謝曷盡。吉生喪事。知是何人。伏乞致意。蒙許不日並臨寂寞之際。深所顒望。也冀借清譚。少紓衷腸。日前它適欠報。敬茲奉謝。時下冷甚。萬以道候清勝。草草不次

又

茲接雲緘。兼惠霜菓。禪那餘念。忽及朽拙。一至此歟。春寒。梵候起居輕利。深堪倚賴。賤恙良已。亦只掩關

自當耳明日之役頗足支吾未審諸君子能集否邀趾能臨掃徑奉迎此復

又

承款之後未輒展謝二七之期杳然不臨正爾鬱陶芳緘如面深慰渴懷愁霖悶人祇上人眠食輕利頗能應世茲即堪慰且承明日之事尊意以泥濘故欲寬在它日也不佞前日承喻之後人僕多之使及至昨日方纔差書岡生報知而岡生它適無答切慮明日設霽岡生未必涉濘奔約則如之何茲得尊喻深以帖然果如所命則明日之會當依舊在舍弟處耳若

屬晴快請賜降臨佳詩漫奉藥石不乙

又

昨日之游誠足稱樂哉雖然非藉和尚爲東道則一行之人立槁于蘇迷上何以能歸乎香積之惠未鳴謝侍者迺先書道及愧汗莫甚焉玉詩佳勝誦之身尚倘徉香山之巔也石生罔生咸稱師德不已來則致高意僕疲甚猶爾偃臥牀上裁字歪斜伏乞海恕

又

賜書二賜价一共他適不即奉答深此負罪人參一件枉紆尊念感荷何盡罔家兒患痘者實係席上二一

生之弟其父與疾温泉而不在家以不倿鄰近故其母及祖母深所相托是以奉慰耳渠已自辦伏乞莫勞禪慮又知學仙決意宗門誠爲欣然予未諳釋氏道則不知禪之與淨土果何似也但以之子有讀書智太是希有乃爲貧窮罣碍今視和尚猶父而和尚視猶子甚盛事也仙乎得其所哉大氐少年子多客氣浮思和尚爲其深慮宜矣意渠亦當體此慈心永矢弗渝焉嗚呼前日拙誕席上可謂濟濟但皆近年相識若論耐久莫若和尚與吉生耳當年紫芝社中亦甚鬧熱俯仰二十年零落殆盡唯和尚歸然靈光

可不相共慶抃乎。來月當隨例上香龍華。順便奉候。

萬惟面罄。不一。

又

沓絶聞問者半月餘矣。風火惶遽。間轉奉想玄型。不容已已。遥知祇林寂靜地。必無此人間苦矣。接柬迺謂俗子貪甘露味者。托爲拜年。録續乎堂皇。聞至今不絶也。嗟蟻羶猶爾。所未免哉。念七之期。謹領命。昨兩乘時人心以降。火其不起耶。林花其綻耶。黄鳥其嚶耶。庶乎吾曹咏歸日哉。預此念之日如年。古詩所頻承見貇。愍敢不奉命。東壁一出。不歸者五日。不知

今曳裾何王門歸則謹致餘寒尚冽伏惟安寧

又

正奉憶間朵雲飄至破緘玆審座下道候輕利方此溽暑深足慶快古人有云九夏三伏人之大厄豈不畏乎吉生室人幼弟染病未起渠已乏婢妾獨以一身周旋其間眞是苦哉誠可憫也大潮書蒙轉致荷荷緘中有詩誦之令靈一也十二日屈指以竢一日三秋宛是九秋矣且審書意似不可必轉增耿耿不乙

又

辱書。承送致鄙印。謝謝。前者賜臨草堂。得奉謦欬。加之筆雨天花。鉢携香積。深足荒徑生色。尚何見謝之有。轉增懡㦬耳。承十九日未克懸定來否。是自老上人白雲心期。要其出岫與棲洞。亦何妨也。若夫曳項之望。終不得恝然已。

又

夜雪未已。正擁爐作柳絮看。間忽接華翰。種種厚貺紛如。挾纊感荷何盡。缶尼豚兒。均與霑惠。謝謝。聞欲明日大張金石。以發瓊瑤之響。洵是奇會。豈不茲趣祇恐道惡。爲之如何。萬容面謝。

又

昨叩祇林。享清淨味。未克展謝。乃承華緘。併惠美饍與漿。辱寓慶祝種種盛意。何以能報。不佞適歸日朝藩邸。俗羈若斯。如其山陰逸興。聞之增赧顏耳。困極草草布字。

又

頃聞上人。躬董起造之役。不能持斗酒奉勞。迺承耑价見訪。賜以香菰一籃。愧歎何已。敬此奉復。

與覺玄上人

徽雨辭候。輙復溽暑駸駸然來逼人也。久違慈芊。未審衣鉢上受用如何僕近來憊甚莫怪精廬前莓苔無恙哉陳者池永老人章璽之技日游刃落碌閒不啻綽綽然有餘地而其蝌蚪龍鳳嘉禾瑞芝鼎篆鼓籀金剪玉筯種種妙境森然悉備碎則佛以大神通力於一微塵中現極樂國報身如來三十二相八十種好端嚴殊勝莫不具足豈不作希有想乎學士大夫獲者誇人緹巾十襲何啻拱璧是其增輝奎手藉美翰墨厥功亦爲偉矣僕久聆芳譽百般營求卒未有獲嚮因和尚話閒頗及平生乃知方外之契久要有在遂不自揣煩以方便和尚一時慨然肎任大展

鼎力不空所願。然後僕之喜可知矣祇以爾後杳無消息。頗懷猜疑因茲脩字。特此奉探伏惟和尚待老人如維摩老人事和尚如如來。則豈容維摩而能違如來法旨哉且如僕久爲萬卷堆中一蠹蟲詎能出於一切衆生之外也。則又知法慈所攝。必得圓滿已。不罄。

與聖德上人

昨師還時。已黄昏矣。且雨甚。想道上泥深沒膝也。雖白足乎。能得無困哉。一時不戒轎奉送。爲憾已。顧夫一話十二時。頗傾吐中懷十五年來一快事也。空門中守教相者比諸吾儒經生斤斤乎語句間是殆爲黃面老子簸弄錯過一生滔滔者天下皆是師獨超乘而上之可謂優曇雲矣所賜箋實係親製古雅之至眞神仙之玩也靈慧善巧一至于是歟吾知師之非人間人哉是物是賚將與偕終一生感何可言但簣脫處煩尊手脩飾謹附使致左右廿三日或屬師閒暇時邪正擬趨教也請命之倘或雨邪則不能也萬千炤鑒

復英上人

金策泠泠白雲無踪靡常其依寔開士之行也自不

聞上人之謦咳而竊嗟靈幻之軌不與世同趨焉亦何憾之心獨弗護已忽接玉簡副以二品伏審書意足跡殆遍于天下矣仙醴仙草想當獲諸異人之贈也乃推其餘分霑野人希有之福也謝何能罄時下積雨忽霽白露將下凉日爽颸顒跂百衲之翩然也冀或容面悉故不旣

與大潮上人

不接塵者幾日邪塵勞山積忽賜淨品啜之醍醐味哉則不識煩惱爲何物焉秪時吾之亡饋之空王門中亦有陽虎手段乎聞今日遥集秋桂之房諸君

子以大洗鵜離之舌則知金粟一片地化爲赤縣神州耳雪後疾作不能輙往可羨可羨疇昔游豫侯邸大是風流人物渠以子建自擬思欲與應劉七子爲布衣交其志可嘉矣復欲一禮上人之足俾不佞致意開春十日修齋奉待上人能惠然臨之而後其喜可知也

又

方此風雪正爾奉憶詎知儼然忽在只尺地矣師果以魯齋行哉又不知剡溪興能乘之者師邪抑將吾也哉鄉者示及文篇篇直與瓊瑤爭耀勝六其愧歟

祇不佞受讀未能卒業故不敢璧耳石君善致意不備

又

師果行邪不佞茂卿以疾故不能就西臺之館以盡殷勤之情矣遂使嚮者草堂之會一日千秋也天乎天乎師業已能抉造化之祕哉以此而涉岐嶒不毛之地無人之境魑魅所竄伏虺蛇蚰蚰封豕血牙卒爾所值豈無所謂神姦者乎鬼妒而命之憎千里霜露師其慎之哉杜德機哉疇昔之夜倏爾奉憶潛然之悲不能已已里歌一闋聊洩憤懣附上菲儀爲贐

另具與江若水書奉托過洛致之渠居在洛西飛鳥街倘或不可識邪渠好書鬻書者頗能識之嗚呼師乎行乎哉情何窮已

又

岐嶒之行不佞故慮焉乎爾師行之日以至今日未嘗不與石君與鼎道之也今奉尺一讀之師果病邪然終以龍天之共捍衛而師卒興乎西冥之西愈益遠矣哉吾所瞻望其亦與落日懸也方秋之時有風蓬蓬然遠自千里之外至焉者豈非師之所乎詎能不思哉耀靈徂而月魄之始升也師雖西冥之西乎

能不翹首望而我之思哉。雖然。亦渺渺乎太遠。已所賴者數行之字。孤行各天之涯。是而已矣。古人曰千里比肩。何其無情之至於此極也。嗚呼。師固無情矣然以其無情而亾所繫。鄉土或能飄然乎東來。亦不可知哉。則不足憾焉耳。豫俟于河內。若水于洛。庶乎足以爲致書。鄆邪卓上人東壁諸子。及不佞皆亾恙。亦皆憑不佞致意。想師今尚在中路邪。風波之險。善自愛。餘不備。

又

石叔潭致上人書。茲知上人謁師海西。再停錫洛水上中戢鋒芒不數掛帆無恙。龍天能慰吾曹之心哉。上人果能不披紅邪。江若水報上人方淹講肆。曇華貝葉。亦開異葩歟。意者游戲殆乎不可測已。客歲復上人自洛書。不知達否。今秋觀瀾死上人筆鋒。果毒似棒喝哉不佞劣劣。亦病肺殆死上人要以相如見比。何其言之驗也。然吾無文君此其所以不死邪。每面豫僕。口上人弗置君瑞學大進長博它。草草。

復獨麟禪師

讙洲一別邈。若河山。每困風塵則輒北望悵然禪師趺坐諦觀乎仙臺之勝。山色溪聲。何等瀟洒。乃不勝

天際眞人想也良久憮然自失此自不佞痴想耳若
禪師十二樓上境界豈又能憶東都紅埃中物邪殊
不知作如是觀亦終不佞蠢想自絕乎禪師矣夏月
保壽老師西游一宿草堂袖出禪師書拆封讀之始
知禪師口不佞者狀又知禪師因不佞愛山人者狀
更知禪師因山人愈益憶不佞者狀於是痴想蠢想
百千坌出天際之望何啻不勝之謂哉夫知山人者
莫不佞若而知不佞者山人或爾來書曰禪師在勿
慮山人爲嗚乎山人在伏乞禪師視猶不佞則幸甚
獨憾仙臺十二樓之勝禪師與山人雙跌乎其際不

佞乃未免北望悵然乎千里外焉。欲竢稍暇或托浴疾溫泉。一訪瀟洒之境。未知能了此段志願也否。紙衣之賜。謹領厚惠。新刻二種附往之。非報也。怡首座一見後。不復來臨。承謝深慚。聞今抱疾洛涘。使人惋然。辰下冷甚。千萬自玉。

又

明日廿日矣。上人其必發也。更要一晤。末由也已。詩三百奉贈及一首題畫附上。曩者因香禪師乞詩而得睹公子畫。雖然精妙。亦不及此畫最工。想必其得意筆也。不佞妄意欲獲一幅。不知上人能方便也否。

上人出門後。俗冗連日。不能作一字答富春山下之人。上人其致意。風霜正繁。伏惟自重。不備。

又

客歲惠手札。兼致盤山君畫一幅。讀之。恍若從師金華山下游也。書辭琅琅大爽人神思。大氐世稱善知識者。甚耆俚言。段使其道甚高。要之非世尊靈山時語矣。超乘而上。唯師爲爾。可不敬服乎。盤山君亦富貴中希有哉。獲其一幅。几案間頗覺傳色。祇不畫塞上風致。爲可恨爾。不佞接書時。適病。尋已。輒復罹祝融之崇。緝蘆而處者。垂半歲。中間人世慶弔事。與病相仍殆無虚日。迨秋。迺買宅城西。而後稍獲晏如耳。近作歌二章。欲以奉酧。復值牙痛涉月。無復筆硯意。是日少差。謹寫上。唯師亮之。富山人。以夏時飄然見過。因得悉師行履。聞師亦有西歸志。信不時下。寒甚。伏惟起居輕利。不備。

復崎陽惠通禪師

昔者盧生。齎上人書至。值予宅適。不復至。莫能識其處所。黃粱夢忽忽。十年。亦惟崎陽三千里之外。遼遠哉。是以獲罪上人矣。明月以恙。耿耿坐右。則亦耿耿夢寐焉耳矣。不知崎陽志就緒。不。八咏之篇。不佞竟

不能作也今海師往故往其答一來一往叚使二千年上人應作一刹那觀豈怪之哉不備

復玄海上人

足下在崎不堪寥寥之嘆矣其游洛亦當爾乃俯首從一上人者學也是乃足下哉彼上人者謂不佞護法者邪亦彼上人者意爾若不佞法且不知何況護乎承惠香爐筆墨紙皆中華物何以見愛之至此邪劉生印清人哉乃欲得不佞一語是易易耳未審其人何號伏乞教之庶以便稱呼耳不佞災後黽勉過夏七月始得還舊居矮屋不堪秋暑憊甚近日新凉

少蘇。已不知足下何如。惟自愛。不備。頓首。

又

足下鄉在西山時。不佞既作雪山童子看。忽復在峙陽從本禪師遊。豈乃善財童子邪。吾笑臨濟宗風。益衰。動輒咄喝。詩語皆爾。佛心著相久矣。承寄蕭鳴集。則知此老非尋常也。求不佞一語。儒者豈能增佛子光乎。足下釋氏文學論。覺稍退格。得無學教師語邪。雖然進退自在。或躍在淵。足下波瀾益大哉。承飛雲之賜。多謝。不佞以四月一日名見殿中。豈識邪。然不佞不欲青雲生脚下。不久將誒君於白雲鄉。已時暑

酷自愛

徂徠集卷之三十

野獲編卷之三十

徂徠集補遺

擬古樂府一首

長安有狹斜行

洛陽有曲巷。巷曲不容車。不知何年少。夾轂問君家。君家誠易知。潭潭丞相府。門列十二戟。三千黃金弩。坐客高堂上。堂下張華炬。大兒孔文舉。小兒楊德祖。餘子莫與齒。濟濟才且武。暇日一高會。光輝生纓組。美酒如淄澠。纖鱗飛落俎。宴酣清歌起。飄忽來風雨。顧見雙員闕。去天只尺五。上有雙銅雀。落日照垂羽。一鳴五谷生。周召莫敢伍。再鳴五谷熟。四海頌舜禹。

頌聲何嘈嘈。觀者集如堵。東廂發悲歌。西廂鴝鵒舞。
中坐有狂生。起摻漁陽鼓。丞相且安坐。爲樂良未遽。

七言律五首

獨不見

翡翠樓高古曲悲。誰家少婦碎蛾眉。鴛鴦被上寒偏早。鴻雁書中夜更疑。月斷關山獨不見。心[redacted]何及長相思。停琴驚起催刀尺。正是秋風欲寄時。

再用前韻二首酬省吾見和

憐爾翩翩書劍年。卽今毛髮共蒼然。吳門置酒多違夜。駒邸題詩似各天。流水尋常朱軫上。春雲咫尺錦

槭前忽聞新歲生歸思轉覺窺人粱月懸

風雲回首彈冠年藩邸一時寧偶然我在郢中誇倡雪君來稷下賞談天樂書忽發功成後刻棹猶淹興盡前竟是楚人無得失請看春月似弓懸聞其獻弓之後頗有所虞聊以寬之

壽香國禪師七十時住仙臺大年寺

眉用禪師眉壽相十霜已識白毫光近將高臘游僊地曾向大年開道場縹緲祥雲忽北起翩躚青鳥還西翔遥應供到瀛洲外交棗蟠桃滿鉢香

失題

本期秋色鬬崔嵬。還映巖花綵筆開。饒有白雲同我趣。必無黃鳥侑君杯。春風駘蕩主人意。夏木紛毿上客才。今日盡歡須盡醉。人間動似隔蓬萊。

五言絶句三首

賦烟草應後臺命

金絲盛碧篇。非酒發微醺。却愛塵間客。口中忽吐雲。

失題

弘景山中住。尚通富貴家。白雲難可贈。代此以斯花。

失題

養花喜值露。日日映朝霞。淺深不自辨。寄示愛花家。

七言絶句十首

得請罷授經

細席談經寵賜頻罷來閒署臥青春今時更異穆生日王醴雖甘勞殺人

送敬阿上人還桂水

桂樹叢生桂水頭白雲一去覓無由年年相憶逢明月將謂君家正此秋

秋日訪蓮光寺

入寺松杉翠欲流蟬聲美處步頻留驅馳半日黃塵路始信林丘別有秋

奉和刑部子侯臺下瑤什三章

華堂詩酒開高會。夜捲朱簾河漢明。綵筆奪將雲錦色。還從織女問文星。

右星夕尊韻

淮南叢桂寄誰邊。栽在嫦娥住處天。莫怪清香良夜發。燕山五子已挺然。

右中秋尊韻

公子清閒倚綺窗。蔭堦佳木自雄風。那知病渴苦炎熱。賜我夏衣含雪濃

右偶興尊韻併謝恩賜

蔚宗歸自函谷君彛又將游作此爲送

昨夜晁郎採藥還。井郎今日又游山。山中芝艸知長短。玉筍流雲可重攀。

富士分夢句得士字

海外曾聞無富士。人間何識誰家子。千秋不老雪爲膚。說甚神仙長不死。

戲譯某搢紳富士和歌

月有中秋花有春。憑誰傳語洛陽人。芙蓉白雪三冬色。今日看山也及辰。

夏日刑部郎君席上應命

侯邸偏宜朱夏天。暑稀不厭日如年。詩書課罷繞回首。蔭砌青槐午影圓。

徂徠集補遺

三府

書肆

東京　北畠茂兵衛

同　稲田佐兵衛

同　山中市兵衛

同　東生亀治良

同　吉川半七

同　篠嵜才助

同　小林喜右衛門

同　長野亀七

京都　佐々木惣四郎

大阪　松邨九兵衛蔵板